PROMESA DE SANGRE

PROMESA DE SANGRE

MELINDA LEIGH

Traducción de Ana Alcaina

AMAZON**CROSSING**

Título original: *Cross Her Heart*
Publicado originalmente por Montlake, Estados Unidos, 2020

Edición en español publicada por:
Amazon Crossing, Amazon Media EU Sàrl
38, avenue John F. Kennedy, L-1855 Luxembourg
Abril, 2021

Impreso por: Ver última página

Primera edición digital 2021

ISBN Edición tapa blanda: 9782496706406

www.apub.com

SOBRE LA AUTORA

Melinda Leigh, reconocida autora superventas, número uno en las listas de *The Wall Street Journal* y de Amazon, es una exbanquera reconvertida en escritora. Amante de la lectura desde siempre, empezó a escribir para no perder la cordura mientras criaba a sus hijos. En los siguientes años, se hizo miembro de la asociación Romance Writers of America, aprendió un par de cosillas sobre cómo se construye una novela y se dio cuenta de que escribir era mucho más divertido que hacer análisis financieros. Debutó con *She Can Run*, que fue nominada al premio a la Mejor Primera Novela por la asociación International Thriller Writers. También ha sido finalista del premio RITA y ha obtenido tres nominaciones al premio Daphne du Maurier, además de los galardones Silver Falchion y Golden Leaf. Entre sus novelas se incluyen *She Can Scream*, *She Can Hide* y *She Can Kill*, además de las series Morgan Dane y Midnight. *Tiempos difíciles* fue su primer título traducido al castellano, también en Amazon Crossing. Melinda es cinturón negro en kárate, ha dado clases de defensa personal a mujeres y vive en una casa desordenada con su marido, dos adolescentes, un par de perros y dos gatos.

Para Charlie, Annie y Tom. Vosotros lo sois todo.

Capítulo 1

Enero, 1993
Grey's Hollow, Nueva York

—Buenas noches, ha llamado a Emergencias, ¿dígame? —respondió la mujer.

Bree temblaba tanto que apenas podía sostener el teléfono junto a la oreja.

—Mi mamá y mi papá se están peleando. —Se oyó una bofetada al fondo del pasillo y Bree se estremeció—. ¿Podría venir la policía?

—La policía irá enseguida —le aseguró la mujer—. Voy a seguir hablando contigo por teléfono hasta que llegue, ¿vale?

—Vale.

Bree se sorbió la nariz y se la limpió con la manga. Las lágrimas y los mocos le resbalaban por la cara. No quería llorar delante de papá, porque eso solo hacía que se enfadase aún más, pero no podía evitarlo.

—¿Cómo te llamas?

—Bree —contestó en un hilo de voz. No creía que papá pudiese oírla desde el pasillo, pero si la oía, a Bree le iba a caer la misma paliza que a mamá. Se asomó al pasillo; la puerta de sus padres estaba entreabierta y papá estaba gritando. Bree no entendía todo lo que decía, pero sabía que estaba diciendo cosas malas e insultando a mamá. Oyó el ruido de otra bofetada y cómo su madre rompía a llorar—. Está pegando a mamá.

—¿Dónde están?

—En su dormitorio.

Erin salió al pasillo. Llevaba su conejito de peluche de la oreja y lo arrastraba por el suelo mientras se encaminaba hacia el dormitorio de mamá y papá.

—¡Erin, no entres ahí! —gritó Bree bajito. En realidad, solo le salió un susurro; no quería que la oyera papá.

—¿Quién es Erin? —le preguntó la señora.

—Mi hermana pequeña —respondió Bree—. ¡Erin, ven aquí!

—¿Cuántos años tiene?

—Cuatro. Yo tengo ocho. Tengo que cuidar de ella; lo ha dicho mamá.

—Tienes ocho años. —La señora carraspeó.

Bree fue avanzando por el pasillo, detrás de su hermana, pero el cable del teléfono no era lo bastante largo.

—No llego hasta donde está ella. —Sujetó el teléfono con fuerza; no quería soltarlo—. ¡Erin! —gritó.

Su hermana volvió la cabeza. No estaba llorando, pero tenía los ojos muy abiertos y se había hecho pipí encima. Cuando Erin se dio media vuelta y echó a andar hacia ella, Bree respiró con tanto alivio que hasta vio unas manchitas luminosas en el aire. Tiró de ella pasillo abajo y se la llevó a la cocina.

—Ya está, ya estoy con ella —le dijo Bree a la mujer.

En el tercer dormitorio, un niño pequeño empezó a llorar. Su habitación estaba justo delante de la de papá y mamá. Sus berridos hacían que a Bree le doliese la barriga: papá se pondría aún más furioso.

—¿Es tu hermanita la que llora? —preguntó la señora.

—No. Tengo un hermanito pequeño. —Bree no quería que papá estuviese dentro de la habitación con mamá, pero tampoco quería que saliese de ella—. Tengo que ir a buscarlo; tengo que hacer que deje de llorar. —Bree se volvió a su hermana—. Tú quédate aquí.

Antes de que pudiera ir a la habitación del niño, su padre salió al pasillo. Tenía la cara enrojecida, y los ojos empequeñecidos y llenos de crueldad. Mamá estaba justo detrás de él; le salía sangre de la boca y se le veían unas marcas en el cuello.

—No vayas. —Mamá cogió a papá del brazo—. Ya voy yo a buscarlo.

Papá se dio media vuelta y le cruzó la cara de un bofetón.

—¡No pegues más a mamá! —gritó Bree, pero él no le hizo caso y volvió a darle otra bofetada.

El pequeñín seguía berreando, y papá se dirigió a su habitación.

—¿Qué pasa, Bree? —preguntó la señora.

—Papá va a ir a coger a mi hermanito. —Bree no sabía qué hacer; tenía tanto miedo que le dolía la tripa y la temblaban las piernas. Su hermana se metió debajo de la mesa de la cocina—. Por favor, que venga ya la policía.

—Llegarán enseguida, Bree —dijo la señora—. Tranquila, todo va a ir bien.

—¡Para! —Mamá se abalanzó sobre la espalda de papá y empezó a darle golpes—. ¡No lo toques!

Papá se volvió muy muy rápido y estrelló contra la pared a mamá, que se cayó resbalando al suelo del pasillo. Mientras, papá se alejó de la puerta de la habitación del niño. Tenía el rostro sombrío; Bree nunca lo había visto tan furioso. Se abalanzó sobre mamá, la agarró de los brazos y la levantó del suelo. Luego se la llevó a rastras al dormitorio de ambos.

—Tengo que ir. Tengo que ir a buscar a mi hermano.

Bree soltó el teléfono. Oía hablar a la señora mientras se dirigía de puntillas a la habitación del niño. Con la carita congestionada y llorando desconsoladamente, su hermanito estaba de pie en la cuna, agarrado a la barandilla con los deditos de las manos.

—¡Chis...! —Bree lo cogió en brazos y se lo encaramó a la cadera—. Tienes que estar muy calladito.

Cuando lo sacó de la habitación, se asomó al dormitorio de sus padres. Papá tenía a mamá sujeta contra la pared con una sola mano. Con la otra mano empuñaba un arma. Bree se quedó paralizada un segundo. Sintió que se le helaba todo el cuerpo, y que estaba a punto de hacerse pipí encima.

Luego se apartó de la puerta y salió corriendo pasillo abajo lo más deprisa que pudo. El pequeño había dejado de llorar y rebotaba encima de la cadera de su hermana. Enterró la carita en el hombro de Bree y soltó un hipido. Pasaron junto al teléfono en el suelo; la señora seguía llamándola por su nombre, pero Bree no tenía tiempo de pararse a hablar con ella.

Se detuvo junto a la mesa de la cocina y llamó a Erin. Su hermana salió de debajo de la mesa.

—¿Bree?

—Vamos —susurró Bree—. Tenemos que escondernos.

—Tengo miedo —dijo Erin.

—Sé adónde ir. Tranquila, todo saldrá bien.

Bree agarró a Erin del brazo para tirar de ella hacia la puerta de la cocina, pero la pequeña se resistía.

—¿Me lo prometes?

Desplazando a su hermano a un lado, Bree se llevó al mano al corazón.

—Te lo prometo.

Volvió a dirigirse a la puerta de nuevo, y esta vez Erin no se resistió.

Todo estaba muy oscuro en el jardín de la parte de atrás y el porche estaba helado bajo sus pies descalzos. El viento le traspasaba la tela del pijama, pero Bree siguió avanzando de todos modos, bajando los escalones y rodeándolos para llegar al tablón suelto que había debajo del porche. Tiró del tablón hacia atrás y lo sujetó mientras Erin se colaba por el agujero. A continuación, empujó a su hermanito por el hueco oscuro y luego ella misma se metió dentro. Bree volvió a colocar el tablón en su sitio. Se había escondido allí mismo muchas otras veces, cuando papá y mamá se peleaban.

Debajo del porche, los tres estaban resguardados del viento, pero seguía haciendo frío.

Bree se asomó por las rendijas de los tablones y escudriñó la oscuridad del jardín. Entre las sombras del cobertizo, los perros de papá ladraban desde la perrera. La señora del teléfono había dicho que la policía estaba a punto de llegar. El viento se colaba entre los listones. Bree ya no oía a mamá y papá peleándose. ¿Qué estaría haciendo papá?

—Tengo frío. —A Erin le castañeteaban los dientes.

Bree atrajo a su hermana hacia ella y la hizo callar. El pequeño temblaba y gimoteaba en sus brazos, con la cara arrugada, como si estuviera a punto de volver a llorar. Si lo hacía, papá lo oiría… Y entonces tal vez los encontraría… Bree abrazó con fuerza el cuerpecillo de su hermano y se puso a mecerlo.

—Chisss…

Se oyó un portazo y Bree dio un respingo. El ruido de unas pesadas botas resonaba por encima de sus cabezas. Bree no sabía si los pasos estaban dentro de la casa o fuera, en el porche. ¿Habría llegado la policía? A lo mejor todo iba a ir bien, como había dicho esa señora…

Se oyó un disparo. Bree se estremeció.

«¡Mamá!».

Abrazó a su hermanito con más fuerza y el niño empezó a llorar. Se oyó otro portazo. Bree quiso salir corriendo hacia el origen del ruido, pero tenía demasiado miedo. Oyó más pisadas, más gritos y luego el sonido de otro disparo.

Bree cerró los ojos.

Aun sin saber qué había ocurrido, sabía que ya nada volvería a ir bien nunca más.

Capítulo 2

—Ese es el edificio. —Bree Taggert señaló una hilera de casas adosadas de ladrillo que ocupaban una manzana de la zona norte de Filadelfia—. Buscamos a un tal Ronnie Marin, de veinte años.

Su compañera, la inspectora de homicidios Dana Romano, redujo la velocidad del vehículo y tosió, tapándose la boca con el puño. A sus cincuenta años, Dana era una mujer esbelta. Unas pocas canas grises se le entreveraban en el pelo rubio, corto y alborotado. Las patas de gallo se le hicieron más profundas cuando entrecerró los ojos para mirar por la ventanilla.

—¿Es aquí?

Bree consultó sus notas.

—No. La tía de Ronnie es la que vive aquí. La última vez que lo detuvieron, fue ella quien pagó su fianza. Luego él se fugó, saltándose la libertad bajo fianza, y ella perdió mil dólares. Tengo la esperanza de que sepa dónde está su sobrino y que esté resentida con él por lo que le hizo.

La semana anterior, alguien había dado una brutal paliza a una enfermera cuando volvía a su casa después de su turno de noche, en la unidad de cuidados intensivos del hospital local. Acto seguido la habían violado y estrangulado. Las cámaras de seguridad de una lavandería habían captado las imágenes del asesino arrastrando a su víctima al callejón donde habían hallado el cadáver. En menos de veinticuatro horas, el agresor había sido identificado como Ronnie Marin, del distrito norte de Filadelfia. La ficha con los antecedentes de Ronnie era más larga que la autopista principal del estado de Pensilvania.

Bree había estado llamando a los contactos conocidos de Ronnie, tratando de seguirle el rastro, pero por el momento no había ninguna pista sobre su paradero y nadie había admitido haberlo visto tampoco.

Dana había estado de baja por enfermedad la semana anterior y estaba poniéndose al día con la investigación. Aparcó el Ford Crown Victoria azul junto al bordillo, detrás de un montículo de nieve igual de alto que el vehículo.

—¿Me recuerdas cuál fue el último delito de Ronnie?

—Atraco a mano armada. —Bree examinó la calle oscura, pero no vio nada. En el callejón que había junto a la casa, el hielo negro relucía bajo la luz de una farola—. Le cayeron dieciocho meses. Antes de eso, vandalismo y lesiones leves. Solo lleva dos meses en la calle.

Bree movió la pantalla del ordenador de a bordo para enseñarle la foto de la ficha policial de Ronnie.

—Pues vaya progreso más rápido, de atraco a asesinato… —comentó Dana.

—Nada como la cárcel para enseñar a un delincuente a ser un delincuente aún mayor…

—A lo mejor Ronnie se ha ido de la ciudad.

—Lo dudo; tiene a todos sus contactos aquí. Este es su territorio, y se lo ha currado mucho para llegar a ser el rey del mambo en este vecindario.

Dana se encogió de hombros.

—¿Qué sabemos de la tía?

—Es una mujer de cincuenta y siete años; lleva trabajando para la misma empresa de limpieza los últimos dieciocho años y no tiene antecedentes.

—Desde luego, nadie escoge a su familia. —Dana hizo una pausa y se sonrojó—. Lo siento, Bree, no quería decir nada con eso...

En los cuatro años que llevaban trabajando juntas, Dana nunca había sacado a relucir la muerte de los padres de Bree, a pesar de que esta había oído murmurar a sus espaldas a muchos de sus compañeros policías del departamento. Aunque claro, cuando tu padre mata a tu madre y luego se suicida, es normal que la gente hable de ello.

—Tranquila, no pasa nada. Ya lo sé.

Y Bree más o menos había aceptado el pasado de su propia familia hacía mucho tiempo, al menos en la medida de lo posible y dadas las circunstancias. También había hecho de la tragedia y la violencia una parte permanente de su vida al ingresar en el cuerpo de policía.

El caso es que ya había asistido a más que suficientes sesiones de terapia cuando era niña, y ya no quería saber nada más de psicólogos. Al cumplir los dieciocho había decidido dejar de psicoanalizarse. Había traumas que dejaban una secuela permanente; era imposible cambiar eso. Bree había metido su infancia en un rincón oscuro de su memoria y había pasado página. A los treinta y cinco años, lo último que quería era sacar esos recuerdos a la luz.

Salió del vehículo. Un viento glacial azotaba la calle helada y le aguijoneaba las mejillas. A pesar del frío, se desabrochó el chaquetón negro para tener mejor acceso a su arma reglamentaria.

Tosiendo, Dana se unió a ella en la acera repleta de grietas. Se metió las manos en los bolsillos de la parka.

—Joder, qué frío hace...

Justo después de Año Nuevo, una ventisca del Ártico había dejado congelada a toda Filadelfia. La ola de frío había persistido,

9

no se había derretido ni un solo centímetro de hielo, y, a la semana, la nieve ya estaba sucia y gris, aunque lo cierto es que en general la nieve de ciudad solo lucía buen aspecto hasta la siguiente hora punta en medio del tráfico.

Bree rodeó un charco de hielo negro y brillante.

—Deberías irte a casa cuando acabemos aquí, pareces una morsa moribunda.

—De eso ni hablar. No aguanto ni un día más mirando las musarañas en ese apartamento tan cutre en el que vivo. —Dana carraspeó, se sacó un caramelo para la tos del bolsillo, le quitó el envoltorio y se lo metió en la boca—. Además, mi madre viene a verme todo el rato, para comprobar si estoy bien y a hincharme a sopa todo el puto día. Me he tomado la medicación y el médico dice que ya no soy contagiosa, así que ya es hora de mover el culo y volver al trabajo.

—¿Qué vas a hacer cuando te jubiles el mes que viene?

—No lo sé. Mi primo quiere que trabaje por las noches como guardia de seguridad en su tienda de revestimientos para el suelo.

Dana se detuvo en la acera para toser con fuerza.

—Claro, porque todo el mundo sueña con trabajar de noche cuando se jubile...

—¿A que sí? —Dana tosió de nuevo.

Bree lanzó un suspiro y esperó a que Dana recobrase el aliento. Cuando lo hizo, Bree subió con decisión los tres peldaños de cemento resquebrajado. Una barandilla de hierro forjado de color blanco bordeaba las escaleras y el porche. Bree y Dana se situaron automáticamente a ambos lados de la entrada para no quedarse justo en el centro y llamaron a la puerta. Nadie respondió, de modo que Bree golpeó con más fuerza.

Oyeron el ruido de unos pasos en el interior y una mujer de mediana edad abrió la puerta. Bree reconoció a la tía de Ronnie, Maria Marin, por la fotografía del carnet de conducir. Tenía el rostro amarillento y surcado de arrugas, y llevaba el pelo castaño oscuro y desmadejado recogido en un moño nada favorecedor. A las ocho de la tarde de un martes, la mayoría de la gente se estaría preparando para dar por terminada la jornada y meterse en la cama, pero la señora Marin debía de estar a punto de irse a trabajar.

Bree le enseñó la placa que llevaba colgada alrededor del cuello.

—Soy la inspectora Taggert y esta es la inspectora Romano.

Dana la saludó con un movimiento de la cabeza.

—Buenas tardes.

La señora Marin abrió como platos sus ojos oscuros y frunció los labios antes de relajar el gesto.

«¿Será miedo?». Bree sintió una punzada entre los omóplatos y Dana la miró de soslayo. Ella también había captado la expresión.

«¿Estará Ronnie ahí dentro o es que la mujer simplemente tiene miedo de hablar con la policía?».

Bree miró por detrás de la señora Marin, pero no vio a nadie.

—Queríamos hablar con su sobrino, Ronnie. —Bree bajó la voz para que no la oyesen en el resto del barrio—. ¿Podemos pasar?

—No. —La señora Marin negó con la cabeza, y un destello de miedo volvió a relumbrar en sus ojos. Desvió la mirada con fuerza hacia un lado, como tratando de ver lo que tenía detrás sin volver la cabeza.

«¿Estará Ronnie escuchando lo que decimos?».

Bree insistió.

—¿Ha visto a Ronnie estos últimos días?

—No tengo obligación de hablar con ustedes.

La mujer dio un paso atrás y se dispuso a cerrar la puerta.

—No, señora, no tiene ninguna obligación, pero su sobrino ha matado a una mujer. —Bree no estaba revelándole nada nuevo: la fotografía de Ronnie había salido en los informativos la noche anterior—. Todos los agentes de policía de la ciudad andan buscándolo. Lo mejor sería que Ronnie nos acompañase voluntariamente.

11

—Bree quería darle a entender que, para que la vida de Ronnie no corriera ningún riesgo, lo mejor era que se entregara en ese momento.

Ronnie había cometido un crimen atroz y una cámara de seguridad había captado la imagen de su rostro. Era evidente que no era ninguna lumbrera como criminal. La policía acabaría por encontrarlo, y teniendo en cuenta su probada estupidez, Ronnie se resistiría o saldría huyendo.

La señora Marin dudó dos segundos y luego les cerró la puerta en las narices.

Dana salió del porche. La sal marina crujió bajo sus botas. Tosió, tapándose la boca.

—Ronnie está ahí dentro.

—Sí.

Sin mirar atrás, Bree se dirigió al coche.

Dana se detuvo en la acera.

—No podemos demostrar que está dentro.

—No. —Bree inspiró hondo. El aire frío le aguijoneó las fosas nasales—. Vamos a doblar la esquina a ver si desde allí se ve la puerta de atrás. Sabiendo que lo hemos encontrado, Ronnie querrá salir de ahí a toda leche.

—Necesitamos refuerzos para que vigilen la puerta principal.

Se subieron al vehículo y solicitaron refuerzos. A continuación, Dana dobló la esquina con el coche y aparcó junto a un frondoso seto en la entrada del callejón que partía la manzana en dos. El callejón estaba poblado de sombras, pero veían el centro sin obstáculos. Cada una de las casas de la hilera contaba con un diminuto patio de cemento cercado con distintos tipos de valla. La de tela metálica era la más frecuente, pero las puertas traseras de cada casa quedaban tres peldaños por encima del suelo, por lo que Bree disponía de visibilidad absoluta para controlar quién salía por ellas. En la mayoría de las viviendas, además, había una bombilla encima de la puerta. La de la señora Marin era la tercera desde la esquina, y Bree acababa de localizar la casa cuando la puerta trasera se abrió y alguien asomó la cabeza. Ronnie miró a su alrededor.

—Y ahí lo tenemos.

Bree se encogió unos centímetros en el asiento del coche, esperando a que Ronnie saliera de la casa.

—Deberíamos esperar a los refuerzos.

—No, no pienso dejar que se escape.

Dana le lanzó una mirada más que elocuente.

—No me mires así. Ya viste lo que hizo. Lo quiero fuera de las calles, donde no pueda hacer daño a nadie más. —Bree alargó la mano hacia el tirador de la puerta mientras Ronnie salía de la casa y cerraba la puerta a su espalda—. Yo lo perseguiré a pie; tú puedes seguirlo con el coche.

—No me gusta que vayas tras él tú sola. —Dana accionó la palanca para ponerse en marcha.

—Tú irás justo detrás de mí. Acabas de pasar una bronquitis, no podrás correr tanto como yo.

Ambas sabían que Dana tampoco podía correr tan rápido como Bree de todos modos.

Dana asintió con un gruñido.

—Cuando te asignen a un novato como compañero, haz que sea él quien salga corriendo detrás de los sospechosos.

Bree no quería ni pensar en un nuevo compañero. Le costaba mucho confiar en alguien.

Dana se puso seria.

—Ten cuidado, Bree. Ese cabrón de Ronnie es muy peligroso.

—Sí.

Bree se bajó del coche. Dana arrancó y se dispuso a rodear la manzana. Bree se asomó por el seto: Ronnie se dirigía a la entrada del callejón. De repente, como si supiera que ella estaba justo detrás de él, echó a correr a toda velocidad.

«¡Mierda!».

Bree salió corriendo tras él, pero Ronnie llegó al final del callejón, dobló a la derecha y desapareció detrás de una valla de madera. Temiéndose una emboscada, Bree se detuvo en la esquina y apoyó la espalda contra la valla. Desenfundó su pistola y asomó por la esquina, empuñando el arma. El corazón le latía con fuerza en el pecho, y a pesar del frío, unas gotas de sudor le resbalaban por la espalda, empapándole la camisa. Sin embargo, no había ni rastro de Ronnie.

Bree avanzó a la siguiente calle, contuvo el aliento e inspeccionó la hilera de casas de ladrillo en busca de su sospechoso. «¿Dónde se habrá metido ese hijo de puta?».

—¡Bree!

Unos metros delante de ella, Dana había atravesado el coche de policía en mitad de la intersección. Señaló a través de la ventanilla abierta hacia el callejón de la siguiente manzana.

—¡Por allí!

Siguiendo las indicaciones de su compañera, Bree se dio media vuelta sobre una placa de hielo y echó a correr. A su espalda, oyó el chirrido de los neumáticos mientras Dana daba media vuelta con el coche: iba a intentar cortarle el paso a Ronnie en la siguiente manzana, y llamaría para pedir más refuerzos. Por fuerza tenía que haber más coches patrulla por aquella zona.

Bree atravesó con dificultad un montículo de nieve y corrió a toda prisa junto a un contenedor de basura justo a tiempo de ver al sospechoso encaramarse a una valla metálica de un metro ochenta de altura.

Se lanzó hacia delante.

—¡Alto! ¡Policía!

Tal como esperaba, Ronnie hizo caso omiso de la orden y siguió corriendo. Bree no se molestó en volver a gritar, tenía que ahorrarse el aliento para la persecución a pie.

Con el rabillo del ojo, captó el resplandor circular de las luces rojas y azules mientras un coche patrulla blanco y negro atravesaba la intersección. Las zapatillas de deporte negras le patinaban por la superficie recubierta de sal. Se subió a la valla y esta traqueteó con el impacto. Agarrándose con las manos a la parte superior, tomó impulso y se bajó de un salto al asfalto en el otro lado.

Localizó a Ronnie a apenas seis metros por delante de ella, cerca del punto en que el callejón se unía a la calle principal, y siguió pisándole los talones. Bree salía a correr tres veces por semana. El esprint inicial le había quemado los pulmones y los músculos, aún fríos, pero ahora ya había entrado en calor. Fue ampliando las zancadas y no tardó en recortar distancias con Ronnie.

Dana debería estar al otro lado del callejón, bloqueándole el paso, pero Ronnie miró por encima del hombro, vio a Bree justo detrás y dobló bruscamente a la derecha para, acto seguido, subirse de un salto a un contenedor cuadrado que había junto a una desvencijada valla de madera. Recuperó el equilibrio y se dispuso a saltar por encima de ella.

Bree, que estaba a menos de metro y medio de él, se abalanzó de un salto hacia delante y trató de agarrarlo de la parte de atrás de la chaqueta.

«Casi te tengo».

Ronnie apoyó las manos con fuerza encima de la valla; Bree lo sujetó de la capucha de la sudadera justo cuando él se impulsaba para saltar por encima. De pronto, un voluminoso cuerpo golpeó la madera de la valla al otro lado y se oyó el ladrido gutural de un perro: Ronnie ya había saltado hacia arriba, pero la mano de Bree, agarrándolo de la capucha, frenó su avance. Como consecuencia, con la tela de la sudadera sofocándole la garganta, Ronnie cayó de rodillas y se dio de bruces contra la valla. Bree chocó con la valla junto a él, golpeándose la mejilla con el tablón superior. La gigantesca cabeza de un pitbull blanco asomó por encima de los tablones cuando el perro saltó por segunda vez. Sus poderosas fauces se cerraron a escasos centímetros del ojo de Bree, que notó el aliento del animal en un lado de la cara; la saliva del perro le salpicó la mejilla antes de que la enorme bestia volviera a aterrizar en el suelo.

Un recuerdo resurgió en su memoria en ese instante, hincándole los dientes en la piel, con el dolor fantasma tan nítido y atroz como si no hubieran pasado treinta años. Una oleada de terror le atenazó el corazón y, bruscamente, Bree echó el cuerpo hacia atrás, apartándolo de la valla. Cayó deslizándose del contenedor y aterrizó con el trasero sobre quince centímetros de nieve. Ronnie se desplomó encima de ella en una maraña de brazos y piernas. Bree sintió que algo le golpeaba con fuerza en el estómago, dejándola sin aliento, pero apenas si notaba el dolor en las costillas.

«¿Dónde está el perro?».

El pitbull volvió a embestir la valla. Los frágiles tablones traquetearon, emitieron un crujido y se combaron por el peso del perro, que amenazaba con atravesarlos. Bree oía sus rugidos graves y la respiración acelerada. La chapa de identificación del animal tintineaba mientras este se paseaba arriba y abajo junto a la valla. A continuación, Bree oyó el ruido de unos pasos acercándose en la acera: habían llegado los refuerzos. Sin embargo, la adrenalina de su sistema nervioso no le dejaba creer que el peligro hubiese pasado; el pulso de su frecuencia cardíaca le latía con fuerza en las venas. Trató por todos los medios de apaciguar la respiración y dominar el pánico que iba acumulándose en su pecho, ganando impulso como un tráiler mastodóntico lanzado a toda velocidad por la autopista.

«La valla aguantará, seguro».

Pero Bree no podía respirar. Intentó rodar y ponerse de lado, pero el peso del cuerpo de Ronnie la retenía en el suelo. Un par de zapatos negros y grandes de policía aparecieron junto a su cara y notó como le quitaban a Ronnie de encima.

Bree jadeaba. No parecía capaz de respirar con normalidad.

—Ya lo tengo, inspectora Taggert —dijo una voz—. Puede soltarlo.

Bree inspiró hondo, llenándose los pulmones de aire y volviendo a enfocar la mirada. Los zapatos pertenecían a un corpulento agente de uniforme. Un segundo policía apareció junto al primero. El perro lanzó un gruñido, pero seguía al otro lado de la valla.

—¡Bree! —La voz de Dana la sobresaltó—. Suéltalo. Ya.

Bree se miró las manos y pestañeó. Tenía los nudillos rasguñados y en carne viva por el impacto con la valla, pero seguía agarrando firmemente con los dedos la capucha de Ronnie. El tejido aprisionaba la tráquea del hombre, que tenía la cabeza ladeada hacia atrás en un ángulo poco natural. Bree abrió el puño y lo soltó.

—Joder, Taggert —dijo el agente número dos—. Por poco lo asfixias…

Los dos agentes pusieron a Ronnie boca arriba, lo esposaron y se lo llevaron. Otro coche patrulla aparcó detrás del primero.

Dana le tendió la mano.

—¿Estás bien?

Asintiendo con la cabeza, Bree dejó que su compañera la ayudara a levantarse. Le temblaban las rodillas, pero hizo de tripas corazón y las obligó a enderezarse. Los otros policías atribuirían su dificultad para respirar a la persecución. O al menos eso esperaba ella.

Dana examinó a Bree con el semblante serio.

—¿Estás segura de que no te has hecho daño?

Bree miró alrededor, consciente de que los demás agentes la estaban observando. El escrutinio de sus miradas le ardía en las mejillas. Se masajeó el plexo solar.

—Me ha dejado sin aire. Estaré bien en un minuto o dos.

—Vale. —Dana la acompañó fuera del callejón, donde había aparcado el coche, y le abrió la puerta del pasajero—. Siéntate y respira con calma.

Bree se sentó de lado, con los pies apoyados en la acera, y bebió varios sorbos de una botella de agua que había dejado en el coche. A continuación, se limpió las palmas sudorosas de las manos en los muslos. Ahora que el incidente había terminado, unos moretones empezaban a hacer su aparición. El hueso del coxis le palpitaba con cada latido del corazón, pero no eran las partes doloridas de su cuerpo las que la hacían estremecerse, como tampoco sería aquel asesino al que acababa de perseguir el que le provocaría pesadillas esa noche: sería el perro y los recuerdos que habían evocado los chasquidos de sus dientes.

Bree sintió un escalofrío, respiró profundamente tres veces y luego hizo eso que tan bien se le daba siempre: compartimentar. Volvió a meter esa película de terror en el agujero hondo y oscuro donde debía estar. Acababa de recobrar el pulso regular y ya tenía la respiración bajo control cuando notó la vibración del teléfono que llevaba en el cinturón. Bree miró la pantalla; tenía una llamada perdida de cuando perseguía a Ronnie. Leyó la notificación del buzón de voz y el corazón le dio un vuelco.

«¿Erin?».

—¿Qué pasa? —preguntó Dana, mirándola con preocupación. Bree tenía la mirada fija en el móvil.

—Ha llamado mi hermana.

—¿Cuándo fue la última vez que hablaste con ella?

—Hace un par de semanas. Ya sabes que mi familia es... —Bree trató de buscar la palabra adecuada—. Complicada.

—Sí, lo sé.

Dana era algo más que su compañera de trabajo: era la mejor amiga de Bree.

—Hablamos por teléfono de vez en cuando, pero no la veo desde que trajo a los niños a Filadelfia el verano pasado.

La última vez que Bree había visitado Grey's Hollow había sido para la boda de Erin, cuatro años antes.

—Me acuerdo. —A Dana le encantaba la historia; les hizo de guía turística a Erin y a los niños durante su visita, y los llevó por todos los monumentos y los sitios más emblemáticos de Filadelfia, como el Constitution Center, el Independence Hall y otros lugares de interés—. ¿Te ha dejado un mensaje de voz?

—Sí. —Bree tenía el dedo suspendido sobre el botón para reproducir el mensaje de su hermana, dudando si debía esperar a llegar a casa para escucharlo. Las noticias inesperadas de Grey's Hollow nunca eran buenas. A Bree se le empezó a acelerar el corazón de nuevo, volvía a tener las manos sudorosas y toda su cuidadosa comparrimentación se había ido al carajo—. ¿Me dejas un minuto, Dana?

—Claro, ningún problema.

Dana se volvió y se encaminó de nuevo hacia el grupo de agentes que estaban a la entrada del callejón.

Plantando los pies con firmeza en la acera, Bree le dio al botón para reproducir el mensaje. Su hermana hablaba con voz jadeante y atropellada.

—¿Bree? Estoy metida en un lío y no sé qué hacer. No quiero decirte de qué se trata en un mensaje, pero necesito tu ayuda. Por favor, llámame en cuanto oigas esto, ¿vale?

Preocupada, Bree presionó el botón de llamada. El timbre del teléfono de su hermana sonó tres veces y luego saltó el buzón de voz. Bree dejó un mensaje.

—Soy Bree. Siento no haberte respondido antes. Llámame.

Se apartó el teléfono de la oreja y se lo quedó mirando. Hacía solo unos minutos que su hermana la había llamado. ¿Dónde podía estar Erin? Bree volvió a escuchar el mensaje; las palabras apresuradas de su hermana le crearon un nudo en el estómago.

Dana se acercó a ella frunciendo el ceño.

—¿Va todo bien?

—No contesta al teléfono.

Bree llamó entonces a su hermano, Adam, pero la llamada fue directamente al buzón de voz. Le dejó un mensaje. A continuación, marcó el número del salón de peluquería donde trabajaba su hermana, pero la recepcionista le dijo que Erin tenía la tarde libre.

—Vuelve a llamarla —sugirió Dana—. A lo mejor estaba en la ducha.

Bree bebió un poco de agua y volvió a llamar a Erin. No obtuvo respuesta. Reprodujo de nuevo el mensaje, inclinando el teléfono para que Dana pudiera oírlo.

Dana arqueó las cejas rubias.

—Tu hermana no parece de las que se meten en líos...

—No, para nada. Erin es una persona muy normal, cumplidora con el trabajo y madre de sus hijos. No tiene tiempo para meterse en líos. —Bree frotó el borde del teléfono con el pulgar—. Que me llame pidiendo ayuda significa que es algo importante. No tenemos una relación tan estrecha como a mí me gustaría.

—No es culpa tuya ni suya que no os criasen juntas.

Erin y Adam se habían criado con su abuela, en Grey's Hollow, mientras que a Bree la habían dejado al cuidado de una prima en Filadelfia.

—Lo que ocurrió en mi infancia no es culpa mía, no. —Bree dio un golpecito a la pantalla de su teléfono y comprobó la ausencia de notificaciones—. Pero las decisiones que he tomado desde que tengo uso de razón son responsabilidad mía al cien por cien.

—¿Qué vas a hacer?

De niños, Bree y sus hermanos habían sobrevivido a una pesadilla los tres juntos. Pese a los casi quinientos kilómetros de distancia que los separaban, entre ellos siempre habría una conexión especial. Sobre todo a la hora de detectar problemas, y Bree presentía, por la voz de Erin, que pasaba algo malo. Algo muy malo. El tono de Erin no era el de alguien que se ha retrasado en el pago de la hipoteca; parecía verdaderamente asustada.

Bree solo podía hacer una cosa.

Apuró la botella de agua y se puso de pie.

—Voy a ir a casa.

Capítulo 3

Con una punzada de aprensión, Matthew Flynn llamó al timbre de su amigo por segunda vez. De nuevo, el ding dong de la puerta resonó en el interior de la pequeña vivienda unifamiliar, pero no se oyeron pasos acercándose para abrir.

Justin debería estar en casa, debería estar esperando a que Matt apareciera para llevarlo a su reunión de Narcóticos Anónimos, tal como hacía todos los martes por la tarde desde hacía meses.

El pastor alemán de Matt, Brody, lanzó un gemido. Matt bajó la vista para mirar al perro: Brody tenía las orejas tiesas y la postura rígida.

—¿Qué pasa, campeón?

Brody volvió a gemir y rascó con las patas el suelo de cemento del porche. Antiguo perro policía en el departamento del sheriff, Brody tenía un gran instinto, que había ido perfeccionando con los años de práctica y entrenamiento. El perro soltó un ladrido. Normalmente estaba muy contento y ansioso por ver a Justin, y meneaba la cola sin cesar. Su postura debería estar más relajada.

Allí pasaba algo.

Puede que Matt no entendiese las señales, pero confiaba en su perro: el oído y el olfato de Brody eran muy superiores a los de cualquier ser humano, y siempre parecía tener un sexto sentido, además. Cuando trabajaban juntos en la unidad canina del departamento de sheriff, Brody le había salvado el pellejo a Matt en innumerables ocasiones. El expolicía había aprendido, por las malas, que podía confiar más en el perro que en la mayoría de las personas.

Se tragó un bocado de amargura. Tres años antes, un tiroteo había puesto fin a las carreras profesionales de ambos. Matt pensó que ojalá la forma en que le habían arrancado de cuajo su futuro pudiera describirse tal como lo había resumido el comunicado de prensa. La realidad había sido muy distinta. Era consciente de que debía pasar página y superar su enfado de una vez por todas. El sheriff había ordenado a Matt y a Brody entrar en un almacén por la puerta equivocada y, en el intercambio de disparos entre los agentes y un narcotraficante, habían sido víctimas del fuego amigo. Si las acciones del antiguo sheriff habían sido deliberadas o accidentales, eso ya no importaba: el hombre estaba muerto. Sin embargo, dejar atrás ese resentimiento estaba resultando más difícil de lo que Matt creía.

Abrió la puerta mosquitera y probó a abrir la de madera también, pero estaba cerrada por dentro. Apartándose de la puerta, examinó la parte delantera de la casa. El Ford Escape de Justin estaba aparcado en el camino de entrada, con un cartel de Se vende pegado en el parabrisas. Justin sabía que pasaría tiempo antes de que pudiera volver a ponerse tras un volante. Cuatro meses antes, lo habían detenido por conducir bajo los efectos de las drogas y, como era la segunda vez que lo detenían por el mismo motivo, el estado de Nueva York le había imputado un delito grave. La mujer de Justin le había pedido que se fuera de casa y, desde entonces, él decía que estaba decidido a permanecer limpio y tratar de volver a ganarse su confianza, pero había días en los que de lo único que hablaba era de sus fracasos. Luchaba contra su adicción, pero también contra la depresión.

Preocupado, Matt se alejó de la puerta y vio como el vaho de su respiración se condensaba en el aire frío de la gélida noche de enero.

23

Las luces del interior y el exterior estaban encendidas. A Justin no le sobraba el dinero y, de no estar en casa, las luces estarían apagadas.

Matt sacó su teléfono. Le había enviado un mensaje de texto a Justin hacía veinte minutos, diciéndole que iba de camino. Matt llegaba tarde y no había esperado respuesta antes de salir de casa, pero ahora el hecho de que no hubiese contestado le pareció muy raro, porque normalmente Justin siempre le respondía con un emoticono con el pulgar levantado. Matt le envió un nuevo mensaje:

Estoy fuera en la puerta.

Pasó un minuto y seguía sin obtener respuesta.

Matt no tenía más remedio que entrar en la casa.

Conocía a Justin desde que eran niños. Un accidente que tuvo como consecuencia unos dolores crónicos que lo llevaron a desarrollar una adicción a la oxicodona lo había arrastrado a una espiral autodestructiva. Aquello le había destrozado la vida, pero Justin parecía decidido a recomponerla de nuevo. Matt estaba dispuesto a hacer todo lo posible por ayudarlo, y eso incluía llevarlo a las reuniones de Narcóticos Anónimos y entrar en su casa, aunque fuese a la fuerza, si cabía la más mínima posibilidad de que su amigo pudiera tener algún problema.

Matt barajó posibles escenarios, entre ellos que hubiese sufrido una recaída o incluso la posibilidad del suicidio.

—Vamos —le dijo al perro mientras se daba media vuelta, pero Brody no lo siguió de inmediato, sino que permaneció con la mirada fija en la puerta y volvió a soltar un aullido lastimero, muy agudo y casi inaudible—. Probaremos a entrar por otra puerta.

Obedeciéndolo claramente a regañadientes, Brody lo siguió por el lateral de la casa. Sus pisadas crujían sobre la placa de hielo que recubría la nieve. La puerta del jardín trasero era corredera y de cristal, y estaba abierta. Matt asomó la cabeza. La cocina, abierta al salón comedor, estaba en la parte de atrás de la casa. La cocina estaba desierta, pero todas las luces estaban encendidas. Había dos latas de Coca-Cola abiertas en la encimera, junto a una caja de pizza. En el salón, un sofá y una mesita de centro estaban frente al televisor, colgado en la pared. La luz del aparato parpadeaba, con un canal de noticias local emitiendo imágenes en la pantalla.

«¿Dónde está Justin?».

A Matt se le formó un nudo de ansiedad en el estómago. Como canalizando la angustia de su dueño, Brody se puso a excavar en la nieve que se había amontonado en la base de la puerta corredera.

—Sí, no te preocupes, amigo mío: vamos a entrar.

Matt se sacó una correa del bolsillo y la colocó en el collar del perro. A continuación, entró en la cocina. Unos fragmentos de nieve se le desprendieron de las botas. Se limpió los pies en el felpudo y dejó pasar a Brody, dejando la puerta entreabierta tras ellos.

El animal empezó a jadear y a pasearse arriba y abajo tensando la correa. Matt lo obligó a quedarse junto a él con una sola orden en alemán:

—*Fuss!* —Acto seguido, llamó a su amigo—: ¿Justin?

No obtuvo respuesta. En la diminuta casa reinaba un silencio y una calma profundamente inquietantes. Brody se dirigió al pasillo que llevaba a los dormitorios, pero Matt lo retuvo mientras el pastor alemán seguía tirando del extremo de la correa.

El perro volvió a emitir un gemido. Matt accionó un interruptor en la pared: el cuarto de la lavadora y el baño estaban vacíos. Se asomó a uno de los dormitorios, que apenas contenía una pila de cajas que Justin se negaba a deshacer, con la excusa de que su estancia en esa casa solo era algo temporal.

Brody tiró con más fuerza.

—*Fuss!* —Matt repitió la orden.

Brody obedeció, pero su postura seguía siendo tensa. Se comportaba como si estuviera otra vez en el servicio activo, en una situación de estrés extremo.

A continuación, venía el dormitorio principal. Matt dudó si llevar al perro de vuelta al vehículo, pero no iba armado, y en caso de que hubiera un intruso en el interior de la casa, por remota que fuera la posibilidad, Brody lo sabría y lo ayudaría a defenderse. Matt aguzó el oído unos segundos, tratando de detectar algún ruido, pero solo se oían las voces de los presentadores de los informativos en el televisor del salón. Brody no actuaba como si hubiese una amenaza, pero estaba nervioso. En lugar de pasearse inquieto, gemía y trasladaba el peso de su cuerpo de un lado a otro, y meneaba y sacudía la cabeza como un boxeador profesional.

—¿Justin? —volvió a llamarlo Matt, reacio a invadir la intimidad del dormitorio de su amigo. El recuerdo de la depresión de Justin lo hizo avanzar por el pasillo. La habitación solo estaba iluminada por una lámpara en la mesilla de noche, pero era luz suficiente para permitirle ver lo que había en mitad de la estancia.

Un cadáver y un charco de sangre.

Matt se estremeció.

No le hacía falta comprobar si aquella persona aún tenía pulso; por el tamaño de la mancha de color rojo carmesí de la moqueta, estaba seguro de que había muerto: nadie podía sobrevivir a semejante pérdida de sangre.

El cuerpo era demasiado pequeño para ser el de Justin. Matt usó la aplicación de la linterna de su móvil para iluminarlo y ver mejor el cadáver. Sintió una profunda conmoción: era una mujer; llevaba unas botas, unos vaqueros y un suéter, y una melena larga y oscura sobresalía de un gorro de punto.

Se apartó unos pasos a un lado y le iluminó la cara. Matt dio un respingo.

La mujer de Justin, Erin, lo miraba con unos ojos color de avellana completamente inertes.

«¿Qué está haciendo aquí?».

Brody lanzó un gemido, un sonido débil y quejumbroso. Matt apoyó una mano sobre la cabeza del perro para tranquilizarlo mientras llamaba a Emergencias con su móvil.

En las zonas rurales, los agentes de policía tenían múltiples facetas profesionales. Varios de ellos, incluido el actual jefe de policía, también formaba parte del equipo de búsqueda y rescate del condado; otros estaban en el equipo de buceo, y otros se ofrecían como voluntarios en las labores de extinción de incendios. Matt había sido investigador y, más tarde, agente de la unidad canina. Mientras le daba la dirección a la operadora, apartó a un lado sus emociones y trató de examinar la escena del crimen como el inspector de policía que había sido.

Erin estaba tendida de lado, con el cuerpo hecho un ovillo. A juzgar por el tamaño de la herida, Matt sospechaba que le habían disparado. Las manos, situadas cerca de la herida del pecho, estaban cubiertas de sangre. No había muerto inmediatamente, sino que había sido consciente de que estaba desangrándose. Se había agarrado la herida, tal vez incluso había intentado comprimírsela para detener la hemorragia. El corazón deja de latir en el momento de la muerte, y el suyo había tardado un minuto o así en bombear un volumen de sangre fatal hacia el exterior. A Erin debió de parecerle un minuto corto y eterno a la vez. Matt examinó el tamaño de la mancha de sangre: había sido un esfuerzo inútil. Esperaba que hubiese perdido el conocimiento rápidamente.

Una imagen del día de su boda desfiló por su mente: Justin y Erin posando para una foto junto a los dos hijos de ella. Cerró los ojos un instante. Justin le había mencionado que hacía años que los niños no veían a su padre. Nadie sabía dónde estaba ni si seguía vivo. Podrían haberse quedado completamente huérfanos.

La operadora de Emergencias le dio un tiempo de respuesta de cuatro minutos. Matt tardó dos minutos en sacar unas fotografías del resto del dormitorio con la cámara del móvil. Ya no era agente de la ley. Después de la muerte del antiguo sheriff del condado y de que se destapara la corrupción del departamento, muchos otros agentes se habían marchado. Había varios agentes nuevos, y entre los antiguos, Matt no sabía en quién podía confiar. ¿Cuántos de ellos estaban al tanto de los delitos del sheriff anterior?

Solo estaba seguro de una cosa: aquella iba a ser la única ocasión que tendría de documentar la escena del crimen.

Justin no tenía planeado vivir en aquella casa mucho tiempo, de modo que no había invertido demasiado dinero en muebles. En el dormitorio había una cama, una silla y una mesilla de noche con una lámpara. También había, sobre la silla, una chaqueta plumón de color morado, que parecía demasiado pequeña y femenina para ser de Justin. ¿Sería de Erin? Sacó una foto y luego tomó otras de una mancha rojo oscuro en el marco de la puerta y de otra en la pared.

Había una toalla en el suelo, delante de la puerta del cuarto de baño. Matt se agachó y tocó la punta. Estaba húmeda.

Entró en el baño. Había otra toalla húmeda colgada en una barra en la pared. Utilizando la manga de su chaqueta, abrió el armario del espejo y se fijó en el tubo extra de pasta de dientes, en el envase de rímel y en un pintalabios en el estante de cristal. En el armario de debajo del lavamanos encontró un secador para el pelo, un cepillo redondo y una caja de productos de higiene femenina. Tomó fotografías de todo, mientras se preguntaba si los artículos femeninos serían de Erin o de otra mujer.

Oyó el sonido de una sirena.

—Es hora de irnos.

Condujo a Brody de vuelta por el mismo camino por el que habían entrado en la casa, sacando más fotos. Siguió sus propias huellas hasta la acera y esperó, fijando y memorizando algunos detalles en su cabeza: la puerta principal estaba cerrada con llave, mientras que la puerta trasera, la corredera, estaba abierta, como si alguien hubiera salido precipitadamente de la casa.

¿Quién había matado a Erin? ¿Y dónde estaba Justin?

Dos horas más tarde, los vehículos de emergencias colapsaban el tráfico de la calle, con sus luces giratorias rojas y azules reflejándose en la nieve. Había un furgón de la policía científica aparcado detrás de los vehículos del departamento del sheriff. El médico forense había sido el último en llegar. Las idas y venidas de los hombres de uniforme entre la casa y sus vehículos eran constantes, cada uno de ellos haciendo su trabajo, concentrado en una tarea específica. Al pie del camino de entrada en la casa, un agente novato llevaba el registro oficial de la escena del crimen, tomando nota del nombre de todas las personas que pisaban el escenario.

De pie en la acera, junto a su todoterreno, Matt nunca se había sentido tan ajeno a una investigación.

El jefe adjunto de la comisaría de Grey's Hollow, Todd Harvey, se le acercó en ese momento. Antes del tiroteo, Matt había trabajado varios años con Todd y estaba seguro en un ochenta por ciento de que era un hombre de absoluta confianza. Todd se detuvo delante de Matt y se agachó para acariciar al perro.

—¿Cómo va esa jubilación, Brody?

Brody se arrimó a él para que lo acariciara por detrás de la oreja. Tras darle una última palmada, Todd se incorporó.

—¿Cuánto hace que conoces a Justin?

—Fuimos juntos al colegio.

—¿Conocías también a la víctima?

Matt asintió.

—Pero no tan bien.

—Como él vive aquí y la dirección de ella es la de un camino rural a las afueras de la ciudad, deduzco que estaban separados, ¿es así?

—Sí. —Matt inspiró hondo. Los hechos eran los hechos—. Justin y Erin se casaron hace cuatro años. Fui el padrino de su boda.

—¿Tenían hijos?

—Ella tiene dos, pero no son hijos de Justin.

A Matt se le encogió el estómago con una sensación de lástima. Todd se rascó la mandíbula.

—Mierda.

«Sí. Mierda».

Una pena infinita se apoderó de Matt al imaginarse a los niños.

—¿Cuántos años tienen? —preguntó Todd.

Matt carraspeó.

—Luke va al instituto. Kayla todavía está en primaria.

Todd extrajo una pequeña libreta del bolsillo.

—Me pondré en contacto con los servicios sociales. También tengo que notificárselo a los parientes cercanos. ¿Sabes quiénes pueden ser?

—Los padres de Erin están muertos. —Matt recordaba a la familia de Erin de la boda; la historia de la muerte de sus padres le produjo un fuerte impacto—. Tiene un hermano y una hermana. La hermana vive en Filadelfia, pero el hermano es de aquí. Erin mantuvo su apellido de soltera, así que no debería costarte encontrarlo.

Todd tomó nota.

—¿Cuánto hace que vive aquí Justin?

—Cuatro meses, desde su segunda detención por conducir bajo los efectos de las drogas.

Matt reprimió una punzada de culpabilidad. Todd ya tendría el historial con los antecedentes de Justin, pero pese a ello Matt no pudo evitar un sentimiento de deslealtad por estar dándole aquella información.

—¿Se pelearon o la ruptura fue amistosa?

Estaba claro que Todd tenía a Justin como sospechoso principal. La pareja de la víctima siempre aparecía en la lista, aunque un buen inspector no empezaba una investigación con ideas preconcebidas que pudiesen influir en cómo analizaba la escena del crimen y los indicios. Lo cierto era que Todd tenía experiencia sobre todo como patrullero y supervisor, pero nunca había sido investigador. ¿Cuántos asesinatos había investigado?

—No. —Matt negó con la cabeza—. Erin no quería drogas en la casa, con los niños. Y Justin no la culpaba por eso.

—¿Así que no estaba enfadado por que su mujer lo hubiese echado de casa? —El tono de Todd era de incredulidad.

—La casa es de ella, no de él.

Todd frunció los labios.

—¿Sabes por qué estaba aquí ella esta noche?

—No. —Matt sintió un nudo en el estómago—. Hablé con Justin ayer. No lo mencionó.

—Está bien. —Todd se volvió mientras el forense le hacía señas desde la puerta de la casa—. Tengo que volver. Seguramente estaré aquí toda la noche. Necesito que te pases por comisaría mañana por la mañana y firmes una declaración.

—Allí estaré.

Matt acarició con los dedos la cabeza de Brody. El perro se apoyó en sus piernas y el peso de su cuerpo estuvo a punto de hacer que le fallasen las rodillas. Matt se apoyó a su vez en el animal para contrarrestar la presión.

Todd se alejó andando y Matt visualizó la escena del crimen. Las preguntas sobre la presencia de Erin se le agolpaban en la cabeza: ¿qué estaba haciendo allí esa noche?

—¿Habéis encontrado el teléfono móvil de Erin? —le preguntó Matt desde lejos, pero Todd siguió andando sin responderle. ¿Le vetaría a Matt el acceso al caso?

Miró a Brody. Como de costumbre, los ojos castaños del pastor alemán veían en su interior. El perro volvió a lanzar un gemido.

—Lo sé. Yo también estoy preocupado por Justin.

Como amigo, le preocupaba que Justin pudiese estar metido en un lío muy serio. Como antiguo investigador, sabía que Justin sería uno de los principales sospechosos, y como antiguo agente de policía, le preocupaba la falta de experiencia como investigador del jefe adjunto y el veinte por ciento de incertidumbre que sentía Matt con respecto a su integridad.

Ya fuera con la cooperación del jefe Todd o sin ella, Matt averiguaría lo que había pasado.

Capítulo 4

Se enjabonó las manos y los brazos hasta el codo y a continuación se los aclaró con agua a conciencia y repitió el proceso dos veces más. Se había puesto guantes, pero no quería correr ningún riesgo de que algún resto de sangre, residuo de pólvora o cualquier otro rastro se le hubiera adherido a la piel.

Cuando hubo terminado, se secó las manos con papel de cocina y lo tiró a la basura. Tenía manchas y salpicaduras de sangre seca en la parte delantera de los pantalones y los puños de la camisa. Se quitó la ropa y la metió en una bolsa de papel del supermercado.

No creía que fuese a haber tanta sangre.

No, a ver: pues claro que iba a haber sangre en una herida de bala, pero la cantidad lo había sorprendido. La sangre había manado de la herida a borbotones y había formado una mancha en el suelo. Esta se había expandido rápidamente bajo el cuerpo de ella, extendiéndose por la moqueta clara en un charco espeso, como si se le hubiera caído un cubo entero de pintura roja. Y el olor... metálico, como a monedas, se había mezclado con el de la pólvora y había producido un hedor acre y nauseabundo.

La experiencia en sí no había sido como él esperaba.

Pero ya estaba hecho. Ella había sido un obstáculo y él lo había eliminado. En ese sentido, su muerte había sido culpa suya y solo suya: ella sabía exactamente lo que hacía y él se lo había advertido muchas veces, pero se negaba a hacerle caso. No solo eso, sino que lo había amenazado incluso, ¡ella a él!

Al recordar su falta de respeto hacia él, le hirvió la sangre de nuevo, con profunda rabia.

Sí, había recibido justo lo que se merecía. Ella se lo había buscado. Lo único que tenía que hacer era cerrar la puta boca y obedecer, pero no. Ella se creía por encima de él.

Y ahora estaba muerta.

Ahora cerraría la boca para siempre.

Se duchó, enjabonándose y aclarándose el cuerpo varias veces. Había tomado precauciones. Había muy pocas posibilidades de que conservase alguna prueba en su cuerpo, pero no podía parar: se restregó la piel hasta dejársela en carne viva, como si lavando el cuerpo estuviera limpiando su alma. A continuación, se vistió. Limpió las suelas de las botas con desinfectante. Al día siguiente iría con el coche a alguna localidad próxima y las dejaría en un contenedor de reciclaje para ropa.

Cogió su bolsa con la ropa y la chaqueta que había usado y salió fuera. El jardín delantero estaba vacío, y el frío aire nocturno ya olía a humo. En los salones de las casas vecinas, la gente se sentaba delante de la chimenea y disfrutaba de la calidez de la acogedora lumbre del hogar.

El fuego que él estaba a punto de encender, en cambio, sería menos acogedor; se parecería más a una pira.

Tiró la ropa a un barril que empleaba para quemar hojas y otros desechos orgánicos del jardín. Añadió papel y prendió fuego a la pila. Los tejidos eran en su mayoría mezclas de algodón y ardían bien.

Las llamas consumieron el combustible y se extinguieron. Añadió un poco de madera seca y dejó que el fuego ardiera hasta que las brasas se convirtieron en cenizas. A medida que el resplandor anaranjado de las ascuas fue extinguiéndose, también se enfrió la ira de su corazón.

Todo había terminado.

Ya nada se interponía en su camino. Ahora podría conseguir lo que era suyo por derecho. La vida por la que tanto había trabajado. La vida que merecía.

Más valía que nadie volviese a tratar de detenerlo.

Capítulo 5

Bree salió de la interestatal. Unos minutos más tarde, dejó atrás el cartel que le daba la bienvenida a Grey's Hollow y sacó de la guantera un bote de pastillas contra la acidez.

Como siempre, volver a su ciudad natal le parecía algo irreal y le hacía sentir náuseas.

Después de la llamada de su hermana, Bree había acabado todos sus informes para así tener los dos próximos días libres. Había acordado con un vecino que le diera de comer a su gato, había preparado una maleta y había salido rumbo al norte con el coche a las dos de la madrugada. Había conducido en modo piloto automático durante cinco horas. Al acercarse a Grey's Hollow, el paisaje familiar la arrastró de vuelta a la infancia que tanto le había costado olvidar.

Había intentado llamar al número de su hermana varias veces. Siempre le saltaba el buzón de voz de Erin y el nudo en el estómago de Bree se hacía más tenso. La parte positiva era que la ansiedad evitaba que se quedara dormida al volante.

Tomó un sorbo de su café frío. Su hermana vivía en una granja de cuatro hectáreas al norte del estado de Nueva York. Erin quería que sus hijos tuvieran espacio para correr y criar animales si querían, todo aquello que ella consideraba que le habían robado de su propia vida tras la muerte de sus padres.

La percepción lo era todo. Bree también había perdido todas esas cosas, pero ella no quería nada que le recordara su infancia. Claro que entonces era mayor que Erin y Adam y tenía recuerdos más vívidos que ellos. Erin solo recordaba fragmentos de su vida anterior, y aseguraba que lo había olvidado todo de la horrible noche que había destrozado a su familia. Adam apenas era un bebé. No tenía ningún recuerdo de sus padres.

Bree siguió las indicaciones del GPS. Solo había ido a casa de su hermana un par de veces. Vio el buzón, que tenía forma de vaca con manchas blancas y negras, y enfiló hacia el camino de entrada a la casa. Una capa de nieve y hielo cubría los surcos de barro y la grava. Detrás de la casa había un pequeño establo rojo, y una alambrada rodeaba los pastos. La última vez que había estado allí era verano, dominaba el verde y la hierba estaba repleta de flores y caballos. Todo tenía un aspecto bucólico y apacible. Ahora, en cambio, el paisaje helado transmitía un sombrío aire de desolación.

Y había dos vehículos del departamento del sheriff aparcados en la entrada.

Bree se quedó con la mirada fija delante, y el café se le agrió en la boca. Sintió una profunda sensación de incredulidad. No quería pensar en las posibles razones de por qué estaban allí aquellos dos vehículos.

Pisó el pedal del acelerador y su Honda se acercó dando botes y deslizándose hasta la casa. Bree salió del coche y subió los escalones de madera del porche. La puerta principal estaba cerrada, y se protegió los ojos para mirar a través de los cristales de la puerta. No vio a nadie.

No se había abrochado el abrigo, pero el miedo la entumecía de tal modo que no sentía la temperatura. El sheriff no estaría registrando la casa de Erin a menos que se hubiera cometido algún delito grave. Desplazó la mirada hacia el columpio del porche que su hermana había instalado ella misma; la nieve cubría el asiento de madera, suspendido del techo por unas cadenas recubiertas de hielo. Las cadenas rechinaban al balancearse con el impulso del viento, y el chirrido del sonido metálico crispaba los nervios de Bree.

Percibió movimiento en el interior del recinto. Tiró del pomo y la puerta se abrió. La casa de su hermana era pequeña para ser una granja, pero Erin se había enamorado del porche delantero, que rodeaba toda la vivienda, y del pintoresco establo. Lo describió con palabras como «acogedor» y «hogareño».

—¿Hola? —exclamó Bree desde la puerta, pues no quería asustar a los agentes ni irrumpir bruscamente en la escena, pero inspeccionó con la mirada todo lo que encontraban sus ojos. La puerta principal daba a una enorme sala de estar con los suelos de madera. A un lado, unas puertas cristaleras conducían a un estudio. La escalera subía por la pared del fondo, y un pasillo llevaba a la cocina, en la parte trasera de la casa.

Oyó el ruido de unas botas bajando las escaleras y vio a un agente de uniforme. Le hizo señas a Bree para que retrocediera y salió al porche.

La saludó tocándose el sombrero.

—Señora, ¿en qué puedo ayudarla?

Bree le enseñó su placa.

—Esta es la casa de mi hermana. ¿Qué hacen ustedes aquí?

—Lo siento, señora —dijo con voz grave—. Tendrá que preguntárselo al jefe adjunto.

—¿Está aquí?

—No, señora.

—¿Dónde están mi hermana y sus hijos? —preguntó Bree.

—Tendrá que preguntárselo al jefe adjunto —repitió el agente.

—¿Han detenido a Erin?

El policía la miró con gesto inexpresivo.

—Déjeme adivinarlo: tendré que preguntárselo al jefe adjunto. ¿Dónde puedo encontrarlo?

—En la oficina del sheriff.

Bree se dio la vuelta y examinó las inmediaciones, mientras los nervios la corroían por dentro.

«¿Por qué hay dos policías registrando la casa de Erin?».

La idea de que su hermana hubiese cometido un crimen era absurda: Erin era la persona más buena y recta del mundo, no había roto un plato en su vida. Y, sin embargo, allí había pasado algo.

Bree recorrió el porche hasta llegar a la puerta trasera. Apoyó las manos en los cristales y miró a través de las ventanas. Toda la parte de atrás de la casa la ocupaba la cocina. A las siete y media de la mañana, Erin debería estar tomándose un café y preparando a los niños para ir a la escuela, pero la cocina estaba vacía. Un pasillo conducía a la parte delantera de la casa. Al final del pasillo, Bree vio unas luces encendidas y a un agente desplazándose por la sala de estar. Exceptuando la presencia de los agentes, en la casa todo parecía normal. Nada indicaba que se hubiese producido ningún altercado.

¿A quién más podría llamar Bree? La última vez que los había visto, en verano, Kayla, de ocho años, no tenía teléfono, pero Luke había estado enganchado al móvil la mayor parte del viaje.

«Si fueras mejor hermana y tía, te sabrías el número de tu sobrino».

Pero Bree no lo era, y no se lo sabía. Veía a Erin y a los niños una vez al año, cuando iban a visitarla a Filadelfia, porque ella no había sido capaz de dejar a un lado sus propios traumas y no iba nunca a verlos a Grey's Hollow.

Sus botas resonaron sobre el suelo del porche mientras volvía a la parte delantera de la casa. El agente había vuelto a entrar. La casa tenía cuatro hectáreas de terreno y Erin no tenía vecinos a la vista. Los más cercanos estaban a un kilómetro de distancia. Bree sacó su teléfono y volvió a llamar a su hermano. Le saltó el buzón de voz de nuevo y le dejó otro mensaje. El hecho de que Adam no le respondiera no la alarmó, porque él muchas veces se olvidaba de cargar la batería de su teléfono. Era artista, pintor, y cuando estaba en plena fase creativa podía desconectar durante días. Tenía la costumbre de desaparecer semanas enteras para pintar. Puede que ni siquiera estuviera en la ciudad.

Solo había una manera de obtener respuestas inmediatas. Después de echar un último vistazo a la puerta cerrada, Bree se metió de nuevo en su coche y se dirigió a la oficina del sheriff. El pueblo de Grey's Hollow era demasiado pequeño para poder costearse su propio departamento de policía y dependía del sheriff del condado para mantener el orden público.

El temor que sentía en el pecho fue expandiéndose por los pulmones. No volvería a respirar con normalidad hasta que viera a su hermana y a los niños con sus propios ojos.

Eran las siete y cuarenta y cinco de la mañana y el día clareaba, pero el cielo nublado ensombrecía el amanecer. Bree aparcó en la entrada de la oficina del sheriff del condado de Randolph en Grey's Hollow, salió del coche, esquivó a dos periodistas que estaban retransmitiendo en directo y entró en el edificio de ladrillo. Pasándose la correa de su pequeña bandolera por encima de la cabeza, se acercó al mostrador que separaba el vestíbulo del edificio principal. Dos hombres vestidos con traje hablaban en un lado del vestíbulo.

«¿Más periodistas?».

Definitivamente, allí pasaba algo.

La recibió una mujer mayor con un cárdigan grueso.

—¿En qué puedo ayudarla?

—Me gustaría hablar con el sheriff —dijo Bree.

Nada de hablar con el jefe adjunto: mejor preguntar directamente por la máxima autoridad.

La mujer se quitó las gafas de leer.

—¿De qué asunto se trata?

Bree tragó saliva, bajó la voz para que nadie más que la mujer la oyera y permaneció atenta a su reacción.

—De Erin Taggert.

El rostro de la mujer se iluminó al reconocer el nombre: sabía quién era Erin. A Bree se le encogió el estómago.

Aquello no presagiaba nada bueno. Nada bueno en absoluto.

—¿Su nombre y departamento? —preguntó la mujer. Había supuesto correctamente que Bree era policía, y pensaba aprovecharse de ello.

—Bree Taggert. —Se sacó la placa del bolsillo— Departamento de Homicidios de Filadelfia.

Era evidente que la mujer había reparado en que el apellido de Bree coincidía con el de Erin. Una expresión alarmantemente parecida a la lástima afloró al rostro de la mujer, pero la borró de inmediato.

—Espere aquí un momento, por favor, inspectora

Se dio media vuelta y echó a andar por un pasillo.

La puerta que había detrás de Bree se abrió y entró un hombre, acompañado de un pastor alemán. El hombre se movía como un policía, pero Bree fijó su atención en el perro. ¿Era un perro de la unidad canina?

La ansiedad de Bree se intensificó. Había estado toda la noche esperando respuestas, pero ahora temía obtenerlas. La presencia del perro no contribuía a calmar sus temores. Se trasladó al final del mostrador, tan lejos del animal como pudo. Con algo de distancia entre ellos, a Bree le costaba menos respirar. Centró su atención en el hombre; aparentaba unos treinta y tantos, medía metro noventa de estatura, pesaba aproximadamente noventa kilos, tenía un cuerpo atlético y era ancho de espaldas. Con sus penetrantes ojos azules, el pelo castaño rojizo y una barba de tres días en su marcada mandíbula, le recordaba a un vikingo. También le resultaba familiar; lo conocía de algo. Se encontró con sus ojos, y él la reconoció también.

41

Definitivamente, se habían visto antes, pero ¿dónde?

Los nervios le habían cortocircuitado el cerebro.

El hombre abrió la boca, pero antes de que pudiera hablar, la mujer del cárdigan volvió.

—Inspectora, puede pasar. —Condujo a Bree a una puerta abierta con la inscripción de SHERIFF. Bree apenas reparó en los ayudantes de uniforme sentados frente a sus ordenadores cuando pasó junto a sus mesas—. El jefe adjunto Harvey es el sheriff en funciones. No tenemos sheriff propiamente dicho en este momento.

Bree vaciló al llegar al umbral. Sabía instintivamente que una vez que lo cruzara, su vida nunca volvería a ser igual.

Un hombre de unos treinta años estaba sentado tras un enorme escritorio. Se levantó cuando ella entró, le estrechó la mano e hizo una seña para que ocupara una silla de cortesía.

—Soy el jefe adjunto Harvey.

Ambos se sentaron. La silla de él era tan grande como el escritorio, y parecía perdido en ella.

—Me llamo Bree Taggert. —Sacó su placa de nuevo—. Departamento de Homicidios de Filadelfia.

—¿Es usted pariente de Erin Taggert? —El hombre apoyó un codo en el brazo de la silla.

—Es mi hermana.

Bree dejó la mano en su regazo y apretó la placa con tanta fuerza que los nudillos se le quedaron blancos. Le habló del mensaje de Erin de la noche anterior y de que había encontrado a los policías registrando la casa esta mañana.

—Me temo que tengo que darle malas noticias: su hermana fue asesinada anoche. Mi más sentido pésame.

La noticia cayó sobre Bree como un bloque de escarcha: su cuerpo se enfrió de golpe y su cerebro se entumeció. Durante un minuto largo, permaneció allí sentada mirando al jefe adjunto, sin reaccionar. La boca de él se movía, pero ella no oía ninguna palabra, como si tuviera la cabeza llena de ruido de interferencias.

El hombre se levantó y rodeó la esquina del escritorio para agacharse delante de ella.

—¿Señora Taggert? —Levantó la voz—. ¿Está usted bien?

Bree se sobresaltó cuando recobró el sentido del oído en medio de una avalancha de sonidos y sensaciones.

—Sí. Lo siento. Yo...

No sabía qué decir ni qué hacer. Era como si en su cerebro solo hubiese un vacío.

«¿Erin está muerta?».

Eso no podía ser. El jefe adjunto salió de la oficina un momento y regresó con una botella de agua. Le quitó el tapón y se la dio. Ella la aceptó, pero no bebió. Tenía la garganta tan seca que le daba miedo atragantarse.

—¿Están seguros de que es mi hermana? —La voz de Bree era casi inaudible.

—Sí. El forense la ha identificado.

El hombre se sentó en la esquina del escritorio.

—¿Dónde están los niños?

—Con su hermano.

El mismo hermano que no le había contestado al teléfono en toda la noche. Bree reprimió un arrebato de ira. No tenía derecho a estar enfadada con Adam. Había estado con los niños cuando lo necesitaban. Bree, en cambio, estaba a cientos de kilómetros de distancia. Además, en sus mejores días, Adam se abstraía con facilidad. La noche anterior sin duda había tenido de qué ocuparse.

—¿Qué les han dicho a los niños? —preguntó.

—Anoche les dije que habían asesinado a su madre. —Contrajo la cara con expresión de tristeza—. No les di más detalles.

Bree cerró los ojos para respirar hondo mientras el dolor se apoderaba de su cuerpo. Cuando los abrió, sus palabras le arañaron las cuerdas vocales.

—Quiero verla.

—Por supuesto. Averiguaré cuándo tendrá listo el cadáver el forense. ¿Ha pensado en alguna funeraria?

Bree se estremeció al oír la palabra «cadáver». Por supuesto, tenía que haber una autopsia.

—Quiero verla lo antes posible.

El hombre se recostó hacia atrás y cruzó los brazos sobre el pecho.

—Le daré el número del forense.

—Gracias. —Sacudió la cabeza, no a modo de respuesta, sino para despejársela—. ¿Cómo ha muerto mi hermana?

—Le dispararon.

—¿Dónde y cuándo?

—En la casa de su marido. ¿Puede decirme por qué estaban separados?

—Él tenía problemas con las drogas. —Bree registró entonces las respuestas del policía—. ¿Dónde está Justin?

—No lo sabemos.

«¿Qué significa eso?».

¿El marido de Erin la había matado, como su padre había matado a su madre?

Bree trató desesperadamente de controlar las emociones que la embargaban, pues su capacidad para compartimentar las cosas le estaba fallando. Se aferró a su rabia para que no le flaquearan las piernas.

—¿Por qué estaba mi hermana en casa de Justin y quién encontró su cadáver?

El jefe adjunto volvió a sentarse en su silla, poniendo un poco de distancia entre ambos. Apoyó los codos en el escritorio y la miró con aire reflexivo durante unos segundos.

—El cadáver lo encontró un amigo de Justin. No sabemos por qué estaba allí Erin.

En ese momento, a Bree le vino la imagen del hombre con el perro al que había visto en el vestíbulo y lo recordó de la boda: había sido el padrino de Justin. Matt. Matt Flynn.

—Mire, señora Taggert... —empezó a decir el jefe adjunto.

—Inspectora Taggert —le recordó Bree.

—Inspectora Taggert —se corrigió—, sé que está muy afectada, pero esta no es su jurisdicción, y no puedo permitir que un miembro de la familia de la víctima forme parte de esta investigación.

—Pero podría tener la consideración de tenerme informada. —Las palabras de Bree sonaron frías, y se aferró a la sensación de hielo que le permeaba las entrañas. Cuando el hielo se descongelara, sabía que el dolor se abriría paso, y Bree no quería experimentar ningún dolor.

El jefe adjunto asintió, pero entrecerró los ojos.

—Estos son los hechos que puedo compartir con usted: a su hermana le dispararon en el interior de la casa de su marido, Justin Moore, del que estaba separada, ayer entre las siete y media y las ocho y media de la tarde.

Bree sabía que debería estar haciéndole otras preguntas, pero su mente no mostraba signos de reaccionar.

—¿Tienen algún otro sospechoso? —preguntó.

—Estamos todavía al principio de la investigación. —El jefe adjunto adelantó el cuerpo en la silla—. ¿Cuándo fue la última vez que vio a su hermana?

—Ella y los niños vinieron a Filadelfia en agosto, y hablamos por teléfono una o dos veces al mes. —Una frecuencia que ahora parecía absolutamente... insuficiente y ridícula.

El dolor pugnaba por salir por la garganta de Bree. Se lo tragó.

«Todavía no».

«Tienes que conservar la serenidad».

Pero el control sobre sí misma le parecía tan débil como un delgado hilo de seda.

—¿Qué hay de la camioneta de Erin? —Su hermana conducía una camioneta blanca, un viejo *pickup* modelo Ford F-150. Bree no la había visto en la casa.

—Hemos emitido una alerta por la desaparición del vehículo —dijo el policía.

—¿Creen que Justin se la ha llevado?

—Es una teoría razonable. Es el único vehículo de su hermana. Ahora ha desaparecido, y él también.

Bree pensó que si Justin había matado a Erin y se había llevado su camioneta, a esas alturas ya se habría deshecho de ella. Cualquiera con dos dedos de frente daría por sentado que la policía estaría buscando el vehículo.

—Le aseguro que estamos examinando todas las pruebas —dijo el jefe adjunto—. Le daré más información cuando pueda. —Su silla chirrió al mover el peso de su cuerpo hacia atrás, dando a entender que ya habían terminado—. Voy a tener más preguntas para usted. Necesito que me proporcione sus datos de contacto.

Bree le dio su número de móvil. Ella también iba a tener más preguntas para él, cuando se viese con fuerzas.

—¿Dónde se aloja? —le preguntó.

—No lo sé todavía —contestó Bree—. ¿Cuándo terminarán con el registro en casa de Erin?

—Se lo haré saber, descuide. Con un poco de suerte, los agentes terminarán el registro hoy mismo, pero no le garantizo nada. No sé qué es lo que encontrarán.

Sin embargo, Bree ya sabía que aquel hombre no era un investigador nato. Si aquel fuera su caso, ella estaría registrando la casa de la víctima en persona, y no solo para encontrar pruebas físicas: un detective podía descubrir muchas cosas sobre una persona estudiando su espacio personal. Se guardó sus críticas para sí; reprocharle sus métodos y procedimientos de investigación no iba a hacer que cooperase más con ella, precisamente.

—Esta noche habrá que dar de comer y de beber a los caballos —señaló.

—Sí. Si no hemos terminado con la casa, uno de mis ayudantes se encargará de ello, el mismo que lo hizo esta mañana.

—Gracias.

Bree se levantó demasiado rápido. La sangre no le llegó al cerebro y sintió que se mareaba. Se sujetó del brazo de la silla con la mano durante unos segundos.

—¿No tiene ninguna pista de cuál era el lío en que se había metido su hermana y del que quería hablarle? —preguntó el jefe adjunto.

Bree negó con la cabeza.

—Erin no se metía en líos.

Pero, incluso mientras lo decía, sabía que eso no podía ser verdad.

Capítulo 6

Matt vio a Bree Taggert salir a toda prisa de la oficina del sheriff. Tenía la cara tan pálida como el hielo de la acera, y caminaba como si el edificio estuviera en llamas... O como si estuviera intentando huir lo más lejos posible de la noticia de la muerte de su hermana.

Sintió una oleada de empatía por ella. Conocía la historia de su familia: Bree había perdido a su padre y a su madre en una horrible tragedia, y ahora su hermana había sufrido el mismo destino.

Matt había reconocido a Bree al instante. Tenía un rostro interesante, delgado y de expresión seria, con unos ojos color de avellana que parecían alternar entre el verde y el ámbar en función de su estado de ánimo.

¿Lo habría reconocido ella a él? Se había alejado todo lo posible de Matt cuando él accedió al vestíbulo. Pensó en la boda. En aquel momento, había creído que la atracción entre ambos había sido mutua, pero tal vez se equivocaba.

Detrás del mostrador, Marge Lancaster agitaba en el aire una galleta para perros.

—¿Quién tiene un regalo para Brody?

El perro salivó y se volvió hacia Matt, que llevó al animal detrás del mostrador de recepción.

—Adelante, dásela.

Marge pensaba darle aquel premio a Brody independientemente de lo que dijera Matt. Por lo general, hacía lo que le daba la
gana. Puede que el jefe adjunto fuese el sheriff en funciones, pero
era Marge quien dirigía el cotarro.

Le tendió la galleta.

—*Sitz* —ordenó Matt.

Brody se sentó y tomó con suavidad la galleta de la mano de la
mujer.

—Qué bonito eres...

Marge le acarició la cabeza. El perro golpeó el suelo con la cola
como si supiera que lo estaban halagando.

Matt sacudió la cabeza.

—Lo tienes muy consentido, Marge.

—Mira quién fue a hablar... —Arqueó una ceja bien deli-
neada—. Pero eso da igual: se lo ha ganado a pulso.

—Sí, eso es verdad.

Matt estaría muerto si no fuera por Brody. Aun así, insistía en
imponerle unas normas básicas de disciplina. Un perro de su peso y
sus características necesitaba tener modales.

—*Hier*. —Matt se dirigió a la puerta de Todd. Brody se puso a
su lado, pero se detuvo en cada escritorio a saludar. Desde su jubilación se había convertido en todo un embajador.

Una vez en el interior de la oficina del jefe adjunto, Matt señaló
con el pulgar la puerta cerrada.

—Esa era la hermana de Erin, ¿verdad?

—Sí. —Todd se pasó la mano por el centro de la cara. Se había
afeitado y lucía un uniforme recién planchado, pero la larga noche
le había dejado ojeras—. No sabía que su hermana ha muerto.

—¿Cómo ha encajado la noticia?

Matt tomó asiento frente al jefe adjunto. Brody se recostó junto
a su silla y apoyó la cabeza en el pie de su dueño.

Todd frunció el ceño.

—No creo que lo haya asimilado por completo todavía.

—Seguro que no.

—¿La conoces bien? —preguntó Todd.

—No, no mucho. Nos conocimos en la boda de Justin y Erin.

Aunque ambos habían ido a la boda sin acompañante. Se habían sentado juntos. Habían hablado. Habían bailado.

Todd aplastó la palma de la mano sobre una carpeta cerrada en el centro de la mesa.

—Es inspectora de homicidios de la policía de Filadelfia.

Matt había sido investigador de homicidios en aquel entonces también. Tenían mucho en común. Si no se hubiera ido de la ciudad el día después de la boda, Matt la habría llamado, aunque viendo la reacción de ella cuando lo había visto hoy tal vez había sido mejor que no se hubieran vuelto a ver.

—No me va a dejar en paz. —Todd dio unos golpecitos en la carpeta.

—Yo tampoco —dijo Matt.

Todd suspiró.

—Te digo lo mismo que le he dicho a ella: tienes demasiada conexión personal con el caso, eres amigo del principal sospechoso. No puedo dejar que tomes parte en la investigación, pero te mantendré tan informado como sea posible.

—Entonces Justin sí es el principal sospechoso —señaló Matt.

Todd arrugó la frente con expresión de arrepentimiento.

—No debería haber dicho eso.

—No me has dicho nada que no pudiera imaginar: el marido siempre es sospechoso, y Justin ha desaparecido. ¿Tenéis a algún otro sospechoso?

—No puedo responder a eso.

«Eso es un no».

—¿Habéis pensado…?

—Matt —lo interrumpió Todd—. Ya no trabajas en la oficina del sheriff.

Matt respiró hondo. Sintió una mezcla de ira y frustración expandiéndose por el pecho. Todd iba a empezar la investigación pensando, más que en buscar la verdad, en que Justin era culpable.

El jefe adjunto suspiró.

—Te diré lo que vamos a decir en el comunicado de prensa de esta mañana. —Consultó una hoja de papel de su escritorio—. La bala que mató a Erin Taggert era una nueve milímetros. El padre de Justin ha echado en falta una Sig Sauer P226 de nueve milímetros.

«Mierda».

Justin había sido condenado por un delito grave con anterioridad; legalmente, no podía estar en posesión de un arma. Si hubiera querido una, habría tenido que encontrar otra forma de hacerse con ella.

—El señor Moore no echó en falta la pistola hasta que hablamos con él —continuó Todd—. La guardaba en su mesita de noche. Es posible que Justin se la haya robado. ¿Te dijo algo sobre un arma?

—No.

Todd frunció el ceño.

—¿Estás al tanto de la historia de la familia de Erin?

—Sí.

—El caso ya ha llamado la atención de los medios: lo llaman «asesinato en *déjà vu*».

—Entonces la prensa ha decidido que Justin es culpable.

—No puedo controlar a los medios —dijo Todd.

—Pero al menos podrías decir que tienes abiertas otras líneas de investigación.

Todd lo miró con gesto inexpresivo.

—Emitiré un comunicado de prensa más tarde. Ahora mismo no tengo ninguna otra teoría. Los hechos son que a la futura exmujer de Justin le dispararon en la casa de este, y que no hay signos de que hayan forzado la entrada.

—No puedo creer que Justin haya matado a alguien, y mucho menos a Erin.

¿Y si Justin también estaba muerto? ¿Y si el asesino de Erin lo había secuestrado? ¿Y si la hubieran matado por algo que Justin había hecho, como deberle dinero a un traficante de drogas? Le había comprado la oxicodona a alguien. ¿Se habría visto Erin en medio de un asunto de drogas?

Matt no expresó en voz alta sus teorías alternativas, ya que todas apuntaban al consumo de drogas de Justin y no implicaban que fuera inocente.

—Tienes que admitir que el parecido entre ambos casos es inquietante —dijo Todd.

—Los padres de Erin murieron hace veintipico años —dijo Matt. —Dudo mucho que haya alguna conexión.

—Ya. —Todd miró hacia la ventana. La persiana estaba bajada, tapando la vista y la mayor parte de la luz—. Tienes razón. Probablemente las similitudes son pura coincidencia.

Matt reprimió su frustración. Todd iba a llevar a cabo la investigación con una teoría preconcebida, que influiría en la forma en que veía las pruebas. Les pasaba incluso a investigadores con mucha más experiencia.

Todd inclinó la cabeza y se pellizcó el puente de la nariz. Cuando la levantó, le dio la carpeta.

—Por favor, lee tu declaración. Tengo que volver al trabajo.

Matt revisó y firmó la declaración que Todd había preparado a partir de la entrevista de la noche anterior. Apoyó las manos en los brazos de la silla, listo para levantarse.

—¿Sabes? —dijo Todd en voz baja—. Me sorprendió que el sheriff me nombrara jefe adjunto. El trabajo debería haber sido tuyo; tú tenías más experiencia.

Matt vaciló un instante, sorprendido por aquella confesión.

A pesar de su historial ejemplar, en lugar de obtener un ascenso, a Matt le habían dado un perro policía y lo habían puesto a patrullar de nuevo. El sheriff había actuado como si la reasignación hubiera sido un honor, pues Brody había sido el primer perro policía del condado de Randolph. Sin embargo, Matt sabía que en realidad aquel trabajo suponía un descenso de categoría: el antiguo sheriff no quería a Matt rondando cerca, sino de vuelta sobre el terreno.

De vuelta en la línea de fuego.

«¡Para ya!».

Matt no tenía pruebas de que el sheriff hubiese ido a por él y, cada vez que su cabeza se iba por los derroteros de la teoría de la conspiración, pensaba que lo que le hacía falta era llevar un sombrero de papel de aluminio.

Se encogió de hombros.

—Teniendo en cuenta cómo fueron las cosas, eso ya no importa.

—¿Sin rencores, entonces?

—Claro.

Matt se reservaba su viejo rencor para el sheriff muerto. Pero si Todd la cagaba en este caso de asesinato, aquello sí que lo utilizaría Matt en su contra, desde luego.

—Ya te llamaré cuando tenga más preguntas.

—Cuando quieras.

Matt se levantó de la silla y Brody lo acompañó fuera. Marge estaba ocupada ayudando a alguien en el vestíbulo, así que no se paró a despedirse. Matt salió del edificio y echó a andar hacia su coche, un Suburban. El viento zarandeaba las partículas de hielo por todo el aparcamiento. Vio a Bree Taggert apoyada en la puerta de un Honda Accord y se detuvo a unos pasos de distancia. Aún tenía la cara muy pálida, la mirada extraviada y estaba temblando. Llevaba vaqueros y un abrigo negro hasta la cadera, pero iba sin gorro, guantes o bufanda.

—Me gustaría hablar contigo —le dijo ella. Tenía los labios ligeramente azules. ¿Habría estado ahí plantada todo el tiempo que él había pasado en el despacho de Todd? Echó un vistazo al edificio. Dos periodistas salían de la comisaría y se dirigían a los furgones que había al otro lado del parking.

—Vámonos; aquí hace demasiado frío.

Matt señaló hacia su vehículo.

Bree no dejaba de mirar a Brody.

—¿Quedamos en algún sitio?

—¿En el restaurante? —sugirió.

—Demasiado público.

—¿Estás bien para conducir?

—Sí.

—Entonces sígueme.

Matt se dio media vuelta, abrió la puerta trasera de su Suburban y Brody se subió de un salto en el interior del vehículo. A continuación, Matt se sentó al volante. Su casa estaba a diez minutos de la comisaría. Condujo con la mirada puesta en el espejo retrovisor, asegurándose de que el Honda lo seguía.

Vivía en una granja restaurada de diez hectáreas de terreno. Se detuvo al llegar a la entrada y aparcó el coche. Se oían ladridos detrás de la casa, procedentes de la perrera. Matt y Brody se bajaron del todoterreno y fueron andando hasta la puerta principal. Bree aparcó al lado de su coche y lo siguió, manteniendo la distancia. Dentro de la casa, Matt la guio hacia la cocina y envió a Brody a su jaula.

El animal se fue trotando por las baldosas del suelo y desapareció en el dormitorio.

—No tienes que encerrar a tu perro —dijo Bree.

—No pasa nada. A Brody no le importa irse a la jaula. Es su guarida, no un castigo.

Matt no había usado demasiado la jaula desde que el perro se había retirado, pero intuía que a Bree la ponía nerviosa estar cerca de Brody.

La mujer dio una vuelta alrededor de la cocina y Matt encendió la cafetera.

—¿Has comido?

—No tengo hambre, pero agradecería un poco de café. —Se quitó el abrigo de lana y lo colgó en el respaldo de una silla, junto con un bolso que parecía bastante vacío. Se acercó a las puertas cristaleras que daban al patio trasero, con la perrera y los parques caninos, y se frotó los brazos—. ¿Cuántos perros tienes?

—En la perrera hay seis, pero solo Brody es mío. —Matt acudió a su lado—. Cuando construí la perrera, mi objetivo era entrenar a perros policía para la unidad canina, pero antes de que pudiera poner en marcha el negocio, mi hermana me las llenó. Dirige una asociación de rescate de animales. —Le dio una taza.

Bree la envolvió con ambas manos.

—Gracias.

—¿No te gustan los perros? —le preguntó, mirándola de reojo.

Ella frunció las cejas.

—Uno me mordió de niña. —Apretó la boca, como avergonzada de haber hecho esa confesión, pero Matt intuía que había algo más detrás de la historia. Bree miró fijamente su café—. El jefe adjunto me ha dicho que fuiste tú quien encontró a mi hermana.

—Sí. Lo siento mucho.

Bree asintió con la cabeza y un hipido entrecortado resonó en su garganta. Tragó saliva.

—¿Puedes decirme cómo fue?

—Fui a casa de Justin porque se suponía que iba a llevarlo a su reunión de Narcóticos Anónimos. No me abría la puerta, así que entré. Encontré a Erin en el suelo del dormitorio. —Matt decidió no darle más detalles. Ya se los pediría cuando estuviera lista para escucharlos.

Bree se estremeció y cerró los ojos unos segundos. Cuando los abrió, ya estaba más serena.

—Pero ¿Justin no estaba allí?

—No —contestó Matt. ¿Pensaría ella que había ayudado a Justin a escapar?

—¿Por qué estaba Erin en su casa? ¿Y dónde está Justin?

—No lo sé.

Matt describió la escena.

Bree entornó los ojos.

—Eso no tiene sentido.

Matt se encogió de hombros. Ella permaneció callada durante unos minutos.

—¿Ya no trabajas en el departamento del sheriff?

—No. A Brody y a mí nos dispararon hace tres años.

—Lo siento. —Lo miró con expresión compasiva—. ¿Y qué haces ahora?

—Fue fuego amigo, así que firmamos un acuerdo económico. No nos vamos a morir de hambre. —Matt flexionó la mano. La cicatriz rosada en el centro de la palma se extendió al abrir el puño. También había recibido una bala en la espalda. Irónicamente, esa no había dado a ningún órgano vital. La lesión del nervio de la mano, en cambio, era permanente—. Ya no puedo disparar con la mano derecha. Por desgracia, es mi mano dominante, así que se acabó el trabajo policial para mí.

«Estoy hablando demasiado».

Se aclaró la garganta.

—¿Hay algo que pueda hacer por ti?

Bree negó con la cabeza.

—He llamado a la oficina del forense. Me avisarán cuando pueda ver a Erin. —Le tembló la voz y apartó los ojos, con expresión turbada.

—Deja que te acompañe —se ofreció él—. Nadie debería hacer algo así solo.

Ella lo miró fijamente. Por un momento, Matt pensó que iba a rechazar su ofrecimiento.

—Gracias. Te lo agradecería. —Inspiró hondo, con aire tembloroso—. Aún no he visto a los niños. No sé qué decirles.

—Lo único que puedes hacer es estar a su lado —dijo Matt.

—Y hablando de eso, debería irme. —Se dio media vuelta y dejó su taza en la isla de la cocina. Volviéndose para mirarlo de nuevo, dijo—: ¿Qué pasa con el departamento del sheriff y ese jefe adjunto?

—Hace tiempo que no tienen sheriff. El anterior era un hombre corrupto y se suicidó. Desde entonces, el departamento ha perdido la mitad de sus agentes.

—¿El jefe adjunto Harvey no se presentó candidato?

—No —dijo Matt—. No quiere ocupar el puesto. De momento, nadie quiere. Hay que rehacer el departamento de arriba abajo.

—¿Y confías en su capacidad para resolver el asesinato de mi hermana?

Matt fue sincero.

—No lo sé. Creo que lo intentará, pero no tiene mucha experiencia en investigación.

Bree lo miró a los ojos.

—¿Crees que Justin lo hizo?

—No —contestó Matt sin dudar—. No es un hombre violento ni un maltratador.

—Los adictos pueden ser impredecibles.

—Justin asumió toda la responsabilidad de su separación. Estaba decidido a desintoxicarse y recuperar a Erin. —Matt hizo una pausa—. Todavía la quería.

—Las pruebas contra él son convincentes.

—Lo sé.

Bree se frotó un nudillo con los labios un momento. Luego bajó la mano y enderezó los hombros.

—Pienso averiguar la verdad, con la ayuda del jefe adjunto o sin ella.

—Yo quiero encontrar a Justin. No creo que él haya matado a Erin.

Matt seguía sin concebir ningún escenario en el que Justin pudiera hacer daño a su mujer ni a cualquier otra persona. Su amigo no tenía un carácter violento.

—El marido es siempre el principal sospechoso. Estadísticamente, hay muchas posibilidades de que sea culpable —lo desafió ella—. Mi padre mató a mi madre.

—Lo sé —convino Matt—. Pero Justin no es tu padre, y Erin no era tu madre.

—Tienes razón. —Recogió su abrigo del respaldo de la silla de la cocina—. Pero los hechos siguen siendo los mismos, y Justin parece culpable, desde luego.

Matt se interpuso en su camino a la puerta.

Una expresión malhumorada asomó al rostro de Bree y arqueó una ceja.

—¿Quieres que Justin sea culpable? —le preguntó él.

Ella exhaló el aire y lo miró a los ojos. Lo que más le gustaba de ella era su actitud firme y resuelta. Bree no se andaba con tonterías.

—No —respondió—. Los niños ya han perdido a su madre. Saber que su padrastro la ha matado empeoraría aún más la situación para ellos.

Matt esperaba que fuera sincera y directa, pero su respuesta le sorprendió.

—No estoy seguro de que el jefe adjunto esté buscando otros sospechosos...

—Y no va a encontrar lo que no está buscando —terminó la frase Bree.

—Creo que deberíamos colaborar. —Matt levantó una mano—. Deja que me explique: tú pondrías a Justin en el primer lugar de tu lista de sospechosos, mientras que yo lo pondría al final. Ambos queremos resolver el asesinato de tu hermana: tú conoces a tu hermana y a tu familia, y yo conozco a Justin desde que íbamos juntos a primaria, y tengo los contactos locales.

Además, no tenía ninguna duda de que Bree se iba a poner a trabajar en el caso, y no le gustaba la idea de que persiguiera a un asesino ella sola. Podía ser la mejor inspectora de homicidios del mundo, pero necesitaba a alguien que le guardara las espaldas. Al igual que Matt. También era una mujer inteligente y, sospechaba, muy buena en su trabajo.

Bree lo miró entrecerrando los ojos.

—Quieres encontrar a Justin antes de que lo haga el departamento del sheriff. ¿Tienes miedo de que le disparen cuando lo encuentren?

«A mí me dispararon, así que sí».

Sin embargo, escogió sus palabras con cuidado.

—Quiero saber la verdad.

Bree frunció los labios.

—Así que nuestro objetivo es el mismo, pero nuestras motivaciones entran en conflicto.

—Sí. Nos equilibramos el uno al otro, y tendremos mayores posibilidades de éxito si nuestros cerebros trabajan juntos.

Bree resopló.

—Por raro que suene, tiene sentido.

—Entonces, ¿trabajarás conmigo?

—Lo pensaré.

—Me parece bien —dijo Matt—. Apunta mi número.

Bree sacó el teléfono del bolsillo e introdujo los números a medida que Matt se los fue dando. Al cabo de un segundo, el móvil de él vibró en su bolsillo. Matt miró la pantalla. Ella le había enviado un mensaje de texto.

—Avísame cuando estés preparada para ir a la oficina del forense —dijo.

A Bree se le empañaron los ojos.

—Lo haré.

Ambos se miraron fijamente unos segundos. ¿Estaba pensando Bree en la probabilidad de que el forense estuviera haciéndole la autopsia a su hermana en ese preciso instante? Como inspectora, sabía todo lo que implicaba ese procedimiento.

Bree levantó la barbilla y pestañeó para despejar sus ojos de las lágrimas no derramadas. No. Matt sabía que ella no se iba a permitir regodearse en pensamientos negativos: se concentraría en encontrar al culpable de la muerte de su hermana.

CAPÍTULO 7

Bree no recordaba haberse puesto en marcha en dirección a la casa de su hermano; no dejaba de darle vueltas a su conversación con Matt. Aun así, de repente su Honda estaba sorteando los baches de la pista de tierra que llevaba al establo reformado en el que Adam había vivido prácticamente desde que se había graduado en el instituto. Su hermano era una de las personas más inteligentes que conocía, pero su inteligencia no era convencional, y detestaba estudiar. Su graduación fue uno de los raros acontecimientos que lograron que Bree volviera de visita a Grey's Hollow.

El establo estaba en medio de un extenso prado recubierto de nieve. El viejo Ford Bronco de Adam estaba aparcado en la parte delantera. Su hermano no había despejado el camino de entrada y Bree cruzó los dedos para que su coche no se atascara. Llegó al final, aparcó y salió al aire frío. No había árboles que hicieran de barrera contra el viento y este azotaba el paisaje desolado con lenguaradas de nieve en polvo. Volvió la cara durante un par de segundos hacia la ráfaga de frío helado, deseando que le adormeciera las emociones a la vez que la piel.

¿Qué iba a decirles a los niños? ¿Cómo estarían sobrellevando su dolor? ¿Cómo podía brindarles consuelo cuando ella no era capaz de controlar sus propias emociones?

La puerta principal se abrió y una figura alta y desgarbada apareció en la entrada. Al principio, Bree pensó que era su hermano, pero la figura salió fuera y la luz del día le dio en la cara. Era su sobrino de quince años, Luke, que parecía haber crecido varios centímetros desde que lo había visto en agosto. De pronto, su aspecto era más de hombre que de adolescente.

Puede que estuviese madurando físicamente, pero sus ojos tenían la expresión perdida de un niño. Bree echó a andar hacia él sin pensárselo dos veces y lo rodeó con los brazos. Su cuerpo temblaba mientras ella lo abrazaba.

—¿Quién es? —preguntó una vocecilla.

Ahora Luke era más alto que Bree, y esta tuvo que mover la cabeza para ver a su sobrina. Kayla tenía los ojos rojos e hinchados, y la cara pálida y surcada por las lágrimas. Bree separó una mano para incluirla en el abrazo. Los tres se quedaron de pie en la puerta, con la figura de Bree bloqueando el viento.

Cuando se apartó de ellos, tenía la cara húmeda. Se secó las mejillas y examinó a los niños. Físicamente, parecían estar bien; el daño solo era visible en sus ojos, pero reconoció en ellos un reflejo de su propio dolor, y sabía que no desaparecería nunca.

—¿Dónde está el tío Adam? —preguntó Bree.

Luke señaló con el pulgar por encima del hombro.

—En su taller.

Bree llevó a los niños dentro. La nieve se había acumulado en el umbral. Bree la retiró a patadas con el pie y cerró la puerta. El interior de la casa de Adam estaba formado por una sola habitación muy grande; había una enorme cama doble en una esquina, y una cocina, un sofá y un televisor en el lado opuesto de la sala. El taller estaba separado de la habitación principal por un tabique que no llegaba al techo.

Había cajas de pizza, ropa y material de pintura desperdigados por todas las superficies. Bree clasificó el desorden como de categoría cuatro, lo que significaba que Adam estaba a punto de terminar un cuadro. Al cabo de uno o dos días, los desechos también se extenderían por el suelo. Cuando Adam terminase, no haría nada más que comer y dormir durante una semana entera antes de limpiarlo todo y empezar de nuevo.

Bree dejó su abrigo en el respaldo del sofá, se dirigió al taller y se asomó al otro lado del tabique. La luz penetraba por un ventanal e iluminaba un enorme lienzo que Adam estaba mirando fijamente con los ojos entornados. Su hermano tenía veintiocho años, pero su rostro era delgado y de aspecto juvenil. Podía pasar sin problemas por un estudiante universitario... hasta que lo mirabas a los ojos. Eran los ojos de un alma vieja.

Vestía unos vaqueros rotos y una sudadera manchada de pintura de la Universidad de Pensilvania, la *alma mater* de Bree. El pelo le llegaba hasta los hombros y lo llevaba manchado de pintura gris. Su pincel también estaba empapado de gris, y lo descargaba con trazos amplios y enfurecidos sobre un lienzo del tamaño de la pizarra de una escuela. Bree estudió el cuadro. Era abstracto, pero veía la evolución: azules audaces y rojos furiosos se arremolinaban violentamente en el fondo, mientras que la capa superior era de color gris. Furia y tristeza, envueltas en capas de dolor. Sin necesidad de preguntar, Bree sabía que el gris se había manifestado durante la noche, después de que Adam se enterara de la muerte de Erin. No es que las capas subyacentes reprodujesen nada parecido a la felicidad: sus cuadros nunca lo hacían. A Bree siempre le parecía como si una mezcla de terribles emociones explotara en sus lienzos. ¿Era así como Adam expulsaba sus demonios?

Apenas era un bebé cuando sus padres murieron. No podía acordarse de nada, ¿verdad?

Pero es que... Dios, la oscuridad era una parte tan grande de él que a veces Bree se preguntaba cómo soportaba el peso.

Si tuviese que ponerle título a ese cuadro en particular, lo llamaría *Los colores del dolor*.

—Esa sudadera tiene más años que Luke —afirmó.

Adam no dijo nada durante unos segundos y luego volvió la cara hacia ella. Sus ojos se hacían eco de las emociones del cuadro. Para los Taggert, la tragedia era un rasgo familiar que se transmitía de generación en generación, junto con el pelo castaño y los ojos color de avellana.

—Bree. —Cruzó los tres metros que había entre ellos y la abrazó con fuerza. Cuando la soltó, la retuvo a un metro de distancia y frunció el ceño—. Te he manchado de pintura la ropa.

Bree miró hacia abajo. Llevaba manchas de gris por todo el suéter, como si el ánimo de su hermano fuera transferible.

—No me importa.

Miró por encima del hombro. Los niños se habían instalado en el sofá, donde dio por sentado que ya estaban antes de que ella llegara. Kayla estaba viendo la televisión, mientras que Luke se encorvaba sobre el móvil.

Bree se volvió hacia Adam. Las latas de Red Bull llenaban el alféizar de la ventana.

—¿Han comido los niños?

Adam pestañeó y miró a la ventana unos segundos, como si se acabara de dar cuenta de que era media mañana.

—Hemos desayunado. —Se pasó una mano por la cabeza y se apartó el pelo de los ojos—. Si tienes hambre, hay restos de pizza en la nevera.

Su mirada y su atención ya habían vuelto al cuadro.

Bree le frotó el brazo. Parecía delgado, pero siempre perdía peso cuando trabajaba.

—Tú también necesitas comer.

—Vale —contestó con aire ausente.

Bree dudaba que recordara lo que acababa de decirle. Su hermano estaba en la fase en que comía y dormía solo cuando era inevitable. Salió del taller y se fue a la cocina. Más latas de Red Bull abarrotaban la encimera, junto a tres cajas de pizza vacías y una caja de Cheerios. La leche estaba agria, pero (oh, milagro) encontró huevos y queso en buen estado. Hizo un revuelto y le llevó un plato a Adam. Él lo dejó en el alféizar de la ventana, prometiendo comérselo. Bree cogió una bolsa de basura, limpió la encimera y luego puso unos platos en la barra de desayuno para los niños.

¿Qué debía decirles?

Kayla iba picoteando de su plato en silencio. Luke se comió todo el plato en menos de dos minutos. Se bebió un vaso de agua de un trago y soltó el vaso.

—¿Cuándo podremos irnos a casa?

—Con un poco de suerte, esta misma tarde. —Bree extendió la mano y cogió una de las manos de Luke y otra de Kayla—. No sé qué hacer, pero quiero que sepáis que voy a estar a vuestro lado para lo que necesitéis.

Kayla rompió a llorar. Bree rodeó la barra del desayuno y la abrazó.

—Quiero a mamá —dijo Kayla entre sollozos.

—Lo sé.

Bree presionó la cabeza contra la de la niña.

Kayla levantó su rostro surcado de lágrimas.

—¿Por qué ha pasado esto?

—No lo sé, pero voy a averiguarlo —le contestó Bree.

—Anoche, los ayudantes del sheriff dijeron que lo hizo Justin. —Las palabras de Luke sonaron secas.

—¿Os dijeron eso? —preguntó Bree, enfadada.

Luke negó con la cabeza.

—No, pero los oí hablar.

—Nadie sabe todavía lo que pasó —le explicó Bree. Sin duda Matt tenía razón sobre los agentes y sus teorías preconcebidas.

—Pero mamá estaba en su casa, y él ha desaparecido. —A Luke se le contrajo un músculo de la cara, como si estuviera haciendo un esfuerzo por dominarse.

—¿Qué más dijeron? —le preguntó Bree.

—Eso es todo. —Luke se encogió de hombros. —Pero quiero saber más.

Y Bree quería tener unas palabras con aquellos agentes que habían hablado del caso sin preocuparse de si los hijos de la víctima los oían o no.

—Justin ha desaparecido —aclaró Bree, tanto para informar a los niños como para recordárselo a sí misma—. Hasta que lo encuentren, no sabemos qué pasó.

El rostro de Luke reflejaba el torbellino de emociones en su interior.

—Pero ¿me dirás la verdad?

—Lo haré —le prometió Bree. Luke era casi un adulto; no lo trataría como a un niño.

Pensó en Justin y en las probabilidades de que hubiera sido él quien había matado a Erin. El propio padre de Bree había sido un camaleón, amable y simpático cuando estaba con personas ajenas al entorno familiar, pero un auténtico maltratador con su familia. Tal vez Justin tenía la misma habilidad para poner una fachada amable de cara a la galería. Si así era, los niños deberían haber visto sus dos caras. Bree dudaba que pudiera haber ocultado su verdadera naturaleza ante las personas que habían convivido con él los últimos cuatro años.

—¿Os gusta vivir con Justin? —preguntó Bree.

Kayla asintió.

Luke se encogió de hombros.

—No está mal.

—Yo no quería que se fuera —dijo Kayla, sorbiéndose la nariz—. Era bueno conmigo. Lo echo de menos.

Bree recordaba a Justin como un hombre de buen carácter. En apariencia. Erin no quería obligarlo a que se fuera de casa, pero al final sentía que no tenía elección.

—¿Alguna vez lo visteis tratar mal a tu madre?

—No —dijo Luke.

—¿Discutían? —preguntó Bree.

—A veces. —Luke se puso a jugar con el tenedor—. Pero normalmente era mamá la que le gritaba a Justin, y él el que le decía que lo sentía. Se arrepentía por lo de las drogas. Quería dejarlas, pero no podía.

—La adicción cambia a las personas —dijo Bree.

Luke se quedó callado unos segundos.

—Justin era un poco pelmazo, siempre estaba insistiendo para que hiciera cosas con él. Pero nunca fue malo conmigo ni nada de eso.

Erin había dicho que Justin se esforzaba demasiado, y a Luke le molestaba tanta presión. Luke se apartó el pelo de los ojos y Bree vio un destello de pesadumbre en ellos. El adolescente le había hecho pasar malos ratos a Justin, y ahora se arrepentía.

—¿Ninguno de vosotros le tenía miedo cuando vivíais con él? —preguntó Bree.

Los dos negaron con la cabeza.

Los niños tenían un instinto infalible. Ella, de niña, le tenía terror a su padre. Tal vez Matt también tenía razón sobre Justin; quizá era inocente, y Bree no sabía separar su propio pasado del presente. Puede que tuviera tantos prejuicios como el jefe adjunto.

El teléfono de Bree vibró y miró la pantalla. Sintió que se le encogía el corazón.

Era la oficina del forense.

Hizo un esfuerzo por mantener el rostro impasible.

—Perdonad, pero tengo que contestar esta llamada.

Bree salió por la puerta principal y la cerró a su espalda. Por suerte, el ayudante de la morgue no esperaba que fuese a mantener una conversación con él, sino que simplemente le dijo que habían terminado la autopsia y que ya podía ver el cadáver de su hermana.

Bree colgó el teléfono. Los nervios le formaron un nudo en el estómago. ¿Debía aceptar la oferta de Matt? Sentía náuseas ante la idea de ir sola. No era debilidad. No era ningún robot: ver el cadáver de su hermana la alteraba, nada más lógico y natural. Le temblaban las manos cuando le envió un mensaje de texto.

Él le contestó con otro mensaje en unos segundos.

Te recojo en 10 minutos.

Pese al frío que hacía fuera, lo último que Bree quería hacer era entrar en la casa de nuevo para buscar su abrigo. ¿Debería decírselo a los niños? Quería ser sincera con ellos, pero no hacía ninguna falta que supieran determinados detalles.

Recompuso la expresión de su rostro y entró.

—Tengo que salir a hacer unos recados.

—Pero si acabas de llegar... —protestó Kayla con labios temblorosos.

—Lo sé y lo siento.

Abrazó a su sobrina.

—Quiero irme a casa. —Luke frunció el ceño, mirando al taller. Adam no había salido.

—Yo también —dijo Kayla.

—Dejadme resolver unos asuntos y luego me encargaré de llevaros a casa. Necesito que os quedéis aquí con el tío Adam un rato más, ¿de acuerdo?

Los niños asintieron con la cabeza, pero parecían decepcionados.

—Luke, ¿recuerdas al amigo de Justin, Matt Flynn? —preguntó Bree.

—Sí —contestó él.

—Necesito hablar con el tío Adam un momento. Si Matt llama a la puerta, ¿lo dejarás entrar?

—Claro.

Luke volvió a refugiarse en su teléfono.

Un avance informativo interrumpió el programa de televisión que estaba viendo Kayla. Bree vio la foto de su hermana y de Justin en la pantalla. Bajo las imágenes, un titular decía: «Se busca marido desaparecido por la muerte de su esposa». Kayla miraba fijamente el televisor, con los ojos abiertos como platos y expresión horrorizada.

—La familia Taggert tiene una larga historia de violencia y tragedia —empezó a decir el periodista.

Bree fue corriendo a la mesa, cogió el mando a distancia y pulsó el botón Guía. De inmediato, una cuadrícula de canales sustituyó al informativo. Le pasó el mando a Luke.

—¿Puedes poner un canal infantil, por favor?

—Ahora mismo —dijo, pero el dolor en sus ojos le dijo que el daño ya estaba hecho.

Bree entró en el taller de su hermano para decirle que se iba un rato. Adam estaba mirando su cuadro.

—Adam —dijo Bree.

—Sí… —respondió sin mirarla.

—Mírame.

—¿Qué?

Se volvió, pestañeando.

Bree suspiró.

—Tengo que salir. No pongas ningún canal de televisión donde puedan salir noticias y trata de distraer a los niños.

—¿Cómo lo hago?

—Habla con ellos. —Bree se calló, dándose cuenta de que había sido muy brusca—. Mira, ya sé cómo te sientes cuando estás pintando, pero los niños te necesitan. No vale con que estés en la misma casa, tienes que estar con ellos.

—Está bien. Lo entiendo. — Volvió a mirar al lienzo—. Enseguida termino con esta parte, solo necesito unos minutos.

«No, no es verdad».

Oyó que alguien carraspeaba a su lado y, al volverse, vio a Matt de pie en la puerta.

—Volveré en cuanto pueda —le dijo a su hermano, que estaba de espaldas. Regresó con los niños y se puso el abrigo—. Cerrad la puerta cuando me vaya.

Siguió a Matt fuera y esperó hasta que oyó deslizarse el cerrojo de la puerta antes de subirse a su todoterreno.

Apenas si podía mantener la serenidad delante de los niños, así que ¿cómo iba a prestarles apoyo durante el funeral de Erin? ¿Y qué pasaría después? Bree decidió apartar el futuro de su mente; aquella tarde ya iba a ser lo bastante difícil, tendría que ocuparse de los problemas de uno en uno. Se sentía incapaz de conversar, de modo que miró por la ventana del pasajero mientras Matt conducía.

La oficina del forense estaba en el complejo de edificios municipales, no muy lejos de la comisaría. El trayecto fue corto y cuando llegaron, Bree no estaba ni mucho menos preparada. Aunque dudaba que jamás pudiera llegar a estar lista para ver el cadáver de su hermana.

Bajó del todoterreno y permaneció en la acera unos minutos, dejando que el frío le calara los huesos.

Matt salió del vehículo y esperó junto a ella.

—No hay prisa. Tómate todo el tiempo que necesites.

Bree dudaba que diez minutos más fuesen a suponer alguna diferencia.

—Vamos.

Entraron. Matt se acercó al mostrador de recepción y habló con la encargada. Antes de que a Bree le diera tiempo a parpadear siquiera, los condujeron a un despacho. Era como si el tiempo estuviese acelerándose, moviéndose demasiado rápido, fuera de su control.

Una mujer afroamericana vestida con un uniforme negro salió de detrás del escritorio.

—Soy la doctora Serena Jones. Yo he realizado la autopsia de su hermana.

Matt hizo las presentaciones, pero era como si Bree lo oyese todo en sordina.

La doctora Jones se volvió hacia ella.

—Puede ver a su hermana a través de un monitor...

—No —la interrumpió Bree.

—Ya pensé que no preferiría esa opción, así que hice que trasladaran a su hermana a una sala privada —explicó la doctora Jones. Hablaba como si Erin fuera una paciente, no un cadáver—. Acompáñenme.

La sensación de fatalidad inminente se hacía más sólida con cada paso que daban por el pasillo de baldosas. Bree mantuvo la mirada fija en la parte de atrás de la camisa de la doctora Jones. Entraron en una sala pequeña en cuyo centro un cuerpo cubierto con una sábana ocupaba una camilla. La doctora Jones la rodeó hasta situarse en el lado opuesto de la camilla, frente a Bree. Entre ellas quedaba el cadáver de su hermana. Matt permaneció al lado de Bree.

La doctora esperó hasta que ella levantó los ojos y asintió con la cabeza. Entonces la mujer retiró la sábana lo justo para revelar únicamente la cara de Erin. Con sumo cuidado, alisó la sábana sobre las clavículas del cadáver, cubriendo la herida que había acabado con su vida y la incisión de la autopsia. O la doctora Jones o bien su asistente se habían encargado de colocar el pelo de Erin de modo que la incisión del cuero cabelludo no fuera visible.

Bree intentó no pensar en todas las autopsias que había presenciado, pues no tenía sentido visualizar la agresión que se le había infligido al cuerpo de su hermana. Erin ya no estaba allí: lo que había encima de la mesa solo era una cáscara; los órganos habían sido extraídos y examinados, y luego devueltos al interior del cuerpo en una bolsa de plástico. Pero mientras Bree miraba la cara de su hermana, eso no parecía importar demasiado. Erin tenía los ojos cerrados, y el rostro céreo y gris. Los pómulos hundidos sobresalían con un marcado relieve, como si su cuerpo se hubiera desinflado cuando lo abandonó el alma. Hasta ese momento, su muerte le había parecido algo completamente abstracto. Pero, de repente, la realidad y el dolor golpearon a Bree como un puñetazo certero.

Una vez, cuando Bree era aún una simple agente y estaba patrullando, le dispararon en las costillas. El chaleco antibalas había absorbido el proyectil, pero el impacto la había dejado sin aire en los pulmones. Las piernas se le habían plegado como si fuera una carpeta acordeón. Ver el rostro de su hermana le había supuesto un impacto similar.

La mano de Matt que la agarró del codo impidió que cayera al suelo. Cerró los ojos durante unos segundos y respiró por la boca. Agradeció que ni Matt ni la forense dijeran una palabra hasta que recobró el equilibrio.

—Sé que es usted inspectora de homicidios —dijo la doctora Jones en voz baja y suave—. Responderé a todas las preguntas que tenga sobre la muerte de su hermana, pero quiero que primero se dé permiso a sí misma para actuar como un ser humano.

Como si Bree pudiera haber formulado alguna pregunta coherente...

Ella misma había notificado muertes personalmente. Había acompañado a los familiares a la morgue y los había cogido de la mano en ese mismo instante. Sin embargo, nunca hasta ese día había experimentado la abrumadora carga, la conmoción y el peso de ese momento.

Hasta ese día.

Una oleada de dolor, impotencia y rabia amenazaba con volver a hacer que perdiera el equilibrio. La doctora Jones apartó una silla del rincón y se la acercó a Bree.

Tras inspirar aire varias veces, Bree recobró la voz, aunque la tenía tan ronca como si fumara dos paquetes de cigarrillos al día.

—Dígame la verdad: ¿murió rápido?

—Sí —contestó la doctora Jones sin dudarlo—. Se quedó inconsciente en segundos y murió en un minuto aproximadamente.

No especificó cuántos segundos, pero, si había sufrido, no había sido durante mucho tiempo. Bree se imaginó a Erin tirada en el suelo, desangrándose, pensando en sus hijos, a los que no volvería a ver.

Los niños querrían verla, y Bree tendría que dejar que la vieran. Cuando era niña, a ella le habían negado la oportunidad de despedirse, y aún le dolía que la hubiesen apartado, que la mandasen callar cuando hacía preguntas, que los adultos se acordaran de ella solo cuando estaba todo ya decidido. No les haría eso a Luke y Kayla. Ellos mismos decidirían si querían ver a su madre o no.

—¿Puedo estar un momento a solas con ella? —preguntó, mirando a la doctora y luego a Matt.

—Sí. Su cuerpo está listo para que lo trasladen a la funeraria de su elección. —La doctora Jones se dirigió a la puerta—. Estaremos en el pasillo cuando haya terminado.

—Tómate el tiempo que necesites.

Matt siguió a la doctora.

Una vez a solas, Bree le acarició la mejilla a su hermana. La piel estaba fría e inerte bajo la palma de su mano. No levantó la sábana. No examinó la herida. Le brindó a su hermana el respeto que merecía.

—Haré todo lo que pueda por los niños —Bree empezó por lo más importante para su hermana y luego añadió—: Y averiguaré quién te hizo esto. —Se llevó una mano al corazón, tal como hacían cuando eran niñas—. Te lo prometo.

Capítulo 8

Matt no había llegado a conocer a la nueva forense. La habían contratado recientemente para sustituir al antiguo patólogo, que se había mudado a Wyoming.

Se apoyó en la pared al lado de la puerta.

—¿Quiere que le traiga un poco de agua? —se ofreció la doctora Jones.

—No, gracias.

Matt no creía que pudiese tragar nada sin que volviera a subirle por la garganta. Había visto cadáveres como investigador de la oficina del sheriff, pero aún recordaba a Erin viva y sonriente.

Y eso lo cambiaba todo.

Como investigador, había hecho todo lo posible por mantener su vida personal separada de su trabajo, pero haber sido el padrino en la boda de la víctima hacía que eso fuera sencillamente imposible.

Bree abrió la puerta y salió. Tenía los ojos secos, llenos de desolación y de actitud resuelta.

—¿Puedo hacerle unas preguntas? —le preguntó a la forense.

—Sí.

La doctora Jones los llevó de nuevo a su despacho. Matt y Bree ocuparon sendas sillas frente al escritorio. La autopsia se trataba como un documento tan confidencial como cualquier historial médico. En calidad de familiar de la víctima, Bree tenía derecho a conocer los resultados, pero el informe oficial no estaría disponible hasta al cabo de unos meses.

—¿Está segura de que quiere hacer esto ahora? —preguntó la doctora Jones.

Bree asintió.

—Está bien. —La doctora inclinó el cuerpo hacia adelante, apoyándose en los antebrazos y prestando a Bree toda su atención.

—¿Murió a consecuencia de un solo disparo? —preguntó Bree.

—Sí. Sufrió un trauma cardíaco penetrante —dijo la doctora Jones—. Hoy en día la tasa de supervivencia por herida de bala en el pecho es muy alta, pero su hermana tuvo muy mala suerte. Una bala de nueve milímetros le laceró la arteria coronaria, causando una hemorragia masiva. La pérdida de sangre fue rápida.

Matt recordó el charco de sangre debajo de Erin. A la hermana de Bree le había dado tiempo a perder un gran volumen de sangre.

—¿Hay algo más de interés en el informe preliminar? —preguntó Bree, con la voz tensa.

—No. Aparte de la herida de bala, su estado de salud era bueno. —La doctora frunció el ceño—. Mantuvo relaciones sexuales poco antes de morir, pero no he encontrado evidencias de que las relaciones no fueran consentidas. No había hematomas significativos en el cuerpo. Lo último que ingirió fue pizza, una o dos horas antes de su muerte.

Bree digirió la información con la cara tan blanca e inmóvil como el mármol.

La forense juntó las manos en el escritorio.

—¿Por qué no se va a casa y asimila todo lo que ha sucedido hoy? Llámeme si tiene más preguntas y yo la llamaré si consigo más información.

Los resultados de algunos informes, como los análisis de toxicología, no estarían listos hasta al cabo de semanas o meses.

Bree asintió.

—Gracias.

Contestó con voz neutra, aparentemente inexpresiva, pero Matt veía la clase de esfuerzo que estaba haciendo. Sus ojos color de avellana estaban enturbiados, el verde haciéndose más intenso a medida que la pena los anegaba. Se limpió una lágrima solitaria de la mejilla con un dedo tembloroso y luego se metió las manos trémulas en los bolsillos del abrigo. Matt no podía ni imaginar el impacto emocional, el horror y la pena que estaban destrozándola por dentro. Se sentía como si estuviese invadiendo un momento que debería ser íntimo y privado. Su hermana había sido asesinada, un acto violento le había arrebatado la vida. Bree debería poder disponer del espacio necesario para llorar en paz. En circunstancias similares, Matt estaría llorando desconsoladamente.

La doctora los acompañó a la puerta de su despacho. Matt siguió a Bree por los pasillos hasta que salieron del edificio. Una vez fuera, ella se quedó en la acera unos segundos, volviendo la cara hacia el viento frío. Los faldones de su abrigo se agitaban al viento, pero ella no parecía notar que la temperatura era gélida.

Matt abrió la puerta del pasajero de su todoterreno. Bree se subió al asiento y él rodeó la parte delantera del vehículo y se sentó al volante. Arrancó el motor.

Bree se volvió hacia la ventanilla.

—¿Por qué estaba mi hermana en casa de Justin?

—Creo que iba allí habitualmente. —Matt ajustó los conductos de la calefacción para que a Bree le llegara el máximo flujo de aire y encendió además la calefacción del asiento del pasajero cuando salieron del aparcamiento—. Me fijé en algunas cosas que había en el baño de Justin mientras esperaba a los ayudantes de la oficina del sheriff.

—¿Como por ejemplo?

—Había un cepillo de dientes extra, un cepillo de pelo de mujer, maquillaje, productos de higiene femenina. —Matt tomó el desvío de la carretera principal.

Bree frunció las cejas.

—Eso podría ser de cualquier mujer.

—Sí, eso es cierto. ¿No sabes qué marcas usaba?

Bree negó con la cabeza.

—¿Vas a llevar a los niños de vuelta a su casa? —preguntó, deteniéndose en un semáforo.

—Sí. Ahí es donde quieren ir.

—Entonces podemos comparar las marcas de su cuarto baño con las que había en casa de Justin.

—Parece un buen plan. —Sin embargo, la voz de Bree sonaba distraída y agotada. Tal vez ya había tenido suficiente por hoy. Había mostrado una fuerza increíble ese día, pero ¿cuánto podía soportar un ser humano?

Matt condujo hasta el establo reformado del hermano de Bree y aparcó el coche.

Ella buscó el tirador de la puerta.

—Gracias por tu ayuda hoy.

—Puedes pedirme lo que quieras. —Matt le cogió la mano y le dio un simple y rápido apretón antes de soltarla—. Lo digo en serio. No puedo ni imaginar por lo que estás pasando.

Ni tampoco quería hacerlo. Prefería recibir una lluvia de balas antes que experimentar una pérdida demoledora como la que Bree acababa de sufrir.

Asintiendo con la cabeza, ella abrió la boca para responder, pero parecía incapaz de articular las palabras. Tragó saliva, movimiento que le llevó su tiempo, como si estuviera comiéndose un sándwich reseco sin nada que beber.

Le sonó el móvil. Leyó la pantalla y se aclaró la garganta.

—Es la oficina del sheriff. —Respondió a la llamada—. Bree Taggert. Sí. Gracias. — Bajó el teléfono, exhalando con fuerza—. El departamento del sheriff ha terminado con la casa de Erin, así que ya puedo llevarme a los niños allí. Estaré ocupada con ellos esta noche. ¿Podemos hablar mañana?

«¿Significa eso que quiere que trabajemos juntos?».

—Claro. —Matt no la presionó—. Llámame si necesitas algo.

Asintiendo rápidamente con la cabeza, Bree se bajó del vehículo y echó a andar hacia la puerta. Matt la vio desaparecer dentro. A continuación, hizo algunos recados y luego se fue a casa conduciendo en modo piloto automático, sin poder quitarse de la cabeza la mirada turbada y el valor silencioso de Bree.

El monovolumen de su hermana estaba aparcado delante de su casa. Dejó el todoterreno y se fue a la perrera. Su hermana menor, Cady, estaba paseando por el patio trasero a una mezcla de *pointer* con manchas blancas y negras, y algo de sobrepeso. Al ver a Matt, el perro se lanzó hacia él y estuvo a punto de tirar a Cady al suelo, lo que era toda una hazaña: Cady había estado en el equipo de remo en la universidad, era fuerte y medía casi metro ochenta con sus botas de invierno.

Matt hizo caso omiso del animal.

—Le falta aprender a comportarse con la correa, pero por lo demás esta perra es adorable.

Cady pisó la correa, anclando al enorme animal al suelo para que no pudiera saltar sobre Matt.

—Siéntate, Ladybug.

La perra plantó su trasero en el suelo, pero seguía meneando todo el cuerpo.

Matt la recompensó acariciándole las orejas, y habría jurado verla sonreír.

—Pensaba que llamarla Ladybug era ridículo para una perra de casi treinta kilos, pero es tan payasa que le queda bien.

79

—Debería pesar diez kilos. —Cady se ajustó la gorra sobre un pelo largo que era más pelirrojo que rubio—. Quiero colocarla pronto. ¿Cómo le fue ayer en el parque?

—Genial. Se lleva muy bien con otros perros. Le encantan los niños. No le molesta nada, tanto si corren como si gritan como si montan en trineo, solo reacciona agitando ese muñón de cola que tiene. —Algún idiota le había cortado la cola y lo había hecho mal.

Cady sonrió.

—¿Cómo le va con Brody?

—Bien, pero aún tiene que mejorar sus modales: se hizo pis dos veces dentro de casa.

—Me la llevaré y trabajaremos en ello.

—Buena idea. Cuando está lejos del ambiente de la perrera, se relaja mucho.

Matt le frotó las pequeñas orejas por detrás. En la perrera había mucho ruido, era un lugar estresante.

—Ladybug, ven conmigo.

Cady se dio media vuelta y echó a andar hacia su monovolumen. La perra caminaba a su lado con paso tambaleante. La hermana de Matt abrió la parte de atrás del vehículo y Ladybug intentó subirse de un salto, pero no midió la distancia y cayó de bruces.

—Oh, no… ¿Estás bien?

Cady le examinó la cara, levantó el trasero del desgarbado animal y la ayudó a meterse dentro.

Matt contuvo la risa. Siguió a su hermana al monovolumen y la abrazó.

—Gracias por el espectáculo. Lo necesitaba.

Ella abrió un transportín de plástico para perros, guio a Ladybug al interior y cerró la puerta.

—Esta tarde he visto las noticias. Enseñaron la foto de la ficha policial de Justin.

A Matt no le sorprendió la elección de la foto por parte de los medios: una foto de la ficha policial implicaba culpabilidad.

—No puedo creer que le disparara a su mujer.

Cady cerró la puerta y se dirigió al lado del conductor.

—No creo que lo haya hecho.

—El periodista empleó las palabras «posiblemente implicado», pero lo han presentado como el único sospechoso. —Cady abrió la puerta y se subió al vehículo—. Sé que lo vas a investigar. No hagas ninguna estupidez. Te quiero.

Matt dio un paso atrás.

—Yo también te quiero.

Ella cerró la puerta y se fue.

Matt se paseó por la perrera y se aseguró de que funcionaba la calefacción. Cady había dado de comer y beber a los perros, y la perrera estaba limpia. Algunos animales se abalanzaban hacia él para llamar su atención, mientras que otros se quedaban acurrucados en la parte trasera de su espacio. Pasó un rato con cada perro, de modo que ya había oscurecido para cuando salió de la perrera y se dirigió hacia la casa.

Le dio de comer a Brody y lo llevó a hacer sus cosas.

—¿Qué hacemos ahora?

Brody meneó la cola.

—¿Quieres ir a dar un paseo y ver al señor Moore?

El perro se fue trotando hasta la puerta principal y Matt le ató la correa al collar. Una de las razones por las que Justin había elegido alquilar la casa cerca de la pequeña zona comercial de Grey's Hollow era por su proximidad al taller de su padre. Podía ir a pie o en bicicleta al trabajo. Sin embargo, acababan de despedirlo del banco, acusado de un delito grave.

Brody salió disparado y Matt bajó la ventanilla del pasajero para que el animal diera rienda suelta al placer de olfatearlo todo. Diez minutos después, sus faros iluminaron la entrada del taller mecánico Moore's. Un puñado de coches ocupaba el aparcamiento. Matt aparcó, salió de su vehículo y esperó a que Brody se bajara de un salto. Cogió la correa y entraron en la trastienda.

Eran las seis y cuarenta y cinco, casi la hora de cierre. El señor Moore estaba en la caja registradora explicándole una factura a un cliente. Saludó a Matt con la cabeza y con gesto preocupado antes de volverse hacia su cliente. Dos personas más esperaban en la cola para que les cobrara. Matt y Brody se dirigieron a la ventana que daba al taller en sí. Uno de los cuatro espacios reservados a los coches estaba vacío, y había dos vehículos en los elevadores de los otros. En el espacio más alejado, un mecánico trabajaba bajo el capó de un Toyota Camry.

A las siete en punto, Moore acompañó al último cliente a la salida. Tras echar la llave de la puerta exterior, estrechó la mano de Matt y le dio una palmadita en la cabeza a Brody.

—Matt, me alegro mucho de verte.

—Quería hablarle de Justin.

—Sí, por supuesto. Pensaba llamarte esta noche. —Moore miró a través del cristal al mecánico, que aún estaba trabajando—. Vamos a mi despacho. —Llevó a Matt a una habitación estrecha con un escritorio metálico abarrotado de cosas. El hombre cerró la puerta y Matt arrimó una silla de plástico al borde delantero del escritorio. Brody se quedó sentado a sus pies.

Los ojos de Moore estaban inyectados en sangre. Era un hombre alto, pero su postura encorvada lo hacía parecer más bajo. Su silla de oficina chirrió cuando se desplomó en ella.

—La policía ha venido a verme. —Se le empañaron los ojos—. No sabía qué decirles.

—Dígales la verdad.

La ira tiñó de rojo el rostro del hombre.

—Actúan como si Justin hubiera matado a Erin. Él nunca le haría daño a esa chica: él la quiere.

—Lo sé.

Moore se quitó la gorra de béisbol y se pasó una mano por el pelo gris.

—Justin es débil, eso es todo. No puede dejar esas malditas drogas.

—Lo está intentando —dijo Matt—. ¿Qué pasó con el arma?

El hombre inclinó la cabeza.

—No lo sé. Estaba en mi mesita de noche la última vez que la vi.

—¿Recuerda cuándo fue eso?

Moore entrecerró los ojos mirando al techo.

—Hace unas semanas.

—¿El arma no estaba en una caja fuerte?

—No. Quería tenerla a mano.

Moore examinó un resto de grasa bajo la uña de su pulgar. Lanzó un suspiro pesado y prolongado, lleno de tristeza.

—¿Está seguro de que Justin la cogió?

—No, pero él es la única persona que ha estado en mi casa recientemente.

—¿Cuándo fue la última vez que Justin estuvo allí?

—Viene a cenar algunas noches a la semana. Su situación económica no es muy buena, que digamos. No puedo permitirme pagarle lo que ganaba en el banco. Ojalá no le hubiese dicho a la policía que la pistola había desaparecido, pero me preguntaron si Justin tenía acceso a un arma, así que fui a ver si estaba la mía. Me sorprendió que hubiera desaparecido, y no pensé antes de hablar.

—No, hizo lo correcto.

Justin había crecido en el taller. Solía decir que le estaba muy agradecido a su padre por el trabajo, pero Matt le había visto frotarse frenéticamente las yemas de los dedos para quitarse las manchas de grasa de debajo de las uñas.

—¿Por qué cree que Justin se llevó el arma? —preguntó Matt.

—Por eso quería hablar contigo. No se lo dije a la policía, pero Justin tenía miedo.

—¿De qué?

—No estoy seguro, pero estaba muy nervioso esta última semana, no dejaba de mirar al aparcamiento a través de las cámaras de seguridad antes de salir de la tienda…, cosas así. —Moore se apoyó la mano en la cadera—. No se lo dije a los ayudantes del sheriff porque temía que Justin estuviera volviendo a comprar droga otra vez. ¿Debería decírselo, aunque eso le haga parecer más culpable?

—No debe mentir a las autoridades, pero tampoco tiene por qué revelar información voluntariamente —dijo Matt antes de añadir—: Voy a buscar a Justin.

Moore lanzó una exhalación.

—Esperaba que dijeras eso.

—¿Sabe dónde compraba Justin la droga? —preguntó Matt.

Moore negó con la cabeza.

—Otra cosa que no le dije a la policía: en las épocas en que se drogaba, Justin llevaba dos teléfonos, el normal y uno de esos modelos baratos de prepago.

—Para comprar mercancía —dijo Matt.

Se podía comprar un teléfono desechable o de prepago sin suministrar información personal. El usuario permanecía así anónimo.

Moore asintió con la cabeza.

—Eso es lo que supuse.

—¿Sabe si ahora tiene un teléfono de prepago?

Moore miró hacia otro lado.

—Sí. El suyo normal tiene una funda roja, y el otro día, cuando fui a sacar la basura, lo vi usando uno negro y más pequeño en el aparcamiento. Además, hacía un frío de muerte fuera. Si tenía que llamar, podría haberlo hecho desde la sala de descanso o haber utilizado mi despacho.

—¿Escuchó algo de la conversación?

—Solo un par de palabras. Dijo: «Un momento, Nico», y esperó a que yo volviera a entrar antes de continuar la conversación. —Moore hizo una pausa y las arrugas de su cara huesuda se le marcaron aún más—. Las únicas veces que estaba tan esquivo era cuando se drogaba.

—¿No se lo dijo al agente que vino a interrogarlo?

—No. No me lo preguntó. —Moore se puso la gorra—. No sé qué hacer, Matt. ¿Debo confiar en la oficina del sheriff o no? Según las noticias, está claro que le atribuyen a él la muerte de Erin.

«Porque eso es lo que indican las pruebas».

—Está en una situación muy difícil —dijo Matt—. ¿Se le ocurre algún lugar adonde podría ir Justin si necesitara pasar desapercibido unos días?

—Llevo todo el día pensando en eso, pero no lo sé. Le gusta acampar para despejar la cabeza, pero no con este clima.

Matt tomó nota mental de revisar el garaje de Justin y comprobar si su equipo de acampada estaba ahí. Se puso de pie.

—Haré lo que pueda.

Moore estrechó la mano de Matt con fuerza.

—Gracias. Sé que lo harás.

—¿Tiene llaves de la casa de Justin?

Matt quería registrar el lugar después de que el departamento del sheriff hubiese acabado de procesar la escena del crimen.

—Sí. —Moore sacó una llave de su propio llavero y se la dio—. Ten.

Matt se metió la llave en el bolsillo. A continuación, él y Brody salieron del taller y volvieron al todoterreno. No había más que un corto trayecto hasta la casa de Justin. La puerta seguía sellada con cinta policial, así que no podía entrar. Aparcó junto a la acera.

—Vuelvo enseguida —le dijo a Brody.

Enfiló el camino de entrada y pasó la linterna por las pequeñas ventanas de la parte superior de la puerta del garaje. Matt había ayudado a Justin a mudarse. Recordó haber puesto cajas con la etiqueta de CAMPING en el garaje, cerca de la pared, junto a la bicicleta de montaña de Justin. Las cajas no estaban.

Matt volvió a su vehículo y le rascó cariñosamente el pecho a Brody.

—¿Dónde acamparía Justin con este tiempo?

Brody no tenía respuestas, y Matt tampoco. Tendría que esperar al día siguiente para conducir y hacer una excursión a los lugares favoritos de Justin.

Matt sacó su teléfono y revisó los contactos. Hizo una pausa al llegar a un nombre y un número concretos al que no había llamado en años. Kevin Locke. ¿Respondería siquiera? Y lo que era aún más importante: ¿quería volver a entrar en contacto con su antiguo confidente? Ya no tenía placa de policía ni podía conseguir refuerzos de ninguna clase. Pero ¿qué otra cosa podía hacer? Necesitaba encontrar a Justin y solo disponía de una pista que seguir: el traficante de drogas. No había tiempo que perder. El hecho de que Justin se hubiera llevado su equipo de acampada hacía pensar a Matt que su amigo podía seguir vivo, pero los cuerpos policiales de todo el estado lo estaban buscando y, cuando lo encontrasen, la seguridad de la población civil y de los agentes —y no la del sospechoso— serían las prioridades. Desde luego era exactamente la forma en que Matt manejaría la situación si todavía fuera ayudante de la oficina del sheriff.

Envió el mensaje de texto.

¿Cómo estás?

La respuesta llegó al cabo de unos segundos.

Como siempre.

«Como siempre». El mensaje en código para «Reúnete conmigo en el lugar habitual».

Matt condujo hasta un parque industrial en las afueras de Grey's Hollow. Dio unas vueltas alrededor de las fábricas. Las naves industriales más cercanas a la calle aún parecían estar en funcionamiento, pero era evidente que los edificios de la parte trasera del complejo estaban vacíos, a juzgar por la cantidad de ventanas rotas que lucían, como dientes partidos. Más allá del primer edificio, el aparcamiento parecía abandonado, pero casi todas las farolas funcionaban todavía.

—No ha dicho la hora —dijo Matt.

Brody aguzó las orejas e inclinó la cabeza.

—Ya lo sé.

A Matt no le gustaba tratar con confidentes cuando era investigador, pero a veces era necesario tener buenas relaciones con desgraciados de bajo nivel para atrapar a los desgraciados en lo alto del escalafón, y Kevin siempre había estado bien informado.

Los nervios de Matt le erizaban la piel mientras conducía hacia la parte de atrás del aparcamiento y aparcaba a la sombra de un edificio. El frío de la calle se filtró en el interior del vehículo. Casi no se notaba las manos. Sacó unos guantes gruesos del bolsillo del asiento trasero y se los puso. Arrancó el motor dos veces para mantener encendida la calefacción. Protegido por su grueso pelaje, Brody se acurrucó en el asiento del pasajero y se puso a dormir. Matt cogió un forro polar del asiento trasero, se lo puso por debajo del abrigo y se dispuso a esperar.

Capítulo 9

Bree abrió la puerta principal, se limpió las botas en el felpudo y entró en la sala de estar. Los niños la apartaron y subieron corriendo los escalones que llevaban a sus habitaciones. Ella no se lo impidió. La casa de Adam tenía un solo espacio; no habían tenido donde asimilar a solas la muerte de su madre.

Dejó su bolsa en el suelo junto a los escalones y se paseó por la cocina. A diferencia de Bree y Adam, con su mal humor, Erin siempre había sido optimista, y su casa reflejaba su actitud. La decoración era alegre, se veía en las paredes de color amarillo brillante, en el ajedrezado de baldosas del suelo y hasta en los detalles curiosos. En la mesa había un servilletero en forma de vaca con manchas blancas y negras. Un reloj también de vaca colgaba de la pared. Las lágrimas pugnaban por salir de los ojos de Bree. Respiró hondo hasta que la sensación desapareció.

Los niños no eran los únicos que no habían tenido ni tiempo ni espacio para llorar la muerte de Erin.

Bree se volvió hacia el amplio ventanal que daba al establo. La luz cenital, encima de la puerta, iluminaba el recinto helado. Siguió recorriendo la planta baja de la casa y se detuvo frente a una estantería llena de fotografías enmarcadas. Tocó el marco de una foto de Erin, Bree y los niños frente a la Campana de la Libertad. Recordó a Erin rogándole a otro turista que les sacara la foto y a sí misma diciéndole que así era como le iban a robar el móvil. Erin había dejado la foto de su boda en el estante de arriba, una imagen radiante de ella y de Justin entrechocando sus copas de champán. Las mujeres que tenían miedo u odiaban a sus ex no guardaban las fotos de su boda.

Bree se apartó de las fotos y volvió a la cocina. No habían cenado. Encontró un paquete de macarrones con queso en la despensa, llenó una olla con agua y la puso a hervir.

Luke entró en la cocina y se puso un par de botas que había junto a la puerta.

—Voy a dar de comer a los caballos.

—Muy bien. ¿Puedes apuntarme en algún lado qué es lo que comen por si tengo que hacerlo?

—Ya está escrito en el cubo de la comida.

—Genial. Yo me encargo de preparar la cena.

Él la miró.

—No tengo hambre. Tal vez más tarde.

—Está bien. La tendrás hecha para cuando te apetezca.

Bree no sabía qué más decir.

Él se volvió y la miró fijamente.

—¿Voy a ir a clase mañana?

—¿Tú quieres ir?

Su rostro era inexpresivo.

—¿Kayla irá?

—No lo sé. —Bree se frotó la sien—. ¿Por qué no vemos cómo estáis los dos por la mañana? Si queréis tomaros unos días libres, no pasa nada, pero si preferís seguir con vuestra rutina habitual, también está bien. No hay opciones buenas ni malas en estos casos.

Parecía aliviado.

—Vale. Puede que vaya. Es mejor que quedarse aquí encerrado sin hacer nada.

La inactividad dejaba demasiado tiempo para pensar, y eso ella lo entendía muy bien.

—Ya me dirás algo —dijo Bree.

—Vale.

Luke cogió una chaqueta del perchero y salió por la parte de atrás.

Bree se dijo a sí misma que debía recordar ponerse en contacto con los orientadores escolares de los dos niños por la mañana. Necesitaba un consejo profesional. De todas las cosas que había hecho en su vida, en esta precisamente no podía meter la pata, de ninguna manera. La forma en que estos niños gestionasen la muerte de su madre iba a ser algo que los acompañaría durante el resto de sus vidas.

«¿Qué pasa después del funeral?».

Habría que tomar decisiones. ¿Habría hecho Erin testamento?

Bree se frotó un punto de dolor en la frente. Tenía que registrar el escritorio de su hermana.

¿Tendría Bree que buscar al padre de los niños? El mero hecho de pensar en la posibilidad de que Craig Vance se hiciese cargo de Luke y Kayla le producía escalofríos. ¿Habían llegado él y Erin a algún acuerdo formal de custodia?

Lo dudaba. Erin había hecho todo lo posible por alejar a Craig de su vida. Él había sido su droga y, como cualquier adicta, no podía estar cerca de su adicción sin arriesgarse a sufrir una recaída.

El dolor de cabeza de Bree se intensificó. No tenía sentido ponerse en el peor de los escenarios hasta que este se materializase, aunque, por desgracia, ahí era donde acababa siempre su cerebro de inspectora de homicidios. Mientras esperaba a que el agua empezase a hervir, rebuscó en los cajones de la cocina, pero no encontró nada interesante. Una bandeja para el correo contenía sobre todo facturas y algunos cupones, nada fuera de lo normal. Bree examinó entonces un calendario de pizarra blanca colgado en la pared. Su hermana había marcado en él su horario de trabajo, los entrenamientos de baloncesto de Luke y las reuniones de las Girl Scouts de Kayla. Bree miró fijamente uno de los recuadros con el texto «clase de violín de K» rodeado con un cuadrado.

Bree había empezado a tocar el violín a la misma edad, justo después de la muerte de sus padres. Kayla tenía la misma edad que Bree. Había tantos paralelismos entre la vida de los hijos de Erin y el pasado de Bree... Demasiados. ¿Terminarían como Adam y ella? ¿Serían seres distantes o capaces únicamente de mantener unas pocas relaciones sociales con personas cercanas?

El agua arrancó a hervir. Bree preparó los macarrones con queso y luego subió a buscar a Kayla. La puerta de su habitación estaba entreabierta. Estaba sentada en su cama, llorando en silencio, abrazada a un peluche que parecía mitad cojín, mitad cerdito.

Bree dio unos golpecitos en el marco de la puerta.

—He hecho macarrones con queso. ¿Te apetecen?

Kayla negó con la cabeza y rascó con la uña un hilo de la costura del peluche del cerdo. Bree se acercó a la cama y se sentó a su lado. La niña se abalanzó sobre ella, enterró la cara en su hombro y empezó a llorar a mares. Notó que sus lágrimas le empapaban el suéter. Rodeó con los brazos a su sobrina, le frotó la espalda y dejó que diera rienda suelta a sus emociones, mientras se le volvía a partir el corazón.

Diez minutos más tarde, Kayla se sorbió la nariz y enderezó la espalda. Bree sacó unos pañuelos de papel de una caja en la mesita de noche y le ofreció un puñado a la niña para que se secara la cara.

Kayla se sonó la nariz.

—¿Puedo dormir contigo esta noche en la cama de mamá?

—Claro que sí. —Bree tenía pensado dormir en el cuarto de invitados. No estaba preparada para usar la cama de su hermana, pero tendría que hacerlo. Si ahí era donde Kayla quería dormir, ahí era donde dormirían las dos. Pensó en Luke. ¿Habría vuelto ya del establo?—. Intenta comer algo, ¿quieres?

Kayla asintió con la cabeza y se levantó de la cama.

Una vez abajo, Bree llenó dos platos con macarrones con queso, que ya estaban fríos.

—¿Puedes calentarlos treinta segundos al microondas? Ahora mismo vuelvo.

Kayla metió un plato en el microondas y pulsó unos botones. Bree se puso las botas de goma de su hermana, junto a la puerta, cogió una chaqueta y atravesó el jardín de atrás hasta el establo. La puerta corredera estaba entreabierta. Entró sin hacer ruido y echó a andar por el pasillo. La última puerta del establo estaba entornada. Se asomó al interior. Luke estaba de pie junto al caballo zaino, abrazándole el cuello y sollozando sobre sus crines.

Bree se quedó sin aliento. Se alejó unos pasos para darle a Luke un poco de intimidad. A su edad, podría sentirse avergonzado. Volvió a la casa y cenó con Kayla. Los macarrones con queso sabían a pegamento. Luke regresó al cabo de media hora, con los ojos enrojecidos y aspecto sereno. Bree le calentó la cena sin hacer comentarios. La infinita tristeza de los niños la sumía en un estado de absoluta impotencia.

Todos estaban exhaustos. Luke hizo una última ronda por el establo y se fue a su habitación a las nueve en punto. Bree se quitó los zapatos, se estiró en la cama y encendió la televisión mientras esperaba a que Kayla terminara en el baño. Su sobrina salió en pijama y se metió entre las sábanas.

Al cabo de lo que le pareció apenas un segundo, el cuerpo Bree dio una sacudida: en el televisor aparecían imágenes de una película que no reconocía. Consultó el reloj de la mesita; era justo pasada la medianoche. El arma reglamentaria se le clavaba en la cadera. Se había quedado dormida con la ropa puesta. ¿Qué era lo que la había despertado?

Se oyó un estruendo en algún lugar de la casa.

Bree aguzó el oído, con los nervios a flor de piel. Seguramente Luke había bajado a picar algo de la nevera o a tomar un vaso de agua. Se levantó de la cama, donde Kayla seguía roncando suavemente, y se acercó de puntillas a la puerta, en calcetines. El pasillo estaba oscuro, pero Bree no encendió ninguna luz. Se deslizó por el suelo de madera hasta el dormitorio de Luke y abrió la puerta. Bajo la luz de la luna que entraba por la ventana, vio la cabeza del chico apoyada en la almohada.

No había sido él quien la había despertado.

Salió al pasillo. Oyó un chirrido procedente de abajo. A Bree se le erizó el vello de la nuca.

Sacó su arma. Un movimiento de la habitación de Luke atrajo su atención: era él, de pie en la puerta con un pantalón de pijama de franela y una camiseta. Llevándose un dedo a los labios, Bree caminó hacia él, se inclinó junto a su oreja y le dijo en voz baja:

—He oído un ruido abajo. Seguro que no es nada, pero quédate con tu hermana mientras voy a ver qué es.

Bree bajó las escaleras y Luke se metió en el dormitorio principal. Hizo una pausa al llegar al escalón inferior y luego se asomó por la pared de la sala de estar. Escudriñó todos los rincones oscuros de la habitación, pero no vio nada.

«Las casas viejas crujen de vez en cuando, ¿verdad?».

Después de revisar el armario de los abrigos, echó a andar por el corto pasillo hacia la cocina. Al llegar a la entrada se detuvo, apoyó la espalda contra la pared y se asomó de nuevo, con cuidado de agazaparse al máximo para no ser un objetivo fácil. Había una figura oscura en la isla de la cocina, revisando el contenido de un cajón con ayuda de una pequeña linterna.

La habitación estaba a oscuras, pero, por el tamaño y la forma, a Bree le parecía que el intruso era un hombre. ¿Justin tal vez? No sabía decirlo.

La figura se quedó inmóvil y, acto seguido, movió rápidamente la cabeza. Bree no había hecho ningún ruido, pero el hombre debía de haber presentido su presencia. Pese a que llevaba pasamontañas, sintió sus ojos clavados en ella.

Bree ya estaba apuntándole al torso con su arma. Permaneció parcialmente oculta detrás de la pared.

—No te muevas.

En lugar de obedecer, la figura echó a correr hacia la puerta. «Maldita sea». Bree no podía dispararle por la espalda. No vio que llevara ningún arma, y un hombre huyendo no podía considerarse una amenaza. Corrió tras él, pero, con los calcetines, los pies le resbalaban por el suelo. Desperdició unos preciosos segundos tratando de ganar impulso. Cuando llegó a la puerta trasera, él ya estaba en mitad del jardín. Bree se calzó las botas y salió corriendo a tiempo de ver que el intruso desaparecía en el establo.

Bree corrió a través de la nieve dura y resbaló con las botas al detenerse en la puerta del establo. Se asomó por el marco de la puerta. El pasillo estaba oscuro, pero una voluminosa figura corría hacia ella.

Dio un salto hacia atrás al mismo tiempo que un caballo salía al galope. Le rozó el hombro con el lomo y la tiró de espaldas al suelo. Los otros dos animales salieron detrás del primero.

Bree se levantó de un salto. El viento le traspasaba el suéter de punto, pero debajo, tenía la piel húmeda con el sudor de la adrenalina. Blandiendo su arma, se deslizó en el interior del establo. El pasillo estaba vacío, y la puerta trasera, abierta. ¿Se habría ido o se estaba escondiendo?

Levantando la cabeza, Bree examinó la parte de arriba, pero no podía ver prácticamente nada. Solo había una forma de subir, por una escalera clavada en la pared, y para encaramarse a ella necesitaría guardar el arma.

«Eso no va a pasar».

Mientras avanzaba por el pasillo, siguió aguzando el oído por si había algún movimiento arriba.

Oyó el crujir de la paja.

A Bree se le encogió el estómago.

Se desplazó hasta la primera caballeriza y apoyó el hombro contra la pared. Dio una vuelta completa, barriendo con su pistola todas las esquinas. Desde un ventanuco en lo alto de la pared, la luz de la luna se filtraba por el lecho de heno.

«Despejado».

Bree miró hacia la tercera caballeriza, en el lado opuesto del pasillo. El sudor le resbalaba por la espalda, enfriándole la piel y erizándole el vello de la nuca. Atravesó el amplio pasillo de tierra mientras sus ojos se adaptaban a la oscuridad.

Oyó un crujido.

Una pequeña figura de color claro salió correteando por debajo de la puerta de la caballeriza, y pasó justo por encima de los dedos del pie de la bota de Bree, que dio un salto hacia atrás por puro instinto. El corazón le dio un vuelco al identificar una rata más grande que su gato. El animal salió disparado por el pasillo y su cola larga y delgada desapareció en el comedero.

Bree se estremeció y luego reemprendió la búsqueda.

¿Qué era lo que había asustado a la rata?

Se deslizó hacia la puerta de la tercera caballeriza. La luna había asomado por el otro extremo del establo. Por este, la caballeriza estaba más oscura. Presionando el hombro contra la pared, se preparó para examinar el marco de la puerta. Oyó una especie de chirrido arriba y levantó la cabeza. Una nube de polvo y de briznas de heno le cayó encima, seguida de una bala de heno entera. Se volvió y se protegió la cara y la cabeza con los brazos mientras la bala se estrellaba contra la parte superior de su espalda. El impacto la derribó. Cayó de rodillas sobre sus manos, sin aliento.

Por el rabillo del ojo, vio a un hombre lanzarse de un salto al pasillo y echar a correr hacia la puerta trasera. Sacudiéndose el heno de la cara, Bree se puso en pie y corrió tras él. Con los pulmones encendidos, salió corriendo del establo.

«¿Dónde está?».

Vislumbró su figura oscura en el paisaje nevado en el momento en que el hombre se ayudaba del tronco de un árbol y de un poste de la cerca para pasar por encima de la alambrada. Bree fue tras él. Con el estímulo de saber que tal vez aquel era el hombre que había matado a su hermana, alargó las zancadas y empezó a ganarle terreno.

Cuando se acercó a la valla, el hombre solo estaba diez metros por delante de ella. Bree se subió de un salto al tronco del árbol. Resbaló con la bota de goma sobre un trozo de hielo y cayó hacia delante llevada por el impulso hasta aterrizar en la alambrada. Una afilada púa le desgarró el tobillo. El viejo poste se rompió y el alambre se soltó de golpe, enrollándose por la brusca pérdida de tensión. Bree flexionó una rodilla debajo del cuerpo y se empujó hacia delante, pero el alambre suelto se le había enredado en las piernas. Se puso a patalear y a tirar de él, pero eso no hizo más que afianzar el agarre. Las púas se le prendieron a los vaqueros y se le clavaron en la piel, pero Bree apenas si sentía el dolor.

Atrapada, vio cómo el hombre que podía haber matado a su hermana escapaba hacia los árboles.

Se puso de espaldas y miró fijamente al cielo durante un minuto largo. Ya no podía seguir conteniendo el dolor, el miedo y la frustración. Los sollozos le estremecían el cuerpo y las lágrimas le anegaban los ojos. Había perdido a sus padres y a la prima que la había criado, pero la muerte de Erin era diferente: se suponía que Bree debía proteger a su hermana pequeña.

Las emociones le atenazaban el corazón con tanta fuerza y tan dolorosamente como el alambre de púas que le rodeaba los tobillos.

Grey's Hollow la había atrapado en sus garras, y nunca la dejaría marchar. Respiró una bocanada de aire profunda y lacerante, y fue como si la respiración le arañara los pulmones al entrar y al salir, dejándola en carne viva, vulnerable y vacía por dentro. Una sucesión de imágenes del rostro de su hermana, desde la infancia hasta el mes de agosto anterior, desfilaron por la cabeza de Bree, y cada imagen dejaba una marca, como huellas de uñas sobre la piel.

El frío le traspasaba el suéter y se puso a tiritar. La crisis nerviosa solo duró un minuto o dos. Sus sollozos se fueron apaciguando y poco a poco recuperó el aliento.

Se sentó y se limpió la cara en la manga cubierta de nieve; las esquirlas de hielo le resbalaban por la parte delantera del suéter. No más lágrimas; tenía trabajo que hacer.

Atraparía al cabrón que había matado a su hermana, pero no podía hacerlo sola; necesitaba ayuda.

Sacó el móvil, llamó a Emergencias y le dio la dirección al teleoperador. Haciendo caso omiso de las súplicas del hombre para que permaneciera a la escucha, Bree colgó el teléfono.

Con sumo cuidado, se desenredó el alambre de los tobillos, algo que resultó ser una tarea mucho más difícil que quedar atrapada en él. Bree se destrozó los dedos quitándose las púas de los vaqueros. Cuando extrajo la última, se puso de pie.

Helada de frío y calada hasta los huesos, volvió al jardín. Por suerte, los caballos no habían ido muy lejos y estaban olisqueando la nieve detrás de la granja. Bree los metió en el establo y se fue a la casa.

Luke la esperaba en la puerta de la cocina. Sostenía una escopeta en las manos, con el cañón apuntando al suelo. La cara pálida de Kayla asomó detrás de él.

—Así es como ha entrado.

Luke señaló un agujero circular cortado en el vidrio sobre el cerrojo.

Bree subió los escalones del porche. Abrió la aplicación de la linterna de su móvil e iluminó el cristal.

Kayla abrió mucho los ojos.

—No te preocupes. —Bree le apretó el hombro—. No volverá a pasar. Yo me aseguraré de ello.

Kayla asintió, pero seguía teniendo la misma expresión asustada.

—Será mejor que me des eso. —Bree señaló la escopeta—. El departamento del sheriff viene de camino.

—Es de mamá.

Luke le dio el arma.

«Pero si Erin odiaba las armas…».

Bree tomó la escopeta del calibre 20.

—¿Cuándo la compró?

—Hace un par de meses. Fuimos juntos a una clase de seguridad y defensa personal y también a otra de tiro al blanco.

—Eso está bien. —Vació el arma y se metió los cartuchos en el bolsillo—. ¿Dónde la guarda?

—Hay una caja fuerte debajo de su cama —contestó Luke—. Me dijo la combinación. Se me ha ocurrido sacarla por si vuelve quienquiera que haya entrado antes.

—Buena idea, Luke. —Bree le dio una palmadita en el hombro—. ¿Estás bien, Kayla?

Kayla asintió con la cabeza, pero siguió agarrada a su hermano. Bree devolvió la escopeta a la caja fuerte y abrazó a los dos niños mientras esperaban en el salón. Unas luces rojas y azules anunciaron la llegada de un vehículo del departamento del sheriff, que aparcó delante de la casa.

Bree abrió la puerta principal.

—Soy agente de policía y voy armada —dijo a modo de saludo y mostrando su placa. Bree resumió el incidente. Al acabar, señaló los árboles que había detrás de la propiedad—. Salió huyendo hacia el bosque.

—Hay un camino de tierra ahí atrás. Lo comprobaremos. —El agente llamó a otra unidad a través del micrófono de hombro. Al terminar, preguntó—: ¿Sabe cómo entró?

—Por la puerta trasera. Bree lo llevó a la cocina.

—Revisaré el resto de la casa y buscaré huellas dactilares —dijo el ayudante.

Abrazada aún a su hermano, Kayla temblaba. Mientras el ayudante se ponía manos a la obra, Bree se lavó las manos y se puso tiritas en los cortes de los dedos. Luego preparó chocolate a la taza para los tres. Nadie iba a poder volverse a dormir todavía. Acomodó a los niños en el salón con el chocolate y unas galletas que sacó de la despensa. Luke encendió la televisión y dejó que Kayla eligiera una película de Disney.

Bree entró en el despacho y cerró las puertas cristaleras; los niños podían verla a través del cristal. No sabía cómo confortarlos, pero intuía que necesitaban su presencia más que palabras de consuelo.

Empezó a hacer planes. Mantener a los niños a salvo era su prioridad absoluta, y solo había una persona a la que pudiese llamar en plena noche para pedirle ayuda: Dana. En ese momento, el rostro de Matt se materializó en su cabeza.

Tal vez había dos.

Mientras sacaba su teléfono, pensó en la escopeta de su hermana. Después de lo que les había pasado a sus padres, Erin había jurado que nunca habría un arma de fuego en su casa. Solo podía haber una razón por la que habría comprado una escopeta.

Su hermana tenía miedo.

Pero ¿de quién?

Capítulo 10

Matt estaba sentado en su todoterreno, esperando con impaciencia a que apareciese el coche de su confidente. Brody emitió un gemido y volvió la cabeza hacia la carretera.

Matt acarició el lomo del perro.

—Buen chico.

Al cabo de un minuto, oyó el estruendo de un motor acercándose. Enderezó la espalda mientras los faros se deslizaban por la nieve. Se le había entumecido el cuerpo con el frío; bajo los guantes, era como si su mano fuese una garra congelada.

Una camioneta accedió al aparcamiento, trazando un círculo lento y cauteloso hacia la parte derecha de la zona asfaltada, y se detuvo.

Matt encendió y apagó los faros tres veces en rápida sucesión. La camioneta respondió con dos parpadeos.

Kevin.

—Allá vamos.

Matt arrancó el motor de nuevo y se dirigió hacia el centro del aparcamiento. De los conductos de ventilación solo salía aire frío.

Brody gimoteó de nuevo.

—No pasará nada.

El perro ladeó la cabeza, casi como si cuestionara la opinión de Matt.

Como no quería que Kevin viera al perro, Matt le ordenó, en alemán, que se acostara. El perro obedeció, pero permaneció en postura de alerta mientras él bajaba la ventanilla.

Matt le ordenó que se quedara y luego se bajó del todoterreno. La temperatura había alcanzado los doce grados bajo cero y era como si el aire le clavara pequeños puñales en los ojos.

Kevin salió de su camioneta y apuntó con una pistola al pecho de Matt.

—¿Qué coño crees que haces enviándome mensajes de texto?

Matt alzó las manos en un gesto conciliador.

—Eh, eh, tranquilo. Solo necesitaba hablar contigo. No te arrepentirás, ya lo verás. ¿Desde cuándo llevas una pistola?

—Vete a la mierda. —Kevin escupió al suelo. La mano que sostenía el arma le tembló—. Hace años que no sé nada de ti. Ya ni siquiera eres policía. ¿Qué es lo que quieres?

Matt no se movió. No quería asustar más a Kevin. El confidente estaba mucho más nervioso que la última vez que lo había visto.

—Nada. Te lo juro. —Matt mantuvo un tono de voz tranquilo—. Nos conocemos desde hace diez años, hombre.

—Pero quieres algo de mí, ¿verdad? —lo acusó Kevin.

—Tienes razón —admitió Matt—, pero te pagaré por la información, como siempre.

—Vete a la mierda.

Kevin levantó el brazo y apuntó con el arma directamente a la cara de Matt. Este sintió que el corazón se le subía a la garganta y una capa de sudor se extendió por su cuerpo bajo el abrigo. ¿Cómo podía hacer que se calmase la situación?

Antes de que pudiera reaccionar, se oyó el sonido de las placas de identificación del perro; Brody salió disparado del todoterreno, dio una zancada y derribó a Kevin al suelo. El arma salió volando por los aires y se deslizó dando tumbos por la nieve helada.

—¡Socorro! ¡Socorro! —gritó Kevin, tratando de cubrirse la cabeza con las manos—. ¡No dejes que me mate!

Brody se subió al pecho de Kevin, mostrando los dientes a apenas unos centímetros de la cara del confidente. Matt apartó el arma de una patada antes de dar al perro la orden de bajarse. Al principio, Brody no se movió y Matt tuvo que dar la orden de nuevo. El perro parecía decepcionado cuando retrocedió del pecho de Kevin y volvió al lado de Matt con las patas rígidas.

Este sujetó la correa.

—Ya puedes levantarte, Kevin. El perro no te hará daño mientras no hagas ninguna estupidez.

Kevin se puso de pie a duras penas, con las piernas temblorosas. Observándolo más de cerca, Matt vio que Kevin estaba demacrado. Había estado consumiendo más drogas que comida. Tenía veinticuatro años, pero parecía mayor, mucho mayor.

—¿Qué te ha pasado, Kevin? —preguntó Matt.

El confidente no levantó la mirada del suelo.

—¿Qué quieres?

—Estoy buscando a un camello local que vende oxicodona.

—Todo el mundo vende oxicodona.

—Se llama Nico —dijo Matt.

Kevin pestañeó. Un destello de miedo asomó a sus ojos un segundo antes de extinguirse.

—No lo conozco.

«Sí que lo conoces».

—¿Estás seguro?

Matt se metió la mano en el bolsillo y sacó dos billetes de veinte. Los sostuvo en el aire.

—Lo siento. —Kevin negó con la cabeza—. No puedo ayudarte.

Era evidente que Kevin tenía miedo de Nico, pero también era un toxicómano, y a los toxicómanos siempre se los podía comprar, porque valoraban más un chute que su propia vida.

Matt añadió otros veinte dólares.

—¿Y ahora?

Kevin se relamió los labios agrietados.

—Ojalá pudiera.

Con una punzada de culpa, Matt añadió otro billete a su soborno. Quería recompensar a Kevin con el dinero suficiente para darse un homenaje, pero no tanto como para que ese homenaje durara demasiado. Quería que Kevin se viera obligado a volver a por más.

Kevin se quedó paralizado. Dejó caer los hombros y asintió casi imperceptiblemente. Matt extendió el dinero y Kevin alargó el brazo para cogerlo. Brody emitió un gruñido grave y el confidente cogió los billetes y dio un paso atrás.

—¿Ese tal Nico es mala gente? —preguntó Matt. Debía de serlo para que Kevin se hubiese resistido tanto.

—Sí.

Kevin se metió el dinero en el bolsillo.

—¿Qué puedes decirme de él?

El confidente se mordió el labio.

—¿Sabes cómo se llama de apellido? —preguntó Matt.

—No. Dudo hasta que Nico sea su verdadero nombre.

—¿Cómo es físicamente?

—Un tipo delgado, calvo, con la mirada fría. —Kevin se estremeció—. No parece gran cosa, pero te puede joder bien jodido. —Se levantó una racha de viento, que azotó con fuerza el espacio a su alrededor. Kevin trasladó el peso de su cuerpo de un pie a otro—. Eso es todo lo que sé. Me tengo que ir.

—Necesito encontrar a Nico.

—Ni hablar.

Kevin dio dos pasos hacia atrás y se dispuso a dar media vuelta.

—Te pagaré doscientos dólares para que me ayudes.

Se detuvo.

—Dile que quiero comprar oxicodona.

Kevin miró al suelo y sacudió la cabeza.

—Todavía pareces un poli. Te matará.

—No se lo escondas, entonces. Dile que fui agente de policía, que me dispararon y ahora necesito oxicodona.

Las mejores mentiras eran siempre las que se acercaban lo máximo posible a la verdad.

—No te prometo nada.

Kevin se encogió de hombros, recuperó su arma y se dirigió a su camioneta.

—Espera, Kevin. —Matt abrió la parte trasera de su todoterreno y sacó una barra de proteínas y una bolsa de almendras que guardaba para las emergencias. Se las ofreció a Kevin, que se sonrojó, miró hacia otro lado y se las metió en el bolsillo.

—Ahorra algo de ese dinero para comida —le sugirió Matt.

Kevin asintió, aunque ambos sabían que no lo haría. Volvió a meterse en su coche y se fue, acelerando demasiado rápido y saliendo a toda pastilla del aparcamiento.

Matt y Brody se subieron al todoterreno. Matt frotó al perro por detrás de las orejas.

—Gracias por cubrirme las espaldas.

Brody meneó la cola.

Matt notó que el móvil vibraba y se lo sacó del bolsillo. El número de Bree apareció en la pantalla. Comprobó la hora en el reloj del salpicadero: era la una y media de la mañana. Lo asaltó una sensación de inquietud.

—¿Bree?

—Sí. Siento llamar tan tarde, pero alguien ha entrado en la casa. —El tono de su voz lo alarmó aún más.

—¿Estáis todos bien?

Matt pisó el acelerador y el Suburban salió disparado hacia adelante.

—Estamos bien, pero los niños están asustados. Creo que se sentirían mejor si hubiese otro adulto más en casa.

—Ahora mismo voy.

Matt dejó el teléfono en el portavasos, enfiló hacia la carretera y siguió conduciendo a todo gas. Quince minutos después de la llamada aparcaba el coche junto a un vehículo del departamento del sheriff. Bree debía de estar vigilando, porque abrió la puerta antes de que él llamara al timbre.

—Gracias por venir.

Dirigió la mirada al perro, que estaba a su lado.

—Lo he traído por una razón. —Matt apoyó una mano sobre la cabeza de Brody—. Sus sentidos son mil veces más agudos que los nuestros. No podemos instalar un sistema de seguridad en plena noche, pero nadie se va a colar en esta casa mientras Brody esté aquí.

—Ya sé lo valiosos que son los perros de la unidad canina. El problema con los perros lo tengo yo.

Se hizo a un lado para dejarlos entrar en la casa, pero se mantuvo todo lo lejos que pudo de Brody al hacerlo.

Los niños miraban la televisión con expresión sombría. Kayla estaba hecha un ovillo. Cuando vio al perro, se incorporó y sonrió.

—¡Brody!

El perro atravesó la habitación, se subió de un salto al sofá y se acurrucó entre los niños. Movió la cola y se lamió las patas mientras Luke y Kayla lo acariciaban y le dedicaban toda clase de atenciones.

—Antes de que Erin y Justin se separaran, Brody y yo veníamos a cenar de vez en cuando —explicó Matt.

Bree cerró la puerta y acompañó a Matt de vuelta a la cocina. Llevaba unos vaqueros, un suéter y su Glock.

Él se apoyó en la isla.

—¿Dónde está el ayudante del sheriff?

—Buscando al intruso. —Bree señaló hacia la parte de atrás de la casa—. Que se ha escapado en dirección al bosque.

La luz brillante sobre la isla de la cocina resaltaba los cercos oscuros bajo sus ojos.

—¿Cuándo fue la última vez que dormiste?

—Hace un par de días —admitió—. Intentaré echarme una siesta luego.

—Brody y yo podemos quedarnos toda la noche. ¿Necesitas algo más?

—Gracias, pero hay alguien de Filadelfia que va a venir mañana, bueno, hoy, con algunas de mis cosas.

«¿Alguien?».

Matt reprimió el súbito acceso de irritación. Los amigos de Bree no eran asunto de su incumbencia.

—¿Crees que ha sido Justin el que ha entrado en la casa esta noche? —le preguntó.

—No tengo ni idea. Llevaba un pasamontañas, y hace años que no he visto a Justin. Nunca venía con Erin cuando traía a los niños a verme. —Cerró los ojos, como si lo estuviera visualizando—. El intruso era más o menos de su misma altura, alrededor de metro ochenta. Llevaba un abrigo de invierno bastante voluminoso, pero parecía más bien delgado. No corría especialmente rápido. Si no me hubiera resbalado y no hubiera aterrizado en la alambrada, lo habría atrapado.

—Con esa descripción no basta para saber si era él o no. ¿Sabes si Justin todavía tenía una llave de la casa? —preguntó Matt—. Si la tenía, no le habría hecho falta entrar por la fuerza.

Bree negó con la cabeza.

—No lo sé, pero ¿por qué necesitaría Justin entrar en casa de Erin de todos modos?

—Necesitaba algo que estaba aquí, y no podía llamar y pedirlo. Lo busca la policía. Hoy su cara ha aparecido en todos los boletines de noticias.

Alguien llamó a la puerta. Un agente estaba fuera. Matt reconoció a Jim Rogers, que llevaba muchos años en el departamento del sheriff.

Rogers entró en la cocina y se detuvo. Su mirada pasó por encima de Bree y se detuvo en Matt, no sin sobresalto.

—Flynn.

—Roger —Matt le devolvió el incómodo saludo.

—¿Se conocen? —Rogers hizo un gesto entre Matt y Bree.

—Sí —respondió Matt.

Bree miró a Matt y luego se volvió hacia Rogers.

—¿Habéis encontrado huellas?

—Sí. —Rogers se aclaró la garganta—. Ha atravesados los pastos corriendo. Las huellas se pierden en la carretera del otro lado. Además de las pisadas que se dirigían a la carretera, también había otras que conducían aquí. Probablemente dejó su vehículo allí y vino andando hasta la granja, cruzando los campos. Buscaré huellas dactilares en la puerta y en el cajón de la cocina antes de irme. Señora Taggert, puede pasar por comisaría a la hora que quiera a partir de mañana para recoger una copia del informe policial.

Bree cerró los ojos durante unos segundos.

—No recuerdo si el intruso llevaba guantes.

—Lo procesaremos todo igualmente. —Rogers salió de la cocina y volvió a su vehículo para buscar el kit de detección de huellas. Extrajo varias del pomo de la puerta y una parcial del cajón de la cocina—. Ya la informaré si encontramos alguna coincidencia.

Introduciría las huellas en el AFIS, el Sistema de Identificación Automatizada de Huellas Dactilares, y buscaría coincidencias en las bases de datos, tanto de delincuentes como de escenas del crimen. Lo más probable era que las huellas que había obtenido fuesen de los miembros de la familia, pero siempre valía la pena intentarlo. Los delincuentes podían ser increíblemente estúpidos.

Después de que Rogers se fuera, Bree fue a ver a los niños y Matt se dirigió al garaje a por un trozo de madera, que clavó para tapar el agujero del cristal. Ambos volvieron a la cocina.

—Los dos niños están profundamente dormidos. —Bree se paseaba arriba y abajo por la habitación—. Supongo que el perro ha hecho que se sientan seguros.

—Brody detectará cualquier movimiento inusual.

Lo examinó durante un minuto.

—¿Qué os pasa a ti y al ayudante del sheriff? Imagino que antes trabajabais juntos.

—Fue quien me disparó. —Matt se sorprendió a sí mismo al confesarlo con tanta franqueza—. Él y otro ayudante. Fue un accidente. Estábamos ejecutando una orden de detención contra un traficante de drogas en un almacén. Se suponía que el sheriff iba a enviarnos a Brody y a mí a la entrada sur, pero nos envió a la norte. Nos quedamos atrapados en el fuego cruzado entre los traficantes y los policías. No puedo recriminarle nada a Jim. No fue culpa suya, y se sintió fatal después de lo ocurrido, pero cuando nos vemos resulta algo incómodo.

—Ya me lo imagino —dijo Bree—. No pareces muy convencido cuando dices que fue un accidente.

—¿Recuerdas al antiguo sheriff corrupto del que te hablé?

—¿El que se suicidó?

—Ese. —Matt pensó hasta dónde debía contarle—. Vi al sheriff golpear a un sospechoso en el riñón con una porra, repetidas veces. El tipo estaba tirado en el suelo con las esposas. No era una amenaza para nadie.

—¿Exceso de fuerza?

—El sheriff tenía mal genio. —Matt asintió—. Debería haberlo denunciado. No era la primera vez. Era un auténtico cabrón; creía estar por encima de la ley. No —se corrigió Matt—. Creía que él era la ley. Pero ahí es donde está el problema con un sheriff: un jefe de policía puede ser despedido por el alcalde o por el ayuntamiento, pero un sheriff es un funcionario electo. Tiene que ser acusado de un crimen y/o impugnado.

—No es un proceso fácil.

—No. Era un hombre muy popular en aquella época. Era imposible que pudiese convencer al fiscal de distrito para que lo acusara de nada: el tipo al que el sheriff golpeó estaba demasiado asustado para testificar. El sheriff era un hombre poderoso que llevaba mucho tiempo en el cargo. Habría sido su palabra contra la mía.

Bree entrecerró los ojos cuando acabó de atar cabos.

—Crees que el sheriff te envió a la puerta equivocada intencionadamente.

—Admito que se me ha pasado por la cabeza.

—Mierda.

—Exactamente —convino Matt—. Ya fue bastante malo que me dispararan a mí, pero Brody… —Hizo una pausa—. Creo que Rogers se sentía peor por haberle disparado al perro.

—¿Confías en alguien del departamento del sheriff? —quiso saber Bree.

—Confío en Marge —dijo Matt.

—¿No confías en el jefe adjunto Harvey?

—¿En Todd? No lo sé. —Matt sacudió la cabeza—. No quiero pensar que lo sabía. Siempre me ha parecido un tipo decente, pero, cuando salí del hospital, Todd y los otros ayudantes me trataban de forma diferente.

Como si ya fuese un extraño para ellos, como si el sheriff hubiera contado la historia del tiroteo dejándose a sí mismo en buen lugar, y todos le hubiesen creído. Era un hombre muy persuasivo. Había dicho unas mentiras monumentales con una desfachatez envidiable.

—¿Todd también te disparó? —preguntó Bree.

—No. El otro agente dejó el departamento después de que el sheriff se suicidara.

—Entonces, tal vez ese otro agente lo sabía.

—Tal vez. Hubo una investigación después del tiroteo. Todos prestaron declaración oficial y cerraron filas. Luego el sheriff dijo que yo me equivoqué de puerta, pero no fue así.

—Su palabra contra la tuya otra vez.

—Así es. —Matt flexionó la mano—. El sheriff vino a verme a casa. Me ofreció un acuerdo económico muy generoso para que me olvidara del asunto.

Técnicamente, el acuerdo lo había ofrecido el condado, pero el sheriff había ejercido su influencia.

—Y lo aceptaste.

—Solo después de que aceptara retirar a Brody y dejarlo en mis manos. Su lesión no era muy grave, pero no pensaba permitir que volviese a poner en peligro su vida por ese gilipollas otra vez.

—Ahora entiendo las tensiones que hay entre el departamento del sheriff y tú.

Una mancha roja en el suelo atrajo la atención de Matt.

—¿Estás sangrando?

—Puede ser.

—¿Puede ser?

—Me quedé enganchada en una alambrada.

Le enseñó los dedos y las tiritas que le cubrían dos nudillos. Se agachó para enrollarse los bajos de los vaqueros.

—Siéntate aquí.

Matt dio una palmadita en la isla de granito.

Bree se levantó y pasó el pie por encima del fregadero. Matt le subió el pantalón.

—Llevas los vaqueros mojados.

Con un suspiro, Bree le contó toda la historia de cómo había descubierto al intruso y luego había salido en su persecución. Como era previsible, había resultado más complicado que ahuyentar a un simple ladrón.

A Matt se le heló la sangre. Armada o no, podría haber muerto. —Debiste cerrar la puerta con llave y dejarlo huir. ¿Y si hubiera ido armado?

La rabia, y tal vez una punzada de vergüenza, hizo sonrojar a Bree.

—Quería atraparlo. ¿Y si era el hombre que mató a mi hermana? Matt abrió el grifo. ¿Es que no se daba cuenta de lo importante que era? ¿No había procesado su cerebro las nuevas responsabilidades que había asumido con la muerte de su hermana? Matt la estudió durante unos segundos. No, decidió. Aún no había asimilado la muerte de su hermana y todas sus consecuencias.

Bree estaba acostumbrada a estar sola, a no tener a nadie que dependiera de ella. ¿Cuánto tiempo tardaría en descubrir que ahora su vida había cambiado de forma radical?

—Esos niños te necesitan —se limitó a decir Matt.

Ella frunció el ceño, como si no hubiera pensado que cuidar de ellos significaba cuidar de sí misma.

—Lo sé, pero no me atacó. Echó a correr.

«Eso no importa».

Matt reformuló sus pensamientos en un lenguaje que ella pudiera entender.

—La próxima vez, prométeme que esperarás a que lleguen refuerzos, ¿de acuerdo?

—De acuerdo.

Reconoció que llevaba razón asintiendo con la cabeza, pero aun así Matt presentía que no era consciente de su nuevo papel en la vida de los niños. El hermano de Bree, Adam, no podía encargarse de ellos. Parecía ausente todo el tiempo; estaba demasiado metido en su propio mundo. Los niños nunca serían una prioridad para él. Puede que no lo hiciera a propósito, pero, con él, los niños no estarían bien.

En cambio, con Bree sería otra cosa. Ella haría de Luke y Kayla su prioridad.

Matt le quitó el calcetín ensangrentado. Esperaba los cortes en el tobillo, pero el tatuaje le sorprendió. Era una enredadera sinuosa, hecha en tonalidades de verde oscuro y entreverada con unas florecillas azules. El resultado era un trabajo delicado.

—¿Dónde está el botiquín de primeros auxilios?

Bree señaló una puerta detrás de él.

—En la despensa.

Encontró una cajita de plástico en un estante y la llevó a la isla.

—No me puedo creer que no te dieras cuenta de que sangrabas.

—Ha sido una noche difícil. Puede que tenga la pierna entumecida.

Matt limpió los cortes con agua y jabón, los cerró con tiras de sutura y luego los cubrió con tiritas.

—Es un tatuaje muy bonito.

—Gracias.

Bree lo observó un momento.

Matt lo miró más de cerca. Por debajo de la tinta, dos trazos irregulares de piel en relieve apenas eran visibles. El tatuador había hecho un trabajo increíble.

—¿El tatuaje cubre una cicatriz?

—Sí. —Bree palideció y arrugó la frente con expresión turbada—. Ahí es donde me mordió el perro. Me dejó una marca muy fea. Antes de hacerme el tatuaje, nunca me ponía pantalones cortos ni vestidos.

Matt tocó la cicatriz. Era fina, pero irregular en algunos puntos.

—¿Cuántos puntos de sutura te pusieron?

Ella se estremeció al notar el roce de sus dedos y apartó las piernas de la encimera.

—Será mejor que vaya a ver a los niños.

Hizo amago de salir de la cocina, pero él le impidió el paso poniendo una mano a cada lado de su cuerpo.

—¿El hecho de que me llamaras significa que estás dispuesta a colaborar conmigo?

Bree arqueó una ceja. Lo miró fijamente con sus ojos color de avellana, sin pestañear.

—Estoy cansada. Quería que hubiese otro adulto en la casa para que los niños estuviesen seguros esta noche. Prefería a alguien de confianza y del que estuviera razonablemente segura de que sabría desenvolverse. Pensé en ti.

—Me siento halagado.

Ella ladeó la cabeza. A pesar de que él le sacaba una cabeza, no cedió ni un centímetro de terreno.

—¿Tu ayuda esta noche viene con condiciones?

—Claro que no.

Matt dio un paso atrás, arrepintiéndose de su torpe maniobra. ¿Qué le hacía pensar que podía intimidar a Bree para que colaborara con él en la muerte de Erin y la desaparición de Justin?

—Bien.

Bree se pasó una mano por el pelo, no para alisárselo, sino como si le doliera la cabeza.

Egoístamente, más allá de la investigación, Bree le resultaba atractiva. Era una mujer guapa. Aunque él conocía a muchas mujeres guapas, y era lo bastante mayor para querer algo más que sexo y una cara bonita de una relación. No era eso: Bree tenía algo que la hacía diferente. Su complejidad, su resiliencia... El destino le había hecho la zancadilla varias veces en su vida, y ella se había resbalado, pero conservaba el equilibrio. Su actitud directa también le resultaba estimulante. Se acababa de comportar como un idiota y ella se lo había echado en cara inmediatamente.

Y como había sido un idiota —y aún quería trabajar con ella—, debía ser el primero en ofrecer información.

—Cuando llamaste, no me hiciste salir de la cama. Estaba ya fuera.

Le habló de su visita al taller del padre de Justin y de la información sobre un posible traficante de drogas.

—Tal vez Justin le debía dinero a su camello. —Bree se frotó los ojos—. Me da rabia pensar que volvía a consumir, pero tiene sentido. De no haber sido así, Erin habría aceptado que volviera a casa de nuevo. No se le daba bien poner fin a las relaciones.

Se oyó algo de movimiento en la sala de enfrente y Bree se dirigió a la puerta.

—Me parece que uno de los niños está despierto. —Mirándolo, añadió en voz baja—: Continuaremos esta conversación mañana, cuando me funcione el cerebro. Voy a intentar que los niños se vayan a la cama.

—Tú también deberías dormir un poco.

—Lo intentaré —convino—. Hay una habitación de invitados.

—Puedo dormir en el sofá. —Matt quería estar más cerca de las puertas, donde oiría a un posible intruso—. Brody hará guardia.

—Gracias otra vez.

Bree salió de la habitación.

Matt llenó un vaso de agua y se lo bebió. Por la mañana, seguiría el rastro del traficante de Justin. A Matt le encantaría darle al jefe adjunto un sospechoso alternativo.

Pensó en el equipo de acampada. ¿Qué razones tendría Justin para huir y esconderse? ¿Tenía miedo del hombre que había matado a Erin? ¿O era miedo a la policía?

¿O a los dos?

CAPÍTULO 11

Se quedó sentado tras el volante y observó la pequeña granja a través del teleobjetivo de su cámara. La casa estaba a oscuras, y había otro vehículo aparcado delante. Sacó una foto del enorme todoterreno. La farola que había frente a la casa iluminaba la matrícula.

La muerte de Erin y su historia familiar habían salido en las noticias. Habían enseñado fotos de la familia, incluida una imagen actual de la hermana de Erin entrando en la comisaría esa mañana. La hermana era inspectora de homicidios de Filadelfia. Aquella mujer iba a ser un problema, lo presentía. Iba a interponerse en su camino, como había hecho Erin.

Pero ¿qué podía hacer con ella?

Un sentimiento de furia iba apoderándose de él. Crecía a la velocidad de una violenta riada. Erin se había creído muy lista: que tenía su número, que podía interferir en su vida… Bueno, había aprendido una dura lección. El recuerdo lo tranquilizó. Se había ocupado de ella. No permitiría que nadie le jodiera los planes.

Nadie iba a quitarle lo que era suyo, ni esa zorra muerta ni su hermana.

Había matado una vez, y estaba más que dispuesto a hacerlo de nuevo. Aunque la hermana era policía y le resultaría más difícil acabar con ella. Se palpó el bolsillo y notó el tranquilizador bulto del arma. Tal como había comprobado el martes por la noche, una bala a quemarropa en el pecho eliminaba rápidamente a una persona. Sin duda, un arma igualaba la partida.

Vio el movimiento de una cortina en una ventana de la planta de arriba, la ventana de Erin, y una figura oscura apareció en ella. ¿Estaba la hermana mirando por la ventana? ¿Intuiría acaso que la estaba espiando?

Tomó una foto. Era como si lo mirara directamente a él.

Contuvo el aliento. Aunque estaba seguro de que ella no podía verlo, se encogió más hacia abajo en su asiento y bajó la cámara. Sin la ayuda del teleobjetivo, ya no podía verla.

Soltó el aire de los pulmones.

Si él no podía verla, entonces ella no podía verlo a él.

Volvió a sentir la llamarada de la ira, que lo encendió por dentro. No debería tener que estar preocupándose de eso; al igual que Erin, la hermana provocaría su propia muerte. Una poli era incapaz de no meterse donde no la llamaban.

No tenía más remedio que matarla, pero no estaba preparado para hacerlo esa noche. Matar a un agente de policía requería planificación. La hermana iba armada, y se andaría con cuidado, estaba entrenada para eso. Tendría que cogerla por sorpresa. Él había planeado la muerte de Erin y el plan había funcionado como un reloj. Bueno, casi como un reloj. Sin embargo, se serviría del único contratiempo del plan. Tendría el mismo cuidado con la muerte de la hermana.

Volvió a coger la cámara. La figura de la ventana había desaparecido. ¿Habría vuelto a la cama?

También había vigilado a Erin. Su comportamiento seguía una rutina muy deprimente, casi como si sufriera un trastorno obsesivo-compulsivo. Dándole vueltas a un posible plan, cogió un cuaderno del asiento del pasajero y anotó la hora en que la figura había aparecido en la ventana. Si no dormía bien y se levantaba a menudo por las noches, necesitaba saberlo.

La casa permaneció en silencio durante los siguientes quince minutos. Arrancó el motor y se alejó por el arcén de la carretera.

La ira se había mitigado, pero nunca desaparecía del todo, sino que bullía a fuego lento en su pecho como una chispa a la espera de prender una llamarada más grande.

Sería mejor que la hermana no interfiriese, porque haría lo que fuera necesario para conservar lo que era suyo.

Capítulo 12

El jueves por la mañana, con la casa aún en silencio, Bree decidió empezar el día con un saludo al sol. Apoyó la cabeza en la colchoneta, levantó las caderas y fue enderezando el cuerpo despacio hasta ponerse de pie. El yoga le había enseñado a controlar su cuerpo y su respiración, y la concentración necesaria para no caer de bruces le despejaba la mente. Terminó con la postura del delfín y luego con cinco respiraciones en la posición de uve invertida del perro boca abajo. A continuación, se duchó, se vistió y bajó sin hacer ruido por las escaleras. Los niños seguían durmiendo profundamente. No se habían acostado hasta las tres y solo después de que Matt les prometiera que Brody estaría allí toda la noche.

Bree vio a Matt durmiendo en el sofá desde el último escalón: a su lado, en el suelo, Brody estaba tumbado sobre un edredón doblado que Kayla se había empeñado en que utilizara como cama. El perro, con la cabeza erguida, miraba con sus grandes ojos marrones a Bree. Esta se detuvo, con el miedo acelerándole el pulso.

Inhaló aire profundamente y lo controló al exhalar. «El perro no te va a hacer daño».

Esa frase iba a ser su nuevo mantra. Respiró despacio por segunda vez y se obligó a pasar por la sala de estar, odiando la sensación de alivio que le procuraba poder apretar el paso una vez que el perro desapareció de su vista.

En la cocina, preparó una cafetera. El sol entraba por las ventanas. Fuera, el cielo lucía un esplendoroso azul invernal. Bree consultó la hora. Las nueve en punto. Había que dar de comer a los caballos. Se puso la chaqueta de Luke y las botas de su hermana y abrió la puerta. El frío le golpeó en la cara como si se hubiera estrellado contra una pared de hielo. Miró el termómetro del porche trasero: doce grados bajo cero.

Salió del porche y se palpó los bolsillos del abrigo buscando unos guantes. La luz del sol se reflejaba en el patio congelado y le cegaba los ojos. Se los protegió con la mano para entrar en el establo. Los tres caballos asomaron la testuz por encima de las puertas de las caballerizas. El poni castaño de Kayla, Calabaza, ocupaba la primera. Miraba a Bree por debajo de un tupido tupé de color claro. El caballo alazán de Luke, Rebelde, pateó su puerta. El último animal, un bonito caballo tordo que Erin había bautizado con el nombre de Cowboy, relinchó suavemente para llamar la atención. Los caballos hicieron crujir el lecho de heno. El aire olía a animal, a heno y estiércol. Bree no había vivido en una granja desde los ocho años, pero los olores y sonidos le resultaban familiares a su pesar, por mucho que quisiera negarlo.

Usó el cucharón de plástico para medir el heno que debía darle a cada caballo. Durante la noche, se había formado una capa de hielo en sus cubos de agua. Bree rompió el hielo con un martillo y rellenó los cubos. El suministro de agua del establo estaba protegido con aislamiento y un sistema de calefacción para evitar que se congelase. Bree entró en todas las caballerizas, ordenó las mantas y comprobó el estado de cada animal a la luz del día. Parecían estar bien.

Irónicamente, los animales de más de cuatrocientos kilos capaces de aplastarla con facilidad no la asustaban en absoluto.

Les dio una palmadita en el cuello y volvió a la casa. Luke podría limpiar los establos más tarde. Cruzó el jardín y abrió la puerta de la cocina. El olor a café le supo a bendición y la vaharada de calor le provocó un hormigueo en la piel congelada de la cara.

Matt estaba junto a la encimera sirviendo el café en dos tazas. Instintivamente, Bree buscó al perro. Brody estaba bajo la mesa de la cocina, con la cara entre las patas y los ojos fijos en Matt. No pudo evitar apretar el paso al pasar junto al animal.

—Buenos días —dijo Matt. Tenía cara de recién levantado y el pelo alborotado, y la incipiente barba de color castaño rojizo del día anterior parecía haberse transformado en una señora barba de la noche a la mañana.

«Nadie debería estar tan despierto —o tan guapo—antes del café».

Era evidente que a Bree le faltaba su dosis de cafeína. Añadió azúcar a su café y se tomó la mitad de la taza de un trago antes de devolverle el saludo.

—Buenos días.

—¿Qué planes tienes para hoy y en qué puedo ayudar?

Incluso antes del café, la mirada de sus ojos azules era clara y despejada. Los suyos, en cambio, estaban enmarcados por bolsas y ojeras. No había dormido bien, y se había despertado en la oscuridad con la extraña sensación de que alguien la observaba. El intruso había hecho mella en su estado mental.

—Tengo que llamar a mi jefe. Es obvio que me voy a quedar aquí más de un par de días. La persona que estoy esperando debería estar aquí esta mañana con las cosas de mi apartamento. Tengo previsto hacer unas llamadas y ver cuánto tardarán en instalarnos una alarma.

—Yo conozco a alguien. Haré que venga hoy.

—Gracias. —Bree tomó más café. La cafeína no le estaba llegando al torrente sanguíneo con la rapidez necesaria. Se terminó la taza y se sirvió otra. Al oír los rugidos de su estómago, se fue a la nevera y sacó un yogur—. Tiene más azúcar de lo que me gustaría, pero servirá.

Le ofreció otro a Matt.

Este lo rechazó.

—Me basta con el café por ahora.

—Gracias por quedarte anoche.

—De nada.

Bree miró al perro.

—Creo que la presencia de Brody hizo que los niños se sintieran más seguros.

—Los perros son geniales para la seguridad del hogar. Incluso los más dóciles te dicen si hay alguien fuera de la casa. Los pequeños ladran como locos.

Bree se comió el yogur y apuró la segunda taza de café, momento en el que su cerebro empezó a ponerse en marcha.

—Voy a ver a los niños. Enseguida vuelvo. —Subió de puntillas y les echó un vistazo. Kayla estaba profundamente dormida en la cama de Erin, donde había dormido con Bree. En su propia habitación, Luke parecía inconsciente, con sus largos brazos y piernas desparramados. Los pies le colgaban por el borde de la cama individual. Bree volvió a la cocina y cogió su taza de café—. Todavía están fuera de combate.

—Ayer tuvieron un día largo y difícil.

—Sí.

La tristeza hizo que Bree volviera a sentirse agotada.

Matt pasó una mano por la encimera de granito.

—Tengo que hacerte una pregunta. ¿Cómo podía tu hermana permitirse una casa tan bonita con su sueldo de peluquera?

—No podía.

Matt arqueó una ceja.

—La granja es de Adam.

—¿Tu hermano? —Una expresión de sorpresa iluminó la cara de Matt.

—Lo sé. Por su aspecto, dirías que él mismo es un sintecho, ¿verdad? —Bree intentaba entender a Adam, pero los años de su infancia que habían pasado separados habían afectado a su relación—. Sus cuadros se han puesto de moda, pero a él no le importan el dinero ni los bienes materiales.

—A todo el mundo le importa el dinero.

—No. A Adam no. Lo único que quiere es que lo dejen tranquilo para poder pintar. Todavía conduce el mismo cacharro que se compró en el instituto. Hace años que adquirió la casa donde vive y no ha invertido un solo centavo en arreglarla. Lo único que ve es la luz natural de su estudio.

—No parece tener mucho interés por ti y los niños…

—Sí tiene interés, y le importamos a su manera. Si lo llamara ahora mismo y le pidiera diez mil dólares, transferiría el dinero a mi cuenta antes de que me diera tiempo a colgar el teléfono. Ni siquiera me preguntaría para qué es. —Bree hizo una rotación de los hombros y estiró los brazos a la espalda—. Pero siempre ha estado desconectado emocionalmente. No sé si nació así o si lo desarrolló como un mecanismo para hacer frente a la muerte de nuestros padres. Hace todo lo que puede para demostrarnos que nos quiere, pero él es como es. Nadie es perfecto. —Amar a tu familia significaba aceptarla tal como era.

—Ayudaba a Erin económicamente.

—Quería poner la granja a nombre de Erin, pero lo convencí de que no lo hiciera.

—¿Por qué? ¿No sabía gestionar el dinero?

—No. Tenía mal gusto con los hombres.

Antes de que Bree pudiera explicarse, Brody levantó la cabeza de golpe. Se puso en pie de un salto y trotó hacia la parte delantera de la casa.

—Ha llegado alguien.

Matt siguió al perro.

Bree los siguió a ambos. Miró por el ventanal de la sala de estar. Había un Dodge Durango aparcado en la entrada. La puerta del maletero trasera estaba abierta y Dana estaba descargando una maleta y un transportín para mascotas. A Bree casi se le saltan las lágrimas al verla.

—Es mi amiga, Dana. También es mi compañera de trabajo.

Matt llamó a Brody para que se apartara de la puerta y Bree pudiera salir. Dana empujó la maleta hacia el porche. Bree la recibió en los escalones con un abrazo. Dana le dio una palmadita en la espalda.

—Lo siento muchísimo.

—Gracias. —Con los ojos húmedos, Bree la soltó.

Dana le dio el transportín de gatos.

—Me debes una. Se ha pasado las cinco horas maullando.

—Gracias por traerlo. Es probable que me quede aquí un par de semanas; no quiero dejarlo solo tanto tiempo, y aquí hay demasiado que hacer para que pueda ir yo a Filadelfia.

Bree la condujo a la casa y le presentó a Matt y Brody. Dana acarició la cabeza del perro, pero miró a Bree con expresión de interrogación.

—¿Hay más cosas en el coche? —preguntó Matt.

—Sí —dijo Dana.

—Yo me encargo.

Matt salió por la puerta, con el perro en sus talones.

Dana se puso las gafas de sol en la coronilla y lo miró a través del ventanal. Al volverse, lanzó a Bree una mirada elocuente.

—Nena…

Bree puso cara de exasperación.

—Es solo un amigo.

—Vaya, pues qué lástima.

—Es complicado.

—Ya. —Dana dejó la maleta junto a la pared.

—Es el mejor amigo del ex de mi hermana.

—¿El mismo ex que la policía local cree que la mató?

—Sí.

—Ah, vaya… Entonces sí que es complicado. —Dana se quitó el abrigo—. ¿Es policía?

—Era policía.

—Así que va a meter las narices en el caso. Igual que tú.

—Sí.

—¿Crees que se va a interponer en tu camino? —le preguntó Dana.

Bree negó con la cabeza.

—La verdad es que creo que es de fiar.

—Bien. —Dana se quitó el gorro azul brillante y se alborotó el pelo—. ¿Te llevas bien con su perro?

—Lo estoy intentando. Es un buen perro. A los niños les gusta.

—Me alegro. —Dana se metió el gorro en el bolsillo de la chaqueta—. He traído todo lo que había en tu lista y he añadido algunas cosas más que creí que te serían útiles.

—No sabes cuánto te agradezco que hayas venido.

Bree cogió su abrigo y lo colgó en el perchero.

—¿Cómo no iba a venir? —Dana parecía ofendida—. Somos compañeras.

—Bueno, pues gracias otra vez. Tengo que llamar al capitán y a Recursos Humanos esta mañana y pedir un permiso de emergencia.

—¿Tienes alguna idea de lo que vas a hacer más adelante?

—No. —Bree no podía pensar en ello—. Necesito centrarme en los próximos días.

Matt trajo dos maletas más y una caja al interior de la casa y lo dejó todo en la puerta principal. Brody olfateó el transportín para gatos.

Bree miró la cantidad de equipaje y se volvió hacia Dana.

—¿Es que has traído todo lo que había en mi armario?

—Solo las cosas de invierno. La maleta azul es mía.

—¿Te vas a quedar? —Una expresión de asombro acompañaba las palabras de Bree.

—Cuando hablamos parecía como si necesitaras algo más que ropa, tu gato y tu arma de repuesto —dijo Dana—. Puedo quedarme todo el tiempo que quieras.

—¿Qué le has dicho al capitán? —preguntó Bree.

—Pues le he dicho adiós. —Dana agitó los dedos—. Me quedaban días de asuntos personales. Iban a pagármelos, pero no era gran cosa. Me retiraré cuando estaba previsto, no ha cambiado nada. Solo estoy de vacaciones hasta entonces.

—No sé qué decir. —Bree estaba abrumada.

—No tienes que decir nada. Tú harías lo mismo por mí. —Dana se encogió de hombros—. Además, así tengo una excusa para retrasar la decisión sobre ese trabajo de mierda como vigilante nocturno de seguridad que me ofrece mi primo.

El gato lanzó un maullido desde el transportín. Brody meneó la cola.

—¿Qué tal se lleva tu perro con los gatos? —le preguntó Dana a Matt.

—Le gustan —respondió Matt.

Bree abrió la portezuela.

—Os presento a Vader.

El gato se quedó al acecho desde el transportín, sentado y observando tranquilamente al perro con sus brillantes ojos amarillos. Levantó una pata negra como el tizón y empezó a atusarse los bigotes.

Brody protestó y le puso el hocico al gato en la cara. A la velocidad del rayo, Vader le soltó un contundente golpe y volvió a lamerse la pata y a limpiarse los bigotes como si nada hubiera pasado.

El perro retrocedió tres pasos y miró a Matt.

—Lo siento, amigo —dijo Matt—. Es un gato. No puedo hacer nada.

—A veces puede ser un poco abusón. —Con la caja de comida para gatos en la mano, Bree se dirigió a la cocina—. Vamos a instalarte, Vader.

Matt se apoyó en la encimera y cruzó los brazos. Dana dejó su bolso, las llaves y las gafas de sol en la isla. Bree llenó unos cuencos de comida y agua. El gato se subió de un salto a la isla de la cocina, miró fijamente la cara de Dana y acercó una pata a sus gafas de sol.

—No lo hagas —lo amenazó Dana con un dedo.

Manteniendo el contacto visual, Vader le tiró las gafas de sol al suelo.

—Tu gato es un imbécil. —Dana recogió sus gafas, las metió junto con sus llaves en el bolso y lo dejó todo fuera del alcance de Vader.

—Sí, pero es mi imbécil —dijo Bree.

Dana se sirvió un café.

—¿Ha pasado algo desde que hablé contigo anoche?

—No —contestó Bree.

—Bien. —Dana se bebió su café solo—. Me he pasado todo el viaje pensando en los niños. ¿Justin los adoptó formalmente?

—No, y con su historial de adicción, dudo que pueda conseguir la custodia ahora. El hecho de que Erin lo obligara a irse de casa ilustra muy bien qué pensaba ella al respecto.

—Ya. Bueno, ¿y dónde está su padre? —preguntó Dana.

Un escalofrío recorrió el cuerpo de Bree.

—No tengo ni idea, y eso me asusta. Luke tiene quince, casi dieciséis años. Tendrá algo que decir sobre dónde quiere vivir, pero Kayla solo tiene ocho años, y tiene un padre biológico por ahí, en algún sitio, aunque nunca lo ha conocido.

—¿Cómo es? —preguntó Matt, apoyado en la encimera.

—Atractivo. Con mucha labia. Cuando consigue trabajo, casi siempre es vendiendo algo. Es capaz de adaptar su personalidad a cada situación: se desenvuelve perfectamente tanto en un ambiente de hombres como rodeado de mujeres. —Bree visualizó su cara de engreído—. A la mayoría de la gente le cae bien al instante.

—Pero a ti no —dijo Matt.

—No —confesó Bree—. La primera vez que lo vi, me recordó a mi padre. —Jake Taggert era una persona cuando estaba rodeado de gente y otra, completamente distinta, con su familia. Una vez vio una foto suya sonriendo y casi no lo reconoció—. Craig activó enseguida mi alarma antigilipollas.

—Tu hermana parecía inteligente. ¿Cómo la engañó? —preguntó Dana.

A Bree se le agrió el café en la boca.

—Craig Vance sería capaz de vender arena en un desierto. Su relación tenía muchos altibajos. La dejó embarazada de Luke cuando tenía dieciséis años, y luego Jake estuvo entrando y saliendo de su vida durante años. Nunca pudo contar con él para que la apoyara económicamente o como padre de su hijo. Y pese a todo, cada vez que aparecía en su puerta, mi hermana lo aceptaba como si tuviera algún tipo de control sobre ella.

Dana tamborileó con los dedos en la isla.

—¿Cuándo fue la última vez que lo vio?

Bree sintió la quemazón de la ira en su garganta.

—Cuando le dijo que estaba embarazada de Kayla, él montó en cólera. Le dio una paliza y se fue a un bar.

Dana soltó su taza.

—¿Y no lo mataste?

—Yo no estaba aquí. —Bree sintió como la culpa se le deslizaba por la piel como si fuera un viejo suéter—. Bueno, el caso es que después de que le pegara aquella paliza estando embarazada, Erin cortó con él al fin. Mientras él estaba fuera bebiendo, ella cambió las cerraduras, le preparó una maleta con sus pertenencias y la dejó en la entrada. Cuando llegó a casa, ella le dijo que habían terminado. Por lo que sé, esa fue la última vez que tuvo contacto con Craig.

—Bien hecho. —En los ojos de Dana había una expresión feroz—. Entonces, si asoma por aquí, ¿le disparamos en el acto?

Matt señaló a Dana con el pulgar.

—Me gusta.

—A mí también, pero no creo que ese sea un plan viable. —Bree se puso a andar por la cocina—. No quiero buscar a Craig, pero supongo que sería mejor saber dónde está y qué está haciendo. No concibo que quiera asumir la carga económica de dos niños que ha evitado mantener durante años.

—Ya —convino Matt—, pero ¿no sería automáticamente el padre biológico de los niños su nuevo tutor? ¿No intentará localizarlo un juez o hacer que le entreguen una notificación?

Bree negó con la cabeza.

—Él no estaba cuando nació ninguno de los dos niños, así que no aparece en sus certificados de nacimiento. Legalmente, los niños no tienen padre. No reconoció la paternidad de Luke ni siquiera cuando él y Erin estuvieron juntos la última vez. No quería asumir esa responsabilidad económica.

—¿Tu hermana nunca solicitó la manutención para sus hijos? —preguntó Matt.

—Tenía miedo de que la dejara si se lo pedía —admitió Bree. Definitivamente, Craig había sido la debilidad de Erin.

Matt frunció el ceño.

—¿Tendría alguna razón para matar a Erin?

—No se me ocurre ninguna. —Pero la idea inquietaba a Bree. Craig era lo suficientemente egoísta para ser un asesino, aunque a ella no se le ocurriese ningún motivo por el que quisiera asesinar a Erin. Matt también parecía escéptico ante su respuesta.

—Empezaré a investigar esta misma mañana —dijo Dana—. Tal vez estemos de suerte y haya muerto en algún momento a lo largo de estos años.

Por despiadado que pudiera parecer, Bree estaba de acuerdo con ella.

—Brody y yo nos vamos a ir a casa. —Matt se apartó de la encimera—. Él necesita desayunar, y yo necesito una ducha. Hoy hablaré con los vecinos de Justin y luego tal vez me pase por algunos de sus sitios de acampada favoritos. Cuando estuve en su casa, vi que su equipo no estaba. Quiero seguir esa otra pista de la que hablamos anoche. Ya te diré si he averiguado algo interesante.

Bree asintió.

—Tengo un montón de llamadas que hacer esta mañana. Luego había pensado ir a la peluquería: casi todas las amigas de Erin trabajan allí. Puedo hablar con su jefe también.

—Estáis buscando a un asesino —dijo Dana—. No me hace gracia la idea de que alguno de los dos lo encuentre estando solo. Me sentiría mejor si os guardarais las espaldas mutuamente.

—Claro —dijo Matt con una leve sonrisa de suficiencia—. Es una buena idea, sí.

—Matt y yo ya hemos decidido trabajar juntos. —Bree no se lo ha dicho todavía, pero las palabras de él se habían repetido en su cabeza una y otra vez mientras intentaba conciliar el sueño.

«Esos niños te necesitan».

Él tenía razón, y ella había sido una insensata al perseguir al intruso ella sola en la oscuridad. Estaba acostumbrada a estar sola, a no tener a nadie que dependiera de ella excepto a Vader. Pero todo eso había cambiado con la muerte de su hermana. Bree tenía que ir con más cuidado.

—Bien. —Dana asintió con la cabeza—. Entonces, todo arreglado.

Unas pisadas retumbaron en los escalones. Luke y Kayla entraron corriendo en la cocina.

—¡Dana!

Kayla corrió a abrazarla. Luke se quedó un poco rezagado, pero Dana los envolvió a los dos en un fuerte abrazo.

—Os he echado de menos a los dos.

Mientras Dana saludaba a los niños, Bree acompañó a Matt a la puerta.

—¿Cuándo quieres que nos veamos?

Matt comprobó la hora en su teléfono.

—¿Qué tal si te recojo al mediodía?

Bree asintió.

—Así tendré tiempo de hacer todas las llamadas, pero no hace falta que me recojas, podemos quedar en algún sitio.

—Pasaré a recogerte.

Matt y el perro se fueron.

Bree frunció el ceño, molesta por su actitud autoritaria y también por cómo se le habían relajado todos los músculos del cuerpo en cuanto el perro se fue. Todavía no sabía qué pensar sobre Matt; él estaba seguro de que Justin era inocente, mientras que Bree no lo estaba. Aun así, su instinto le decía que estaba siendo sincero con ella. Tenían a otro sospechoso, pero ni siquiera sabían el nombre completo de Nico, el traficante. Justin seguía siendo el principal sospechoso en la mente de Bree, pero pensar en Craig le dejaba una clara sensación de...

Desasosiego.

Capítulo 13

Matt bebió un sorbo de su termo de café mientras Bree salía corriendo de la casa y subía a su todoterreno.

Había pasado las horas anteriores conduciendo por toda la ciudad y visitando los lugares de acampada favoritos de Justin. También había llamado a todos sus amigos, pero ninguno lo había visto.

—No hacía falta que dejaras a Brody en casa —dijo Bree sentándose en el asiento del pasajero, aunque parecía aliviada de que el perro no estuviera con él.

—No pasa nada. —Matt arrancó el coche—. Mi hermana ha prometido que lo sacará a dar un largo paseo esta tarde. Lo va a malcriar como nunca. ¿Adónde vamos primero?

—A la peluquería y salón de belleza Halo. He concertado una cita para hablar con el dueño del salón, Jack Halo. También quería hablar con la mejor amiga de mi hermana, Stephanie Wallace, pero no contesta al teléfono. Steph y Erin estuvieron años trabajando en cabinas contiguas. Halo cambió de propietarios hace un año, y durante un tiempo Erin temió quedarse sin trabajo. Sintió mucho alivio de haber sobrevivido al cambio de dueños.

—¿Qué vas a hacer tú con tu trabajo?

—Entre las vacaciones y los días de asuntos propios que tengo acumulados, puedo estar aquí tres o cuatro semanas.

—Tal vez puedas acogerte también a la ley de Permiso Familiar y Médico.

—Tendría que ser la tutora legal de los niños para poder solicitarlo.

Matt sabía que ella iba a criar a esos niños, aunque no estuviese lista para admitirlo todavía.

—¿Has llamado también al colegio?

—Sí. Los orientadores me han dicho que dejemos que los niños decidan cuándo quieren volver a la escuela. Esperaba que me dijeran algo más concreto.

—Al menos han confirmado lo que tú ya pensabas. —Matt se frotó la mandíbula. Se había duchado y afeitado, pero aún se sentía falto de energías—. Deberías confiar en tu instinto con los niños. Se te dan muy bien.

—Supongo, pero es como si estuviera en el agua, en mitad de un océano, sin tierra a la vista. Sí, claro, conozco los movimientos mecánicos, cómo mover los brazos y piernas para mantenerme a flote, pero ¿cuánto tiempo podré aguantar antes de hundirme?

La responsabilidad que estaba asumiendo debía de ser abrumadora.

—¿Estás bien? —le preguntó, mirándola a los ojos.

Bree no respondió. Era como si no supiera si volvería a estar bien algún día.

—A Erin le encantaba su trabajo. Intenté convencerla de que fuera a la universidad, que estudiara para ser contable o algo así, pero a ella lo que le gustaba era hacer algo diferente cada día. Disfrutaba siendo creativa y haciendo que las mujeres se sintieran bien consigo mismas. Seguramente tendría que haberla aceptado valorándola por cómo era en lugar de estar siempre intentando cambiarla.

Matt se encogió de hombros.

—Se supone que las hermanas tienen que ser mandonas. La mía es más joven que yo y le encanta decirme lo que tengo que hacer.

Para su sorpresa, Bree se rio.

—En serio, no seas tan dura contigo misma —le dijo Matt—. Querías a tu hermana; te importaba lo suficiente como para hablar de su vida y darle consejos.

Bree asintió y suspiró.

—Lo sabes todo sobre mi familia. Háblame de la tuya.

—Tengo dos hermanos. El mayor es luchador profesional ya retirado. Acaba de abrir su propio estudio de artes marciales. Mi hermana pequeña dirige una organización de rescate de perros y lleva la gestión del estudio de mi hermano. Mi padre es médico de familia jubilado y mi madre era profesora de inglés de secundaria.

—¿Ningún oscuro secreto familiar, entonces?

—Me temo que no —dijo Matt—. Cuando Nolan se hizo luchador profesional mis padres no estaban muy contentos, pero en realidad que se convirtiera en la oveja negra ha sido el único motivo de tensiones familiares.

—Eso debe de estar muy bien.

—Ya hemos llegado. —Matt enfiló hacia la entrada del salón Halo y aparcó el coche—. ¿Lista?

— Sí. —Bree alcanzó el tirador de la puerta. Salieron del vehículo y cruzaron el aparcamiento. Matt le abrió la puerta de cristal para que entrara primero. El vestíbulo era un espacio abierto y moderno, con vistas despejadas de la zona principal del salón de belleza. El diseño englobaba un solo espacio y las cabinas de peluquería estaban en el lado izquierdo del salón. Detrás de ellas, una hilera de sillas lavacabezas se extendía por la pared trasera. A la derecha había varios mostradores de manicura. A través de una puerta, Matt vio unas sillas con lavapiés en la habitación contigua. En la pared trasera, una puerta a cada lado daba a la parte trasera del edificio. En la parte delantera del espacio, el mostrador de recepción, de forma semicircular, separaba el vestíbulo del salón y rodeaba parcialmente una escalera de caracol abierta.

Se dirigieron hacia él.

Una mujer de mediana edad vestida de negro les dio la bienvenida; unos reflejos rosados destellaban en su pelo rubio.

—¿En qué puedo ayudarles?

Bree le dijo su nombre y presentó a Matt.

—Venimos a ver a Jack Halo. Tenemos una cita con él.

Matt se preguntó si ese era su verdadero nombre.

—Síganme.

La mujer salió de detrás del mostrador y guio a Bree y Matt por la escalera de caracol hasta el segundo piso. Frente al descansillo había un distribuidor con varias puertas, y unos pasillos adicionales flanqueaban la segunda planta.

—¿Qué hay aquí arriba? —preguntó Bree.

La mujer giró a la izquierda y bajó la voz.

—Salas privadas para limpiezas de cutis, masajes y servicios de depilación, además de nuestras oficinas administrativas.

Pasaron por delante de una fila de puertas cerradas. La recepcionista llamó a la puerta con delicadeza antes de abrirla y asomar la cabeza dentro:

—Jack, la señora Taggert y el señor Flynn están aquí.

Se apartó a un lado, y Bree y Matt entraron en la habitación. Una larga mesa cubierta de bocetos dominaba el espacio.

Un hombre de unos cincuenta años estaba de pie junto a la mesa. Soltó un par de gafas modernas de montura roja. Su camiseta negra ceñida le resaltaba la barriga. Llevaba el pelo plateado y brillante repeinado hacia atrás. Encogió el estómago cuando se volvió para saludarlos.

Bree le tendió la mano.

—Gracias por atendernos.

—Faltaría más. —Caminó hacia Bree con ambas manos extendidas hacia delante, los dedos enroscados como ganchos—. Mi más sentido pésame. —Le tomó las dos manos, la atrajo hacia sí y la besó en la mejilla.

Aunque era evidente que no se sentía cómoda con aquel saludo tan invasivo, Bree aceptó el beso con elegancia.

—Todos estamos destrozados. —Jack soltó a Bree—. Erin era parte de la familia Halo.

—Gracias.

Bree retrocedió un paso y presentó a Matt como un amigo.

Se estrecharon la mano. Jack agarró a Matt del codo y tiró de su mano con fuerza, como un aspirante a macho alfa. Matt era un palmo más alto que él y pesaba veinte kilos más. La idea de que Jack pudiese ser un alfa en algo era ridícula, pero Matt dejó que diera rienda suelta a su ilusión. Lo que fuera con tal de que le aflojara la lengua.

—Esperaba que pudiera responderme unas preguntas —dijo Bree—. Como podrá imaginar, todo esto nos ha causado un impacto inmenso. Todavía no sabemos ni qué pensar.

—Por supuesto. —Jack le rodeó los hombros con un brazo y la llevó a una silla, controlando físicamente su cuerpo y sus movimientos, como había hecho con Matt—. Por favor, siéntese.

Bree se sentó y Jack se dirigió a una minimevera. Sacó una botella de agua.

Bree señaló los bocetos de la mesa.

—¿Qué son?

Jack abrió el tapón de la botella de agua y se la ofreció.

—Vamos a renovar la planta baja. Estos son algunos de los primeros borradores que he hecho.

Bree aceptó la botella y Matt examinó los dibujos. Jack tenía talento. Sus planos eran modernos y elegantes, con mucho gris y mucho blanco.

En lugar de sentarse a la mesa, Matt se cruzó de brazos y se apoyó en la pared. Jack quería hablar con Bree, así que Matt dejaría que fuera ella quien dirigiese la entrevista.

—Bueno, ¿y en qué puedo ayudarla? —Jack giró una silla para mirar a Bree y se sentó.

—Estoy tratando de averiguar qué le pasó a mi hermana. —Bree bebió a sorbos el agua.

Jack cogió la mano de Bree y le dio unas palmaditas.

—Lo que le pasó a Erin es horrible, no me lo puedo ni imaginar. Era tan... normal. No es la clase de persona que piensas que pueda ser asesinada.

Bree parpadeó al oír la palabra «asesinada». Con un rápido movimiento de cabeza, se aclaró la garganta.

—Erin trabajó para usted durante mucho tiempo.

—Ha trabajado en el salón durante diez años —dijo Jack—, pero yo no compré Halo hasta el año pasado.

—Sus clientes la adoraban.

—En su mayoría, sí. —La voz de Jack se volvió más vacilante—. Pero últimamente estaba distinta.

Bree esperó a que él se explicara. Jack quería hablar, pero algo se lo impedía.

—¿Y eso afectaba a su rendimiento laboral? —lo animó Bree.

—Erin fue una empleada modelo durante los primeros once meses que trabajó para mí: digna de toda confianza, nunca llegaba tarde, solo se ausentaba si uno de los niños se ponía enfermo. —Jack puso la mano de Bree entre las suyas.

Ella arqueó una ceja, pero no apartó la mano.

—Intuyo que ahora viene un «pero».

Jack apartó la mirada unos segundos, bajando las cejas.

—Pero parecía un poco distraída las últimas semanas. Llegó tarde dos veces. Salía de su cabina para contestar a llamadas personales, lo cual va en contra de la política de la empresa. Tuve que llamarle la atención. —Una expresión de contrariedad le arrugó la frente—. Su ex se presentó aquí, exigiendo hablar con ella cuando estaba en pleno secado.

—¿Justin estuvo aquí? —quiso aclarar Bree.

—Sí. —Jack asintió—. Discutieron. Él empezó a levantar la voz y se puso muy vehemente.

—¿Oyó por qué discutían? —preguntó Bree.

—No. Atendiendo mi sugerencia, salieron a hablar al aparcamiento. —Jack soltó la mano de Bree y se recostó hacia atrás—. Pero ella se pasó nada menos que veinte minutos ahí fuera. Su clienta estaba muy disgustada. Tuve que hacerle la manicura gratis y prometerle que le asignaría una nueva estilista para mantenerla como clienta. —Sacudió la cabeza—. Erin y yo mantuvimos una larga conversación después de eso. Le dije que no podía volver a pasar, o perdería su trabajo.

Bree pareció quedarse momentáneamente sin habla. En opinión de Matt, la visita de un novio furioso quizá debería haber impulsado a un jefe, más que a reñir a su empleada, a intervenir para asegurarse de que no corría ningún peligro.

—¿Dijo algo sobre la discusión? —preguntó Bree y, por primera vez, parecía estar luchando por mantener la calma.

—No, y tampoco le pregunté. No tengo tiempo para ser el amigo de todo el mundo. Aquí hay mucho trabajo, y yo tengo que dirigir el negocio. —Jack se sonrojó y recogió una hebra de pelusa de su camiseta—. Seguimos una política estricta. Tengo más de cincuenta empleados. No puedo hacer excepciones.

«¿No puede? ¿O no quiere?».

Bree apretó la mandíbula con fuerza, como intentando controlar su temperamento. Su reacción ponía en evidencia por qué era difícil investigar un caso que la afectaba tan de cerca, pero lo importante era conseguir que Jack hablara, no ganarle en una discusión ni hacerle ver que era un imbécil.

—Por supuesto —intervino Matt—. Debe de ser difícil.

—Estos jóvenes… —Jack negó con la cabeza—. No tienen ética del trabajo. Si les das la mano, ellos te cogen el brazo.

Un fogonazo de ira incendió los ojos de Bree como una llamarada solar.

Matt se aclaró la garganta.

—¿Recuerda qué día fue eso?

—Sí —dijo Jack—. El ayudante del sheriff me hizo la misma pregunta, así que lo busqué. Apunté una falta en el expediente de Erin el viernes pasado. —Abrió un portafolios en la mesa y se lo enseñó a Bree.

Bree le dedicó una leve sonrisa con la que parecía más bien que estuviera enseñándole los dientes.

—¿Sabe a qué hora salió del trabajo Erin el martes?

—El policía me preguntó eso también. —Jack asintió—. Trabajó de ocho a cuatro.

—Muchas gracias por toda su ayuda —mintió Matt—. Agradecemos mucho su colaboración.

—Faltaría más —dijo Jack—. Espero que encuentren a quienquiera que lo hizo.

—Gracias. —Bree dejó la botella de agua en la mesa—. Me gustaría hablar con algunas de las chicas. Sé que Erin tenía mucho trato con algunas de ellas.

—No, lo siento. Tendrán que hablar con ellas fuera de las instalaciones —dijo Jack—. Un ayudante del sheriff ha estado aquí esta mañana, interrogando al personal, y han acabado todas llorando. Ha sido muy angustioso. —Separó las manos—. Tenemos mucho trabajo, así que no puedo permitirles que vuelvan a alterar a las chicas de esa manera. Estoy seguro de que lo entienden.

Matt no lo entendía, pero no había nada que él o Bree pudieran hacer al respecto. Él ya no pertenecía a ningún cuerpo policial, y aquella no era la jurisdicción de Bree. Nadie tenía la obligación de hablar con ellos.

Jack se puso de pie.

—Déjenme que les traiga las cosas de su taquilla. Esperen aquí.

Salió de la habitación.

Matt se apartó de la pared.

—Voy a ir al baño. Nos vemos en el vestíbulo.

Como Jack había doblado a la izquierda, Matt fue a la derecha. La normativa antiincendios sin duda requería una o dos escaleras adicionales además de la de caracol que había tras el mostrador de recepción. Al final del pasillo, Matt vio un cartel que indicaba SALIDA en la pared. Atravesó una puerta de acero y bajó unos escalones de hormigón. En el primer piso, abrió otra puerta de acero y fue a parar a un pasillo que recorría el local longitudinalmente. No se encontró con nadie en todo el camino hacia los baños.

Matt se dirigió a la recepción para preguntar dónde podía encontrar a Stephanie Wallace y luego siguió las indicaciones de la recepcionista hasta una cabina al otro lado de la sala. Stephanie era una mujer morena y menuda que se contoneaba sobre un par de vertiginosas botas de tacón que le llegaban hasta el muslo. Estaba barriendo los mechones de pelo cortado de la alfombra negra bajo la silla de trabajo.

—Soy amigo de la hermana de Erin —le explicó Matt—. Tenemos que hablar.

Sus ojos cargados de maquillaje se llenaron de lágrimas. Echó una mirada al mostrador.

—Mi jefe… —Tomó una tarjeta de visita de su cabina y anotó un número de teléfono—. Libro mañana por la mañana. Podemos vernos entonces. Envíame un mensaje de texto.

Se dio la vuelta para recibir a su siguiente cliente y Matt se deslizó su tarjeta en el bolsillo.

Cuando se reunió con Bree en el vestíbulo unos minutos más tarde, esta llevaba una bolsa negra reutilizable con el logo de la peluquería en el lateral. La expresión de sus ojos sugería que le habría gustado arrancarle la cabeza a dentelladas a Jack Halo.

El ruido de voces y de los secadores de pelo resonaba en el espacio del suelo de baldosas, y el aire olía intensamente a productos perfumados.

Matt habló a la oreja de Bree:

—Hablaremos con Steph mañana.

—Gracias —dijo Bree apretando los labios.

Matt empujó las puertas de cristal y aspiró con alivio una bocanada de aire sin rastro de perfume.

Bree mantuvo sus emociones bajo control hasta que se subió al todoterreno y cerró la puerta.

—Los diez años de carrera de mi hermana en el salón de belleza reducidos al contenido de una bolsa de nailon reutilizable de la que ese hombre estaba impaciente por deshacerse.

—Menudo gilipollas... —Matt encendió el motor—. Aún no sé cómo has conseguido no estrangularlo.

—Ya. —Bree exhaló el aire—. Ahora sabemos que Justin vino aquí y discutió con Erin.

Matt frunció el ceño, pero no hizo ningún comentario. Salió del aparcamiento.

—Yo tampoco quiero que sea culpable —le aseguró Bree—, pero no puedes descartar esa posibilidad.

Cierto, pero no tenía por qué gustarle.

—¿Adónde vamos ahora?

—Me gustaría ver la escena del crimen y hablar con los vecinos de Justin. Esta mañana he llamado a Todd Harvey; me ha dicho que ya han procesado la casa de Justin y que ya se puede entrar.

—¿Estás segura de querer ver la escena del crimen? —preguntó Matt.

Sus ojos decían no al tiempo que su voz decía lo contrario:

—Sí. Lo que yo quiera o no quiera no tiene nada que ver con esto. Se lo debo a Erin. —Se apoyó en el reposacabezas—. Si el jefe adjunto encontrara un teléfono desechable, ¿te lo diría?

—No lo sé. —Matt condujo en dirección a la casa de Justin—. Creo que me habría preguntado al respecto.

—¿Le has contado lo del móvil de prepago?

—No —admitió Matt.

—¿Por qué?

—No estoy seguro de confiar plenamente en Todd.

—¿Y estás seguro de que esa es la razón? ¿No será que no se lo dijiste porque hace que Justin parezca aún más culpable?

Matt no respondió, pero la respuesta era «tal vez».

Bree lanzó un suspiro.

—Podría ser una pista importante, y no sabemos qué tiene el departamento del sheriff en cuanto a pruebas en este momento.

—Tienes razón. Se lo diré. Quiero hablar con él más tarde de todos modos.

Sin embargo, Matt también esperaba que al final del día pudiera dar al jefe adjunto pruebas que apuntaran a otro sospechoso. Condujeron el resto del camino en silencio. Matt aparcó en la acera frente a la casa, salió del todoterreno, se metió la mano en el bolsillo y sacó la llave. Bree se detuvo en la entrada, mirando la puerta principal.

—¿Seguro que quieres entrar? —preguntó Matt.

Bree asintió.

—Pero antes me gustaría dar una vuelta por fuera.

Caminaron por la parte de atrás de la casa. El jardín de Justin no tenía valla, y las huellas manchaban la nieve.

—¿Estaba la nieve cubierta de huellas esa noche también? —preguntó ella, escudriñando el jardín.

—Sí. La ventisca fue la semana anterior, y en este vecindario hay muchos niños. —Matt señaló la puerta cristalera—. La puerta corredera estaba abierta.

—¿Justin se fue por ahí?

—No sabemos qué pasó aquí, incluyendo quién estaba en la casa cuando dispararon a Erin.

Matt la guio en el camino de vuelta a la entrada principal. Una vez allí, abrió la puerta. Cuando entró en el recibidor, Matt olisqueó el aire. El olor de la casa era normal, sin restos de sangre seca.

Bree se detuvo en el umbral, con aire vacilante. Matt no la culpaba; al fin y al cabo, su hermana había muerto allí.

—¿Por qué no inspeccionas la cocina y el estudio, y yo me encargo del dormitorio? —sugirió él.

Bree permaneció inmóvil, frotándose el plexo solar con una mano como si le doliera.

—Normalmente me gusta examinar toda la escena. Como investigador, se descubren muchas cosas viéndola desde la perspectiva del asesino.

«¿Será eso algo que debe hacer para aceptar la muerte de su hermana?».

—Estoy de acuerdo —dijo—. Yo también hacía la inspección ocular de la totalidad de las escenas del crimen siempre que podía. Pero en esas otras ocasiones la víctima no era tu hermana. ¿De verdad necesitas ver esto?

—Hagámoslo juntos. —Tenía el puño apretado contra el estómago, y Matt sentía la quemazón como si la sufriera él mismo.

—¿Aún no confías en mí? —preguntó.

—No del todo. —Ella se adelantó por el pasillo hacia la cocina—. Pero esa no es la razón: antes mencionaste que el equipo de acampada de Justin había desaparecido. Tú ya has estado en la casa antes, yo no. Solo tú podrás ver qué otras cosas faltan.

Matt volvió a su lado.

—Eso tiene sentido.

Examinaron la cocina, abriendo armarios y cajones. Bree revisó la nevera.

Tocó la caja de la pizza de la encimera.

—A Erin le encantaba la pizza.

Se le aceleró la respiración y respiró profundamente antes de seguir adelante. Matt entró en el estudio.

—La consola de juegos de Justin tampoco está.

Bree se acercó a su lado.

Matt señaló un rectángulo libre de polvo en la mesa debajo del televisor.

—Todo lo demás parece exactamente igual que la última vez que estuve en esta habitación.

—Vamos a inspeccionar el dormitorio.

Bree se dirigió al pasillo y a la escena del crimen.

Capítulo 14

Bree echó a andar por el pasillo. Si dudaba, aunque solo fuera un segundo, ya no tendría valor para hacerlo. Se detuvo en la puerta del dormitorio de Justin. Faltaba un recuadro de gran tamaño de la moqueta: los forenses se habían llevado el trozo empapado en sangre. Una mancha rojo oscuro teñía la madera contrachapada que había debajo. Erin había sangrado tanto que el plasma había saturado la moqueta y había llegado al suelo. Bree sintió un fogonazo de ira, una rabia tan rápida y aguda que la quemaba por dentro. Se le nubló la vista, con los bordes de la visión periférica volviéndose rojos.

Sintió que unas manos le agarraban los brazos para llevarla fuera de la habitación. El momento pasó, sintió como se relajaba su pecho y el aire volvió a inundarle los pulmones. Trató de zafarse de las manos de Matt.

—Necesito verlo.

—No, no es verdad.

La agarró de los bíceps con más fuerza mientras la obligaba a andar hacia el resto de la casa y luego al exterior. Bree engulló una bocanada de aire frío que sofocó su ira de golpe.

Una vez de vuelta en el todoterreno, se volvió y se apoyó en el vehículo. Respiraba con dificultad, con jadeos rápidos y furiosos.

—Necesito saber lo que pasó. —Quería grabarlo en su mente para no olvidarlo nunca.

—¿Por qué? —Su pregunta la conmocionó—. ¿Por qué necesitas hacerte eso a ti misma?

Bree miró fijamente la casa. Las imágenes de su hermana desangrándose en la moqueta beis desfilaron por su mente como un tren subterráneo. Incapaz de detenerlas, las dejó pasar, estremeciéndose cuando cesó el movimiento.

¿Por qué quería saberlo? Para ver dónde murió su hermana. ¿Por qué era tan importante para ella?

—¿Quieres alimentar algo así como una sed de venganza? —le preguntó Matt.

—No. Es verdad que quiero justicia para Erin, pero no soy de las que se toman la justicia por su mano.

En el fondo, Bree sabía que no era siquiera el deseo de justicia lo que espoleaba su necesidad de experimentar la muerte de su hermana.

—Hay fotos de la escena del crimen. ¿Por qué quieres infligirte esa clase de dolor innecesario? —Los ojos de Matt se iluminaron al darse cuenta de lo que le pasaba—. Es eso, ¿verdad? Quieres castigarte a ti misma.

Bree se dio la vuelta. Su análisis era extremadamente preciso: quería sufrir. El dolor le sentaba bien, era una especie de liberación.

Matt se apoyó en el coche junto a ella, presionándole con suavidad el hombro.

—¿Estás bien?

Bree volvió la cara hacia al sol de invierno. Sus rayos —o la vergüenza que sentía— le templaron el rostro.

—Debería saber qué era lo que Erin tenía en la cabeza. La vida de mi hermana no tendría que ser un misterio para mí.

—Cuando tuvo problemas, fue a ti a quien acudió. Pero alguien la asesinó antes de que pudieras ayudarla. Eso no es culpa tuya. Lo dejaste todo para venir porque estabas preocupada por ella.

Bree lo miró.

—Erin fue asesinada en esa casa, y ni siquiera puedo reunir el coraje suficiente para examinar la escena del crimen.

Matt arqueó una ceja.

—En mi opinión, tienes mucho coraje, pero sigues siendo humana. No seas tan dura contigo misma. Este caso no se parece a ningún otro en el que hayas trabajado, es imposible que puedas mantener la distancia emocional. No puedes verlo objetivamente, por eso estamos trabajando juntos, ¿recuerdas?

Ella tragó saliva y luego asintió con la cabeza.

—¿Estás lista para hablar con los vecinos?

—Sí. —Necesitaba acción. Y la manzana en la que estaba la casa de Justin era amplia—. Separémonos. Hay veinte casas en esta calle. Yo me ocupo de ese lado.

—De acuerdo.

Matt dio media vuelta y se dirigió a la primera casa del mismo lado de la calle que la de Justin. Bree cruzó al otro lado de la calzada. Nadie abrió la puerta en las dos primeras casas a las que llamó. Se acercó a una casa blanca justo enfrente de la de Justin, esquivando una placa de hielo en el camino de acceso, y llamó al timbre. La pintura roja descolorida se desconchaba de la puerta delantera como parches de piel quemada por el sol. Oyó el ruido de unos pasos tras la puerta cerrada y vio el movimiento de una cortina en la estrecha ventana de al lado.

Al cabo de un segundo, la puerta se abrió. Un joven asomó en el quicio, pasándose una mano por la cabeza.

—¿Puedo ayudarla?

—Hola. —Bree echó de menos poder enseñarle su placa—. Estoy investigando el asesinato que hubo enfrente el martes por la noche. ¿Puedo hacerte unas preguntas?

El chico retiró la cabeza unos centímetros y se movió como si se dispusiera a cerrar la puerta.

—¿Eres policía?

Aunque, pensándolo bien, tal vez era mejor que no tuviera su placa. Negó con la cabeza.

—Esto no es una visita oficial. La víctima era mi hermana.

El joven se relajó.

—Oh, vaya. Pues menuda mierda.

—¿Estabas en casa el martes por la noche?

Asintió con la cabeza.

—Me llamo Bree.

—Yo soy Porter Ryan.

—¿Conoces a Justin, Porter? —Bree señaló la casa de Justin. Encogió un hombro.

—No mucho, no, pero…, ya sabes, lo saludo si lo veo y eso.

—¿Viste actividad en la casa el martes por la noche?

Negó con la cabeza.

—Trabajé hasta tarde. Pero sí noté algo raro anoche. —Arrugó la frente—. Vi la luz de una linterna en la casa.

—¿Una linterna?

—Sí. Y no fueron un par de minutos. La luz estuvo ahí como media hora.

—¿A qué hora viste la luz? —Bree se preguntó si la persona con la linterna era la misma a la que había perseguido en casa de su hermana.

—¿Entre las seis y las siete? —No parecía seguro.

—¿Se lo dijiste al departamento del sheriff?

—No. Un ayudante vino a hablar conmigo el martes por la noche. Esa fue la noche antes de esto.

—¿Estarías dispuesto a prestar declaración al respecto?

—Claro. ¿Es importante?

—Tal vez. —Bree levantó una mano como diciendo «¿quién sabe?». Le pidió su número y él se lo dio—. Te agradezco que hayas hablado conmigo.

—Ningún problema. Siento lo de tu hermana.

—Gracias.

Bree se dio media vuelta.

Tomó unas notas sobre lo que le había dicho y siguió calle abajo. Llamó a las puertas e interrogó a más vecinos. Nadie más tenía nada interesante que añadir, aunque eso no hacía que la gente dejara de hablar. Era tarde cuando se encontró con Matt al final de la calle. Mientras caminaban de vuelta a la casa de Justin, le habló de la luz de la linterna que había visto Porter Ryan.

—Qué raro. Si un ayudante del sheriff o un técnico de la científica necesitaran volver a la casa, habrían encendido las luces. Solo alguien que no quería ser visto habría usado una linterna. Podría ser el mismo intruso que entró en la casa de Erin.

—Ya —dijo Bree—. ¿Y a ti como te ha ido?

—No tan bien como a ti. No había nadie en algunas casas. A la vecina de al lado le pareció oír un coche sobre las ocho, media hora arriba, media hora abajo, algo que dijo que ya les había dicho a los ayudantes del sheriff.

—¿Qué hacemos ahora? —Se detuvo junto al todoterreno—. Me gustaría saber quién estaba en la casa y por qué.

—A mí también. —Matt se quedó mirando la casa—. ¿Montamos guardia?

—Sí.

—Son las cuatro en punto. Porter dijo que las luces no aparecieron hasta las seis o siete. Vayamos a comprar algo de comer y volvamos.

Matt rodeó la parte delantera del vehículo y abrió la puerta. Bree se deslizó en el asiento del pasajero. Condujeron hasta una cafetería, fueron al baño y compraron café y sándwiches. Estaba oscuro cuando Matt aparcó delante de la casa de Justin. Comieron mientras vigilaban la casa.

Matt llamó a su hermana y le pidió que diera de comer a Brody. Como no quería tener que volver a ir al baño, Bree se limitó a tomar unos pocos sorbos de café. Estuvieron observando y esperando en un confortable silencio en el interior del todoterreno hasta que unas luces parpadearon en la ventana delantera de la casa.

—En marcha.

Matt dejó el café en el portavasos.

Bree consultó la hora en el teléfono.

—Las seis y media.

—Se arriesga mucho… —Matt se inclinó sobre el asiento y abrió la guantera. Sacó una linterna Maglite negra de gran tamaño y luego otra más pequeña—. La gente todavía está llegando a casa del trabajo. Alguien con experiencia en robos y allanamientos de morada esperaría hasta que el vecindario estuviese más tranquilo.

—Sí. Mi intruso espcró hasta que todos estuviéramos dormidos, pero este sabe que no hay nadie en casa.

Como Matt no iba armado y una pesada linterna metálica era un arma excelente, Bree se quedó con la linterna pequeña.

Salieron del todoterreno y echaron a andar por la calle oscura.

—Tienes una llave —dijo Bree—. Entra por la puerta principal. Probablemente ha entrado por detrás y ha dejado abierta la puerta. —Bree se dirigió hacia el lateral de la casa.

—No me gusta que nos separemos.

—Y a mí no me gusta que no vayas armado. —Bree sacó su arma—. ¿Quieres la mía de repuesto?

—No.

Ella lanzó un suspiro.

—Todavía tenemos que cubrir las dos salidas.

Refunfuñando, Matt se dirigió a la puerta principal mientras Bree se deslizaba hacia la puerta corredera. Apoyando el hombro, se asomó a mirar por el cristal. No vio el haz de luz de ninguna linterna perforando la oscuridad del interior. ¿Estaría el intruso en el dormitorio? ¿O los había oído?

Veía perfectamente hasta el final del pasillo. La puerta principal se abrió y apareció la voluminosa figura de Matt. Cuando este se acercó a ella, Bree manipuló el pestillo de la puerta corredera y lo encontró abierto. Abrió la puerta con facilidad y se deslizó en el interior. Ninguno de los dos empleó las linternas.

Matt se dirigió hacia el dormitorio mientras Bree examinaba la puerta cerrada de la despensa de la cocina. Se acercó de puntillas e hizo girar con suavidad el pomo. Vacía. Se dirigió hacia el armario de los abrigos mientras Matt se encaminaba a un armario en el estudio.

Bree alcanzó el pomo de la puerta. Esta se abrió de golpe y una figura encapuchada salió corriendo del armario y se abalanzó directamente sobre ella.

Capítulo 15

Bree aterrizó de espaldas sobre la moqueta. El impacto hizo que se quedara sin aire en los pulmones. La persona con la que había chocado tropezó por el impulso.

—¡Eh! —Matt corrió hacia ellos.

El intruso recobró el equilibrio y dio una zancada en dirección a las puertas cristaleras. Mientras saltaba sobre el cuerpo de Bree, esta le dio una patada y le barrió los pies. El intruso cayó de bruces sobre la moqueta. Bree ya estaba subida a su espalda antes de que Matt tuviera tiempo de cruzar la habitación. Cuando la alcanzó, segundos después, tenía la rodilla hincada en la parte baja de su espalda y le rodeaba el cuello con el brazo. El hombre tenía la cara presionada contra la moqueta.

—¿Necesitas ayuda? —le preguntó Matt por encima del hombro.

—No. —Apretando los dientes Bree se inclinó hacia adelante—. Lo tengo.

Aquel sujeto no se iba a ir a ninguna parte.

Matt sacó su teléfono y llamó al departamento del sheriff. Volvió a guardarse el móvil en el bolsillo treinta segundos después.

—Un ayudante viene de camino.

—Ay, ay... Para... —gimoteó el intruso mientras ella trasladaba el peso de su cuerpo—. Eso duele.

Haciendo caso omiso de sus protestas, Bree le preguntó:

—¿Vas armado?

—No.

Empezó a palparle la parte externa de los bolsillos.

—¿Llevas algo en los bolsillos con lo que pueda cortarme? Cuchillos, agujas, navajas de afeitar...

—No —dijo—. Espera. ¿Las llaves cuentan? —Tenía la voz aguda, y hablaba atropelladamente.

Miedo.

«¿Es el asesino de Erin?».

La ira y el dolor cegaron a Bree unos segundos. Cerró los ojos, respiró hondo y volvió a abrirlos. Su formación y su experiencia se hicieron dueñas de la situación y reanudó su cacheo para ver si llevaba armas y drogas. Le dio la vuelta a los bolsillos de sus vaqueros. Un juego de llaves cayó al suelo y le tiró una cartera a Matt. Los bolsillos de la chaqueta estaban aplastados bajo su cuerpo.

—Voy a soltarte el brazo. No te muevas.

—Vale, vale.

Se quedó paralizado mientras ella se apartaba despacio de su espalda.

—Date la vuelta —le ordenó— y extiende los brazos a los lados.

Hizo exactamente lo que le decía. La capucha se le cayó hacia atrás, destapándole la cara. Estaba cerca de los treinta, pero el acné aún le cubría la mayor parte del rostro. Un vello facial fino y escaso le salpicaba el mentón, en lo que parecía más un resto de suciedad que una barba. Tenía la cremallera de la chaqueta abierta. Debajo, llevaba una camiseta negra de talla extragrande y unos vaqueros holgados sobre un cuerpo regordete.

Bree se puso de pie. Se balanceó desde los talones hasta los dedos de los pies, incapaz de quedarse quieta por culpa del torrente de adrenalina que le corría por las venas.

Matt abrió la cartera. Sacó el carnet de conducir y comparó la foto con su cara.

—Se llama Trey White, tiene 27 años, vive en Pine Road. Eso está solo a unas pocas manzanas de aquí.

—¿Por qué has entrado aquí hoy, Trey? —Bree le registró los bolsillos de la chaqueta—. ¿Y por qué entraste en la casa de mi hermana anoche?

—¿Qué? —exclamó Trey.

Un trozo de tela cayó del bolsillo de su chaqueta. Un par de bragas de seda negra aterrizaron en el suelo. A Bree se le revolvió el estómago. ¿Se había equivocado el forense? ¿Erin había sido violada? Aquel tipo podía ser un depravado sexual que había regresado a la escena del crimen para recoger un trofeo de su víctima. Respiró profundamente por la nariz para mitigar las náuseas.

—¿De dónde has sacado esto?

Trey abrió muchos los ojos.

—De un cajón del dormitorio.

—¿Eres un pervertido, Trey? —le preguntó Matt.

—¡No tengo por qué hablar con vosotros! —protestó Trey débilmente.

—Tal vez la viste a través de la ventana y no pudiste resistirte —sugirió Matt—. Es comprensible, era una mujer muy guapa; las mujeres guapas nunca se interesan por ti, ¿verdad? ¿Eso te hace enfadar? ¿Lo suficiente como para matarla?

Trey se lamió los labios.

—No. No lo entiendes. Yo no le he hecho daño a nadie. Yo nunca...

Matt señaló las bragas.

—Es difícil de explicar —gimió Trey.

Bree se balanceó sobre sus talones. Apartó el faldón de su abrigo de lana para enseñar el arma en la cadera. No podía sacar su placa, pero sí podía amenazarlo.

—Inténtalo.

—¡Mierda! ¿Eres policía?

Trey no tenía por qué saber que Bree estaba a cientos de kilómetros de su jurisdicción. En lugar de responder, dijo:

—El departamento del sheriff viene de camino. Este es su caso.

Trey se tapó los ojos con una mano y empezó a llorar.

Aquello no estaba funcionando. Se estaba cerrando en banda. Tenía que cambiar de táctica. Lo último que necesitaban era que aquel tipo empezara a pedir a gritos un abogado. Si fuera un delincuente con un largo historial ya habría dejado de cooperar. Ella quería que hablara, y no importaban los medios para conseguirlo. Si actuar como si fuera su amiga lo lograba, adelante.

—Mira, Trey. —Bree cambió su tono de policía enfurecida por el de hermana mayor—. Ya has estado aquí antes.

Él asintió con la cabeza.

—No me podía creer que estuviera muerta. Necesitaba estar en el último lugar donde había estado ella. Conectar con ella otra vez. —Su mirada se detuvo en las bragas y la vergüenza lo hizo sonrojarse—. Solo quería algo de ella. —Trey miró primero a Matt y luego a Bree. Cuando ninguno de los dos respondió, continuó—: Para recordarla.

—¿La conocías? —preguntó Matt.

Trey asintió con entusiasmo.

—Trabajo en un todo a cien enfrente del salón de belleza. —Dirigió la vista a las bragas y su rubor se transformó en un color verde enfermizo, como si se acabara de dar cuenta de la magnitud de lo que había hecho—. Erin venía a la tienda una vez a la semana, más o menos. Siempre me enteraba cuando alguno de sus hijos tenía que hacer una manualidad. Era amable conmigo, no como la mayoría de la gente.

La adrenalina de Bree abandonó su cuerpo. Se le heló la sangre.

—¿Irrumpiste en esta casa y robaste las bragas de una mujer, una mujer muerta, porque era amable contigo?

Apartó la mirada.

—Dicho así, suena bastante mal.

—¿Es eso lo que estabas haciendo en su casa anoche? —preguntó Bree—. ¿Intentando llevarte un recuerdo?

Trey negó con la cabeza.

—No sé de qué me hablas. Sabía que esta casa estaba vacía y que sería fácil abrir la puerta corredera.

Matt se inclinó.

—¿Haces esto a menudo?

—No, no. Joder, no... —tartamudeó Trey—. Así es como solía colarme en la casa de mi padre cuando llegaba más tarde de la hora cuando era niño. No soy ningún delincuente.

—El allanamiento de morada, el robo y la contaminación de la escena de un crimen son todos actos ilegales —dijo Bree.

El significado de esas palabras se hizo patente en los ojos del chico.

—Estoy jodido.

—Y que lo digas —convino Bree, aunque no estaba en absoluto segura de que fuera el mismo hombre que había entrado en la casa de Erin la noche anterior.

Se oyó el ruido de la puerta de un coche fuera. Matt fue a la entrada y dejó pasar a un ayudante del sheriff.

—Este es Trey White —dijo Bree—. Ha salido corriendo de un armario e intentado huir con esto. —Señaló las bragas. —Dejaré que él mismo se lo explique.

Tartamudeando, Trey ofreció su explicación mientras el ayudante lo esposaba, recogía sus cosas y guardaba la ropa interior en una bolsa como prueba.

—El jefe adjunto Harvey quiere verlos a los dos en su oficina —les dijo a ambos.

Bree asintió.

—Muy bien.

Después de que el ayudante se llevara a Trey, Bree dejó que Matt cerrara la puerta de la casa y lo esperó en la acera. El aire helado le restallaba en los pulmones con cada respiración, pero el olor a humo de chimenea le resultaba reconfortante. Alguien por allí cerca había encendido un fuego esa noche. Alguien estaba viviendo una vida normal.

Matt se reunió con ella un minuto después. La inspeccionó con la mirada de arriba a abajo.

—¿Te has hecho daño?

—No. —Tenía unos pocos moretones, pero era el cansancio lo que estaba haciendo mella en ella. ¿Había estado alguna vez tan cansada?

—Entonces vamos a hablar con Todd.

Le abrió la puerta del vehículo. Matt se sentó tras el volante y sacó una botella de agua de un hueco en la puerta. Después de desenroscar el tapón, se la dio y arrancó el motor.

Bree bebió el agua a sorbos mientras él conducía a la oficina del sheriff. Cuando llegaron, se sorprendió al ver que la recepcionista seguía detrás del mostrador aun después del horario laborable.

Marge los acompañó a una sala de conferencias.

—Todd vendrá enseguida. —Examinó a Bree de un vistazo—. Tienes mal aspecto. —Se volvió hacia Matt—. Tráele un té con azúcar de la sala de descanso.

—Agradecería una taza de té, pero no tomo azúcar —dijo Bree.

—Hoy, sí. —Marge señaló a Matt—. Tráele también unas galletas de la máquina expendedora.

Cuando Matt salió de la habitación, Marge bajó la voz.

—Tienes muy mala cara. Ve a refrescarte con un poco de agua fría.

Bree irguió la columna y se dirigió al baño. Marge tenía razón: tenía un aspecto cadavérico. Siguió sus órdenes; lavarse la cara la revivió un poco.

De vuelta en la sala de conferencias, Matt señaló la taza de té y el paquete de galletas de la máquina expendedora de encima de la mesa.

—¿Siempre haces lo que te dice Marge? —Bree se sentó y se bebió el té.

—Sí. —Encogiéndose de hombros, Matt bebió de su propia taza, que olía a café . Lleva trabajando en este departamento más años que nadie. Lo sabe todo sobre todos.

—Es bueno saberlo. —Bree se terminó las galletas y el té, notando cómo se le asentaba el estómago. Para cuando el jefe adjunto entró en la habitación, ya estaba mucho mejor.

Todd se sentó frente a ella. Les tomó declaración, y luego puso su libreta encima de una carpeta.

—Trey White es un conocido delincuente sexual. Tiene una condena previa por voyerismo y exhibicionismo. Hizo un agujero en la pared en unos grandes almacenes en los que trabajaba para espiar a las mujeres en los probadores. Se masturbaba mientras miraba.

—Ahora Trey es reincidente. —Matt frunció el ceño.

Todd dio unos golpecitos sobre su libreta.

—¿Tiene coartada para estas últimas noches? —preguntó Bree.

—Trey vive solo en el apartamento que hay sobre el garaje de una residencia privada —dijo Todd—. Nadie lo ve entrar ni salir, pero dice que estuvo en el trabajo el martes por la noche hasta las nueve. He enviado a un ayudante a la tienda de todo a cien para conseguir una copia de las cintas de vigilancia. Acaba de llamar. Las cámaras de seguridad de la tienda no funcionan, pero el encargado dice que Trey tenía que cerrar el martes por la noche, y su tarjeta de control de acceso tiene un sello de entrada a las tres de la tarde y uno de salida a las nueve y media de la noche.

—Déjame adivinar —dijo Bree—: trabajaba solo en la tienda.

—Sí —asintió Todd—. Y la última transacción en caja se realizó a las 18.44. Trey dice que estaba reponiendo existencias. Nunca hay mucho movimiento por las noches, así que el hecho de que estuviera solo no es raro. La alarma se activó a las nueve y once. Mi ayudante está requisando las cintas de los comercios de los alrededores. Si dice la verdad, debería aparecer en las imágenes de las cámaras de videovigilancia entrando o saliendo de la tienda.

—Que no tenga coartada no es suficiente para convertirlo en el asesino —dijo Bree. La frustración le quemaba en la garganta.

—No, no lo es... —convino Todd—. También cotejaremos su ADN y sus huellas con las muestras de la escena del crimen, y obtendremos una orden de registro para su apartamento.

A ojos de Bree, para que Trey fuera el asesino de Erin faltaban piezas. Una coartada en el lugar de trabajo era demasiado fácil de verificar; si no hubiera estado trabajando, se habría inventado algo más difícil de probar o refutar.

—¿Qué hará con él si se corrobora su coartada, jefe? —le preguntó.

—Llámame Todd, y, por ahora, será acusado de allanamiento de morada y robo. —El jefe adjunto apoyó los codos en la mesa y se pellizcó el puente de la nariz—. Irrumpió en una casa y robó algo muy personal. Su delito es inquietante, pero no tiene antecedentes de violencia.

—Sigue siendo un delincuente sexual —dijo Matt.

—Cierto, y no se va a librar fácilmente de la cárcel. El robo es un delito grave en el estado de Nueva York. —Todd se reclinó hacia atrás y se pasó una mano por la cabeza—. Trey no tiene mucho dinero. Con sus condenas anteriores, no lo dejarán en libertad sin fianza, que esperamos que no pueda pagar. —Se inclinó hacia delante, apoyándose en los codos—. Es posible que aparezcan más bichos raros después de ese reportaje en el canal 15 que emitieron ayer.

—¿Qué reportaje? —preguntó Bree.

—Lo siento —dijo Todd—. Hicieron un repaso de toda tu historia familiar.

Bree usó su teléfono para buscar la página web del canal. Pulsó el botón de reproducción del vídeo y subió el volumen.

—La familia Taggert tiene una larga historia de violencia y tragedia —empezó a decir el reportero. Bree reconoció el programa que había apagado cuando Kayla estaba viendo la televisión en la casa de Adam.

El periodista continuó hablando.

—Erin Taggert, hermana del famoso pintor Adam Taggert, fue asesinada en la casa de su marido, del que estaba separada, el martes por la noche. En 1993, Erin y sus hermanos, Adam y Bree, presenciaron el horrible asesinato de su madre a manos de su padre. Después de disparar a su esposa, su padre se suicidó con su arma. Los tres niños estaban en casa en el momento del asesinato. Como haciéndose eco de ese crimen de hace décadas, ahora se busca al marido de Erin, Justin Moore, por el asesinato de su esposa. ¿Se repite la historia? ¿Están estos asesinatos relacionados o solo es un *déjà vu*?

El periodista entrevistaba a antiguos vecinos y residentes de la localidad. El vídeo terminaba con una sucesión de fotos de familia. A Bree se le cortó la respiración al ver una instantánea de Erin, Adam y ella poco antes de la muerte de sus padres. Le hubiera gustado ver una familia normal, pero no era así. Sus ojos de ocho años estaban atormentados antes incluso del asesinato. La violencia había comenzado mucho antes de que eclosionara aquella lejana noche de enero.

Hizo clic en el botón de finalizar. Ya había escuchado suficiente.

Todd se aclaró la garganta.

—Cuando divulgamos a los medios el nombre de Justin como persona de interés en la investigación, dimos un número de atención telefónica. Hemos tenido las confesiones falsas y los falsos avistamientos habituales, pero las llamadas a la línea directa de atención telefónica se han multiplicado por diez desde que se emitió el programa. La gente llama para denunciar cada camioneta blanca que pasa, y treinta y siete personas afirman haber visto a Justin en las últimas veinticuatro horas.

El agotamiento que se apoderó de los huesos de Bree era más que físico. Una hora antes pensaba que había atrapado al asesino de su hermana; ahora, no tenía ningún sentido que Trey fuese el culpable. Volvía a estar en la casilla de salida.

—¿Tenéis nuevos indicios en el caso de mi hermana? —preguntó.

—Lo cierto es que sí. —Todd movió su peso hacia adelante otra vez—. Hemos encontrado huellas con sangre de Justin en varios lugares del interior de la casa.

Capítulo 16

Matt procesó las palabras de Todd.

—Definitivamente, Justin estaba en la casa cuando Erin murió.

—Sí. —Todd se agarró las manos por delante.

Matt se puso de pie y echó a andar por el estrecho espacio detrás de la mesa.

—Todavía no me puedo creer que le disparara.

—Tal vez fue un accidente —dijo Todd—. Varios de los hombres que trabajaban en el taller declararon que Justin había estado muy nervioso las últimas semanas. Tal vez cogió el arma porque pensaba que necesitaba protección.

Matt negó con la cabeza.

—Tuvo relaciones sexuales con Erin, ella no lo sorprendió. Él sabía que ella estaba allí.

—Cierto. —Todd lo estudió durante unos segundos y luego hizo lo mismo con Bree—. Los dos tenéis una relación estrecha con este caso. No puedo permitir de ninguna manera que contaminéis la cadena de custodia de las pruebas.

Matt mantuvo la boca cerrada. Percibió que a continuación venía un «pero» como una casa de grande.

Todd lo señaló con la cabeza.

—Pero conozco a Matt, y he indagado por ahí sobre ti —añadió, señalando esta vez a Bree—. He oído multitud de elogios, y en el cuerpo de policía de Filadelfia te respetan. —Tomó aire con una larga y profunda inhalación—. Ambos tenéis experiencia en la investigación de homicidios. Vuestras aportaciones serían muy valiosas. No podemos trabajar juntos en un sentido formal, pero me gustaría que compartiéramos información, bajo dos condiciones.

Matt dejó de pasearse por la sala.

—¿Cuáles son esas condiciones?

—Mantendremos este acuerdo entre nosotros. —Todd se sonrojó—. Aquí dentro nadie puede estar al tanto, excepto Marge. Ella lo sabe todo de todos modos.

Matt leyó entre líneas: Todd no confiaba en la totalidad de sus propios hombres.

—No te preocupes —dijo Matt—. No tienes que explicarme los problemas del departamento.

Bree asintió con la cabeza.

—Y ninguno de los dos hablará con los medios. —Todd los miró alternativamente a ambos—. Me gustaría controlar la información que se hace pública.

—De acuerdo. —Matt se sentó en la silla junto a Bree—. Odiaba tener que ir a las conferencias de prensa.

—A mí también me parece bien —le dijo Bree a Todd—. ¿Qué tenéis, además de las huellas dactilares?

—Esto es lo que sabemos. —Todd sacó el expediente del caso de debajo de su libreta y lo abrió—. Hemos encontrado huellas dactilares de Erin en el maquillaje y en los artículos de aseo en la casa de Justin, y las marcas coincidían con los productos de su propio baño. Definitivamente, pasaba períodos de tiempo en casa de Justin. La mayoría de las llamadas de su teléfono eran a Justin y a sus hijos, algunas a ti y a su amiga de Halo, Stephanie Wallace. —Todd miró a Bree—. Pero, en las últimas tres semanas, recibió y realizó siete llamadas a un número desconocido. Ningún mensaje de texto. Solo llamadas. Cada una duró de ocho a veintiún minutos. El número parece estar asociado a un teléfono de prepago. El operador de telefonía no tiene información personal del usuario.

—El padre de Justin dijo que su hijo tenía un teléfono de prepago —dijo Matt—. No hemos podido encontrarlo de momento.

Todd abrió su libreta y tomó un apunte.

—¿No sabemos el número?

—No.

Matt tamborileó con los dedos en la mesa. Lo más probable era que Justin solo hubiese usado el móvil de prepago para llamar a su camello.

Todd levantó su bolígrafo.

—Los extractos de la cuenta bancaria de Erin muestran dos retiradas de efectivo de tres mil dólares cada una en las últimas tres semanas. El pasado octubre, sacó cuatro mil dólares adicionales. Con esas retiradas de dinero agotó todos sus ahorros. Sus ingresos cubrían los gastos cotidianos y transfería dinero a la cuenta de ahorro cada mes. Le había llevado mucho tiempo acumular esos diez mil dólares. —Todd dio un golpecito al expediente con el bolígrafo—. Las llamadas al teléfono de prepago se hicieron todas justo antes de las retiradas de efectivo. Es posible que le estuviera dando dinero a alguien, ya fuese voluntariamente o bajo coacción.

—¿Puedes conseguir más información sobre ese número de teléfono de prepago? —preguntó Bree.

—Estoy tratando de conseguir la autorización del juez —dijo Todd—. Ese proveedor de telefonía en particular no coopera con nosotros.

Cada compañía de telefonía móvil tenía diferentes políticas sobre la comunicación de información a los cuerpos policiales.

—Según mi sobrino —intervino Bree—, octubre fue también más o menos cuando Erin se compró una escopeta. Antes de eso, dejaba siempre muy claro que no quería saber nada de armas de fuego en su casa.

—Está claro que se sentía amenazada —dijo Matt.

—Tengo entendido que la granja es propiedad de Adam Taggert, ¿no es así? —preguntó Todd.

—Sí —dijo Bree—. Adam paga el seguro y los impuestos.

Todd entrecerró los ojos y ladeó la cabeza.

—¿Te habría llamado por dinero?

—No. —Bree negó con la cabeza—. Adam le haría un cheque sin hacer preguntas. Erin habría acudido a él si hubiese necesitado dinero en efectivo.

Todd golpeó su libreta con el bolígrafo.

—¿Por qué tu hermano es el dueño de la granja?

Bree lanzó un suspiro.

—Parecía lo más seguro. A Erin le costaba mucho decirles que no a los hombres de su vida.

Todd garabateó algo en su cuaderno de notas.

—Entonces, ¿por qué crees que te llamó el martes por la noche si no era para pedirte dinero?

—No lo sé, pero parecía asustada. —Bree frunció las cejas—. Ya oíste el mensaje.

—Tal vez alguien la estaba chantajeando —sugirió Todd.

—Tal vez. —Bree encogió un hombro—. ¿Encontrasteis algo interesante en el portátil de Erin?

—Nada —dijo Todd—. El de Justin también estaba limpio, salvo que ha estado vendiendo objetos personales en línea.

Matt se apoyó en la mesa.

—¿Qué clase de objetos personales?

Todd pasó varias páginas de su libreta.

—Su equipo de acampada; una consola de videojuegos; herramientas eléctricas…

Justin no había huido con su equipo de camping.

Todd alisó el papel con la mano.

—Os habréis dado cuenta de que este es el comportamiento de un drogadicto que busca dinero rápido.

Matt no dijo nada, pero la nueva información le pesó como una losa. Todas las señales apuntaban a que Justin estaba consumiendo droga de nuevo.

Todd se frotó la sien.

—Intentamos interrogar a su padrino en Narcóticos Anónimos, pero el hombre se negó a hablar con nosotros.

—Narcóticos Anónimos no tiene una obligación de confidencialidad legal —señaló Bree—. No es el abogado ni el médico de Justin...

Todd se frotó la nuca.

—Aun así, no podemos obligarlo a responder nuestras preguntas.

—Podríais citarlo para que preste declaración —propuso.

Todd soltó el bolígrafo.

—Y su abogado se opondría y, al final, no podemos demostrar que sabe algo clave sobre Justin. Poner en marcha toda la maquinaria legal no vale la pena a menos que acusemos a Justin de un delito y estemos seguros de que el padrino tiene información importante.

—¿Tienes alguna teoría sobre lo que pasó el martes por la noche? —le preguntó Matt.

—Tal vez. —Todd arrugó la frente—. Creemos que Erin tuvo... —vaciló antes de seguir hablando, ruborizándose—. Una cita con Justin.

—Sexo y pizza —terminó de aclarar Bree.

Todd asintió.

—Bree se duchó y colgó su toalla en el baño. Mientras ella se vestía, fue el turno de Justin de meterse en la ducha.

Matt cerró los ojos y visualizó la casa de Justin. Erin estaba completamente vestida, incluso con un gorro de punto en la cabeza.

—Eso encaja con la cronología. Se suponía que Justin iba a ir a la reunión de Narcóticos Anónimos conmigo.

—Quizá alguien disparó a Erin mientras Justin estaba en la ducha —dijo Bree.

—Sí. —Matt abrió los ojos—. Justin oyó el disparo, salió corriendo del baño, soltó la toalla… —La película mental de Matt terminó en suspense—. ¿Persiguió al asesino? ¿El asesino lo obligó a ir con él? ¿Se escapó?

—Si esa teoría es correcta, eso es lo que todavía tenemos que averiguar. —Todd se puso de pie—. Aún nos queda un vecino con el que no hemos podido contactar para interrogarlo. Si descubrís algo más, decídmelo, por favor. Sé que estaréis investigándolo todo. Si yo estuviera en vuestro lugar, lo haría.

Bree y Matt le dieron la mano y se fueron.

La luna brillaba en un cielo tachonado de estrellas. En el todoterreno, Matt encendió el motor y la calefacción del volante. El interior del vehículo estaba congelado y su mano herida agradeció el cálido contacto.

—No le has dicho lo del padre de los niños.

—No me ha preguntado.

Matt arqueó las cejas. «Venga ya…».

—Yo le he contado lo del teléfono de prepago.

Bree miró hacia otro lado, formando con la boca una línea terca y sombría.

—Todd buscaría a Craig, y cuando lo encontrara, le daría a Craig la noticia de la muerte de Erin. Prefiero dejar que Dana lo encuentre discretamente y veamos qué está haciendo antes de ponerlo sobre aviso.

—¿Y si Craig mató a tu hermana?

—No se me ocurre por qué iba a hacer algo así. —La mirada de Bree se ensombreció—. Pero tienes que confiar en mí cuando digo que los niños no estarían a salvo con él. Es un estafador; los utilizaría. Eso es lo que hace Craig siempre. Usa a la gente.

Matt sintió un ataque de frustración. No quería hacer nada que perjudicara su relación de trabajo con Bree, y tampoco quería poner en peligro la seguridad de los niños, pero ocultar información sobre posibles sospechosos a Todd tampoco le parecía bien.

—Prométeme que no se lo dirás a Todd. —Bree le habló con voz firme.

—No puedo prometer eso. —Matt no podía dejar que Justin cargara con la culpa de un crimen que no había cometido.

—No hay nada que indique que Craig está en Nueva York.

—Todd debería saber de su existencia —insistió Matt.

En realidad, Todd debería haber preguntado por el padre de los niños. Tuviera o no experiencia, debería haber pensado en todos los ex de la víctima.

—¿Conque ahora confías en él? —Un fogonazo de ira destelló en la mirada de Bree. Si sus ojos pudieran arrojar puñales, ya lo habrían cosido a puñaladas.

Matt se encogió de hombros.

—No tenía por qué darnos toda esa información hoy, y lo ha hecho de todas formas. Tengo la impresión de que está siendo sincero con nosotros.

Bree cerró la boca y Matt supo que le mentiría al mismísimo Papa con tal de proteger a esos niños. Admiraba su feroz lealtad, pero no a costa de Justin.

—Piénsalo. —La miró. Parecía agotada, pero también era testaruda—. ¿Adónde vamos ahora?

—A casa. —Bree echó un vistazo a su teléfono—. Me he perdido la cena, y quiero pasar un poco de tiempo con los niños.

—No va a ser fácil mantener ese equilibrio.

—Sin duda.

Matt la llevó de vuelta a la granja en silencio.

Aparcó en la entrada y sacó la bolsa del salón de belleza Halo de detrás del asiento.

—Ten, olvidabas esto.

—Gracias. —Bree alargó la mano hacia el tirador de la puerta.

—¿Por qué no la abres aquí?

—¿No confías en mí?

Matt le lanzó una mirada elocuente.

Con un suspiro de resignación, Bree abrió la bolsa en su regazo y comenzó a sacar objetos y a colocarlos a su lado en el asiento: una chaqueta negra con cremallera, una camiseta negra y una pequeña bolsa de maquillaje.

—Erin tenía que estar siempre perfecta e ir maquillada mientras trabajaba.

Matt cogió la chaqueta y revisó los bolsillos.

—Vacíos.

Bree abrió la bolsa de maquillaje y la examinó.

—Rímel, corrector, lápiz de labios…

Se quedó paralizada.

—¿Qué pasa? —preguntó Matt.

Bree abrió más la bolsa y la inclinó para que él pudiera ver el interior. Debajo de los productos de maquillaje había un móvil plegable. Parecía un modelo barato sin conexión a internet.

—¿Ese no es su móvil normal? —preguntó Matt.

—No. Erin tiene un *smartphone*.

—Estos modelos baratos suelen ser teléfonos de prepago.

—Sí. —Bree le dio la bolsa—. Todd podrá conseguir una orden para obtener el registro de llamadas del operador de telefonía.

—Dejaré el teléfono en la oficina del sheriff.

—Tal vez lo que encuentren en él implique a otra persona y exima a Justin.

Matt podría albergar esperanzas.

—Hablaremos mañana —se despidió Bree al bajarse del todoterreno.

Cuando la mujer hubo desaparecido en el interior de la casa, Matt se alejó con el coche. Había muchas posibilidades de que la información del teléfono hiciera a Justin parecer aún más culpable. Todd estaba ocupado cuando Matt paró en la oficina del sheriff. Le dejó el teléfono de prepago a Marge y se fue a casa.

Brody lo saludó como si se hubiera ido un mes. El perro se sentó y levantó una pata, y Matt le rascó el pecho.

—No me mires con esos ojos tan tristones: sé que Cady te ha dado de comer y te ha sacado a pasear hace unas horas.

La casa le parecía vacía. Matt estaba acostumbrado a vivir solo, por lo que normalmente no echaba de menos la compañía. Esa noche, en cambio, estaba inquieto. ¿Era el caso, que le había afectado más de lo que creía?

¿O era Bree?

Fuese cual fuese la razón, no le apetecía dar por concluida la jornada. En ese momento, Brody ladró junto a la puerta y Matt miró por la ventana. La furgoneta de su hermana aparcó junto a su todoterreno.

—Cady ha vuelto. Vamos a verla.

Matt abrió la puerta y Brody salió corriendo. Se sentó al lado de su furgoneta hasta que la joven salió y cerró la puerta.

Cady se inclinó para acariciarlo.

—Eres todo un caballero. —La cola de Brody golpeaba el suelo de la entrada—. Vamos a sacar a Ladybug—. Cady dejó salir a la perra de manchas blancas y negras de la parte de atrás.

La mezcla de *pointer* se bajó del vehículo y apoyó las patas en los muslos de Matt, que se volvió para que el animal se viese forzado a colocar las cuatro patas en el suelo.

—Siéntate.

Sin dejar de moverse, la *pointer* plantó el trasero en la entrada.

169

—Buena chica. —Le frotó por detrás de las orejas—. ¿Cómo ha ido?

—Mejor. La he encerrado en la cocina por la noche. Sin accidentes.

—Eso es un avance.

Matt se incorporó. Ladybug y Brody se olfatearon los hocicos y movieron la cola.

—No ladra. Cuando necesita salir, mira fijamente la puerta. Si no la estoy mirando en ese preciso momento, no me entero de que quiere salir. Creo que, si tuviera una rutina, lo haría muy bien. —Cady sonrió—. Es muy cariñosa y tranquila.

—Sería un gran perro para niños.

—La dejaré en la perrera y me llevaré a otro perro esta noche.

Cady intentaba hacer rotaciones con los perros rescatados para que pudieran pasar noches supervisadas en casa con sus tres perros.

Matt vio a Ladybug invitando a jugar a Brody.

—No quiero encerrarla otra vez en la perrera. La tendré en casa hasta que le encuentres un hogar. A Brody le vendría bien tener compañía.

Cady se acercó y le besó en la mejilla.

—Gracias.

Matt sonrió.

—Tengo ganas de que la coloques en alguna casa. Es una perra estupenda.

—La he sacado antes de subirla al coche. No debería necesitar nada hasta la hora de acostarse. —Cady le dio la correa y se dirigió a la perrera.

Matt la siguió. Su teléfono sonó justo antes de que entraran. Era Todd. Matt se alejó de los ladridos para responder a la llamada.

—Dime cómo has encontrado el móvil de prepago —dijo Todd.

Matt le explicó que el dueño de Halo le había dado a Bree las pertenencias de Erin.

—¿Y no sabes de dónde lo sacó Erin? —le preguntó Todd.

—No.

—De acuerdo. Gracias —dijo Todd.

«Erin ya tenía un móvil. ¿Para qué necesitaría otro de prepago?».

Capítulo 17

La casa olía a ajo. Bree respiró profundamente y el estómago le rugió de hambre por primera vez en días. En la cocina, Dana estaba vaciando el lavavajillas. Luke y Kayla se habían sentado a la mesa de la cocina; Kayla escribía en un cuaderno de espiral, mientras Luke tecleaba en un portátil. A Dana se le daba de maravilla propiciar un ambiente de normalidad en aquella casa.

La cotidianeidad de la escena le desgarró el corazón. De pie en la puerta, dejó que una punzada de dolor le traspasara el cuerpo.

—¿De verdad fue Filadelfia la capital de los Estados Unidos? —preguntó Luke.

—Sí. —Dana sacó una cuchara de un cajón—. Desde 1790 hasta 1800, mientras se construía la capital en Washington D. C.

Bree entró en la habitación.

—¿Qué había para cenar?

—*Capellini.* —Dana abrió la nevera y sacó un enorme contenedor—. No te preocupes, he preparado un montón.

—¿Y has hecho lo de encima tú misma? —Bree llenó la tetera y la puso al fuego. Encontró una caja de bolsitas de té en la despensa. Era demasiado tarde para tomar café.

—Se llama salsa, y claro que la he hecho yo. —Dana parecía ofendida—. Los niños y yo hemos ido al supermercado. Luke condujo el coche. ¿Sabías que se está sacando el carnet?

—Tengo el examen el mes que viene —dijo Luke.

No, Bree no lo sabía. Menos mal que Dana prestaba atención a los detalles. Bree se sentía inusitadamente dispersa.

Kayla levantó la vista de su cuaderno de notas.

—También hay *cupcakes* de chocolate. Te hemos esperado para comérnoslos.

¿A qué hora se iba a la cama Kayla? Bree miró el reloj de la pared. Las nueve en punto. Esa noche no importaba, decidió. Kayla se iría a la cama cuando quisiera.

—Me encantan los *cupcakes*.

Bree se acercó a la mesa.

—Tienes que comerte la cena primero —le advirtió Kayla con voz solemne.

—Por supuesto. —Mirando el portátil de Luke, Bree le puso una mano en el hombro y se lo apretó —. ¿Qué estás haciendo?

—Un trabajo de historia. —La miró—. Mañana quiero ir a clase.

—De acuerdo —dijo Bree.

Luke guardó el documento, cerró el ordenador y empezó a rascar el borde de una pegatina de los New York Rangers en la tapa superior del portátil.

—Va a ser muy raro.

—Al principio, sí.

Habían pasado veintisiete años, pero Bree recordaba las miradas, los murmullos y el aislamiento con asombrosa claridad; recordaba compartir la misma habitación con otros treinta niños y, sin embargo, sentirse completamente sola.

—Creo que, cuanto más espere, más raro será. —Luke alisó la pegatina—. Quiero acabar con esto.

Bree asintió.

—Si mañana durante las clases quieres volver a casa a la hora que sea, llámame a mí o a Dana.

—Vale —dijo.

Kayla cerró su cuaderno de espiral.

—Voy a practicar con el violín. ¿Iré a mi clase de mañana?

Bree vaciló, pues no sabía qué les depararía el día siguiente. Quería que los niños fueran su prioridad, pero también quería atrapar al asesino de su hermana. No era una decisión que hubiese pensado que tendría que tomar algún día.

—Si quieres ir —dijo Dana—, una de nosotras te llevará.

Con aire satisfecho, Kayla se levantó de su silla y se fue de la habitación.

—Voy a ver a los caballos antes de irme a la cama. —Luke se puso de pie.

—Ya lo hago yo —dijo Bree—. Voy a estar despierta un rato de todos modos.

—Está bien.

Luke subió las escaleras.

El sonido de las notas desafinadas del violín llegó hasta la cocina.

—¿Cómo crees que lo están llevando? —preguntó Bree a Dana.

Su amiga sirvió la pasta en un plato.

—Creo que les será más difícil después del entierro. Ahora mismo todavía no han digerido lo ocurrido.

—Tengo que hablar con ellos sobre el funeral de Erin. Deberían tener voz y voto en cómo va a ser.

—¿Los tuviste tú?

—No. Recuerdo el funeral de mi madre en una especie de nebulosa. Acudió toda la ciudad. No estoy segura de si vinieron para apoyar a la familia o para curiosear. No hubo ningún funeral para mi padre.

Nadie lloraba públicamente a un asesino.

Dana se volvió hacia ella.

—Tú sabes mejor que nadie por lo que están pasando esos niños.

Bree asintió.

—¿Cuándo crees que debería hablar con ellos sobre los preparativos para el entierro?

Dana puso el plato en el microondas y pulsó un botón.

—Han tenido un par de días difíciles. Yo les dejaría tener una noche de sueño decente. Mañana podría ser. ¿Dónde está Erin?

Bree había hecho los trámites necesarios para que una funeraria local se hiciera cargo del cadáver de su hermana. Tardarían un día más o menos en obrar su magia y hacer que Erin estuviera presentable en el caso de que los niños quisieran despedirse. Bree no había tenido la opción, y eso le molestaba.

—Hoy he registrado el escritorio de tu hermana —dijo Dana—. Encontré una copia de su testamento y la tarjeta de su abogado. Dejé un mensaje para el abogado.

—¿Nombró Erin a un tutor para sus hijos? —Pero Bree ya sabía la respuesta antes incluso de terminar de formular la pregunta. Sus padres estaban muertos. Sus abuelos estaban muertos. La prima que había criado a Bree también había muerto. Los tres hermanos Taggert solo se habían tenido los unos a los otros.

Y ahora solo quedaban dos.

Dana la miró a los ojos con expresión serena.

—Tú eres su tutora legal, pero eso ya lo sabías. Estoy segura de que Adam ayudará con el tema económico, pero él no puede criarlos.

El cerebro de Bree trabajaba a toda velocidad.

—Mi apartamento es demasiado pequeño para tres personas.

—Hay apartamentos más grandes en Filadelfia —señaló Dana.

Bree echó un vistazo al establo de atrás.

—En Filadelfia no hay ningún sitio para guardar caballos.

—Estoy segura de que hay establos cerca del parque Fairmount, pero imagino que serán caros.

La idea de llevarse a los niños de su hogar hizo que a Bree se le revolviera el estómago, y ni siquiera había comido todavía.

—No puedo hacerlo. No puedo llevármelos de aquí.

Dana no dijo ni una palabra mientras Bree asimilaba lo que debería haber sido una evidencia desde el momento en que supo que su hermana había muerto.

—Voy a mudarme a Grey's Hollow.

Bree visualizó mentalmente la imagen de su carrera precipitándose por un acantilado.

—¿En qué vas a trabajar?

—No lo sé. Supongo que veré si alguno de los cuerpos policiales locales busca gente. No quiero volver a patrullar, pero puede que no tenga muchas opciones.

O ninguna en absoluto.

Los niños tenían que ser lo primero. Acababan de perder a su madre. Bree no pensaba arrancarlos de cuajo de sus vidas. No había nada que pudiera hacer para mitigar su dolor, pero no iba a añadir más cambios a su traumática situación. Lo que significaba que era ella la que debía sacrificar su vida.

—Mira el lado positivo: no tienes qué poner fin a ninguna relación seria.

—La semana pasada no consideraba mi soltería como una ventaja.

—¿Lo ves? Ese es el lado bueno. —Dana examinó la pasta—. ¿Por qué rompiste con ese abogado?

—Estaba obsesionado con su pelo; se ponía más cremas y mascarillas que yo.

Dana se rio.

—¿Y el tipo con el que saliste antes que él, el investigador de incendios provocados?

—Su risa me daba mucho repelús. —Y el sexo era así así—. No teníamos ninguna química.

Dana sacó el plato del microondas.

—Tienes alergia al compromiso.

—Mira quién fue a hablar, con dos exmaridos nada menos...

—Al menos yo sí me he comprometido.

Dana abrió un cajón y sacó un tenedor.

Bree puso cara de exasperación.

—Mi vida amorosa no es importante ahora mismo. ¿Podemos volver a los problemas reales? ¿Has encontrado alguna pista sobre el tipo de problemas que podía tener mi hermana?

—No —dijo Dana—. Encontré toda clase de papeleo personal normal y aburrido: pólizas de seguro, declaraciones de impuestos, etcétera. Llevaba un orden muy meticuloso. Archivaba los manuales de los electrodomésticos en orden alfabético. Tenía un archivo para cuentas y contraseñas online, así que podemos acceder a todos sus registros telefónicos y bancarios. Empezaré a revisarlos mañana, cuando tenga tiempo. Por otra parte, tal vez no haya nada que encontrar. Dos ayudantes del sheriff ya han registrado toda la casa.

—No sabes si fueron minuciosos o no, y no conocían a mi hermana. —Bree se paseó arriba y abajo por la estancia—. Tengo la sensación de que Erin habría dejado un registro en alguna parte. Era organizada, guardaba registros de todo. Echaré un vistazo a su habitación esta noche. Ahí es donde habría guardado cualquier cosa de naturaleza personal que no quisiera que vieran los niños. ¿Encontraste a Craig?

Dana le dio le plato a Bree.

—He encontrado más de cuarenta hombres llamados Craig Vance. No tienes su número de Seguridad Social, ¿verdad?

Bree se llevó su cena a la mesa y se sentó.

—Lo siento, no.

—De momento he ido comprobando uno a uno los nombres de la lista, recopilando los datos, eliminando a los que no tienen la edad adecuada y llamando a los que podrían encajar en su perfil general.

—¿Qué excusa estás usando? —preguntó Bree.

—Les digo que su tío ha muerto y les ha dejado dinero.

—Buena idea. La gente coopera si cree que va a sacar dinero.

—Hasta ahora, lo he reducido a una docena de posibilidades en los tres estados más cercanos. Si ninguna de ellas da resultado, ampliaré la búsqueda. —Dana recogió algunos papeles y los llevó a la mesa—. En otro orden de cosas, ha venido el amigo de Matt y nos ha dado un presupuesto para el sistema de seguridad.

Bree hojeó las páginas.

—¿Ventanas y puertas están cubiertas, una batería de reserva, sistema de vigilancia centralizado?

—Sí, sí, y sí.

—Entonces, adelante.

—Lo llamaré por la mañana y se lo diré—dijo Dana.

Bree se quedó escuchando las chirriantes notas de violín que llegaban del piso de arriba.

—¿Cómo voy a educarlos? Nunca he sido madre ni he tenido buenos padres.

—Los quieres, así que sabrás cómo hacerlo. Ya sabes lo que no hay que hacer. —Dana miró al techo, donde persistían los dolorosos quejidos de una nota desafinada—. Acaba tu cena y luego ve a ayudar a esa niña con el violín. Yo me he encargado de la historia de Norteamérica, pero no sé distinguir una nota musical de otra.

Bree engulló su plato de pasta, luego subió las escaleras y llamó al marco de la puerta de Kayla. En cuanto entró en la habitación, la niña metió el violín en su estuche y se sentó en el suelo junto a él.

—Hoy no puedo tocar. Mi violín está demasiado triste.

—No pasa nada. —Bree se sentó en el suelo y cruzó las piernas—. No tienes que tocar si no quieres.

—¿Te sabes esta? —Kayla señaló la canción de su libro de música—: *Twinkle Little Star.*

—Claro.

Bree cogió el violín, lo apoyó debajo de la barbilla y tocó la sencilla melodía.

—Toca algo más.

Ella dejó el violín.

—Hoy no. Ha pasado mucho tiempo. Tengo que refrescar algunas canciones.

La mentira le dejó un sabor amargo en los labios, pero Bree tenía sentimientos encontrados sobre el violín. Su prima, que no tenía marido ni hijos, había presionado a Bree para que aprendiera a tocarlo, asegurándole que eso aumentaría sus habilidades matemáticas. Había aprendido por obligación y no por placer, aunque lo cierto era que el placer no había formado parte del vocabulario de la prima Tara. Bree había asistido a las mejores escuelas privadas, pero su infancia no había sido feliz. El violín estaba entre esos recuerdos.

—Luke ha dicho que mañana irá a la escuela. ¿Yo tengo que ir?

—¿Tú quieres ir? —Bree dejó el violín en su estuche.

Kayla negó con la cabeza.

—Es que a lo mejor lloro. No quiero llorar delante de los otros niños.

—No pasa nada si lloras. Y tampoco pasa nada si quieres quedarte en casa. —Bree se acercó más, hasta que sus hombros se tocaron—. He hablado con tu consejero de orientación, ha dicho que cuando vuelvas a la escuela puedes ir a su despacho en cualquier momento del día si necesitas espacio.

—No quiero ir. —La voz de Kayla sonaba como si fuera a quebrarse en cualquier momento.

—Está bien. No todos somos iguales: no sientas que tienes que hacer lo que hace Luke.

Kayla asintió, luego se deslizó hacia el regazo de Bree y lloró sin hacer ruido. Bree la abrazó hasta que dejó de llorar.

—¿Tía Bree?

—Sí.

—¿Cómo será el funeral de mamá?

—He pensado que tal vez tú y Luke querríais ayudar a planearlo. Puede ser como queráis vosotros.

Al diablo con las convenciones y las expectativas.

Kayla asintió con la cabeza contra su pecho.

—¿Quieres comerte los *cupcakes* ahora? —preguntó Bree.

—A lo mejor. —Kayla se separó de su regazo—. ¿Tía Bree?

—¿Sí?

—¿Qué va a pasar conmigo y con Luke? ¿Tendremos que mudarnos?

—¿Preferirías que yo me viniera a vivir aquí?

Kayla abrazó a Bree.

—¿Lo harías?

—Si eso es lo que quieres, sí. —Bree la abrazó. «Haría cualquier cosa por ti».

Llamaron a la puerta de Luke, y luego los tres bajaron las escaleras. Como si lo hubieran pactado, se comieron el postre en silencio. Cuando terminó, Kayla tiró de la mano de Dana.

—¿Quieres ver una película conmigo?

—Pues claro. —Ambas salieron de la habitación.

Luke se levantó de la mesa.

—Tengo que estudiar. Se acercan los exámenes parciales.

—Quiero que me lo digas si no puedes con todo —le pidió Bree—. Tus profesores te darán más tiempo. He hablado con tu orientador y me ha dicho que no te preocupes.

Luke negó enérgicamente con la cabeza.

—No. No quiero ningún trato especial.

—De acuerdo —dijo Bree—. Puedes cambiar de opinión en cualquier momento.

Una lágrima rodó por la mejilla de Luke y se dio media vuelta. Era como si reprimir el llanto fuese la cosa más agotadora que había hecho en su vida. Salió corriendo de la habitación, sin duda buscando un poco de intimidad antes de derrumbarse de nuevo.

«¿Cómo se las arreglará en la escuela?».

¿Cuánto podía o debía protegerlo ella?

Bree nunca se había sentido tan impotente. Recogió la mesa; encontraba consuelo en las tareas rutinarias. Cuando fue a ver a Kayla y Dana, las encontró profundamente dormidas en el sofá.

Sintiéndose agotada de repente, Bree comprobó las puertas y ventanas, deseando a medias que Matt —y Brody— estuvieran en la casa. Subió las escaleras a la habitación de su hermana. La cama estaba deshecha. Bree no la había hecho esa mañana, pero, por lo demás, en el cuarto reinaba el orden. Vader estaba en mitad de la almohada. Erin había guardado los papeles importantes en su escritorio, pero los objetos personales estarían en su dormitorio, lejos del alcance de los niños.

Bree fue al armario y empezó a registrarlo. Revisó cada caja, bolso y bolsillo, pero no encontró nada. La mesita de noche estaba llena de libros. Bree se dirigió al tocador y revisó todas las prendas de ropa antes de retirar todos los cajones para examinar debajo y detrás. Nada.

Tal vez no había nada que encontrar.

A las diez y media, bajó, se puso un abrigo y unas botas, y se dirigió al establo para preparar a los caballos para la noche. Revisó las mantas y los cubos de agua de cada uno de los animales, que parecían tranquilos. En un momento dado, oyó un chasquido a su espalda y una sombra cayó sobre el pasillo. Bree se volvió, esperando ver a Dana o Luke en la puerta.

Se quedó paralizada cuando reconoció al hombre que la observaba.

—Hola, Bree —le dijo.

—Craig. —El miedo le atenazó las tripas—. ¿Qué haces aquí?

—Esta mañana alguien llamó a mi secretaria y dijo que podría haber heredado dinero de un tío. Como yo no tengo ningún tío, tanto la llamada como la naturaleza personal de las preguntas me parecieron sospechosas.

Había dos tipos de personas sumamente suspicaces: los policías y los culpables.

—Hice algunas averiguaciones en internet y vi las noticias sobre la muerte de Erin. Entonces todo tuvo sentido. —Avanzó hasta hacerse visible del todo. Llevaba unos vaqueros y una parka azul. A la luz del establo su pelo era de un rubio brillante, pero sus ojos, de color gris azulado, eran del mismo color, e igual de cálidos, que los de un tiburón—. ¿Fuiste tú quien llamó?

—No.

Los ojos de Craig destellaron en la luz.

—Bueno, da igual. Aquí estoy.

Bree salió de la caballeriza y echó la llave.

—¿Qué quieres?

—No sé lo que quieres decir.

Bree se detuvo y esperó.

Pasó un minuto antes de que él se inmutara.

—He venido a ver a mis hijos.

—¿Qué hijos son esos?

—Luke y Kayla. —Su cara se tensó.

—Sabes cómo se llaman.

—Pues claro que sé cómo se llaman —espetó con nerviosismo.

—Ellos no te conocen. —Bree mantuvo un tono de voz frío, algo que a él siempre le había molestado.

—No te pongas desagradable... —Se interrumpió—. Lo siento. Sé que en el pasado no he sido un buen padre, pero soy un hombre nuevo. He encontrado a Dios y Él me ha cambiado. La muerte de Erin es una señal suya de que es el siguiente paso en el nuevo camino que ha diseñado para mí.

Bree percibió el olor a mentira putrefacta de Craig incluso entre el olor a estiércol de caballo.

—¿Por qué has venido realmente, Craig?

—Quiero ver a Luke y Kayla. Quiero ser su padre.

—Eres un desconocido para los dos. —Pese a la tranquilidad que transmitía su voz, por dentro Bree estaba a punto de perder los nervios.

Craig pasó entonces a hablar con su suave tono de encantador de serpientes.

—Solo pretendo rectificar esa situación.

Bree negó con la cabeza.

—No. Los dos están muy afectados. Lo último que necesitan es que vengas tú a poner sus vidas patas arriba.

—Son mis hijos. —Dio un paso hacia ella—. He venido aquí esta noche para advertirte.

—¿Advertirme? —exclamó Bree.

El rostro de Craig se incendió.

—Tengo la intención de obtener la custodia de mis hijos, tanto si me facilitas las cosas como si no.

—Un buen padre antepone los intereses de sus hijos a los suyos propios —señaló Bree.

Se inclinó hacia ella.

—Son mis hijos —repitió—. Erin está muerta. No hay ningún juez en el estado que no vaya a otorgarme la custodia de esos niños.

—A menos que no seas apto como padre.

A Craig se le movió un músculo en el lado del cuello. Tragó saliva y suavizó su expresión facial.

—Entiendo que estés enfadada y triste. Debes de echar de menos a tu hermana, y que te la hayan arrebatado de una forma tan violenta debe haber sido aún más impactante. Rezaré por ti.

Bree no dijo nada.

—Soy otro hombre. Me han ordenado pastor de la Iglesia. —Craig levantó la barbilla.

Bree contuvo un resoplido. ¿Craig pastor de la Iglesia?

—¿Dónde trabajas?

—En una pequeña iglesia en Albany a apenas una hora de distancia.

—¿Te ordenaste por internet? —preguntó.

—O me dejas ver a mis hijos o haré que intervenga mi abogado. —Por la forma en que había eludido la pregunta, ya tenía su respuesta.

—Será mejor que hagas eso. —Bree no se lo pondría fácil. Hacerle pasar por todos los procesos burocráticos legales le daría tiempo.

—La visita de esta noche ha sido de cortesía. Quiero que la transición sea lo más suave posible para los niños. Por lo visto, no te importa su bienestar. Tendrás noticias de mi abogado. Si cambias de opinión y decides ser razonable, aquí tienes mi tarjeta. —Sacó una pequeña cartulina del bolsillo y la tiró al aire. La tarjeta cayó revoloteando en el suelo. A continuación, Craig se dio media vuelta y salió del establo.

Bree salió al aire frío y lo vio avanzar por el hielo hacia un sedán que había aparcado en mitad del camino de entrada. Craig había dicho que había encontrado a Dios, pero Bree sabía que lo único que había encontrado era una forma de separar a una congregación del dinero de sus colectas. No creía que fuera cierto que quisiera a sus hijos; no había mostrado ningún interés por ellos en toda su vida. ¿Por qué había venido? ¿Qué quería realmente?

Fuera lo que fuese, Bree sabía que no era nada bueno. Volvió al establo, cogió la tarjeta y se la metió en el bolsillo.

La ira creciente que sentía en el pecho no se aplacaba con una hora de yoga. Envió a Matt un mensaje de texto.

¿Hay algún campo de tiro cerca?

Le llegó su respuesta:

Sí.

¿Podemos ir mañana antes de hablar con Stephanie?

Claro que sí.

Gracias.

Bree volvió a meterse el teléfono en el bolsillo. No había nada como una visita de Craig para que le entraran ganas de dispararle a algo.

Cerró la puerta del establo y se detuvo, peinando con la mirada los campos que rodeaban la casa. Los pastos estaban en calma y en silencio. También estaban sumidos en la oscuridad. No había alumbrado público, ni luces de neón, ni faros de coches. Cualquiera podía estar ahí fuera. Podía instalar un sistema de alarma en la casa, pero no había nada que pudiera hacer con el inmenso vacío que la rodeaba.

CAPÍTULO 18

Matt condujo hacia el campo de tiro. El sol de la mañana se reflejaba en el capó de su todoterreno. Miró a Bree en el asiento del pasajero.

—Tienes cara de no haber pegado ojo.

—Y así es. —Bree miró por la ventanilla—. El ex de Erin asomó por aquí anoche.

—¿Craig Vance?

—Sí. Dijo que quiere a los niños. —Bree frunció las cejas con expresión inquieta mientras describía su conversación con Craig—. Hubo una época en la que Erin lo hubiera dado todo por que él quisiera ser un marido y un padre, pero eso terminó la noche que le dio la paliza.

—¿Tienes alguna prueba de que no es apto?

—No. —Suspiró—. Esta mañana he llamado a un abogado especializado. Craig puede presentar una solicitud de paternidad en el juzgado de familia, que probablemente ordenará una prueba de ADN. Erin no está aquí para oponerse.

—Puede obtener la custodia.

—Sí. —La voz de Bree rezumaba amargura—. Si Luke se opone, separarán a los niños, igual que a mí y mis hermanos.

—¿Cómo fue eso? —Matt no podía concebir quedarse sin padres y sin hermanos al mismo tiempo.

Bree vaciló un instante.

—Erin y Adam se criaron con mis abuelos. Yo era una niña demasiado problemática; me portaba mal en la escuela, me peleaba, tenía berrinches... Lo que recuerdo con más nitidez es una abrumadora sensación de que absolutamente todo, mi vida, mis emociones, estaban fuera de control. Mis abuelos eran una pareja de ancianos y no gozaban de buena salud. No podían lidiar conmigo. Una prima de Filadelfia se ofreció voluntaria para hacerse cargo de mí.

—Eras mayor que tus hermanos y quizá estabas más traumatizada.

—No sé si lo estaba más, pero lo estaba de otra forma —dijo con naturalidad—. Erin y Adam tenían sus propios traumas. A Adam le cuesta conectar emocionalmente con los demás, ya lo has visto. Erin era todo lo contrario. Tenía problemas de dependencia emocional y Craig manipuló su necesidad de ser amada.

—Eso es terrible. —Matt admiró su falta de autocompasión.

Bree se encogió de hombros.

—Mi prima lo hizo lo mejor que pudo. Se aseguró de que recibiera toda la ayuda psicológica que necesitaba, fui a escuelas privadas exclusivas y me dio todas las ventajas que le parecían importantes, pero no era una persona afectuosa. No se dio cuenta de lo mucho que necesitaba mi vínculo con Erin y Adam. Nosotros tres nos entendíamos a un nivel distinto. Cuando me fui a vivir a Filadelfia, solo nos veíamos en los cumpleaños y en vacaciones. Deberían habernos dejado estar juntos. No hay carrera de la Ivy League capaz de compensar las carencias en nuestra relación de hermanos.

—Debías de echarlos mucho de menos.

—Sí. —Su tono era de melancolía.

—¿Fuiste a una universidad de la Ivy League?

—Sí. Estudié los primeros cursos de Derecho en la Universidad de Pensilvania. Mi prima se llevó una gran decepción cuando solicité el ingreso en la academia de policía en lugar de acabar la carrera.

—Pero tú querías ser policía.

Bree se quedó callada un instante.

—Recuerdo la noche en que mis padres murieron con más claridad de lo que me gustaría. Recuerdo que nos escondimos bajo el suelo del porche trasero. Fue el sheriff quien nos encontró. Recuerdo que nos sacó de debajo del porche, me envolvió en su abrigo y me dijo que estaba a salvo. —Hizo una pausa—. Suena raro, pero la forma en que nos trató aquella noche me marcó, y quise ser alguien que pudiera influir así en la vida de los demás. No creo que haga falta ser un genio para saber por qué quería ser policía.

—No tiene nada de raro. —Matt respetaba que quisiera devolver algo a la sociedad.

—¿Tú por qué te hiciste policía? —preguntó Bree.

—Quería ayudar a la gente, y me gustaba que cada día fuera distinto.

—Entonces, ¿qué harás ahora?

—Es una buena pregunta. —Para la cual Matt no tenía una buena respuesta. Si hubiera necesitado dinero, seguramente ya lo habría averiguado—. Quiero seguir entrenando a perros de la unidad canina. Con un poco de formación básica, puede que me encargue de una de las asociaciones de rescate de perros de mi hermana. A ella no hay hogar de acogida que le parezca suficientemente bueno para sus perros.

—¿No tienes ningún objetivo a largo plazo?

—Todavía no. Pasé los primeros dos años negándome a reconocer que mi carrera en las fuerzas policiales había terminado. —Pero ahora que había llegado a aceptarlo, se sentía como si ya no hubiese metas en su vida.

—¿No hay ninguna posibilidad de que vuelvas?

—No. No puedo disparar un arma con mi mano dominante, y no soy lo bastante bueno con la izquierda para llevar una oculta.

Los exagentes de la ley podían llevar una pistola oculta siempre y cuando demostraran su destreza con el arma.

—Podrías entrar en el cuerpo administrativo —le sugirió Bree.

—¿Un trabajo de oficina? No, gracias. La rutina me volvería loco.

Se detuvo en la entrada del campo de tiro. Sacó su arma y munición del depósito que había en el maletero del todoterreno y se dirigió al campo de tiro interior, que acababa de abrir.

—Hola, Matt —lo saludo Carl desde detrás del mostrador—. Tenéis todo el local para vosotros solos. Elegid el sitio que queráis.

—Gracias.

Matt le presentó a Bree, pagó la tarifa de uso y se dirigió al último compartimento. Dejó su arma. Se alegró de que el lugar estuviera desierto; no le gustaba encontrarse con nadie conocido.

Bree se instaló en el siguiente compartimento. Ambos se colocaron protección para los oídos.

Matt cargó su arma. Solo por curiosidad, primero la empuñó con la mano derecha y apuntó al blanco de papel a veinticinco metros de distancia, pero ni siquiera pudo apretar el gatillo.

«Maldito frío…».

Lanzando un suspiro de frustración, agarró el arma con la mano izquierda y apuntó al blanco, una silueta con forma humana. Disparó seis veces, bajó el arma y pulsó el botón para acercar el blanco.

· —Oye, estás mejorando —lo felicitó Carl.

Matt pensó que ojalá Carl tuviera algo que hacer.

Pero tenía razón. Cinco de los disparos de Matt habían atravesado la parte central de la silueta impresa en el papel. Un disparo había acertado justo fuera de la parte central, en el vientre.

Durante el primer año después del tiroteo, Matt había pasado tres veces por quirófano para operarse la mano. El año siguiente lo había pasado íntegramente en sesiones de rehabilitación. Iba a tres sesiones de fisioterapia a la semana: estiraba los músculos y los fortalecía entre espasmos de dolor insoportable, y con unos progresos que parecían tan lentos como el movimiento de los glaciares.

No había sido hasta el tercer año cuando se había enfrentado realmente a los hechos: nunca recuperaría por completo el uso hábil de la mano derecha. Podía dominar la mayoría de las funciones motoras más importantes, podía coger y soltar cosas, por así decirlo, pero su motricidad fina había alcanzado su límite. Matt había pasado unos meses deprimido; luego había empezado a ir al campo de tiro y a practicar con la mano izquierda. En los últimos seis meses, había mejorado de forma significativa.

Miró a Bree, en el siguiente compartimento. Estaba cosiendo a tiros a su objetivo.

Alejó la silueta de nuevo, aumentando la distancia. Cuando era ayudante del sheriff, había practicado el tiro a quemarropa y era capaz de acertar el objetivo a corta distancia, pero su precisión disminuía en distancias mayores. Disparó casi cincuenta balas, inspeccionando y reemplazando el blanco cuando era necesario.

Matt vació su cargador y luego acercó la silueta por última vez. La mayoría de sus disparos estaban dentro del contorno; algunos habían errado el tiro por completo, pero definitivamente había mejorado.

Bree se acercó a él y se quitó la protección auditiva, que dejó colgando del cuello.

—Tienes buena puntería.

Matt señaló los blancos de ella, que Bree había destrozado.

—No tan buena como la tuya.

Se encogió de hombros.

—Era la mejor de la academia. La mayoría de los policías no pueden disparar así.

—Yo sí podía.

Bree señaló su silueta.

—Creo que tal vez aún puedas.

—No confío en mi puntería. —Matt negó con la cabeza—.
Además, es hora de ir a hablar con Stephanie.

Recogió sus cosas y salió del campo de tiro sin darle a Bree ocasión de llevarle la contraria. Después de guardar su arma en la caja
de seguridad del todoterreno, Matt se sentó al volante. Bree subió
al vehículo. Él percibía la mirada de ella sobre él mientras conducía;
había sido brusco con Bree, pero no quería hablar de su puntería.
¿Podría alcanzar los requisitos mínimos necesarios? Tal vez. Pero el
hecho era que Matt no se sentía cómodo con su limitada habilidad,
y tal vez nunca lo estaría.

Los Wallace vivían en un camino rural a unos quince minutos
de la ciudad. Su casa no formaba parte de ninguna urbanización,
pero había buzones a lo largo de la carretera y cada casa ocupaba
aproximadamente media hectárea, según cálculos de Matt.

La vivienda de Stephanie era una casa gris con el tejado a dos
aguas, la fachada plana y una puerta delantera en el centro pintada
de rojo. El camino de entrada se prolongaba alrededor de la casa
hasta un garaje independiente para dos coches. Detrás había otro
edificio. La camioneta frente al garaje llevaba un logo: CARPINTERÍA
WALLACE.

Aparcaron frente a la casa, se acercaron a la entrada y llamaron
al timbre.

Un hombre de unos treinta años abrió la puerta; llevaba unos
vaqueros y una camisa de franela sobre una camiseta azul.

—Soy el marido de Steph, Zack. Steph está en la cocina.

La mujer estaba sacando una bandeja del horno. Vestía con la
ropa del trabajo: botas altas, medias negras y un vestido negro corto.
Las lágrimas le resbalaban por el rostro. Matt olisqueó el aire: había
hecho patatas fritas. Steph puso las patatas en un bol, las saló y las
llevó a la mesa.

—Por favor, siéntense —dijo Zack.

Matt y Bree ocuparon sendas sillas contiguas frente a Steph y su marido.

Steph se desplomó en una silla.

—¿Alguien más quiere patatas fritas?

Matt y Bree rechazaron su ofrecimiento.

—Dios… No me puedo creer que haya muerto —gimió Steph, con la respiración entrecortada. Las palabras le salían entre enormes sollozos.

—Vas a hiperventilar —dijo Bree—. Respira despacio.

—Tienes que calmarte, cariño. —La voz de Zack era firme—. Esto no es bueno para el bebé.

—¿Estás embarazada? —preguntó Matt.

—Nos acabamos de enterar. —Zack le dio una palmadita en la mano a su esposa—. Ya le he dicho que no debería hablar con ustedes; cuando la policía la interrogó, fue bastante estresante. No necesita pasar por esto otra vez. —Un destello de ira se reflejó en sus ojos.

—Estoy bien —dijo Steph—. Solo tengo algo de náuseas matutinas. —Se comió una patata frita y luego otra.

Zack se llevó la mano de ella a la boca y la besó.

—Las patatas fritas no son buenas para el bebé, y la grasa te hará daño en el estómago.

Ella frunció el ceño.

—Necesito comer antes de ir a trabajar, y no me entra nada. Esto es lo primero que me ha apetecido en todo el día.

—Te traeré un poco de leche.

Zack se levantó y se dirigió a la nevera.

Steph esbozó una sonrisa débil.

—Cuida mucho de mí. —Se secó los ojos llorosos con una servilleta. —Lo siento. Es que… —Soltó un hipido—. Echo de menos a Erin.

—Lo entendemos —dijo Bree.

Steph alargó el brazo hacia el otro lado de la mesa y agarró el antebrazo de Bree.

—¿Sabéis ya quién la mató?

—No —contestó Bree—. ¿Qué le pasaba a Erin estas últimas semanas?

Zack depositó un vaso de leche delante de Steph, pero esta no lo cogió.

—No estoy segura. —Steph se comió otra patata frita—. Al principio creía que era por lo de Jack, pero ahora creo que había algo más.

—¿Qué es lo de Jack? —preguntó Matt.

—¿No te lo contó? —Steph olisqueó la leche y arrugó la nariz con gesto de asco.

—No. —Bree negó con la cabeza.

Steph bebió un sorbo de leche y luego hizo una mueca.

—Ha estado coqueteando con ella, y ella hacía todo lo posible por dejar claro que no le interesaba, pero tampoco quería enfrentarse a él.

A Zack se le hincharon las aletas de la nariz.

—Tienes que dejar ese trabajo; Jack es un gilipollas.

Matt estaba de acuerdo.

—Erin podría haberlo denunciado por acoso sexual.

—Eso suena muy bien hasta que intentas demostrarlo. —Steph dejó el vaso y lo apartó—. En el mundo real, a ella la habrían despedido. Habría sido su palabra contra la de él. Jack les habría dicho a todas las peluquerías locales que Erin era una empleada problemática y no habría podido conseguir un nuevo trabajo. Este es un sitio pequeño. Erin no sabía hacer nada más. Su carrera habría terminado.

Matt se tragó un nudo de ira. ¿Era ese el problema por el que Erin había llamado a Bree? ¿Pensaba que Bree, por ser policía, podría haberle parado los pies a Jack? ¿Quizá buscaba algún consejo legal?

—¿Viste a Erin el martes? —le preguntó Bree.

—Sí. Nos despedimos cuando se fue, hacia las cuatro. —Una lágrima rodó por la cara de Steph—. Esa fue la última vez que hablé con ella.

Bree le tocó el antebrazo.

—¿Te dijo Erin que le hubiese ocurrido algo inusual recientemente?

—Un día de la semana pasada —dijo Steph—, creo que fue el viernes, Justin se presentó en el local. Estaba muy enfadado y Erin trató de calmarlo. Jack los hizo salir al parking y luego la amonestó por dejar su puesto. Creo que pretendía utilizar la amonestación como forma de presionarla para que se acostara con él.

—¿Ha hecho eso antes? —preguntó Bree.

Por norma general, los depredadores sexuales eran reincidentes.

Steph levantó la palma de la mano.

—He oído que ha presionado a otras chicas, pero a mí no. Sabe que Zack es muy protector.

—No te jode… —La ira tiñó de rojo el rostro de Zack. Se golpeó la palma de la mano—. Más le vale, si sabe lo que le conviene…

—¿Sabes cuándo empezó Jack a acosar a Erin? —preguntó Matt.

—Después de que se separara de Justin. Solo lo hace con las chicas que no tienen marido ni novio.

Steph mordió otra patata frita.

—No quiere cabrear a alguien que pueda darle una paliza —masculló Zack. Empujó el vaso de leche hacia su mujer.

Steph lo miró, se tapó la boca y salió corriendo de la cocina.

—Maldita sea —dijo Zack—. Últimamente estaba mejor de las náuseas…

Se hizo un pesado silencio durante unos segundos.

—Y dime, Zack, ¿eres carpintero? —preguntó Matt mientras esperaban que Steph regresara.

—Sí —respondió Zack.

Matt recordó la camioneta aparcada fuera.

—¿Tienes tu propia empresa?

—Ahora sí. —Zack frunció el ceño—. Antes trabajaba para un contratista, pero tuvo problemas económicos y me despidió.

—Vaya, qué mala pata —dijo Matt.

Zack encogió un hombro.

—Tener mi propio negocio tiene sus ventajas y sus inconvenientes. Me gusta ser mi propio jefe, pero hay que echarle muchas horas.

Steph regresó con la cara pálida.

—Lo siento.

Zack miró a su esposa.

—No puedes ir a trabajar hasta que tu estómago retenga algo de comida. Todavía no has ganado ni un gramo de peso. —Le vibró el teléfono y respondió—. Es un cliente, tengo que coger la llamada. Perdón. —Se fue a la habitación contigua y cerró la puerta a su espalda.

—Lo siento si os hemos molestado —dijo Bree.

—No pasa nada. —Steph le restó importancia con un gesto con la mano—. Se preocupa demasiado. El médico ha dicho que es perfectamente normal perder algún kilo los primeros meses. —Hizo una pausa y suspiró—. El embarazo es muy inoportuno; no podemos permitirnos tener un hijo ahora mismo. Zack ya vive prácticamente en su taller y, cuando vuelve a casa, tiene que ducharse enseguida porque el olor a serrín me sienta fatal. Que me haya quedado embarazada ha aumentado mucho su nivel de estrés.

—No te has quedado embarazada tú sola —señaló Bree.

—Ya lo sé. —En los ojos de Steph se reflejaba la tristeza—. Eso es lo mismo que dijo Erin. Era tan buena amiga… —Bajó la voz—. Zack y yo nos separamos un tiempo hace un par de meses. Erin era mi gran apoyo; siempre estuvo ahí para ayudarme. No sé cómo lo habría superado sin ella. Incluso me dejó quedarme en su casa unas semanas. No me juzgó ni me dijo que volviera con él, como hizo mi madre. Erin lo entendió. —Steph se acunó el vientre todavía plano con una mano—. Era mi mejor amiga. Nunca tendré a otra como ella.

—¿Te habló Erin de Justin el tiempo que pasaste en su casa? —quiso saber Bree.

Steph asintió.

—Hablamos mucho sobre nuestros matrimonios. Ellos llevaban separados un poco más de tiempo, pero seguía siendo un tema sensible. Sé que ella lo quería. Pedirle que se fuera de casa fue lo más difícil que había hecho en su vida. Solo lo hizo por los niños, por la droga.

—¿Mencionó algo más que le preocupara? —preguntó Matt.

Steph frunció el ceño.

—Sí. Había tenido algunas llamadas extrañas, alguien que llamaba y colgaba, y hace unas semanas alguien le rajó los neumáticos del coche mientras estaba trabajando en la peluquería.

Bree enderezó la espalda.

—¿Revisaron las cámaras de vigilancia del aparcamiento?

Steph negó con la cabeza.

—Los empleados tienen que aparcar atrás. No hay cámaras en esa parte del recinto.

—Bueno. Si se te ocurre algo más, por favor llámame. —Bree le dio a Steph su número de móvil.

—Ya tienes mi número —dijo Matt—. Puedes llamarnos a cualquiera de los dos.

Se despidieron y se fueron de la casa. De vuelta en el todoterreno, Matt cogió su móvil, que estaba vibrando. Miró la pantalla. Kevin. Se llevó un dedo a los labios.

Bree se recostó hacia atrás y lo miró.

—¿Sí? —Matt respondió a la llamada.

—He oído rumores sobre una camioneta blanca —dijo Kevin—. ¿Qué valor tiene eso para ti?

—Cincuenta dólares —dijo Matt.

—La camioneta está en la vieja fábrica de Fresh.

—Te pagaré los cincuenta extra cuando organices el encuentro con Nico.

Si Matt le daba más dinero a Kevin, el confidente desaparecería para gastárselo en fiestas un par de días más.

—Eres un cabrón. —La llamada se cortó.

Matt bajó el teléfono y lo miró fijamente. ¿Podría ser ese su primer avance importante en la investigación?

Bree se enderezó en el asiento del pasajero.

—¿Qué?

—Era un viejo confidente. Le pedí que estuviera atento a cualquier noticia sobre el paradero de Justin o el vehículo de Erin. Dice que hay una camioneta blanca en la vieja fábrica de bebidas.

—Buen trabajo. —Bree se puso el cinturón de seguridad.

Matt arrancó el motor y accionó la palanca de cambios del todoterreno. Hizo un cambio de sentido en la carretera principal al más puro estilo de las series de televisión, haciendo chirriar los neumáticos y todo. Luego pisó el pedal del acelerador. Aquello era importante, lo presentía.

Matt fue a toda velocidad en dirección a su casa, tomando las curvas lo bastante rápido para que Bree tuviera que agarrarse al reposabrazos.

—Este no es el camino para salir de la ciudad —dijo Bree.

—Quiero recoger a Brody, ¿te parece bien? —preguntó, aunque su respuesta no habría cambiado su destino: necesitaba a su perro.

—Claro —dijo Bree en un tono poco entusiasta.

—Es importante. Brody puede percibir la presencia de alguien antes de que lo veamos nosotros. Y si Justin estuviera en la fábrica, Brody lo encontraría antes que nadie.

—Lo sé. —Su voz se hizo más aguda—. Ya me adaptaré.

«No tendrás más remedio», pensó Matt con un leve sentimiento de culpa.

Una vez en casa de Matt, Bree esperó en el todoterreno mientras él recogía al perro. Brody se subió de un salto al asiento trasero y miró a Bree.

Ella echó un vistazo hacia atrás. Se puso rígida y se deslizó unos centímetros hacia la puerta del pasajero.

—Tengo la sensación de que quiere ir de copiloto.

—Ahí detrás estará perfectamente. Estuvo ocupando el asiento trasero durante toda su carrera en la unidad canina.

Matt se alejó de la casa con el coche.

La compañía de bebidas Fresh había quebrado veinte años antes. La vieja fábrica estaba a once kilómetros de la ciudad, en medio de la nada. Campos cubiertos de nieve y bosques bordeaban la carretera secundaria. El edificio era un enorme cuadrado de ladrillos. Las praderas circundantes invadían el aparcamiento, que mostraba más huellas de neumáticos de las que debería mostrar un edificio abandonado.

—Este edificio ya era un problema cuando yo era agente. Okupas, personas sin hogar, traficantes de drogas, chavales jóvenes… No había delito que alguien no estuviera haciendo aquí.

Matt detuvo el coche y salió. Tras abrir la puerta trasera, ató la correa al collar del perro. Brody se bajó de un salto y empezó a olfatear el aire de inmediato.

Bree se mantuvo a cierta distancia de Matt y el perro mientras caminaban por el terreno.

—La empresa dueña de la propiedad ha desistido de intentar alejar a la gente de aquí. —Matt llevó a Brody hacia la alambrada que rodeaba las instalaciones. Una hilera de ventanas rotas ocupaba el otro lado de la fachada del edificio.

La puerta se escoró a un lado en las bisagras. Matt la sujetó para que Brody y Bree pudieran entrar en el patio que rodeaba el edificio. Cruzaron el asfalto helado y agrietado. El viento había arrancado de cuajo secciones enteras del pavimento negro y la nieve se acumulaba en otros puntos. Pisaron la acera de cemento. Las puertas delanteras eran de acero sólido y estaban cerradas con candado. Las sortearon para caminar hacia la parte de atrás, donde estaban los muelles de carga y descarga. Varias de las puertas superiores estaban abiertas.

Bree se dirigió a la primera puerta abierta.

Matt le tocó el brazo para detenerla.

—Está todo demasiado tranquilo.

Ella arqueó una ceja.

—No me gusta. Aquí siempre hay gente.

Matt miró a Brody. El perro estaba tranquilo y no daba señales de percibir la presencia de otros seres humanos.

—Tal vez hace demasiado frío para que vengan los vagabundos. —Bree se estremeció. Tenía la nariz roja, y se le empañaba el aliento delante de la cara. Sacó un gorro y guantes del bolsillo y se los puso.

Matt fue delante y dejó que el perro abriera la marcha. Entraron en una sala de grandes dimensiones con techos altos y suelos de hormigón. Había varios barriles apilados contra una pared y toda clase de basura desperdigada por el suelo, junto con cajas de cartón, jeringuillas usadas y lo que Matt sospechaba que eran heces humanas. Atravesaron el espacio y se acercaron a otra puerta.

Brody levantó la cabeza de golpe, olfateando. En la unidad canina, Brody había sido un perro polivalente: había sido entrenado para detectar drogas y explosivos. También había realizado búsquedas en edificios y localizado el rastro de sospechosos. La inteligencia del perro y su capacidad de adaptación siempre habían impresionado a Matt.

Bree frunció el ceño, mirando a Brody.

—¿Qué pasa?

—No estoy seguro. —Pero definitivamente, pasaba algo—. Su olfato ha detectado algo.

Se oyó un ruido metálico, que resonó a través del espacio abierto.

¿Era el viento, agitando algo?

Brody se puso tieso. Emitió un gemido y se lanzó adelante, tirando de la correa. Haciéndole señas a Bree para que se quedara atrás, Matt se preparó para entrar en acción. Brody tenía la atención fija al frente, en la puerta y en lo que había al otro lado.

Capítulo 19

Bree sacó su arma y apoyó el hombro contra la pared, a un lado de la puerta. Matt se situó en el otro lado, reteniendo a Brody. El perro se quejó y trasladó su peso de un lado a otro. No estaba gruñendo. Pese a que Bree evitaba acercarse a los perros, sabía que cada animal tenía sus propias señales de alerta.

—¿Ha percibido una amenaza? — articuló Bree.

Matt se encogió de hombros y le respondió en voz baja:

—No estoy seguro.

«Genial».

Bree se asomó al otro lado de la puerta. Una F-150 SuperCab blanca estaba en medio de otra gran zona de carga, con el suelo de hormigón.

Se le aceleró el corazón: era la camioneta de Erin. No vio a nadie en el vehículo a través del parabrisas. Examinó el resto de la sala, pero no vio nada. Aflojando la correa de Brody, Matt dejó que el perro lo guiara por la puerta.

Bree los siguió, barriendo la sala de esquina a esquina con su arma.

Se adelantó, pasando junto al perro y acercándose al lateral del vehículo. Cuando casi había llegado a la puerta del conductor, el perro ladró una vez y se abalanzó hacia ella. Bree se sobresaltó y se apartó a un lado de un salto, alejándose del perro. El corazón seguía latiéndole desbocado.

Matt volvió a tirar de la correa, pero estaba claro que le costaba dominar al perro. Todo el cuerpo de Bree estaba en tensión.

El perro se lanzó de nuevo hacia delante y ella se puso aún más nerviosa.

—¿Puedes controlarlo? —le espetó a Matt.

—Sí, lo siento. Nunca se pone así.

Matt ató en corto al animal y le dio unas órdenes bruscas en alemán. La única reacción visible en el perro fue un simple movimiento de la oreja. La camioneta concentraba toda su atención; tenía el peso de su cuerpo distribuido en sus cuatro patas y desplazado hacia adelante. Matt lo hizo retroceder unos pasos, pero el animal seguía concentrado al cien por cien en la camioneta.

Mirando al perro de reojo, Bree se aproximó al vehículo. Apuntó con su arma a través de la ventanilla del conductor.

—Salga con las manos en alto.

No hubo ningún movimiento.

Se puso de puntillas y examinó el interior del vehículo, delante y detrás. Esperaba ver a alguien dentro, tal vez a Justin, pero la cabina estaba vacía. Fijándose con más atención, advirtió manchas de color rojo oscuro en el salpicadero, el volante y el asiento del conductor.

—¿Qué ves? —preguntó Matt.

—Sangre.

Matt se plantó a su lado en dos segundos. Brody se levantó sobre las patas traseras, arañando la puerta de la camioneta, venteando. Lanzó un resoplido y abrió la boca como saboreando el aire. Bree se alejó del perro instintivamente.

—Siento que se esté poniendo tan nervioso.

Matt agarró el collar del perro y tiró de él hacia atrás.

Bree se desplazó al otro lado del vehículo.

—No es culpa tuya. Siento haberte hablado así antes; tengo que superar mi fobia a los perros.

Con la camioneta entre ella y el animal, Bree respiró profundamente tres veces, concentrándose en exhalar el aire despacio para bajar su ritmo cardíaco. Su cerebro sabía que Brody no era una amenaza para ella, pero su respuesta era un reflejo.

Matt ordenó al perro que se sentara.

—No puedes controlar una fobia — contestó Matt.

Y era precisamente eso lo que más irritaba a Bree.

Estudió el interior gris de la camioneta.

—Hay mucha sangre.

—Había una huella en el marco de la puerta del dormitorio de Justin —dijo Matt—. Podría haber tocado a Erin. Tal vez le tomó el pulso o trató de ayudarla.

Ambos permanecieron callados unos segundos. Según el forense, habría sido imposible ayudarla.

Bree se asomó por la estrecha ventanilla trasera y vio una mancha en el asiento de banco. Descubrió la huella muy clara de una mano en el salpicadero.

—Todd debería poder sacar huellas de eso.

Matt dio un paso atrás, con la cara sombría.

—No sé qué significa esto. ¿Sangre en los asientos delantero y trasero? ¿Había una persona en el asiento trasero mientras otra conducía? ¿O el conductor se sentó en el asiento trasero para descansar y estuvo sangrando durante un tiempo?

—Los forenses podrán decirnos si la sangre es de una o dos personas.

Matt se quedó en silencio.

—Hay un trozo de papel en el asiento del pasajero.

Bree estiró el cuello, pero no podía leer el mensaje desde donde estaba. La sangre salpicaba el papel.

Matt rodeó el vehículo hasta situarse en el lado del pasajero.

—No puedo leer lo que pone.

Bree se alejó de la camioneta y sacó su teléfono.

—Tengo que llamar a Todd. Necesitamos a un equipo forense para que procese esta camioneta.

—Lo sé. —Matt se pasó una mano por el pelo.

Un minuto después, Bree dejó su teléfono.

—Todd viene de camino. Llegarán en unos diez minutos.

—Si abrimos la puerta de la camioneta, no podré justificarlo.

—No —convino Bree—. No podemos contaminar las pruebas.

Tomó fotos del vehículo desde todos los ángulos posibles sin tocarlo.

En el interior de la fábrica hacía más frío que fuera. La sensación térmica parecía irradiar desde el suelo de hormigón, a través de las suelas de sus zapatillas, y calarle los huesos de los pies. Los dedos de los pies eran bloques de hielo. Empezó a dar saltitos para que le circulara la sangre.

Matt le miró los pies y frunció el ceño.

—¿Por qué no llevas botas?

Bree levantó una zapatilla de deporte.

—Porque corro más rápido con estas.

—Pero ¿tienes botas?

—Sí. Están guardadas en mi coche, en la granja.

Cuando estaba de guardia, guardaba un par de botas y una muda de ropa en el maletero, junto con toallitas desinfectantes.

Matt negó con la cabeza.

—Te vas a congelar si tenemos que peinar el bosque.

—Sí. —Bree dio varios pisotones en el suelo—. Eso será duro.

El ruido de unos vehículos en el aparcamiento interrumpió su conversación. Todd y otros dos ayudantes entraron en la zona de carga. Todd se acercó a la camioneta y la rodeó, examinando el exterior y lo que podía verse del interior. Los dos agentes inspeccionaron el resto del edificio. Cuando regresaron, Todd ordenó a un ayudante que aplicara los reactivos para el levantamiento de huellas sobre los tiradores de las puertas y al otro que llamara a una grúa.

Todd se acercó a Matt y Bree.

—¿Qué os trajo aquí?

—He estado tanteando el terreno con antiguos confidentes — dijo Matt—. Uno me llamó hoy para contarme un rumor sobre la ubicación de una camioneta blanca. Considerando la cantidad de avistamientos falsos que habéis recibido, queríamos asegurarnos de que era de Erin antes de llamaros.

Todd volvió a la camioneta. Una vez que el ayudante hubo extraído una huella parcial de la puerta del conductor, Todd se puso los guantes y abrió la puerta.

Bree se aproximó un poco más mientras Matt retenía al perro, que olfateó el aire y lanzó un gemido. ¿Era una reacción al olor de la sangre? ¿O había detectado el olor de Justin?

Todd examinó el interior de la puerta y del lado del conductor.

—Aquí la sangre es sobre todo restos de manchas. El análisis de ADN nos dirá si pertenece a Erin, a Justin o a alguna otra persona que no hemos identificado aún.

—¿Cuánto se tarda en procesar las muestras de ADN en vuestro laboratorio? — preguntó Bree.

—Entre dos semanas y seis meses, depende. —Todd abrió la puerta trasera y vio el estrecho asiento de banco en la parte trasera del vehículo—. Hay mucha sangre en el asiento. —Se agachó para mirar más de cerca.

—Y más aún en el suelo. —Bree señaló un charco congelado en la alfombrilla—. Definitivamente, demasiado volumen de sangre para una transferencia pasiva. Esa sangre proviene de una herida que sangraba profusamente.

Todd se puso de pie. Rodeó el vehículo y abrió las puertas del lado del pasajero. Sacó una foto de la hoja de papel del asiento del pasajero y luego lo cogió por una esquina. Lo inclinó hacia la luz.

Una letra de imprenta de trazo tembloroso esbozaba dos palabras. Bree las leyó en voz alta sobre su hombro.

—«Lo siento».

Todd frunció los labios.

—¿Qué significa eso? Si Justin quiere suicidarse, tiene un arma. Podría haberse disparado en su propia casa o aquí mismo. ¿Por qué dejar la camioneta? No tiene sentido.

A Bree se le estremecieron hasta los huesos. Igual que su padre. ¿Era la muerte de Erin una repetición de la horrible tragedia de su pasado, tal como habían afirmado los medios de comunicación?

—Si es un suicida, no está pensando con claridad.

La boca de Matt formó una línea recta.

—No sabemos cuándo dejaron aquí la camioneta, y tampoco sabemos si la conducía Justin. Tenemos que empezar el rastreo por los alrededores.

Bree buscó un mapa de la zona en su teléfono.

—Aquí no hay nada salvo bosques y campos. El pueblo está a unos once kilómetros. ¿Qué camino seguiría?

Justin podía estar tirado en el suelo del bosque, en medio del frío, muerto o moribundo.

—Llamaré a la policía estatal y veré si pueden prestarnos un equipo de la unidad canina.

Todd se alejó para llamar por radio.

—¿Y si el conductor no era Justin? —sugirió Matt—. ¿Y si conducía otra persona mientras él se desangraba en el asiento trasero? Cabe la posibilidad de que quienquiera que disparó a Erin haya secuestrado a Justin.

—Si Justin fue secuestrado —dijo Bree—, entonces el verdadero asesino o lo tiene retenido en algún lugar o abandonó su cadáver antes de dejar la camioneta aquí.

Matt apuntó al vehículo.

—Entonces, ¿cómo volvió a su casa el asesino desde aquí? No hay mucha gente que quiera caminar once kilómetros con este frío.

Bree pensó en el hombre al que había perseguido en la casa de Erin; no estaba en muy buena forma física. Enumeró varias teorías, señalando cada una con los dedos.

—Podría haber utilizado la ayuda de un cómplice; podría haber dejado otro vehículo aquí de antemano; pudo haber caminar un kilómetro o dos y luego llamar a un amigo para que viniera a recogerlo. O usar una aplicación para compartir trayectos en coche, es otra posibilidad.

Todd volvió junto a ellos.

—Puedo traer una unidad canina a primera hora de la mañana.

—Eso es demasiado tiempo —dijo Matt.

Todd señaló a Brody.

—Es lo máximo que puedo hacer a menos que quieras dejar que Brody lo intente.

Matt exhaló el aire por la nariz.

—Podemos intentarlo, pero no lleva su arnés de trabajo, y hace años que no hace ningún rastreo. ¿Puede uno de los ayudantes ir a mi coche a buscar algo? Que Brody no lo vea.

—Claro.

Todd llamó a un ayudante, que salió corriendo de la zona de carga.

El agente regresó al cabo de unos minutos y le pasó a Matt un peluche de aspecto andrajoso por debajo del abrigo. Este se lo metió en el bolsillo y a continuación llevó al perro hacia el lado del conductor de la camioneta y señaló el asiento. Brody se levantó sobre las patas traseras e inspeccionó la tapicería. Matt le dejó olfatear la tela y luego le dio una orden. Caminaron en un círculo alrededor de la camioneta. El perro olfateaba el aire y el suelo mientras caminaba. Bree no era una ninguna experta, pero Brody parecía saber lo que hacía.

Habían dado tres vueltas al vehículo, cada una ligeramente más amplia que la anterior, cuando la postura del perro cambió. Apuntó con las orejas hacia adelante, puso la cola completamente tiesa y toda su actitud era de absoluta decisión.

—Ha detectado algo —dijo Matt.

Brody se dirigió a la salida. Una vez en la puerta, se detuvo para oler de nuevo y luego reanudó el rastreo. Bree y Todd lo siguieron. Brody se abrió paso hacia fuera. Pareció perder el rastro al llegar al aparcamiento. Empezó a caminar en círculos y a ventear.

—No está oliendo el suelo. —Bree se metió las manos en los bolsillos.

—El viento disipa las partículas de olor. —Matt le aflojó la correa al perro—. Seguramente no encuentra el rastro perfecto ni el olor de referencia. Tendrá que seguir cualquier partícula de olor que pueda encontrar. Entiéndelo como una labor de ir conectando los puntos.

Al cabo de unos momentos de ir dando rodeos aparentemente sin rumbo, Brody se alejó de la salida y se dirigió hacia una zona boscosa. El perro no seguía una línea recta y definida como había hecho dentro del edificio, sino que en vez de eso se movía en zigzag.

—¡Estad atentos a las huellas en la nieve! —gritó Matt desde el borde del aparcamiento.

Bree y Todd se desplegaron para cubrir una zona de seis metros a cada lado del perro. Bree atravesó el bordillo del aparcamiento. La nieve le llegaba hasta los tobillos y empezó a empaparle las zapatillas deportivas de inmediato. Justo delante, vio una hendidura en la nieve.

—¡Esperad!

Se acercó más y localizó una huella parcial.

—He encontrado una huella. —Siguió visualmente la línea entre la huella y el aparcamiento y vio varias marcas débiles—. Veo más huellas. Alguien ha seguido este camino. —Se inclinó sobre la huella más próxima; la nieve de la ventisca había cubierto la huella solo en parte.

Todd se acercó y se agachó a su lado.

—No es muy clara, salvo por este borde de aquí.

Bree señaló unas cuantas marcas con relieve.

—Probablemente alguna clase de bota de trabajo.

—Pero no es posible determinar la marca. —Todd se levantó y miró al bosque entrecerrando los ojos—. Veamos adónde fue.

Brody indicó el camino. Encontraron más huellas de botas a lo largo del trecho que siguió el perro. Quince o veinte minutos después, el bosque daba paso a otra carretera. Bree la cruzó. No había más huellas.

—Debió de ponerse a andar por la carretera.

Brody empezó a zigzaguear de nuevo. Levantó el hocico en el aire y lo olfateó. Dobló hacia el norte y fue moviéndose de un lado a otro en el arcén de la carretera.

—Hay una granja más adelante. —Todd señaló el camino. A un kilómetro de distancia, en el lado opuesto de la carretera, un conjunto de establos y otros edificios de gran tamaño se extendían alrededor de una casa blanca.

—Es la granja Empire Acre —dijo Todd—. Es un negocio muy importante. Ahora parece desierta, pero en otoño venden árboles de Navidad y organizan festivales de heno y concursos de recolección de calabazas.

A medio kilómetro de la granja, Brody se detuvo. Bajó la cola y también las orejas, y adoptó una postura más relajada.

Matt lo guio en un círculo. El perro olfateó, pero no volvió a ponerse alerta.

—Aquí se acaba el rastro —anunció Matt.

Brody se sentó en la carretera y lanzó un gemido.

—Parece triste —dijo Bree.

—Le gusta encontrar a la persona que busca. —Matt se volvió hacia el perro y le dedicó un enérgico elogio. Metió la mano en el bolsillo de su abrigo y sacó el juguete que el ayudante había sacado de su coche—. ¡Buen chico!

El perro meneó la cola e irguió las orejas de nuevo mientras Matt apretaba el peluche.

—¿Quieres al señor Erizo?

A Bree le impresionó que usara aquel lenguaje infantil sin avergonzarse.

—¿Te has traído un juguete para el perro?

—Le encanta este muñeco de trapo. Lo llevo en el coche por si se aburre, pero antes era su recompensa por trabajar. —Matt lanzó el erizo trazando un arco lento y Brody dio un salto para atraparlo en el aire. Cuando aterrizó con las patas delanteras en el suelo, zarandeó el juguete como si quisiera romperle el cuello.

Bree sintió un escalofrío y luchó para ahuyentar los recuerdos. El aire frío y húmedo. El olor a perro mojado. El ruido de una cadena. Los dientes hincándose en su carne. La sacudida. La voz de Todd la sacó de su trance.

—¿Creéis que se fue de aquí en un coche?

Todd miró a uno y otro lado de la carretera.

—Probablemente.

Matt acarició a Brody por detrás de las orejas.

—¿Podría la nieve haber alterado el olor? —preguntó Bree.

—En este caso lo dudo. Si cae nieve fresca sobre un sendero, puede afectar al olor, pero esta nieve lleva aquí una semana y Brody no ha tenido ningún problema en seguir el rastro hasta este punto.

Todd examinó la carretera en ambas direcciones.

—Tal vez lo esperaba alguien con un coche.

Bree no lo creía.

—Para dejar un coche aquí en mitad de la nada o que te recoja alguien se requiere la colaboración de otra persona. Aunque esa persona no fuera cómplice, sería testigo de que nuestro sospechoso estaba aquí. Dudo que se fuera andando. El pueblo está a once kilómetros de distancia.

—Y Brody habría seguido su olor. —Matt acarició la cabeza del perro.

La mirada de Bree regresó a la granja que había en lo alto de la carretera.

—O utilizó la granja Empire Acres como punto de recogida para el chófer de los servicios de Uber o Lyft de los que hablamos antes. De esa forma, no habría constancia en ningún sitio de la ubicación de la fábrica donde dejó la camioneta.

—Dos son las opciones más probables —dijo Todd—: tenía un coche esperándolo o usó una aplicación de algún servicio de recogida de pasajeros.

Matt se volvió hacia Todd.

—¿Puedes conseguir una orden para ver los registros de las empresas de recogida de pasajeros?

—Sí —asintió Todd—. Con la nota y la sangre, podemos aducir que se trata de una situación de emergencia, con una persona gravemente herida o con un suicidio potencial.

Se dieron media vuelta y echaron a andar. El viento azotaba la cara de Bree. Tenía la nariz entumecida, y sus pies eran dos bloques de hielo. Una vez dentro, Todd habló con uno de sus ayudantes y le encargó la tarea de solicitar una orden para recabar la información de las empresas de recogida de pasajeros.

En el aparcamiento de la fábrica, Todd se dirigió hacia su vehículo.

—Haré que la grúa lleve la camioneta al depósito municipal, donde podrá inspeccionarla un técnico forense.

Se detuvieron junto al coche patrulla de Todd. Los otros ayudantes todavía seguían dentro de la fábrica con la camioneta de Erin.

—¿Tienes un minuto, Todd? —le preguntó Matt.

Todd arqueó las cejas.

—¿Tenéis una pista?

—Un par —dijo Matt—. Antes de nada, ¿te han llegado rumores sobre si Jack Halo acosa sexualmente a sus empleadas?

—No. —Todd irguió del todo el cuerpo—. Y entrevistamos a todas las mujeres que trabajan en Halo.

—Las tiene intimidadas —dijo Bree—. Es probable que no se sintieran cómodas para hablar con libertad con los agentes.

Cuando Bree quería información sobre un jefe, entrevistaba a los empleados lejos de la empresa.

Todd buscó en su bolsillo un pequeño bloc de notas. Apuntó algo y luego miró a Matt de nuevo.

—Has dicho que teníais un par de pistas.

—El ex de mi hermana apareció por aquí anoche. —Bree se estremeció al relatarle a Todd la visita de Craig.

—Veré qué puedo averiguar sobre él. —Todd anotó algo más en su bloc—. ¿Se te ocurre alguna razón por la que querría hacerle daño a tu hermana?

—No —respondió Bree—. A Craig solo le importa el dinero. Siempre volvía con Erin cuando necesitaba un sitio para vivir. No alcanzo a ver cómo se beneficiaría de su muerte.

—Los niños recibirán una compensación de la Seguridad Social —explicó Todd.

Bree no había pensado en eso.

—No parece que eso sea suficiente para cometer un asesinato.

Todd levantó la palma de la mano.

—Al adolescente solo le quedan unos pocos años, pero la niña cobraría hasta los dieciocho. Son diez años de pagos mensuales.

—Craig siempre está pensando en el dinero —dijo Bree—. Dijo que tenía un trabajo, pero tal vez siendo pastor de la Iglesia no cobra tanto como esperaba.

—Yo también tengo noticias para vosotros. —Todd abrió la puerta de su coche—. La autorización de registro para la casa de Trey White llegó justo antes de que me llamarais por lo de la camioneta. Enviaré a mis ayudantes a ejecutar la orden a primera hora de la mañana. Reunimos las cintas de seguridad de las videocámaras de los alrededores, pero en ninguna de ellas se ve la entrada de la tienda. Su coartada aún no ha sido corroborada.

—¿Sacaste alguna información del teléfono de prepago que estaba entre las pertenencias de Erin en Halo? —preguntó Matt.

Todd se apoyó en el interior de la puerta de su vehículo.

—Las huellas de Erin y Justin estaban en el teléfono. Lo compraron en Eddy's Electronics hace cuatro meses. Por suerte, la tienda hace un año que ha digitalizado todo su sistema de vigilancia. Guardan las grabaciones de las cámaras de seguridad durante seis meses, así que conseguimos el vídeo de un hombre comprando el teléfono. Usó dinero en efectivo, pero la imagen es muy clara. No hay ninguna duda: es Justin. —Todd hizo una pausa y dirigió la mirada a la fábrica antes de continuar—. Ya sabíamos que Justin y Erin tuvieron una discusión en el aparcamiento de la peluquería el viernes pasado. Le pedimos al dueño del salón de belleza que nos entregara las imágenes de seguridad de las cámaras del parking. En el vídeo, Justin parece muy nervioso, y definitivamente, le da un teléfono a Erin.

—¿Qué había en el teléfono? —preguntó Matt.

—No mucho. —Todd se ajustó el sombrero—. Según el registro de llamadas, aproximadamente una vez a la semana el móvil recibía un SMS sin mensaje salvo por un número de teléfono diferente. Si se hacía una llamada esa semana, ese era el número utilizado. Aparte de esos mensajes con solo un número de teléfono, el móvil únicamente se usaba para hacer llamadas. No había más mensajes de texto.

Los proveedores de servicios conservaban un registro del contenido de los mensajes de texto durante un período determinado de tiempo, pero no había manera de saber qué se había dicho en las llamadas. Justin no quería que su actividad quedara registrada.

Todd continuó.

—Todos los números a los que llamó el móvil de prepago de Justin parecen pertenecer a otros móviles de prepago.

Bree fue al grano.

—Los traficantes de drogas cambian de teléfono constantemente para evitar que la policía los rastree.

—Sí. —Todd apoyó las manos en su cinturón—. Creemos que Justin usó su teléfono de prepago para comprar droga.

—¿Cuándo fue la última vez que hizo una llamada? —preguntó Matt.

—El viernes pasado —respondió Todd.

—Mierda.

Matt resopló con aire de frustración. Sentado a sus pies, Brody lo miró y lanzó un gemido. Matt bajó la mano para apoyarla sobre la cabeza del perro, pero Bree se preguntó quién consolaba a quién.

Porque el amigo de Matt había llamado a su camello cuatro días antes de que Erin fuera asesinada.

Capítulo 20

Echó a andar arriba y abajo, agitado por la ansiedad.

La noticia había aparecido en televisión: la policía había encontrado la camioneta de Erin.

«No importa».

No había dejado ninguna pista. Se había puesto guantes. No encontrarían nada en la camioneta que lo relacionara con su muerte. No corría ningún riesgo. Ahora tenía que concentrarse en lo que era importante: mantener su enfoque en el objetivo final.

Después de abrir el portátil, encendió la cámara y transfirió sus fotos recientes al ordenador. Ahí estaba. El teleobjetivo le había permitido fotografiarla sin que ella sospechara nada. No tenía ni idea.

Abrió su bloc de notas y transfirió las actividades de ella a la hoja de cálculo que había creado. No podía vigilarla las veinticuatro horas del día. Había hecho todo lo posible, pero no era suficiente: había demasiados huecos en su agenda, demasiado tiempo sin contabilizar. Necesitaba saber dónde estaba y con quién estaba en cada momento del día.

Pero tenía otras responsabilidades. No podía dedicar todo su tiempo a vigilarla. Aunque tampoco tendría por qué hacerlo, pensó con un brusco arrebato de ira que hizo que se le nublara la vista y la conciencia. Le dieron ganas de dar un puñetazo a algo. Tomó aire hasta que se le pasó el impulso.

Cogió las llaves. Tenía que hacer un recado. Necesitaba estar listo por si ella lo traicionaba. Toda precaución era poca. Las armas eran inútiles sin munición.

CAPÍTULO 21

De vuelta en el todoterreno, Matt dirigió los conductos de la calefacción hacia Bree.

—¿Y ahora qué hacemos?

Brody estaba tumbado en el asiento trasero, gimoteando.

En el asiento del acompañante, Bree estaba tiritando, con las manos aún metidas en los bolsillos.

—Tenemos que hacer un balance de situación.

—Tenemos que encontrar a Justin. —Pero Matt no tenía idea de dónde buscarlo. Su amigo podría estar agonizando en ese preciso instante.

—Quiero ver los registros del móvil de mi hermana. Volvamos a la casa.

—De acuerdo. —Matt salió del aparcamiento. Una parte de él quería registrar la ciudad de arriba abajo, yendo puerta por puerta si era necesario, pero Bree tenía razón. Necesitaban reorganizarse. Si iban corriendo por ahí como idiotas estarían perdiendo un tiempo que no tenían.

—Dana encontró los números de cuenta y las contraseñas de mi hermana. Tenemos acceso a todas sus cuentas en línea.

—También Todd. —Aunque Matt no confiaba en la habilidad de Todd para interpretar los datos.

—Quiero ver la información yo misma. Puede que algo me llame la atención. Además, conozco a Erin. Podría detectar un patrón de comportamiento que alguien ajeno a ella no sabría reconocer.

Eran las cuatro de la tarde cuando Matt aparcó frente a la granja. El sol se hundía en las copas de los árboles.

—El invierno es deprimente. —Bree abrió la puerta y salió del todoterreno—. Dentro de media hora ya se hará de noche.

Entraron en la casa y Bree se quitó las zapatillas de deporte. Sus calcetines dejaron huellas húmedas en el suelo. Matt pensó que debía de tener los pies congelados. En la entrada, Brody irguió el hocico de inmediato. Olía a ajo y albahaca.

Bree colgó sus abrigos en la puerta.

—Dana se ha hecho cargo de la cocina. Si tuviera que cocinar yo estaríamos alternando entre comida china para llevar, pizza y Cheerios.

Se dirigieron a la cocina. Dana y Kayla estaban sentadas a la mesa, jugando al *backgammon*. Kayla se levantó de un salto y corrió a saludar a Brody.

—¿Dónde está Luke? —preguntó Bree.

—En su habitación —dijo Dana.

Bree fue al horno, encendió la luz y miró por el cristal.

—¿Qué hay ahí?

—Lasaña. —Dana se levantó, llenó un bol con agua y lo puso en el suelo para el perro—. ¿Queréis café? Está recién hecho.

—Sí —dijo Bree—. Voy a buscar unos calcetines secos. Ahora mismo vuelvo.

Se fue al cuarto de la colada.

Matt aceptó el café y envolvió la taza con su mano llena de cicatrices para aliviar el dolor del frío.

—Mi hermana siempre me deja lasaña vegetariana en el congelador.

Dana rellenó su propia taza.

—¿Eres vegetariano?

—No —respondió él, armándose de paciencia para hablar de cosas triviales—, pero mi hermana nunca se da por vencida en sus intentos por convertirme. Dirige un centro de rescate de animales.

—Mejor. —Dana volvió a su asiento—. Porque esta lasaña lleva extra de carne: uso carne picada para el relleno y costilla de cerdo para hacer la salsa. Te quedarás a cenar.

No era una pregunta.

Kayla volvió a su silla, y Brody se estiró en el suelo a sus pies. La niña sacó los pies desnudos de las zapatillas y enterró los dedos en el pelaje del animal.

—Mamá rescató nuestros caballos.

El tono de nostalgia de la niña hizo que a Matt se le encogiera el corazón.

—¿Ah, sí?

Kayla bajó deslizándose hasta el suelo y restregó la cara contra el pelaje de Brody.

—Erin los compró en la subasta de ganado —explicó Bree al volver del cuarto de la colada, con los ojos húmedos—. Iban directos al matadero. Le importaban la salud de los caballos y su temperamento, no los papeles.

—Mi hermana estaría de acuerdo —señaló Matt.

Kayla levantó la cabeza y dio una palmada en el costado a Brody antes de volver a su silla.

Bree cogió su café y se inclinó sobre el hombro de Kayla.

—¿Sabes jugar?

Kayla negó con la cabeza.

—Dana me está enseñando.

—Aprende rápido. —Dana recogió los dados del tablero.

—Tú puedes jugar luego —dijo Kayla.

—Ahora tengo un poco de trabajo, pero podemos jugar más tarde. —Bree cogió su café y lo llevó a la puerta—. Estaremos en el estudio si nos necesitáis.

Matt la siguió al estudio. Bree cerró las puertas cristaleras y se sentó ante el escritorio. Matt acercó una silla de madera a la suya y se desplomó sobre ella. Había un portátil en el escritorio.

Bree lo encendió.

—Puede que tarde unos minutos, mi ordenador es muy lento. Siempre estoy demasiado ocupada para actualizar el *software*. —Hizo una pausa—. El ordenador de Erin, el que se llevaron los agentes del departamento del sheriff, es un dinosaurio. Le compró a Luke uno nuevo para Navidad. Siempre se deja a sí misma para el final.

—Era una buena madre. —Impaciente por volver al caso, Matt tamborileó con los dedos en el escritorio—. ¿La sangre en el asiento trasero de la camioneta basta para convencerte de que Justin no mató a Erin? ¿De que fue otra persona la que le disparó a ella y probablemente a él también?

—No diría que estoy convencida, pero acepto que es una teoría plausible —convino Bree—. Supongamos por el momento que Justin no mató a mi hermana. ¿Quiénes son nuestros otros sospechosos?

—Nico, el traficante de drogas de Justin. Quería creer que Justin estaba limpio, pero me equivoqué. —Antes de la muerte de Erin, Matt no sospechaba que Justin siguiese drogándose—. Me engañó totalmente.

—¿Cuál pudo ser el móvil de Nico? —Bree sacó un trozo de papel de una impresora en un estante detrás de ella—. Ojalá tuviese un tablón como el de comisaría para hacer el trazado de las pistas y los sospechosos, pero tendremos que contentarnos con una lista.

—El dinero, o tal vez su reputación. Los traficantes no pueden dejar que los clientes se salgan con la suya sin saldar sus deudas.

—Está bien. No sabemos si Nico tuvo la posibilidad de hacerlo, nos falta información. —Bree escribió su nombre y un signo de dólar—. ¿Quién más?

—Jack Halo.

Bree hizo una pausa y frunció los labios.

—Tal vez Erin tenía alguna prueba de que estaba acosando sexualmente a sus empleadas.

—Eso podría ser —convino Matt—. Las indemnizaciones económicas en una demanda civil pueden ser exorbitantes.

—No querría que lo que había hecho saliera a la luz, sobre todo porque su negocio está dirigido a mujeres.

—Lo que presuntamente había hecho —dijo Matt.

La ira tiñó de rojo las mejillas de Bree.

—Mi hermana no era una mentirosa, ni una mujer susceptible. Si le dijo a Steph que Jack la estaba acosando, es porque lo estaba haciendo.

Matt levantó las palmas de las manos.

—Lo siento. Quería decir que no tenemos pruebas; los rumores no cuentan.

—Si Erin era una amenaza para Jack Halo, debía de tener algún tipo de prueba en alguna parte.

—Es cierto —dijo Matt—. En ese caso, él querría llegar a un acuerdo, lo que le costaría mucho dinero.

Bree escribió su nombre en la lista junto a la palabra «acoso».

—Necesitamos preguntarle a Todd si Jack tiene coartada para el asesinato de Erin.

—Sí —dijo Matt—. ¿Quién es el siguiente?

—El padre de los niños, Craig Vance. —Bree añadió una nueva línea en la lista—. Quizá vaya detrás de las compensaciones de la Seguridad Social, o, lo más probable, cree que mi hermana tiene dinero ahorrado para los niños. El móvil de Craig sería el dinero.

Matt señaló el ordenador.

—Abre el navegador. Veamos cuánta compensación cobra de media un huérfano de madre en esas circunstancias.

—El promedio mensual es de ochocientos dólares. —Bree se recostó hacia atrás—. Sigo dudando que alguien sea capaz de matar por esa cantidad —dijo con escepticismo.

—Supongo que eso depende de tu situación económica. Diez años de pagos mensuales... —Matt cerró los ojos unos segundos—. Echemos un vistazo a esas llamadas que recibió tu hermana y a las retiradas de efectivo.

Bree entró en las cuentas de su hermana e imprimió su cuenta bancaria y los registros de llamadas de los últimos cuatro meses. Colocaron los informes junto a los extractos bancarios delante de Matt, quien cogió un rotulador de un portalápices y subrayó las retiradas de efectivo.

—No hay ningún otro movimiento de dinero importante excepto por las tres retiradas de efectivo.

—La peluquería pagaba a Erin una tarifa por horas más las propinas. Tenía una base de clientes establecida y le iba bastante bien, pero no habría podido mantener esta granja si Adam no se hubiese encargado de la hipoteca, los impuestos y el seguro. La mayor parte de sus ingresos se destinaban a los gastos habituales.

Matt le dio a Bree las fechas y ella sacó las páginas correspondientes de los registros de llamadas.

—Hay varias llamadas de este número en los días previos a las retiradas de efectivo. —Bree usó el rotulador para subrayar las llamadas.

Matt tocó el número resaltado.

—¿Podría ser de Craig este teléfono de prepago? ¿Podría haber estado chantajeando a tu hermana?

—Eso suena perfectamente posible. —Bree golpeteó el escritorio con el dedo índice—. Todd necesitaba una orden para el proveedor de telefonía móvil. Probablemente tardará unos días en conseguir los registros.

Matt sacó su teléfono y marcó el número. Nadie respondió, y la invitación a dejar un mensaje en el buzón de voz estaba generada por ordenador. No dejó ningún mensaje.

—Intenta una búsqueda inversa.

La única información era el nombre del proveedor de telefonía móvil.

—Déjame hacer una llamada. Conozco a un expolicía local que ahora es detective privado. —Matt llamó a Lance Kruger, quien le devolvió la llamada al cabo de diez minutos. Matt le dio las gracias y luego le pasó la información a Bree—. No hay información personal disponible, pero el número se activó desde Albany, Nueva York.

Bree se quedó paralizada.

Craig vive en Albany. Empujó su silla hacia atrás y se levantó para echar a andar por el pequeño despacho—. Necesitamos saber qué está tramando.

—¿Podemos hablar con su jefe?

Bree se volvió con un movimiento tenso, de frustración.

—No tenemos jurisdicción oficial en este caso.

—Todd sí —dijo Matt.

—Enviará a un ayudante o le preguntará a un policía local. —Bree negó con la cabeza—. Vamos a tener que mentir para conseguir la información que necesitamos. Y necesitamos que Craig se quite de en medio.

—¿Tienes alguna forma de ponerte en contacto con él?

—Sí. Me dio un número.

—Reúnete con él para hablar de sus intenciones.

Bree giró sobre sus talones.

—Yo no…

—Mientras estés hablando con él, yo le colocaré un localizador GPS en el coche.

Por su cara se desplegó una sonrisa maliciosa.

—Me gusta.

—Eso mismo pensaba yo.

Matt sacó una hoja de papel de la impresora.

—No es legal.

—Ningún plan es perfecto. —Matt estaba dispuesto a correr ese riesgo para encontrar a Justin—. No dejaré huellas en el localizador. —Empezó a hacer una lista de sus planes—. Una vez que nos aseguremos de que está lejos de su trabajo, buscaremos una buena mentira para su jefe.

—Trabaja como pastor en una iglesia —dijo Bree secamente.

Matt resopló.

—Si sobrevivimos a que nos fulmine un rayo, podríamos conseguir información útil.

—Los datos del GPS de Craig podrían ser interesantes. —Bree reanudó su paseo por el estudio—. ¿Algún otro sospechoso?

—¿Trey White? —preguntó Matt. —Estaba tan obsesionado con Erin que entró en la casa de Justin varias veces y robó ropa interior que le pertenecía. Todd no ha podido corroborar su coartada en la tienda donde trabaja.

—Necesitamos algo más que la falta de coartada. Ojalá pudiéramos registrar su casa.

Matt se encogió de hombros.

—Vive solo, y está en la cárcel. ¿Quién dice que no podemos?

—La ley.

—No nos llevaremos nada. —Matt no quería esperar y temía que a los ayudantes del sheriff se les escapara algo en el registro. La vida de Justin podría depender de aquella investigación.

—Sigue siendo ilegal.

—Solo si nos pillan —dijo Matt—. Pronto va a oscurecer. Esta noche es nuestra última oportunidad. El departamento del sheriff ejecutará la orden de registro por la mañana.

Matt quería hacer todo lo que estuviese en su mano para encontrar ya a Justin. Podría estar muriendo en ese preciso instante.

—Deberíamos dejar que los ayudantes se encarguen del registro.

—Todd no va a estar en el registro. ¿Quién sabe a quién enviará?

Bree entrecerró los ojos con expresión de desaprobación.

—No puedo creer que esté planteándome esto en serio. —Bree se mordió el labio—. Tendríamos que esperar hasta esta noche, más tarde, después de que los niños se vayan a la cama.

—Por supuesto —dijo Matt, como si fuera algo obvio.

—Tenemos a cuatro sospechosos y un plan para investigar a tres de ellos.

El teléfono de Matt vibró. Miró la pantalla.

—Es mi confidente. —Respondió la llamada—. ¿Sí?

—Hoy a medianoche. En el lugar de siempre. Trae mi dinero. — Kevin terminó la llamada sin esperar respuesta.

Matt dejó su teléfono en el escritorio.

—Y eso completa nuestra lista. Parece que me voy a reunir con Nico.

Bree dejó de pasearse por la sala.

—No. Nos reuniremos los dos con Nico.

Capítulo 22

Bree marcó el número de la tarjeta de visita que le había dado Craig. Sin dejar de mirar a Matt, se inclinó hacia atrás en la silla y echó un vistazo al reverso de la tarjeta mientras sonaba el tono de llamada. Craig figuraba como pastor de la iglesia de Grace Community.

Cuando Craig respondió, estaba sin aliento.

—Sí.

—Quiero que nos veamos.

—¿Por qué? —parecía suspicaz.

—Para hablar de la situación.

Hubo tres segundos de silencio.

—Alabado sea el Señor. Sabía que Él intervendría e influiría en tu decisión. —A pesar de sus piadosas palabras, su tono era petulante. Se estaba regodeando: creía que la tenía acorralada.

Bree apretó los dientes y mantuvo un tono de voz neutro.

—Solo quiero lo mejor para los niños.

—Mis hijos también son mi prioridad.

—¿Estás libre mañana por la mañana?

—Tengo un compromiso con el grupo de jóvenes por la tarde. Tendría que ser temprano.

—Ningún problema —dijo Bree—. Puedo ir allí, tengo la dirección de la iglesia.

—No —contestó, demasiado rápido. No la quería cerca de la iglesia. Interesante—. Mejor quedamos a mitad de camino. —Le dio la ubicación de un restaurante en Saratoga Springs—. A las diez y media.

La llamada se cortó.

Bree pulsó el botón para terminar la llamada de todos modos.

—Menudo gilipollas.

—Pero ¿ha aceptado reunirse contigo? —le preguntó Matt.

—Sí. —Se metió el teléfono en el bolsillo de los vaqueros y le resumió la llamada.

Dana llamó a la puerta doble y luego la abrió.

—La cena está lista.

Bree recogió sus notas del escritorio, dobló los papeles y se los metió en el bolso antes de guardar el resto de los papeles en el cajón de abajo. Luego volvieron a la cocina y estuvieron charlando mientras se comían la lasaña de Dana.

—¿Mamá está en el cielo? —preguntó Kayla.

—Sí —dijo Bree. Si el cielo existía, definitivamente, Erin estaba en él.

—Pero dijiste que íbamos a celebrar un funeral. —Kayla arqueó una ceja. Bree buscó una explicación sencilla.

Luke intervino en ese momento.

—El cuerpo de mamá sigue aquí en la tierra, pero su alma se ha ido al cielo.

Kayla se volvió hacia su hermano.

—¿Qué es un alma?

—La parte de mamá que la convertía en mamá. —La respuesta de Luke pareció satisfacer a Kayla.

—¿Queréis celebrar un funeral para vuestra madre? —preguntó Bree.

—Deberíamos, ¿verdad? —Luke ladeó la cabeza—. Quiero decir, mucha gente quería a mamá. Todos deberían poder despedirse de ella.

Bree asintió.

—¿Queréis despediros?

Ambos niños asintieron con la cabeza.

Luke se miró las manos fijamente.

—¿Puedo verla?

—Sí —dijo Bree—, si eso es lo que quieres. Pero no tienes que hacerlo. No te sientas presionado. Haz lo que creas que necesitas hacer.

El adolescente levantó la mirada.

—Quiero hacerlo, pero no delante de todos.

—¿Quieres verla en privado y luego celebrar una ceremonia pública?

—Creo que sí. —Se le humedecieron los ojos y se pasó un dedo por debajo de uno.

—Kayla, ¿qué quieres tú? —preguntó Bree.

—Lo que diga Luke. —Kayla habló con un hilo de voz.

Bree no insistió. Podía empezar a hacer planes, y sinceramente, el funeral de su hermana era lo último en lo que quería pensar. Aunque ella sí había visto a Erin, en parte todavía estaba en fase de negación. Cuando acabara el funeral, tendría que aceptar el hecho de que su hermana se había ido para siempre.

Brody apoyó su gigantesca cabeza en la pierna de Luke y lanzó un gemido, mirando al chico con ojos suplicantes y rompiendo la tensión de la habitación.

—Será mejor que le dé de comer. —Matt fue al todoterreno a por su comida. Cuando puso un bol delante del perro, Brody emitió un suspiro de decepción y se comió unos pocos *nuggets* con aire resignado.

—Pobre Brody. —Kayla limpió la mesa—. Quiere lasaña.

Kayla le dio una lámina de lasaña al perro. Matt fingió no verlo.

—¿Puedo dejar aquí a Brody toda la noche? —preguntó Matt.

—Encantados de tenerlo —dijo Dana.

—¡Yo podría cuidar de él! —Kayla abrazó el cuello del perro—. Podría dormir conmigo y todo.

Bree hizo café y jugó con los niños hasta que se hizo la hora de dormir. A las nueve, Luke se fue a su habitación a leer y Bree arropó a Kayla. Brody entró en la habitación y se subió a la cama de un salto. Kayla compartió con él su almohada y rodeó el cuello del perro con un brazo mientras Bree se alejaba unos pasos.

Matt asomó la cabeza por la puerta.

—¿Te parece bien?

—Dímelo tú—. Bree se tragó su ansiedad.

«No pasa nada. Los perros de papá no eran como Brody».

Matt pareció leerle la mente.

—Está más segura con Brody que sin él.

—De acuerdo. —Bree apagó la luz.

—¿No vas a darme un beso de buenas noches? —le preguntó Kayla.

—Claro. —Bree volvió junto a la cama. Se limpió las palmas sudorosas en los vaqueros. Tardó unos segundos en reunir el valor necesario para acercarse al perro. Su cara estaba a centímetros de la de Brody. Besó a Kayla y se irguió de inmediato, tras lo que retrocedió unos pasos rápidamente.

—Buenas noches, Kayla. Te quiero —dijo Bree.

—Yo también te quiero, tía Bree.

A Bree le temblaban las rodillas al salir de la habitación.

—Yo llamaría a eso un avance.

Matt guio el camino hacia el piso de abajo.

Bree lo llamaba indigestión. Se detuvo en la cocina a buscar un antiácido.

—¿Estás seguro de que está a salvo con él?

—Absolutamente. Daría su vida para protegerla.

—Confío en ti.

Ambos se miraron a los ojos.

—Lo sé.

Bree puso a Dana al corriente de sus planes, cogió su bolso y revisó sus armas.

—El perro está en la cama con Kayla.

—Vale. Iré a verlos dentro de un momento. Tened cuidado. —Dana parecía preocupada.

—Lo tendremos —le aseguró Matt.

En la puerta principal, Bree se puso su abrigo además de un gorro, guantes y una bufanda. Cogió sus botas y el chaleco antibalas del maletero. Se puso las botas y llevó el chaleco al todoterreno de Matt.

Trey White vivía en Pine Road, a cuatro manzanas de la casa de Justin. Matt redujo la velocidad cuando pasaron por delante.

La casa era un edificio de estilo colonial de ladrillo. Detrás de la casa, Bree vio un garaje independiente con un segundo piso añadido. Una luz encima de la puerta de arriba iluminaba una serie de escalones de madera.

—Parece que la entrada al apartamento de Trey está en este lado. —Unos setos altos de hoja perenne flanqueaban los lados de la propiedad—. Hay mucha sombra entre la calle y el garaje, pero en las escaleras estaremos expuestos. —La luz de una de las ventanas del piso de arriba de la casa principal estaba encendida.

—Tendremos que esperar hasta que los dueños se vayan a dormir.

Matt pasó por delante con el coche y paró junto al bordillo delante de un solar vacío al otro lado de la calle. Todavía podían ver la casa.

Bree se protegió las manos frías con los guantes. Diez minutos después, la luz de la ventana del segundo piso se apagó. Miró el reloj.

—¿Le daremos al dueño de la casa media hora para que se duerma?

—De acuerdo —dijo Matt—. No deberíamos tardar mucho en registrarla. Es un sitio pequeño.

Matt abrió la guantera y sacó un minikit de herramientas.

—¿Cómo se te da lo de abrir cerraduras? —le preguntó Bree, pensando en lo expuestos que iban a estar en lo alto de las escaleras—. Tendremos que entrar muy rápido —añadió, flexionando la mano enguantada.

—No es una de mis mejores habilidades. Requiere bastante destreza.

Bree cogió el kit de herramientas y se lo puso en el regazo.

—Cuando iba al instituto, mi prima cerraba la puerta con llave a medianoche. Pensaba que así aprendería a llegar a casa a una hora decente. Solo consiguió que aprendiera a abrir cerraduras.

Matt sonrió.

—Pues es un alivio, sinceramente.

—¿El qué?

—Que no seas perfecta.

Apagó el motor.

—¿Perfecta? Pero si tu perro, un animal tremendamente bien educado, me da pavor…

La imagen de la cabeza del enorme perro tan cerca de Kayla le hizo revivir un recuerdo que había reprimido hacía tiempo. Le dolía el hombro y la invadió un sentimiento de humillación. Si no estuviera tan conmocionada ni se sintiera tan vulnerable por la muerte de su hermana, ¿estaría compartiendo tanta información personal con él?

Bree lo miró. Era fácil hablar con él, y no estaba segura de cómo se sentía al respecto. ¿Cómo podía incomodarla sentirse sumamente cómoda con alguien?

Matt la estaba estudiando.

—Parece que vas mejorando, a pesar de todo.

—Lo intento. Odio tener miedo de los perros. Cada vez que tengo que trabajar con una unidad canina, trato de actuar con normalidad, pero lo paso fatal.

Controlar su ansiedad cuando estaba en contacto con perros era algo que consumía mucha energía mental y emocional, energía que le restaba a su investigación. Era algo agotador, exasperante e irracional.

—¿Nadie lo sabe? —Matt parecía sorprendido.

—Solo Dana. Me echa un cable cuando puede. —Bree se frotó las manos con los guantes. Con el motor apagado, el vehículo se estaba enfriando rápidamente—. No es la clase de cosas que quieres que circulen por el departamento. ¿Te imaginas las críticas que recibiría?

Normalmente, Bree podía encajar sin problemas las pullas y provocaciones entre compañeros que formaban parte de la profesión, pero cuando se trataba de aquella fobia, de ese terror en particular, era demasiado sensible. Y estaban los típicos machitos reaccionarios que no creían que las mujeres debiesen formar parte de ningún cuerpo de policía y que se aferrarían a cualquier excusa para desacreditarla o desarmarla.

—A veces los policías pueden ser unos brutos.

—Imagino que sabrás mucho de eso.

—Pues sí.

Bree estudió la calle oscura a través del parabrisas.

—Yo tenía cinco años. Mi padre tenía al menos una docena de perros. No sé de qué raza eran, pero no eran mascotas inofensivas, desde luego. Los llamaba perros de caza, pero no lo eran. Por lo que recuerdo de ellos, sospecho que eran perros de pelea. Estaban atados en la parte trasera de nuestra casa, y siempre me decía que no me acercara a ellos.

Los últimos treinta años se evaporaron de golpe, y oyó los ladridos y el resuello de los perros como si estuviera de vuelta en la granja.

—Ese día también hacía frío, un frío helado como las últimas dos semanas. —Le temblaban las manos y se las metió en los bolsillos. Al revivir el recuerdo, volvieron a ella el olor de la perrera y el frío en sus manoplas de lana empapadas y húmedas—. La nevada de la noche anterior había cuajado; solo unos centímetros, pero yo estaba decidida a hacer un muñeco de nieve. Me puse a recoger nieve de todo el jardín, sin prestar atención a dónde estaba. Me aventuré demasiado cerca del área de los perros y uno de ellos rompió su cadena y me atacó. Yo ya sabía que era mejor no echar a correr; un niño corriendo y llorando puede despertar el instinto de presa en ciertos perros, como este, pero no pude evitarlo. Estaba aterrorizada. —Respiró hondo—. Me atrapó. —Hizo un movimiento brusco con la mano derecha sobre el hombro izquierdo—. Me agarró con los dientes y me dio una sacudida muy violenta.

Como Brody había hecho con el erizo de peluche.

Bree percibió la mirada de Matt clavada en su perfil. No dijo una sola palabra, y tampoco se movió. En el interior del todoterreno reinaba la misma quietud que en la oscura calle que tenía delante. La memoria de Bree ahondó más en su interior, con otra sacudida de dolor fantasma quemándole en el hombro.

Continuó su relato.

—No culpo al perro. Estoy segura de que mi padre maltrataba a sus animales tanto como a su familia. A él le habría gustado tener los perros más agresivos del condado, lo habría considerado motivo de orgullo. Recuerdo que una vez me dijo que era mejor no darles de comer muy a menudo: los perros hambrientos respondían mejor al entrenamiento. Los suyos siempre estaban al límite. Si atrapaban a una ardilla o un conejo, los despedazaban en segundos. A él le gustaba ser el único que podía manejarlos, le subía el ego.

Un escalofrío le recorrió el cuerpo. A pesar de las décadas transcurridas, aún sentía el dolor desgarrador en la carne, el aire frío en su piel expuesta y la sangre caliente deslizándose por el torso y el brazo.

—Pensé que me iba a arrancar el brazo, pero el perro me arrastró de vuelta a su perrera. Pataleé y forcejeé con él. Perdió el control por unos segundos y me soltó. Intenté alejarme. —Bree sintió que se le encogían los pulmones y cuando volvió a respirar, lo logró tras un gran esfuerzo—. Pero me agarró por el tobillo. Debí de estar gritando como loca todo el tiempo, porque de repente el perro me soltó. —Hizo una pausa. Bajo su abrigo, el sudor le empapaba el suéter. El corazón le latía desbocado en las costillas—. El ataque probablemente solo duró un minuto o así. —Pero a ella le pareció una eternidad.

Interrumpió su relato, respirando, recordando.

—Mi madre me llevó a urgencias. Estuve allí toda la noche. Cuando volví a casa, mi padre me llevó otra vez a la perrera. Dijo que necesitaba aprender una lección sobre responsabilidad, que nuestros actos y la desobediencia tenían consecuencias. —A Bree se le revolvió el estómago mientras su cerebro reproducía las imágenes. Su detallada historia terminó abruptamente con una última imagen. Su padre levantó la escopeta y le ordenó que mirara. El disparo resonó en todo el bosque y el gigantesco animal cayó al suelo helado, con la mitad de la cabeza destrozada y la sangre, los huesos y la masa cerebral esparcidos por la nieve. Bree sintió el peso de su estómago. Treinta años después, su cuerpo todavía recordaba vívidamente los vómitos—. Disparó al perro delante de mí y me dijo que era culpa mía.

—Eso es horrible.

Bree apartó la cara, sintiendo cómo entraba de nuevo en calor. Dana ni siquiera conocía toda la historia, solo un resumen en apenas tres frases. Miró a Matt. Lanzó una risa breve y falsa.

—Me parece que te he dado demasiada información.

—Me alegra que me lo hayas contado.

—No es propio de mí compartir detalles de mi vida privada.

—Yo te conté lo de mi tiroteo.

Bree levantó una ceja.

—Entonces estamos en paz.

—No me debías nada.

Entonces ¿por qué se lo había contado?

—Lo siento si me he puesto un poco pesado con el perro. —Matt frunció el ceño—. Me dijiste que les tenías miedo, pero no tenía ni idea de lo traumática que había sido tu experiencia.

—No espero que me trates con condescendencia. Los perros policía son herramientas útiles, y Brody ha sido muy útil. Manejar mis fobias es tarea mía.

—Ambos sabemos que no es tan fácil. Además, los perros pastores son perros muy grandes y dan miedo. —Matt arrugó las cejas—. Lo que necesitas es un perro guardián.

—¿Un perro guardián?

—Sí, pasar un tiempo con un perro tranquilo y no tan amenazador podría ayudarte a superar la fobia.

La idea de pasar un tiempo con cualquier perro no la seducía en absoluto y no quería hablar más de ello. Bree consultó la hora y señaló la casa.

—No he visto ningún movimiento en media hora.

—De acuerdo. Vamos.

Matt apagó la luz del interior del coche y salieron del todoterreno. Bree echó a andar por la calle, feliz de poder dejar de pensar y pasar a la acción.

—Somos una pareja normal que sale a pasear. —Matt le tomó la mano.

Bree miró fijamente sus guantes unidos. El contacto era... turbador. Intentó apartar la mano, pero él la agarró con más fuerza. Cuando lo miró, la comisura de su boca apuntaba hacia arriba y la sonrisa le alcanzaba los ojos.

Bree elevó la mirada hacia arriba con cara de exasperación.

—A este paso me van a entrar agujetas en los ojos de tanto mirar al cielo cuando estoy contigo…

Se acercaron a la casa de ladrillo y él la llevó detrás del seto. Fueron avanzando a su sombra hasta que llegaron a la altura del garaje independiente. Bree apartó su mano de la de Matt y le hizo una señal para que se quedara quieto. Subió corriendo la escalera de madera. Sacó dos herramientas delgadas del kit y las introdujo en la cerradura de la puerta. Tanteó el mecanismo y desarmó la cerradura. Abrió la puerta. Matt subió las escaleras y entró en la vivienda, detrás de ella. Cerró la puerta.

Las persianas cubrían las ventanas, impidiendo el paso de la luz de la luna y dejando el apartamento a oscuras. Bree usó la aplicación de la linterna de su teléfono para iluminar la habitación. El apartamento era un estudio con una cocina pequeña en una esquina y un pequeño baño en la otra. Una cama y una zona de estar ocupaban el resto del espacio.

Matt se dirigió a la zona de la cocina. Abrió un cajón y lo alumbró con la linterna. Bree entró en el diminuto baño. Un lavabo de pedestal, un inodoro y una ducha del tamaño de una cabina telefónica abarrotaban el espacio. Abrió el armario. El estante de abajo contenía algunos productos de higiene y aseo. Los frascos de medicamentos estaban alineados en el estante superior. Fotografió las etiquetas con el móvil.

Salió del baño. Matt estaba junto a la cama, iluminando el cajón superior de la mesita de noche.

—¿Has encontrado algo? —preguntó en voz baja.

—Una cámara analógica con un teleobjetivo, un aparato caro.

—Ser un *voyeur* es muy caro.

Matt sacó una foto.

—Y porno. Un montón de porno.

Bree pasó a la sala de estar. Había un sofá de cuero destartalado delante de un sistema de entretenimiento doméstico: el televisor era una pantalla plana de cuarenta pulgadas, y a su lado había una consola de videojuegos y un mando a distancia.

—Se ha gastado todo su dinero en la televisión y la videoconsola.

Abrió el cajón de debajo de la televisión. Estaba lleno de videojuegos y DVD. Metió el teléfono dentro del cajón para limitar la cantidad de luz. Ladeando la cabeza, leyó un título: *Juego de polvos*. Lanzó un resoplido. Había que admirar la creatividad.

—Aquí también hay porno.

Sacó una foto y pasó al cajón de abajo. En el interior solo había un artículo: un álbum de fotos. Lo abrió y dio un respingo. La cara de su hermana la miraba fijamente.

—¿Qué es? —preguntó Matt por encima de su hombro—. Ah.

Bree pasó las páginas. En una, su hermana estaba saliendo de su coche en el aparcamiento de la peluquería. La siguiente mostraba a su hermana saliendo del trabajo. Bree registró cada una de las fotos con la cámara de su móvil.

—Todas son así.

—Erin no sabía que alguien la estaba fotografiando.

—No. —A Bree se le erizó el vello del cuerpo—. La estaba vigilando.

—La estaba acosando —puntualizó Matt—. ¿Durante cuánto tiempo?

—Durante meses, como mínimo. —Bree señaló una imagen de Erin con falda y camisa de manga corta—. Erin no lleva chaqueta. Debía de ser verano.

—Algunas de estas fotos se hicieron desde la tienda de todo a cien, con un teleobjetivo.

—Esta no. —Bree se detuvo en una foto de Erin recorriendo el camino de entrada a la casa de Justin. Se metió el teléfono en su bolsillo—. Diría que acabamos de establecer un móvil sólido.

Matt señaló la foto de Erin frente a la casa de Justin.

—Hay nieve en el suelo. Esta foto es reciente. Tenemos algo más que el móvil: esta es la escena del crimen. Tenemos pruebas de que Trey estuvo en la casa de Justin la semana pasada. Estaba obsesionado con Erin, y sabía que ella continuaba su relación con Justin. Estaba celoso.

—Tal vez lo suficientemente celoso como para matarla —dijo Bree—. Las fotos no tienen fecha. Aún necesitamos pruebas físicas que sitúen a Trey en casa de Justin la noche del asesinato.

—Quizá sea cuestión de tiempo. Los informes forenses aún no han llegado.

—Cierto.

Oyeron un ruido fuera y Bree se quedó inmóvil. Matt hizo lo mismo y luego apagó la linterna. Otro golpe les puso los pelos de punta.

¿Por qué había dejado que la convenciera para que forzaran la puerta del apartamento y entraran? Porque a él le importaba su amigo y ella admiraba que fuera tan leal. También había hecho caso omiso de los riesgos porque estaba obsesionada con resolver el asesinato de su hermana. Pero eso no iba a ayudarla si los atrapaban. Si la detenían, Craig utilizaría su detención como combustible en una posible batalla judicial por la custodia de los niños.

Capítulo 23

Matt cerró el cajón sin hacer ruido y se acercó a la ventana. Se asomó por el estrecho espacio entre el marco y la persiana. Fuera, un hombre se dirigía hacia el garaje desde la casa. Matt señaló a la ventana:

— Es el propietario de la casa —dijo en voz baja.

Bree asintió con la cabeza, con gesto sombrío. Si pillaban a Matt en el apartamento de Trey, recibiría una reprimenda y tal vez tendría que pagar una multa. Como agente de policía, Bree tenía mucho más que perder.

El dueño de la casa se acercó. Matt examinó el apartamento. ¿Había algún lugar donde esconderse? Bree señaló hacia el baño, el único espacio lo suficientemente grande como para ocultarlos. Se volvió hacia la ventana. Fuera, el hombre estaba casi en el garaje. Matt contuvo la respiración y se apartó del cristal.

Sin embargo, el hombre no se acercó a las escaleras, sino que abrió la puerta superior del garaje y entró. Matt miró a su espalda. ¿Había otra entrada al apartamento? No había visto ninguna puerta más.

Segundos después, oyeron el ruido de la puerta de un coche cerrándose debajo de ellos. A continuación, un motor se puso en marcha. Un Toyota Camry salió del garaje, desfiló por el camino de entrada y se incorporó a la calzada de la calle.

Matt lanzó una exhalación.

—Despejado.

Asintiendo bruscamente con la cabeza, Bree se dirigió a la puerta.

—Salgamos de aquí.

Dejaron el apartamento igual que lo encontraron. Bree cerró la puerta al salir. Bajaron las escaleras y se metieron en la sombra del seto. Agazapados, corrieron todo el camino de vuelta al Suburban de Matt.

Arrancaron el motor.

—Siento haberte convencido para que infringieras la ley: podrías perder tu trabajo.

Bree lo miró desde el asiento del pasajero.

—Tú no tienes la culpa; soy una mujer adulta y decidí por mí misma. Esa no es la cuestión. Puede que no vuelva a la policía de todas formas. Antes de que Craig apareciera, había decidido mudarme aquí para estar con los niños. Eso es lo que Erin quería. Pero si él gana… Joder, entonces no sé qué haré. Una parte de mí dice que debería estar cerca de ellos, independientemente de lo que pase, pero Craig me odia. Si tiene éxito en su solicitud de custodia, no me dejará acercarme a ellos. Aunque es cierto que, si hay una demanda de custodia, un allanamiento de morada no me ayudará en nada. Por mucho que quiera resolver el asesinato de mi hermana, no puedo permitirme hacer algo así otra vez. No puedo dejar que el caso de Erin me haga perder de vista lo que es importante.

—Si pide la custodia, ¿te enfrentarás a él en los tribunales?

—No lo sé. —Bree hizo una pausa y alcanzó el tirador de la puerta—. Depende de lo que quieran los niños y de mis posibilidades. Lo último que quiero es hacerles daño. Veremos qué dice la abogada cuando tenga toda la información.

Había muchos factores a tener en cuenta en cada decisión; mucho en juego para dos niños en proceso de duelo. Las responsabilidades de Bree iban más allá de su necesidad de seguir viva.

—¿Quieres que te lleve a casa antes de que me reúna con Nico?

—No. No puedes ir solo. Necesitas refuerzos. Al menos Nico no es una amenaza oculta. Sabemos dónde nos estamos metiendo…

«No del todo. ¿Cómo puedo mantener a Bree lejos de cualquier riesgo esta noche?».

—¿Cómo se te dan las armas largas? —preguntó.

—Bien. —Sonaba segura. No había rastro de bravuconería en su voz.

—Entonces me cubrirás.

«Desde lo más lejos posible».

Matt se detuvo en su casa y recogió su rifle. Luego condujo hasta el mismo polígono de naves industriales donde se había encontrado con Kevin a principios de semana. Se dirigió al aparcamiento. Estaba prácticamente igual, salvo por unas cuantas huellas de neumáticos más que cruzaban el asfalto nevado.

—Tenemos treinta minutos. Deberías ponerte en posición.

Bree se puso el chaleco antibalas y, encima de este, el abrigo de lana. Miró a Matt de reojo.

—Deberías llevar un chaleco tú también.

—Ya no soy policía.

—Pero sangras igual.

—No tengo motivos para llevar un chaleco antibalas.

Matt salió del todoterreno.

Bree se reunió con él detrás del vehículo.

—Estamos en el aparcamiento de una maldita nave industrial vacía para reunirnos con tu antiguo confidente y con un traficante de drogas. A mí me parece que es una buena razón.

—Por suerte te tengo a ti como refuerzo.

—Llévate esto.

Bree se sacó un arma de repuesto de la funda del tobillo.

—No.

—Maldita sea. ¿Y si pasa algo y eres tú el que tiene que cubrirme? —Se inclinó y dejó el arma en el interior del todoterreno—. Sé que disparas mejor de lo que crees.

—Está bien. —Matt recuperó su rifle de la parte de atrás del todoterreno y se lo dio—. Lo siento, no es un AR.

—No pasa nada, me defiendo bien con los clásicos.

Lo cogió, supervisó el cañón y activó la mira láser. Un punto verde apareció en el edificio a quince metros de distancia.

Después de examinar el aparcamiento, Bree señaló con la cabeza hacia el almacén abandonado en la parte trasera del complejo. La mayoría de las ventanas estaban rotas.

—Encontraré un lugar escondido. —Apoyó el rifle en la parte interior del codo—. Estaré vigilando.

Se volvió, echó a andar a paso ligero por la nieve y desapareció en la sombra del edificio.

Matt volvió a subir al coche a esperar. Echaba de menos a Brody, pero no había querido arriesgarse a que dispararan al perro o a alterar a Bree. Kevin no volvería a caer en la misma trampa; esta vez habría venido preparado para lidiar con el perro.

Matt buscó su cámara en la guantera, sin hacer caso del arma.

La espera lo ponía de los nervios. Cada diez minutos arrancaba el coche para encender la calefacción, pero empezó a sufrir calambres en la mano. Consultó su reloj. Quince minutos antes de la hora acordada, unos faros aparecieron en la carretera principal. Matt miró a través de su cámara y enfocó a la entrada del parking. Estaba demasiado oscuro para ver la matrícula, pero era el vehículo de Kevin.

La camioneta dobló hacia el parking y se detuvo a unos metros del haz de luz que proyectaba la farola. La puerta de la camioneta se abrió con un chirrido y Kevin salió. Matt se bajó de su Suburban. Se encontraron a mitad de camino, bajo la farola.

—¿Dónde está mi dinero? —preguntó Kevin.

—Yo también me alegro de verte.

—Vete a la mierda. Teníamos un trato.

—Está bien, tranquilízate.

Matt metió la mano en el bolsillo de sus vaqueros con movimiento lento y parsimonioso. Sacó los billetes doblados y se los ofreció a Kevin.

Kevin llevaba un gorro calado hasta las cejas. Debajo, sus ojos evitaron el contacto con los de Matt mientras cogía el dinero.

Matt sintió un hormigueo en la piel entre sus omóplatos.

—¿Qué pasa, Kevin?

—Lo siento, tío. Intenté advertirte. —Kevin levantó la vista y un ceño fruncido le dividió la cara demacrada.

Se oyó el ruido de unos neumáticos en la nieve. Matt volvió la cabeza hacia el origen del ruido: un vehículo estaba saliendo de la carretera principal. Encendió los faros en ese momento.

Kevin dio un paso atrás, levantando las manos.

—No he podido hacer nada, tío. A Nico no le gusta que la gente haga preguntas sobre él.

El nuevo vehículo era un Ford Explorer negro. Al acercarse, la luz del interior se reflejaba en el parabrisas, creando un efecto de espejo. A Matt se le encogió el corazón. La luz se desplazó y, vagamente, vio la silueta de una figura tras del volante, pero no habría sabido decir cuánta gente había dentro. Pese a que el barro oscurecía en parte la matrícula, Matt distinguió las tres primeras letras.

Kevin se subió a su camioneta y salió del parking a toda velocidad.

A pesar del viento helado, un sudor frío recorría la espalda de Matt mientras esperaba. Treinta segundos después, la puerta del conductor del Explorer se abrió y salió un hombre. Enjuto y delgado, estudió a Matt un instante antes de acercarse. El traficante llevaba un gorro negro y un abrigo pesado que ocultaba las armas que pudiera llevar, y Matt estaba seguro de que llevaba varias. Se detuvo a unos metros de distancia. Tenía el rostro afilado, y los ojos más fríos que el viento que soplaba alrededor.

—¿Eres Nico? —preguntó Matt.

Aunque no admitió nada, los ojos del hombre llamearon al reconocer el nombre.

—¿Qué quieres?

—Quiero comprar oxicodona.

La cicatriz que dividía la ceja de Nico tembló cuando este entornó los ojos.

—No me jodas. Quiero saber qué está pasando ahora mismo.

—Necesito información —dijo Matt.

Nico no se movió.

—¿Eres policía?

—No —Matt dijo—. De hecho, estoy intentando encontrar a mi amigo antes de que lo haga la policía. —Sacó una foto de Justin—. Sé que era un conocido tuyo.

Nico hizo caso omiso de la foto.

—No lo conozco.

—Te pagaré por la información —dijo Matt.

Una ira fría incendió los ojos de Nico.

—No vendo información. —Metió la mano en su bolsillo y sacó una navaja—. ¿Cómo puedo dejarte claro que no me interesa?

El sudor estalló en las axilas de Matt y pensó que ojalá hubiese llevado la pistola de Bree en su bolsillo; pero no, había sido demasiado testarudo. Nico abrió la navaja con un suave movimiento de la muñeca.

Un pequeño punto verde apareció en el centro del pecho de Nico.

—Yo que tú no haría eso. —Matt señaló con la cabeza hacia el punto de luz.

Nico se quedó paralizado y dirigió la mirada al punto láser. La luz fue ascendiendo despacio desde el centro de su pecho hasta su cara. Abrió la mano y soltó la navaja en la nieve.

Matt sostuvo la foto frente a la cara de Nico.

—Solo quiero encontrarlo. Eso es todo.

Nico se concentró en la foto.

—Lo conozco. Es el tipo al que busca la policía por el asesinato de su mujer.

—Pero lo conoces de antes.

—Sí.

Matt bajó la foto.

—¿La mataste tú?

La mirada de Nico siguió el recorrido de la luz verde mientras descendía por la línea central de su cuerpo hasta detenerse en su ingle. Unas gotas de sudor le brillaban en la frente.

—¿A quién?

—A la mujer de Justin.

—¿Y por qué iba a matarla? —Nico eludió la pregunta.

—Porque Justin te debe dinero —sugirió Matt.

Nico se encogió de hombros.

—No es verdad. Yo no vendo nada que no cobre al instante. En este negocio solo vale el efectivo. Además, aunque me lo debiera, matar a un cliente no daría como resultado el cobro de un pago. Una buena paliza, en cambio, podría ser un excelente estímulo. Hipotéticamente hablando.

—¿Cuándo fue la última vez que viste a Justin? —preguntó Matt.

—Lo vi hace una semana —dijo Nico, con la atención fija todavía en el punto verde en su ingle—. El viernes pasado me llamó por la mañana, pero no tenía suficiente dinero para lo que quería.

Solo le bastaba para pillar un poco de hache... una vez más, hipotéticamente hablando.

Matt se quedó conmocionado un momento. Hache era heroína, y muchos adictos a la oxicodona acababan consumiendo heroína porque era una alternativa más barata. Sin embargo, nunca pensó que Justin pudiera convertirse en un adicto a la heroína.

—¿Compró heroína? —A Matt le dieron ganas de detener a Nico.

O de pegarle un tiro.

«¿A cuántas personas les suministra ese veneno cada día? Debería estar en la cárcel».

—No quiso —dijo Nico—, pero esperaba que llamara diciendo que había cambiado de opinión. Eso es lo que suele pasar. —Levantó las dos manos—. Oye, tío, eso es todo lo que sé.

—¿Tienes una coartada para el martes por la noche?

—Estuve en el velatorio de mi abuela. Hay cincuenta personas que responderán por mí, incluido el director de la funeraria. —Nico miró el punto verde—. La funeraria Murphy en Scarlet Falls.

—Mi más sentido pésame. —Hasta los traficantes de drogas tenían abuelas, supuso Matt.

—*Giagiá* tenía noventa y dos años y murió mientras dormía. Ojalá todos tuviéramos la misma suerte. —Pero los ojos húmedos de Nico contrastaban con su actitud indiferente.

Matt lanzó cien dólares a la nieve junto a la navaja, luego retrocedió unos pasos e hizo un gesto hacia el suelo.

Nico recogió el dinero y su navaja.

—No me llames de nuevo. La segunda vez no me pillarás desprevenido.

A continuación, Nico retrocedió hasta su vehículo y se alejó a toda velocidad.

Matt vio cómo las luces traseras se desvanecían en la oscuridad.

Unos minutos más tarde, Bree apareció a su lado, con el rifle en la mano, y se dirigieron al todoterreno. Su aliento formaba una nube delante de ellos. Tenía las mejillas brillantes por el frío.

Dentro del vehículo, Matt le devolvió el arma, encendió el motor y sacó su teléfono del bolsillo.

—He grabado la conversación, por si la necesitamos más tarde.

Bree volvió a guardar su pistola de nueve milímetros en la funda del tobillo.

Matt reprodujo la grabación para Bree mientras salía del aparcamiento.

—Tres letras y la marca y el modelo deberían bastar para identificar a Nico a través de la matrícula de su coche.

—Entonces podremos verificar su coartada.

—Así es —dijo.

—Enviaré un correo electrónico a la funeraria por la mañana. Es la misma que voy a utilizar para el funeral de mi hermana. Concertaré una cita con el director.

—Puedo encargarme de la coartada si quieres concentrarte en el funeral de tu hermana.

—No, la verdad es que casi le veo el sentido a tratar de encontrar a su asesino al mismo tiempo.

—Como quieras.

Bree extendió las manos frente a los conductos de la calefacción.

—Justin quería comprar oxicodona el viernes por la mañana, pero su traficante solo le ofreció heroína. El viernes también es el día en que se presentó en la peluquería, enfadado, y exigió ver a Erin.

—Conozco a Justin. —Matt se reclinó en su asiento—. Creo que se asustó con la idea de pasarse a la heroína. Podía justificar lo de tomar pastillas por la lesión del accidente de coche y su dolor crónico, pero inyectarse heroína... Tomar pastillas es consumir estupefacientes. Inyectarse heroína es ser un yonqui.

—¿Entonces por qué fue a ver a Erin? ¿Por qué no a ti?

247

Matt hizo una mueca.

—Le hubiera insistido en que volviera al programa de desintoxicación.

—Eso habría sido lo más sensato. —Bree se quitó el abrigo y el chaleco y se volvió a poner el abrigo. Tiró el chaleco antibalas al asiento trasero—. ¿Por qué le dio a Erin su teléfono de prepago?

—Tal vez esa era su manera de cortar los lazos con Nico y asegurarse de no comprar heroína.

—Podría haber destruido el teléfono —dijo Bree.

—Quizá no se sintió capaz, simplemente.

Bree enderezó la espalda.

—¿Y si fue idea de Erin? Tal vez así es como lo calmó lo bastante para que se fuera a casa solo.

—Le quitó la posibilidad de cambiar de opinión, así no podría llamar a Nico y comprar heroína.

—¿Pero sabía ella lo desesperado que estaba antes del viernes?

—No lo sé. Quizá. Se le daba cada vez mejor esconder su adicción. —Matt envolvió con los dedos el volante, ahora caliente, y el dolor en la mano empezó a remitir.

—En cierto modo, entiendo que estuviera fuera de sí: había perdido el control y estaba aterrorizado ante la tentación de probar la heroína.

—Justin y yo sufrimos nuestra lesión más o menos por la misma época. A los dos nos recetaron oxicodona y los dos tenemos dolor residual. ¿Por qué él se hizo adicto y yo no? A mí nunca se me ocurrió buscar más fármacos cuando me terminé el frasco de píldoras.

—He leído estudios que indican que la predisposición a la adicción es hereditaria. Mi padre era alcohólico, su padre era alcohólico, y así sucesivamente. Por eso nunca tomo más de una copa, y es la razón por la que rechacé los analgésicos cuando me hice daño en la espalda al caer sobre un sospechoso hace unos años. La adicción a las drogas y al alcohol me asusta casi tanto como los perros. Tengo demasiados miedos.

—Pero no te da miedo perseguir a criminales potencialmente armados —señaló Matt.

—Es la pérdida de autocontrol lo que temo. El alcohol sacó a la luz la violencia en la naturaleza de mi padre. Sobrio, simplemente era mala persona; borracho, era un hombre aterrador. —Bree frotó el reposabrazos—. La adicción destruyó mi familia.

Matt se preguntó si también había matado a su hermana.

Capítulo 24

Bree se levantó antes del sol y se entregó a su rutina de yoga matutino. Le hubiera encantado salir a correr, pero le daba pereza hacerlo tan temprano con el frío de la mañana. Después de ducharse y vestirse, entró de puntillas en la habitación de Luke y desactivó su alarma. Normalmente, el chico se levantaba para dar de comer a los caballos, pero no había razón para que ambos estuvieran de pie tan temprano. Su luz aún estaba encendida cuando Bree volvió a casa, pasada la medianoche. Ella no estaba durmiendo muy bien, y sospechaba que él tampoco. Luke roncaba cuando salió de su habitación y cerró la puerta casi por completo.

La puerta de Kayla chirrió y se movió. La nariz de Brody asomó por la abertura mientras abría la puerta despacio. Bree cruzó al otro lado del pasillo de inmediato. Se le aceleró el pulso y el sudor le empapó las palmas de las manos.

Lanzó un resoplido de frustración. Sabía que el perro no le haría daño, pero no podía controlar su respuesta automática.

Lo más probable es que el animal necesitara salir. Su correa estaba abajo. ¿Podría acompañarlo? ¿Podría acercarse lo suficiente para ponérsela en el cuello?

La puerta de la habitación de invitados se abrió, y Dana salió de la habitación. Llevaba vaqueros y un suéter de color azul cobalto brillante. Su lápiz labial hacía juego con unas gafas de lectura de color frambuesa que le colgaban en el cuello del suéter.

—¿Cómo es que ya estás arreglada? —le preguntó Bree.

—He aquí un consejo profesional de alguien a quien han sacado de la cama a horas intempestivas durante los últimos treinta años: un toque de pintalabios hace que parezca como si lo tuvieras todo controlado, incluso cuando estás tan cansada que apenas puedes deletrear tu propio nombre.

—Lo recordaré.

Dana señaló hacia el perro.

—Lo sacaré.

Bree se quedó atrás, reprendiéndose a sí misma por ser tan cobarde, hasta que Dana y el perro desaparecieron por las escaleras. Bajó a la cocina y encendió la cafetera. Después de ponerse las botas, el abrigo y los guantes, salió al exterior. El sol brillaba y el aire no le parecía tan frío en la cara.

Brody se abría camino a través de la nieve derretida, seguido de Dana. Bree pasó junto a ellos y fue al establo para dar de comer a los caballos. Realizó las tareas matutinas del establo con una facilidad que le resultaba familiar, casi reconfortante. Cuando volvió a la cocina, Dana estaba sirviendo café y Brody masticaba unas galletas para perros. Vader se sentó en la isla y maulló para que le dieran su desayuno. Bree le llenó el tazón de leche y lo acarició por detrás de las orejas. Ronroneaba mientras comía.

—Sé que Brody es grande e intimida un poco, pero es un perro muy bueno.

Dana le dio una taza de café.

Bree bebió.

—Me siento como una idiota, pero he estado evitando a los perros toda mi vida. Cuando miro a Brody, veo un perro policía persiguiendo y derribando a un sospechoso. Matt dice que necesito pasar tiempo con un perro que no me intimide tanto.

—Es una buena idea.

—Tal vez un chucho muy pequeño, viejo y sin dientes.

Dana se rio.

—¿Qué tienes hoy en la agenda?

—Nada agradable: empiezo con una visita a la funeraria y sigo con una reunión con Craig. —Bree puso al día a Dana sobre las actividades de la noche anterior.

—Lo siento. Va a ser una mierda.

—Sí. Hay tantas incógnitas ahora mismo, que la muerte de Erin todavía me parece surrealista. —Pero Bree no tenía ningunas ganas de que llegase el funeral y el choque posterior con la realidad—. Incluso si logro celebrar su funeral y encontrar a su asesino, ¿cómo voy a evitar que Craig se lleve a los niños?

—Si alguien puede evitarlo, eres tú. —Dana le dio una palmadita en el hombro—. Déjame hacerte el desayuno.

—No tienes que cocinar para mí.

—Me encanta cocinar, y estoy retirada. Ahora puedo hacer lo que quiera —dijo en un tono que no admitía discusión.

Bree levantó ambas manos en señal de rendición.

—Muy bien.

—Ayer encontré una máquina de hacer gofres. —Dana siguió con los quehaceres de la cocina. Veinte minutos después, la cocina olía a gofres y beicon. Los niños bajaron las escaleras.

—¿Huelo a beicon? —Luke se frotó un ojo legañoso.

Kayla entró en la cocina, con la cara resplandeciente y la primera sonrisa verdadera que había esbozado en días.

—¡Yupi! ¡Gofres!

Luke se sirvió un vaso de leche y se sentó a la mesa. Antes de que Bree se terminara su primer gofre, él ya se había comido dos, además de varias tiras de beicon.

Dana le sirvió más leche en su vaso y agitó el cartón, que parecía casi vacío.

—Compraré más leche hoy. ¿Queréis algo más de la tienda?

—¿Qué vas a hacer de cenar?

Luke fue a coger otro gofre.

—¿Qué os parece pollo a la parmesana y *focaccia* casera?

Dana empezó a hacer una lista de la compra.

Kayla empapó de sirope otro gofre.

—¿Qué es la *focaccia*? —preguntó, pronunciando cada sílaba con cuidado.

—Un pan hecho con hierbas —dijo Dana—. Haré el doble y podremos comer pizza casera mañana.

—¿Puedo ayudar a hacerlo? —Kayla se metió la comida en la boca.

—¡Pues claro! —Dana escribió algo en su lista—. Contaba con eso.

Viendo el intercambio entre Dana y los niños, Bree se tragó un acceso de pánico. Dana solo estaba allí temporalmente, tenía su propia vida en Filadelfia. Si Bree lograba quedarse con los niños, ¿cómo iba a ocuparse de todo eso ella sola y encontrar trabajo? Tratar con dos niños desconsolados parecía una tarea a tiempo completo. ¿Estaban los niños mejor con Craig? ¿Habría cambiado realmente?

Su instinto le decía que no, pero tal vez lo único que le pasaba era que no quería separarse de los niños. Eran su único vínculo con su hermana. ¿Era egoísta su deseo de quedárselos?

Brody fue a la puerta de la cocina y soltó un ladrido. Un minuto después, Matt apareció en el porche. Dana le abrió la puerta.

—Pensé que estaríais aquí —dijo Matt.

—¿Gofres, beicon, café? —le preguntó Dana.

—No, gracias; ya he desayunado.

Bree llevó su plato sucio al fregadero.

—Voy a buscar mi abrigo.

—¿Te vas? Pero si es sábado… —protestó Kayla.

—Lo siento. —Bree le tocó la cabeza—. Tengo que ir a la funeraria para decirles lo que queremos hacer. Intentaré volver rápido para que podamos pasar la tarde juntos.

La niña asintió, pero su sonrisa se había desvanecido. Un sentimiento de culpa invadió a Bree cuando ella y Matt salieron de la casa.

Se detuvo junto a su coche.

—¿Cómo se las arreglan las madres solteras y trabajadoras?

—Supongo que lo hacen lo mejor que pueden. —Matt hizo tintinear sus llaves—. Esta mañana he llamado a Todd. Ha podido seguir el rastro de Nico a través de su matrícula parcial. Su nombre completo es Nicolas Kosta, tiene una condena previa por posesión de estupefacientes con intención de vender, por la cual cumplió dieciocho meses. Fue puesto en libertad hace tres años. No hay ninguna detención posterior.

—¿Todd va a ir a detenerlo?

—No. —Matt frunció el ceño—. No tenemos pruebas de que esté traficando. Escogió bien sus palabras al hablar conmigo. Sospecho que su coartada será sólida. He revisado las esquelas y el martes por la noche, de siete a nueve, se celebró un funeral en memoria de Helena Kosta, de noventa y dos años, en la funeraria Murphy's.

—Probablemente la coartada de Nico es válida. —Bree abrió la puerta de su coche—. Esperaba que hubiera mentido anoche.

—Yo también.

Puesto que no querían llegar juntos al encuentro con Craig, cada uno condujo su vehículo. Matt la siguió hasta la funeraria. Una vez allí, Bree se detuvo frente al edificio. Notaba como el sol le entibiaba la cara.

—¿Estás lista? —le preguntó Matt.

Bree intentó respirar profundamente, pero el dolor le oprimía el pecho.

—No, pero eso no va a cambiar, por mucho tiempo que espere.

Entraron. En el aire se percibía un intenso olor a flores. Había dos botes de ambientador de color púrpura y blanco en un aparador en el vestíbulo.

Acudió a recibirla un hombre con un traje oscuro:

—¿Señora Taggert?

Bree asintió con la cabeza y presentó a Matt como un amigo.

El director los llevó a una sala de reuniones.

—La acompaño en el sentimiento.

—Gracias.

Bree logró mantener la serenidad mientras programaban la ceremonia para el martes. No se derrumbó hasta que hablaron de las peticiones de los niños.

El director le dio una caja de pañuelos.

—Es particularmente triste cuando un ser querido muere a una edad tan temprana.

Bree sacó un pañuelo de la caja y se secó los ojos. Tenía la garganta tensa y en carne viva.

Matt le cogió la mano, se la apretó y asumió el resto de la conversación.

—Nos ha recomendado esta funeraria una familia que celebró aquí un funeral el martes por la noche.

—Ah, sí, la señora Kosta. —El director entrelazó las manos sobre la mesa—. Fue una hermosa ceremonia.

—Fue su nieto quien nos hizo la recomendación —dijo Matt.

El director asintió con aire solemne.

—Nicolas se aseguró de que el funeral de su abuela honrara su vida.

—¿Estuvo aquí durante toda la ceremonia? —preguntó Matt.

—Pues claro. No se apartó del lado de su madre. —Una mirada suspicaz cruzó la cara del director—. ¿Por qué lo pregunta?

Bree se aclaró la garganta.

—¿Le extiendo un cheque?

El director de la funeraria olvidó inmediatamente sus sospechas y le dijo la cantidad del depósito requerido.

Matt y Bree salieron al parking. A los diez minutos, se dirigieron al sur por la I-87. Matt se adelantó, pisando a fondo el acelerador, mientras que Bree lo siguió, respetando el límite de velocidad. No quería pegarse demasiado a él. Tomó la salida de Saratoga Springs y condujo un kilómetro y medio hasta el restaurante. Vio el todoterreno de Matt y aparcó a dos filas de distancia. Él estaba bebiendo un café en el bar cuando ella entró en el local. La decoración cumplía con el estereotipo de bar irlandés, con madera oscura y mantelería blanca y verde.

Bree examinó el restaurante, pero no vio a Craig. Los reservados altos rodeaban la zona más próxima al bar. Había mesas y sillas espaciadas uniformemente en todo el comedor principal. Alrededor de un tercio de las mesas estaban ocupadas. Bree dejó que la camarera la llevara a una mesa, luego eligió un asiento frente a la puerta y pidió café.

Craig entró en el restaurante diez minutos después. Le dedicó una sonrisa encantadora a la camarera, quien se sonrojó y tartamudeó mientras lo conducía a la mesa.

Bree no puso los ojos en blanco, pero ganas no le faltaron.

—¿Café? —ofreció la camarera.

—Sí, por favor. —Craig se sentó, sacó la servilleta y se la puso en el regazo. Se encontró con la mirada de Bree, por encima de la mesa—. Me alegro de que me pidieras que nos reuniéramos. Esto será mucho más fácil para los niños si nos comportamos de forma civilizada.

—Estoy plenamente dispuesta a hacer lo mejor para los niños. —Por el rabillo del ojo, Bree vio a Matt dejar la barra y salir del restaurante.

Craig abrió su carta y la camarera le trajo el café.

—¿Listos para pedir?

—Yo sigo con mi café —dijo Bree; la expresión petulante de él le había quitado el apetito.

La camarera tomó nota de la tortilla de jamón y queso que quería Craig y se fue. Una vez que estuvieron solos, Bree le preguntó:

—¿Cómo te hiciste pastor de la Iglesia?

—No fue algo que entrara en mis planes. —Craig apoyó los codos en la mesa y entrelazó los dedos—. Sentí la llamada.

—¿Cómo fue eso?

—Hace unos años estaba navegando en un lago. No soy el mejor marinero del mundo: una ráfaga de viento golpeó las velas y el barco volcó. Me di un golpe en la cabeza. El agua estaba muy fría, y yo estaba desorientado y apenas podía mantener la cabeza a flote. Estaba a punto de perder el conocimiento, agarrándome al casco del barco, temblando, cuando oí una voz que me decía que me diera la vuelta. Lo hice, y vi un salvavidas flotando a unos metros de distancia. Al cabo de unos minutos apareció otra barca. El hombre que la pilotaba me dijo que no había planeado sacar su bote ese día, pero se despertó con la imperiosa necesidad de hacerlo. Al día siguiente, oí la misma voz diciéndome que tenía que ir a la iglesia. Me senté en el banco de la iglesia y me invadió una sensación de calma. —Hizo una pausa para tomarse el café—. Mi vida no ha vuelto a ser la misma.

—Es increíble. —Bree se sirvió más café—. No sabía que salieras a navegar.

Entrecerró los ojos.

—No me extraña. —Volvió a esbozar la expresión amigable de antes—. Trabajaba en un complejo turístico junto a un lago.

—¿Dónde vives?

—La iglesia me proporciona una pequeña casa. Tiene tres dormitorios, así que hay espacio para Kayla y Luke.

—¿Y si no quieren mudarse allí?

Su boca se frunció.

—Son niños. Es mejor que las decisiones importantes las tomen los adultos que hay en sus vidas. Los niños necesitan que alguien les haga de guía. Les irá muy bien unirse a la Iglesia. Ahora no van a ninguna, ¿verdad?

—Probablemente deberías preguntarles a ellos —dijo Bree, con cuidado de mantener un tono de voz neutro. Craig estaba jugando a ver quién podía mantener su falsa sinceridad por más tiempo. Una vez, mientras entrevistaba a un sospechoso, Bree había fingido tener un marido y tres hijos para conseguir que un hombre confesara haber matado a su mujer e hijos. El interrogatorio había durado doce horas. Se le daba tan bien mentir como a Craig—. ¿Hay buenas escuelas en la zona?

Su ojo tembló un instante.

—Las escuelas son excelentes.

«Mentiroso». La idea de investigar cómo eran las escuelas ni se le había pasado por la cabeza.

—¿Cómo vas a pedirle a los niños que vivan contigo? —le preguntó Bree.

La camarera le trajo su desayuno y Craig partió la tortilla con el tenedor.

—No voy a pedírselo; les diré adónde van a ir a vivir. Estoy seguro de que al principio se lo tomarán un poco mal. Reconozco que no nos conocemos muy bien.

—Eres un completo desconocido para Kayla.

—Sí. —Soltó el tenedor—. Y asumo toda la responsabilidad, pero soy otro hombre.

—Los vas a alejar de todo lo que conocen y del único hogar que recuerdan.

—Será difícil al principio, pero se adaptarán.

—¿Dónde vas a guardar sus caballos?

Craig tosió. Bebió un poco de café y se golpeó el centro del pecho con el puño.

—Perdón. Me ha entrado por donde no era.

No había pensado en los animales de los niños, igual que no había pensado en las escuelas.

Bree esperó mientras Craig le hacía señas a la camarera y le pedía agua. Estaba ganando tiempo, tratando de pensar en una respuesta a su pregunta.

Se limpió la boca con la servilleta.

—Me temo que como pastor de la Iglesia no gano lo suficiente para tener caballos. Tendremos que venderlos.

—Eso destrozaría a los niños. Ya han perdido a su madre.

—Es una lástima, pero no puedo permitírmelo, simplemente. —El tono de Craig se hizo más agudo—. Si tú quieres correr con los gastos de manutención, podrían conservarlos.

—Los policías tampoco ganamos tanto dinero. —Bree vio a Matt atravesar las puertas y volver a su asiento en la barra.

—Entonces ¿cómo pensabas tú ocuparte de los caballos? —preguntó con voz petulante.

—Estoy dispuesta a renunciar a mi vida y venirme a vivir a Grey's Hollow por esos niños.

—Yo no puedo hacer eso. —La irritación asomaba a sus ojos—. Lo superarán. Las personas son más importantes que los animales.

A Bree le entraron ganas de darle una bofetada, pero se conformó con una sonrisa triste.

—No soportaría ver cómo se les rompe el corazón de nuevo.

Craig miró hacia arriba. La ira le hizo sonrojarse

—No se puede evitar.

Bree apuró el café y apartó la taza. Ya había terminado con esta conversación.

—¿Has contratado a un abogado?

—No. Supuse que no necesitaría ninguno, ya que fuiste tú quien me llamó para esta reunión.

—Lo único que ha hecho esta reunión es convencerme de que no eres apto para ser padre: eres demasiado egoísta, nunca antepondrás esos niños a tus propias necesidades.

Craig se sulfuró y levantó la voz:

—No sé qué es lo que te propones…

—Tranquilo, tranquilo… —Bree levantó una mano para silenciarlo—. ¿Qué pensaría tu congregación de que su pastor perdiera los estribos?

Otros comensales se los quedaron mirando mientras ella tiraba dinero y su servilleta en la mesa y se iba. Sin embargo, dejarlo ahí encolerizado no le procuró ninguna satisfacción. Sería un padre terrible, pero quería la custodia de esos niños. ¿Hasta dónde llegaría para conseguirla?

Capítulo 25

Matt detuvo el coche en el aparcamiento de la iglesia de Grace Community y comprobó el localizador GPS de la aplicación de su teléfono, que estaba rastreando el coche de Craig.

—Craig se ha parado en la Asociación Cristiana de Jóvenes.

—Dijo que tenía un compromiso con un grupo de jóvenes esta tarde —explicó Bree—. Con un poco de suerte, estará ahí un buen rato. No deberíamos necesitar más de una hora.

Matt cogió su teléfono.

—Si sale de allí, lo sabremos.

Le habían dado a Craig un margen de quince minutos. Luego dejaron el coche de Bree en el restaurante y se dirigieron al sur por la I-87. Matt había llamado antes y concertado una cita con la secretaria de la iglesia.

—Somos el señor y la señora Flynn. Yo soy Matt y tú eres Barbara, y estamos buscando una nueva iglesia. —Matt le dio un anillo de bodas.

Bree se lo puso en el dedo.

—Has pensado en todo.

—Lo intento.

—¿Debería preguntar de dónde ha salido?

—Me lo prestó mi hermana. Está divorciada. Dijo que podía fundirlo para chatarra.

Matt se bajó del coche y Bree se reunió con él en la acera.

—Uf.

—Sí.

Bree miraba fijamente la cruz colocada en la parte delantera del edificio.

—Mentir en una iglesia está muy mal, pero no tengo ninguna duda de que Craig los está estafando de alguna manera. Tal vez podamos descubrir qué se trae entre manos y evitar que les deje las arcas vacías.

La iglesia se parecía a los típicos edificios para reuniones religiosas de Nueva Inglaterra, un cuadrado de tablones blancos con un campanario en el centro. Cuando entraron, el vestíbulo olía a limpiador de muebles de limón y a libros cubiertos de moho. Siguieron un cartel por un pasillo hasta la secretaría de la iglesia, en la parte de atrás del edificio.

Una mujer madura manejaba el teclado de un antiguo ordenador. Matt oía sus chirridos desde el otro lado de la habitación. Una placa de identificación en su escritorio decía Sra. Peterson.

Matt llamó a la puerta.

—¿La señora Peterson?

La mujer los miró por encima de sus gafas.

—Sí, ¿en qué puedo ayudarle?

—Somos los Flynn.

Matt se hizo a un lado para que Bree pudiera entrar en la oficina primero.

La señora Peterson se puso de pie y rodeó el escritorio para recibirlos.

—Es un placer conocerlos.

Se estrecharon la mano.

—¿Quieren que hablemos primero o prefieren ver la iglesia antes? —les preguntó la señora Peterson.

—¿Podemos hacer ambas cosas? —Bree sonrió—. Así no le robaremos mucho tiempo.

—¡Claro! —La mujer esbozó una sonrisa radiante. Los llevó fuera del despacho, hacia un gran espacio abierto—. Esta es nuestra sala comunitaria. Aquí es donde servimos café entre los servicios religiosos del domingo. Durante la semana, el espacio es una sala polivalente que se utiliza para todo, desde el estudio de la Biblia hasta las reuniones del grupo de jóvenes. —Abrió una puerta abatible—. Tenemos una cocina completamente equipada.

Continuaron hasta el pasillo principal. La señora Peterson abrió unas puertas dobles.

—Este es nuestro santuario. —Su voz resonó con orgullo.

Matt contó los bancos de madera blanca y oscura e hizo un rápido cálculo. La iglesia tenía capacidad para trescientas personas. Puede que no fuese la congregación más numerosa de la ciudad, pero tenían dinero.

Bree señaló el púlpito.

—Hábleme de su pastor.

—El reverendo Vance es maravilloso. —La señora Peterson juntó las manos, como en actitud de plegaria—. Les encantará. Gusta a todo el mundo.

—¿Lleva en la iglesia mucho tiempo? —preguntó Matt.

—No, el reverendo Vance se unió a nosotros el pasado octubre. Perdimos a nuestro anterior pastor durante el verano. El pobre reverendo Hollis tuvo un ataque. Fue muy repentino. Había dirigido nuestra congregación durante veintidós años. Tenemos un pastor adjunto recién salido del seminario, pero no tiene suficiente experiencia de vida para dirigir la iglesia. —La mujer los llevó fuera del espacio central y de vuelta al despacho—. Estuvimos sin pastor durante algún tiempo. Rechazamos a varios solicitantes que no se ajustaban a nuestros criterios.

—¿Tiene el reverendo Vance familia?

—Sí. —Frunció los labios—. Tiene dos hijos. No estaba casado con su madre, y ella se negaba a dejarle ver a los niños. El reverendo reconoce que ella tenía razón. —Se detuvo en la puerta de su oficina—. Les ruego que no piensen que estoy chismorreando sobre la vida personal de nuestro reverendo: él mismo subió al púlpito y les habló a todos los feligreses sobre su vida anterior como pecador y cómo la llamada del Señor lo transformó.

—Qué inspirador. —La voz de Bree carecía de convicción.

—Fue un testimonio increíble. —La señora Peterson se frotó los brazos—. Se me puso la carne de gallina al escucharlo.

—¿En qué seminario estudió? —preguntó Matt.

La señora Peterson arrugó la cara, como si la pregunta de Matt oliera mal.

—Fue a una universidad online.

Matt arqueó las cejas.

—No todo el mundo puede permitirse ir a la universidad. No deberíamos discriminar —sermoneó la señora Peterson—. Hay que escucharlo predicar para entender por qué lo contratamos. Su testimonio es el más sincero que he oído en mi vida. Su honestidad y transparencia lo ayudan a relacionarse con nuestros feligreses. Creo que es una de las razones por las que la gente se siente cómoda hablando con él sobre sus transgresiones, porque se ha mostrado absolutamente franco sobre sus propias imperfecciones y su cambio de vida.

Volvieron a la secretaría de la iglesia y se detuvieron justo en la puerta.

—¿Tienen más preguntas? —La señora Peterson cruzó la habitación y cogió un folleto de un aparador. Se lo ofreció a Matt—. Aquí tienen la lista de nuestros servicios y programas de estudio de la Biblia. Las mujeres se reúnen los martes por la tarde para una merienda improvisada. Los hombres se reúnen los miércoles por la noche.

—Gracias. —Matt aceptó el folleto—. Nos encantaría conocer al reverendo Vance.

—Podrían venir a un servicio mañana —sugirió la señora Peterson.

—Eso sería estupendo, pero, por desgracia, tenemos un compromiso familiar.

Matt intentó parecer decepcionado.

—Déjenme ver su agenda. —La señora Peterson volvió a su escritorio y abrió una agenda—. El reverendo está ocupado con una recaudación de fondos para nuestro grupo de jóvenes hoy. Está ayudando a los chicos a recaudar dinero para su misión de reconstruir una comunidad inundada en Carolina del Sur. Mañana es domingo. Estará aquí todo el día, por supuesto.

—No parece que el reverendo tenga mucho tiempo libre —dijo Bree—. ¿Nunca se va a su casa?

—Bueno, vive en el apartamento que hay encima del garaje de la iglesia, así que técnicamente siempre está aquí. —La señora Peterson se rio—. Este lunes imposible, y tiene los martes libres. ¿Qué les parece el miércoles? Hace visitas al hospital por la mañana, pero estará en su oficina desde el mediodía hasta las cinco. Son bienvenidos si quieren pasar entonces. No se necesita cita.

—Eso es perfecto. —Matt cruzó el escritorio y le dio la mano—. Muchas gracias por toda su ayuda hoy. La iglesia es preciosa.

—Espero que nos volvamos a ver pronto.

La señora Peterson se dirigió a su ordenador.

Bree fue la primera en salir. Matt la siguió a toda prisa hasta el aparcamiento. Ella se adentró en el viento con zancadas decididas y los hombros hacia atrás. Se detuvieron junto al todoterreno.

—No nos ha fulminado un rayo —dijo—. Yo llamo a eso una victoria.

—Si no ha fulminado a Craig, a nosotros tampoco. —Bree apoyó las manos en las caderas, dejando al descubierto la culata de su arma—. No logro entender qué está haciendo.

—¿Has entrado en la iglesia con un arma?

—Sí. Con las dos —dijo—. Son el accesorio perfecto: pegan con todo.

Matt negó con la cabeza.

—La señora Peterson parece contenta con Craig.

—Sí, puede ser absolutamente encantador. —Bree frunció el ceño—. Si fuera cualquier otra persona, estaría tentada de creer que ha cambiado.

—¿Pero no Craig?

—No.

—¿Estás segura de estar siendo objetiva? La gente puede cambiar. —Aunque, según la experiencia de Matt, no ocurría a menudo.

—Estoy segura. Dice todo lo que tiene que decir, pero patina cuando pierde los estribos, y entonces veo al verdadero Craig. —Bree miró por encima del hombro a la iglesia—. Esto es puro teatro, y para Craig es fácil representar su papel aquí. Nadie le desafía ni le hace enfadar. —Se dirigió a la puerta del pasajero—. Hay algo que ha dicho la señora Peterson que me tiene mosqueada, pero no sé qué es. —Se metió en el vehículo.

—¿No te dijo Craig que vivía en una casa de tres habitaciones?

—Sí, y está claro que mentía. Pero no es eso. —Bree arrugó la frente.

Matt revisó su teléfono.

—Todd me ha dejado un mensaje. —Escuchó la grabación—. Han registrado el apartamento de Trey White. Quiere que vayamos a la oficina del sheriff para hablar de lo que han encontrado.

Bree resopló.

—Ahora nos toca hacer como que no lo sabíamos.

—Sí.

Matt maniobró con el todoterreno y se dirigió a la I-87. Condujo hasta el restaurante, donde recogieron el coche de Bree, y la siguió hasta la comisaría.

Entraron y Marge los llevó a la sala de reuniones.

—Todd estará con vosotros enseguida.

EL jefe adjunto entró y cerró la puerta a su espalda. Puso un portátil y una carpeta sobre la mesa.

—Bueno, hemos registrado el apartamento de Trey esta mañana y hemos encontrado algo francamente muy perturbador. —Abrió la carpeta y sacó dos fotos—. Esos son solo dos ejemplos. Había más.

Bree se puso las fotos delante y las estudió.

—Las tomó sin que Erin lo supiera.

—Sí. —Todd tocó la segunda foto—. Esta es Erin frente a la casa de Justin. Trey conocía su relación con Justin y dónde vivía él. Como hay nieve en el suelo, creemos que la foto fue tomada la semana antes de que ella muriera.

Bree le pasó las fotos a Matt.

—¿Trey estaba acosando a Erin? —preguntó Matt.

—Sí. —Todd abrió el portátil—. Esta mañana he ido a la cárcel y lo he interrogado sobre el tema. Tengo una copia de la entrevista. Pensé que querríais verla. —Le dio la vuelta al ordenador para que Bree y Matt lo tuvieran de frente y luego pulsó el botón de PLAY.

Empezó a reproducirse un vídeo en la pantalla. Trey y su abogado estaban sentados a un lado de una mesa. Trey estaba esposado a una argolla situada en el centro de la superficie metálica. Frente a ellos, Todd anunció en voz alta los nombres de las tres personas de la sala para que constaran en acta. Luego le leyó a Trey sus derechos y este firmó un formulario reconociendo que entendía esos derechos.

Una vez terminados los preliminares legales, Todd sacó un álbum de fotos de un archivador de acordeón y lo puso en la mesa. Matt reconoció el álbum que él y Bree habían visto la noche anterior en el apartamento.

Todd le dio la vuelta y lo abrió de forma que Trey pudiera ver las imágenes.

—Encontramos esto en tu apartamento, Trey.

Las lágrimas humedecieron los ojos de Trey y le resbalaron por la cara.

—Joder, era tan guapa…

—¿Sacaste tú estas fotos? —preguntó Todd.

Trey se inclinó hacia adelante y se limpió la cara en la manga de su camisa naranja. Permaneció en silencio un minuto, mirando la primera foto.

—Sí.

—¿Por qué? —Todd pasó la página.

Los ojos de Trey estaban clavados en la siguiente foto.

—La quería.

—Entonces, ¿la seguías por toda la ciudad?

—Sí. —Trey lanzó un prolongado suspiro lleno de desolación—. Una mujer como ella nunca saldría con un tipo como yo, pero yo quería estar cerca de ella.

Todd pasó a la siguiente página. Trey se inclinó hacia adelante.

Matt estaba impresionado. Hasta el momento, Todd estaba consiguiendo la colaboración del sospechoso.

Todd apoyó los antebrazos en la mesa.

—¿Qué más hiciste además de seguirla y tomarle fotos sin su conocimiento o consentimiento?

Trey se estremeció y se echó atrás.

—¿Qué quieres decir?

—Bueno, violaste su privacidad, y tienes un historial como *voyeur*. ¿Qué más le hiciste a Erin?

—¡Nada! —La cara de Trey palideció.

«Cuidado. Lo estás perdiendo», pensó Matt. Un interrogador tenía que saber cuándo presionar a un sospechoso y cuándo dejarlo en paz.

Todd pasó a la foto de Erin frente a la casa de Justin.

—¿Sabes quién vive aquí?

Los hombros de Trey se desplomaron.

—Su novio.

—¿Lo conocías? —preguntó Todd.

Trey negó con la cabeza.

Todd se inclinó sobre sus manos, invadiendo el espacio personal de Trey.

—¿Los viste juntos alguna vez?

Trey apartó la mirada de la foto.

—Tal vez.

—¿Cuándo y dónde? —preguntó Todd.

Trey sacudió los hombros.

—Se pelearon frente a la peluquería donde ella trabajaba.

—¿Escuchaste su pelea?

—No. Estaba al otro lado del aparcamiento, en la tienda. —Las manos de Trey se cerraron en puños—. Pero él le estaba gritando y ella estaba disgustada. —Levantó la vista, con los ojos brillantes—. No tenía derecho a tratarla así.

—¿No sabías que era su marido?

Los ojos de Trey buscaron los de Todd. Eso lo había sorprendido.

—No.

—Sí. Estaban separados, pero intentaban arreglar las cosas.

—No se la merecía. —Trey frunció el ceño mirando la foto y los músculos de su cara se tensaron.

—¿Cuándo tomaste esta foto? —Todd la señaló.

—El viernes pasado por la noche. Estaba preocupado por ella. Pensé que él podría volver cuando saliera del trabajo, así que la seguí. —Los ojos de Trey se abrieron de golpe—. Solo para asegurarme de que llegara a casa a salvo.

—Pero no se fue a casa.

La mirada de Trey se quedó fija en la imagen de Erin frente a la casa de Justin.

—No. Ella fue a casa de él. —Su voz se hizo más grave y Matt detectó un indicio de una nueva emoción, algo más profundo que la ira. ¿Celos? ¿Traición? Tal vez ambas.

—¿Por qué crees que lo hizo? —le preguntó Todd.

—Se acostó con él. —La voz de Trey era más fría.

—¿Cómo lo sabes?

—Los vi a través de la ventana. —Ahora Trey hablaba como un robot. No centraba su atención en Todd, sino en sí mismo y en su interior. ¿Estaría viendo a Erin y Justin de nuevo en su mente?

La mirada de Matt se dirigió al abogado, que no hizo nada para evitar que su cliente confesara un crimen.

—¿Qué ventana? —preguntó Todd.

—Está a un lado de la casa —dijo Trey en el mismo tono distante.

—¿Qué viste exactamente?

Trey se sonrojó y la vergüenza lo trajo de vuelta al presente.

—A los dos. Haciéndolo. En su cama. —Se apartó del álbum de fotos como si no pudiera soportar mirarlo más.

—¿Qué hiciste entonces?

—Me fui a casa. —Trey se recostó hacia atrás.

—¿Qué hiciste en casa?

Trey bajó la vista hacia sus manos, cerradas todavía en puños sobre la mesa. Unas gotas de sudor le cubrían el labio superior.

—Nada.

Estaba mintiendo. Matt apostaría cien dólares a que Trey se fue a casa a masturbarse, si es que no lo hizo mientras estaba sentado frente a la casa. A los *voyeurs* les gustaba mirar. Era lo suyo. Matt no habría dejado escapar algo así y le habría preguntado al respecto.

Pero Todd no insistió.

—¿Cuándo volviste a ver a Erin?

—El martes. —Trey levantó la vista de nuevo.

Ahora vuelve a decir la verdad, pensó Matt.

—La vi salir de la peluquería. La saludé con la mano y ella me devolvió el saludo. —La angustia le deformó los rasgos faciales—. Y ahora nunca la volveré a ver.

Todd aplastó sus manos sobre la mesa.

—¿La mataste?

—¡No! —Trey se irguió de golpe.

—¿No la seguiste? ¿No te pusiste furioso porque estaba acostándose con alguien que no era digno de ella?

—¡No! ¡Sí! Espera. —Trey respiraba aceleradamente.

El abogado intervino al fin.

—Una pregunta a la vez, por favor.

Trey respiró hondo, tratando de recobrar la compostura.

—No la seguí. Trabajé hasta la hora de cerrar, mientras que ella salió del salón alrededor de las cuatro, creo. A esa hora era cuando terminaba su turno normalmente. —Exhaló con fuerza por la nariz, con las fosas nasales abiertas—. Pero sí, estaba furioso porque estaba perdiendo el tiempo con un hombre como él. Se merecía mucho más.

—Ella te merecía a ti, ¿verdad? —preguntó Todd.

Trey negó con la cabeza, con un movimiento lento y decidido que contenía una negativa absoluta.

—No.

Todd siguió insistiendo.

—¿Estás seguro de que no saliste del trabajo un rato el martes por la noche? No habrías tardado mucho. La tienda estaba vacía. Las cámaras de vigilancia no funcionaban. Nadie lo sabría. Podrías haber conducido hasta la casa del marido y disparado a Erin.

—No —insistió Trey—. Yo nunca le habría hecho daño a Erin.

—Pero sí habrías disparado a su marido.

—¡Yo no he dicho eso! —La cara de Trey se puso de color rojo brillante.

El abogado apoyó una mano en el brazo de Trey.

—¿Tiene alguna pregunta, jefe adjunto? ¿O va a seguir haciendo elucubraciones?

Todd se recostó hacia atrás.

—¿Fue un accidente, Trey? ¿Fuiste allí para disparar al marido de Erin? ¿Y entonces ella te sorprendió o se interpuso en tu camino?

—¡No! —gritó Trey—. ¡Basta! Yo no he matado a nadie. Ni siquiera tengo un arma. —Se inclinó hacia adelante y apoyó la frente en la mesa.

Todd tocó con el dedo su expediente. Era evidente que no sabía cómo proseguir con el interrogatorio, pero a partir de ahí, Trey decidió que había terminado. Se había cerrado en banda. El interrogatorio terminó.

Todd cerró el ordenador.

—No quiso responder a más preguntas, pero, como podéis ver, no hay duda de que es sospechoso: estaba acosando a Erin y estaba enfadado porque ella se acostaba con Justin. Tal vez entró en la casa para disparar a Justin y Erin se puso en medio.

—Es posible —dijo Bree, pero había una nota de vacilación en su voz.

Todd frunció el ceño.

—Matt, ¿qué piensas?

—No lo sé —dijo Matt—. Ha habido momentos en que era obvio que estaba mintiendo, pero no ha vacilado nunca sobre dónde estaba y qué estaba haciendo el martes por la noche.

—¿Qué hay de los informes forenses y las pruebas de ADN de la casa de Justin? —preguntó Bree.

—El ADN no llegará hasta dentro de semanas —dijo Todd—, pero pronto tendré más información de los forenses.

Ella frunció el ceño.

—Alguna evidencia física que pruebe que Trey estuvo en la casa de Justin podría ayudarte a presionarlo si es culpable.

Todd asintió.

—Pero confesó haber espiado a través de la ventana.

—Eso no es suficiente —dijo Bree.

—No —convino Todd—. Tengo más noticias. La sangre en el salpicadero de la camioneta de Erin era de su grupo, 0 positivo. La sangre del asiento trasero coincide con el grupo de Justin, A positivo. Estas pruebas no son tan concluyentes como el ADN. No podemos decir con certeza que la sangre sea suya, pero sabemos que era de dos personas diferentes.

—Y esa información sugiere que Justin está herido. —A Matt se le encogió el estómago ante la idea de que su amigo pudiese estar herido y desangrándose en algún sitio.

—Sí —continuó Todd—. También he hablado con Jack Halo. Negó haber acosado a ninguna de sus empleadas y se ofendió por las insinuaciones, pero me proporcionó una coartada para el martes por la noche: estaba en su oficina; la recepcionista confirmó que no se fue hasta que él cerró el salón, a las nueve.

Bree frunció el ceño.

—¿Y alguien lo vio entre las siete y media y las ocho y media?

Todd negó con la cabeza.

—Dijo que estaba solo, trabajando en los planos para la renovación del local.

Matt pensó en la disposición de la peluquería.

—¿Tiene el salón cámaras que cubran la parte trasera del edificio?

—Sí, las cámaras vigilan las salidas al exterior —dijo Todd—, pero solo se encienden cuando se activa el sistema de alarma, por la noche. No están encendidas durante las horas de funcionamiento del salón.

—El salón tiene una escalera a cada lado del edificio, en la parte de atrás. Jack pudo haber salido por una de esas puertas y volver sin que la recepcionista lo viera.

—¿No sería muy arriesgado? —preguntó Todd—. El local siempre está lleno de clientes cada vez que voy.

—Quizá sea arriesgado, pero es posible —dijo Matt—. El día que fuimos a hablar con Jack, bajé por las escaleras laterales sin encontrarme con nadie, y eso que el salón estaba abarrotado de gente.

—¿Alguno de los dos ha encontrado algo? —preguntó Todd, alternando la mirada entre Bree y Matt.

—Hemos estado indagando en los antecedentes de Craig Vance, pero no hemos encontrado nada incriminatorio —explicó Matt con vaguedad—. Ya te lo diremos si averiguamos algo nuevo.

No tenía nada más que añadir. Él y Bree se habían reunido con un traficante de drogas, habían efectuado un registro ilegal en el apartamento de Trey y colocado un dispositivo GPS ilegal en el coche de Craig. Todd no tenía por qué estar al tanto de nada de eso a menos que esas actividades dieran como resultado un avance significativo en el caso.

—He estado revisando los papeles de mi hermana y organizando su funeral —dijo Bree.

—Ya os diré si los forenses me dan algo interesante.

—Gracias. —Bree se puso de pie—. Te agradezco que nos mantengas informados sobre la investigación.

Matt y Bree salieron de la comisaría.

Afuera, Bree volvió la cara hacia el sol.

—Trey podría ser un gran mentiroso, sufrir delirios, ser completamente inocente o cualquier combinación de las tres cosas. Definitivamente, padece algún tipo de enfermedad mental.

—Sí. —Matt se detuvo junto a su vehículo—. Me alegro de que hayamos registrado su casa. Todd no mencionó la pornografía ni la cámara.

—Ni las fotos en verano de mi hermana —añadió Bree—. ¿Se da cuenta de la importancia que tiene todo eso?

—Supongo que sí, pero no podemos preguntárselo.

—No.

—¿Adónde quieres ir ahora? —preguntó.

—Voy a volver a casa. Quiero revisar mis notas; hay algo que estoy pasando por alto. —Puso una mano en la parte superior de la puerta de su coche.

—¿Me darías una copia de tus notas? —Lo único que Matt no había echado de menos al dejar el cuerpo de policía era que ya no necesitaba redactar informes. Estaba seguro de que el de Bree sería minucioso.

—Sí. Están todas en mi portátil. Te enviaré una copia hoy mismo —dijo Bree—. Necesito pasar el resto del día con los niños. Tenemos que elegir las fotos de Erin para el funeral.

—Sí. Deberíais hacer eso en familia —dijo Matt—. Yo tengo un almuerzo con mis padres mañana por la mañana. Es algo habitual los domingos. Tú, Dana, y los niños sois bienvenidos si queréis venir. A mi madre y a mi padre les encanta que venga gente, y siempre hay toneladas de comida.

Bree negó con la cabeza.

—Tengo que escribir la elegía de Erin también, y planear el resto de la ceremonia. A menos que surja algo, probablemente necesitaré el día de mañana también para la familia.

Matt lo entendía, pero él pensaba dedicar ese tiempo a buscar a Justin. Su amigo había conducido la camioneta de Erin después de la muerte de esta. Lo había hecho directamente con las manos manchadas con la sangre de ella. Pero también había sangre suya por todo el asiento trasero. Estaba herido y había perdido un volumen de sangre significativo.

Matt tenía que encontrarlo… y rápido.

Capítulo 26

Aquella tarde, Bree se recostó en el sofá y miró el *collage* de fotos.

—¿Son suficientes fotos?

Asintiendo con la cabeza, Kayla apartó la mirada de la cartulina y se limpió la nariz con una mano.

—Yo lo veo bien —dijo Luke con voz cargada de emoción—. Me voy a mi habitación.

Luke tenía los ojos enrojecidos, y ambos niños parecían tan exhaustos como Bree. El mayor desapareció por las escaleras.

—¿Puedo ir ahora a ayudar a Dana con el pan? —Kayla estaba sentada con las piernas cruzadas en el suelo, a los pies de Bree.

—Estoy segura de que le encantaría.

A Bree le dolía la cabeza y los ojos. Habían pasado las últimas tres horas revisando las fotos de Erin y los niños.

Y llorando.

Habían derramado un mar de lágrimas. A Bree la tristeza le pesaba en el pecho como un jersey de plomo. Necesitaba escribir la elegía, pero no podía pasar de tres palabras sin ahogarse en llanto. Intentó que Adam viniera a ayudarla, pero él se negó. Dijo que confiaba en ellos, y que estaba trabajando en un proyecto algo especial que quería terminar antes del funeral. Bree se había dado por vencida. De todas formas, si de algún modo conseguía sacarlo de su estudio, luego estaría ausente y tampoco sería de gran ayuda.

Kayla se puso de pie y miró el *collage*, con los ojos llenos de lágrimas y tristeza.

—¿Podremos quedárnoslo después?

—Si eso es lo que quieres —Bree se levantó a su lado y le pasó un brazo alrededor de los hombros—, nos lo traeremos aquí después del funeral.

—Sí —dijo la niña, sorbiéndose la nariz—. No quiero olvidar cómo era mamá.

Bree respiró hondo. Con el corazón encogido, se agachó a la altura de la niña y la cogió por los hombros con delicadeza.

—Nunca olvidaremos a mamá. Te lo prometo.

Con un rápido asentimiento, Kayla pasó agachándose por debajo del brazo de Bree y corrió a la cocina. La tarde había sido dura. Todos necesitaban un descanso, pero la elaboración del *collage* había sido catártica. Bree se volvió para examinar las fotos. Tantos buenos momentos capturados… ¿Debería concentrarse en ellos en vez de buscar al asesino de Erin?

No podía.

Había hecho la firme promesa de cuidar de su hermana pequeña, y le había fallado. Lo menos que podía hacer era intentar que se hiciera justicia. Cuando capturaran a su asesino, Bree podría seguir adelante.

Entró en el estudio y se sentó en la silla de su hermana. Durante la visita a la iglesia con la señora Peterson, Bree había sentido que se le escapaba algo, pero no podía precisarlo. Con el tiempo, su cerebro acabaría encontrando lo que era. A veces las mejores soluciones se le ocurrían mientras no pensaba en el problema. Abrió su portátil y puso por escrito sus impresiones de la entrevista. Luego abrió el cajón de abajo del escritorio y sacó los registros de llamadas y los extractos bancarios de Erin y comenzó a revisarlos. Una hora más tarde, le dolía la cabeza y seguía sin haber sacado nada en claro.

Colocó el registro de llamadas telefónicas encima de la pila de papeles. ¿Había recibido Erin una llamada desde el móvil de prepago el día de su muerte? Bree fue desplazándose por los números con el dedo, pero no fue el número de prepago lo que la hizo pararse en seco. No vio que desde ese número hubiera recibido ninguna llamada ese día, ni tampoco la hizo ella.

Pero Erin había recibido una llamada a las seis de la tarde. El número le resultaba familiar. Bree comprobó la lista de contactos conocidos de Erin. La llamada había sido de Steph. Bree volvió a repasar sus notas del encuentro con la mejor amiga de Erin. Steph había dicho que habló por última vez con Erin cuando salió del trabajo sobre las cuatro, pero eso no podía ser cierto.

Bree llamó al número de Steph, pero la llamada fue directa al buzón de voz. Le dejó un mensaje.

Tal vez había una explicación muy simple, algo tan trivial que su amiga lo había olvidado. Sin embargo, tenía un mal presentimiento: nada era trivial el día que alguien moría asesinado.

¿Habría mentido Steph?

Era la mejor amiga de Erin, habían trabajado juntas durante años, y Steph había estado llorando y con náuseas cuando Bree y Matt la interrogaron, junto a su marido. Tal vez todos esos factores la habían turbado hasta el punto de haber olvidado algunos detalles de ese día.

Bree tamborileó con los dedos en la mesa. Steph no tenía motivos para mentirle a Bree.

«Ya basta. Tienes el cerebro fundido».

La planificación del funeral la había dejado sin fuerzas. Devolvió los papeles al cajón, lo cerró con llave y siguió el aroma de la comida hasta la cocina, donde la cena estaba lista.

El pollo a la parmesana y el pan de *focaccia* de Dana fueron un gran éxito. Luke se comió dos raciones en quince minutos. Después de la cena, vieron una película familiar. Luego Bree llevó a Kayla a la cama. Encerró sus armas en la caja fuerte de apertura biométrica, con un lector de huellas dactilares para un acceso rápido, y luego deslizó la caja debajo de la cama junto a la caja fuerte donde Erin guardaba el rifle. Aunque, si se iba a quedar a vivir allí, tendría que encontrar un lugar más práctico para guardarlas. Abrió el cajón de la mesita de noche. Su caja fuerte cabría allí dentro, pero tendría que sacar antes los libros de su hermana.

Echó un vistazo al resto de la habitación. Independientemente de si se trasladaba a vivir allí con los niños o estos se iban a vivir con Craig, tendría que organizar las pertenencias de Erin. Kayla y Luke querrían algunas de las cosas de su madre, y también Bree. Tal vez podría donar el resto.

El pensamiento la deprimió. Exhausta, Bree se dio una prolongada ducha de agua caliente y se vistió con un pijama de franela y una sudadera. Vader apareció de la nada, se colocó en una posición cómoda en el centro exacto de la cama, y se desperezó. Bree se acostó a su lado y le acarició el costado. El gato ronroneó. Lo acarició de nuevo, y luego una tercera vez. El animal se enroscó alrededor de su brazo y la mordió.

—Lo sé —le dijo al gato—. Solo puedo acariciarte la tripa dos veces. No sé en qué estaba pensando.

Apartó el brazo y examinó la piel. El mordisco le había dejado una roncha, pero no le había roto la piel. El animal se dio la vuelta y fingió ignorarla, pero fue dando coletazos en la cama y ponía una oreja tiesa cada vez que ella se movía.

Miró su teléfono. Las nueve en punto. Hora de ir a ver a los animales del establo. Bajó las escaleras con dificultad.

Dana estaba en la cocina, leyendo un libro y tomando una copa de vino tinto.

—¿Quieres un poco?

—No, gracias. Solo he bajado para ir al establo antes de acostarme. —Bree metió los pies descalzos en un par de botas, cogió un abrigo y salió. El día había sido más cálido, y la nieve había empezado a derretirse, dejando la hierba esponjosa. Si el deshielo continuaba, los caballos podrían salir a pastar al campo. Bree pensó que tenía que acordarse de arreglar la valla en la que había aterrizado cuando perseguía al intruso, noches atrás.

Revisó las mantas y los cubos de agua. Rebelde estaba tocando el heno con las patas. Bree se detuvo y le acarició la frente, pero, en vez de relajarse, el caballo cabeceó.

—¿Qué pasa, muchacho? Ya sé que has estado encerrado, pero el suelo estaba demasiado helado para dejarte salir. No querrás romperte una pata, ¿no? Uno o dos días más con temperatura positiva y será seguro salir a los pastos.

El caballo pateó su puerta.

Bree percibió el chasquido de unos pasos y se dio media vuelta.

Craig entró en el establo y se detuvo justo en la puerta. Sacó las manos de los bolsillos de su parka azul.

—¿Qué estabas haciendo hoy en la iglesia?

—¿Cómo dices? —Bree se preparó para enfrentarse a él—. Esto es propiedad privada, no tienes derecho a entrar cuando te dé la gana.

Ya le había tendido una emboscada una vez, allí mismo. Debería haber tenido más cuidado.

—Haré lo que me plazca. —Salió a la luz. En su rostro apuesto se dibujaba una expresión dura, y su mirada era tan fría como la nieve de fuera—. Te he hecho una pregunta.

—Así es. —Bree lo estudió. Craig estaba a punto de perder los nervios; la visita de Matt y ella a la iglesia lo hacía sentirse amenazado.

—Sé que estuviste allí.

Bree ladeó la cabeza.

—La señora Peterson me dio una descripción muy detallada. Sé que eras tú.

Ella no lo negó.

—La iglesia es un sitio público, puede entrar cualquiera.

Craig se acercó a ella.

—Escúchame bien: aléjate de Grace Community.

—¿Por qué? —Bree se inclinó hacia él—. ¿De qué tienes miedo?

—¡De nada! —le espetó—. Pero te conozco. Nunca te he caído bien. Harías cualquier cosa para impedirme llevar una buena vida.

—Craig, tu vida me importa muy poco, créeme. —Bree lo miró fijamente; seguía sin poder controlar su temperamento. ¿Podría incitarlo a que hablara más de la cuenta?—. Dijiste que la iglesia te había facilitado una casa de tres habitaciones, pero vives en un apartamento encima del garaje de la iglesia. Te das cuenta de que cada uno de los niños necesita su propia habitación, ¿verdad?

—Eso es porque soy un hombre soltero. La iglesia proporciona una vivienda en función de las necesidades del pastor. Tan pronto como consiga la custodia, me aumentarán el importe de la ayuda para vivienda y me darán una residencia más grande. —Los dientes blancos y perfectos de Craig relucían cuando parecía a punto de gruñir—. Te lo juro: si me jodes este trabajo, no volverás a ver a Luke o a Kayla.

Bree contraatacó por sorpresa.

—¿Mataste a Erin?

—¿Qu… qué? —tartamudeó él.

—Ya me has oído. —Bree acortó distancias entre ellos—. ¿Mataste a Erin?

—No. —Echó la cabeza hacia atrás—. ¿Qué te hace pensar eso?

—El hecho de que te conozco.

Levantó la barbilla, haciéndose el ofendido.

—No soy el mismo hombre que era entonces.

—Has venido aquí para amenazarme, así que diría que eres exactamente igual.

El rojo le tiñó las mejillas. Levantó una mano y le señaló la cara con un dedo amenazador.

—Mantente alejada de la iglesia.

—¿O qué?

—Lo lamentarás.

—¿Me estás amenazando otra vez? —le preguntó Bree. Deseó llevar el móvil encima para poder grabar la conversación, pero se lo había dejado en la casa.

—Sí. —Craig la repasó de arriba abajo. Bree llevaba el abrigo abierto, y debajo tenía el pijama. Se le acercó hasta que ella pudo percibir el olor a café rancio en su aliento—. No llevas tu arma.

—¿Necesito un arma? —exclamó Bree.

—Tal vez deberías aprender a ser más amable. ¿No tienes miedo de estar a solas con un hombre al que has sacado de quicio?

—¿Miedo de ti? —resopló Bree—. No.

Craig frunció el ceño y su expresión —y su seguridad en sí mismo— se hizo más vacilante. Apretó los dientes, a todas luces reafirmándose en su determinación.

—Pues tal vez deberías.

Bree no tendría problemas para noquear a Craig, pero tal vez sería mejor dejar que él la golpeara primero. Entonces podría presentar una denuncia y hacer que lo acusaran de agresión.

—¿Vas a pegarme como a Erin?

Sus labios se curvaron hacia arriba. Bree esperaba que lo negara, pero no lo hizo.

—¿Sabes qué es lo que más me gusta de mi trabajo? —preguntó—. Puedo decirles a las mujeres que deben obedecer a sus maridos. Las buenas esposas saben cuál es su sitio.

—¿Y qué tal te funcionó eso con Erin? Ah, espera: nunca te casaste con ella.

—Necesitas a alguien que te enseñe a tener un poco de respeto.

Una ira renovada le entrecerraba los ojos. Cerró la mano que tenía a un lado en un puño y desplazó el peso de su cuerpo. El movimiento era sutil, pero Bree llevaba trece años leyendo el lenguaje corporal de los sospechosos. Estaba un noventa por ciento segura de que Craig le iba a pegar.

Bree se preparó poniéndose de puntillas.

—Eh, tú, guapito de cara —lo llamó Dana desde la puerta—. ¿Quién te ha invitado aquí?

Craig se dio la vuelta.

—¿Quién eres?

—Alguien que no va a tolerar tus gilipolleces —respondió Dana—. Aunque no es que Bree fuera a tolerarlas tampoco.

Bree tenía sentimientos encontrados ante la interrupción de Dana: por un lado, podría haber escuchado parte de su conversación y testificar que había amenazado a Bree; por otro, Craig no pegaría a Bree con una testigo presente.

Craig dio un paso hacia Dana.

—Mira, zorra de mierda: estamos en medio de una conversación privada.

«Un poco sobrado, ¿no?». Dana había sido agente de policía e inspectora durante décadas. Se había abierto camino en el departamento antes de que fuera normal ver a una mujer ascender en el escalafón. Bree y su generación debían su carrera a mujeres como Dana. Desde luego, podía manejar perfectamente a gentuza como Craig.

—Vaya boca más sucia para un pastor de la Iglesia... —Dana sacó su Glock de la funda y apuntó con ella a Craig a la cara—. Largo. Ahora. Estás invadiendo una propiedad privada, no me gustaría estropear ese bonito pelo abriéndote un agujero.

Frente al cañón del arma, Craig palideció. Retrocedió unos pasos, levantando las manos en el aire.

—No puedes dispararme.

—Ya has amenazado a Bree. Estás en una propiedad privada. Si me siento amenazada, estoy en mi derecho de defenderme.

—Eso no se sostendría en un tribunal. —Craig dio un paso atrás—. Sería tu palabra contra la mía, y yo soy un pastor de la Iglesia.

—Tiene gracia: crees que estarías vivo para testificar ante un tribunal... —Dana suspiró—. Si te pego un tiro, la única persona ante la que darás testimonio es a san Pedro a las puertas del cielo. Y no creo que se trague tus gilipolleces. —Se movió hacia un lado y señaló con la cabeza hacia la salida—. No dejes que la puerta te golpee en el culo al salir.

—Esto es increíble —resopló Craig. Se desplazó de costado, sin darles la espalda, hasta que estuvo fuera. Entonces Bree oyó cómo sus pasos se aceleraban hasta echar a correr. Se acercó a la puerta y lo miró. Como en su visita anterior, su coche estaba aparcado a la mitad del camino de entrada. No apartó la vista de su vehículo hasta que las luces traseras desaparecieron en la oscuridad de la carretera.

—Quiero añadir sensores de movimiento en la entrada y seguridad en el establo en el nuevo sistema de alarma.

—Llamaré a la empresa de alarmas mañana. ¿Estás bien? —preguntó Dana—. Sé que podrías haberle dejado fuera de combate, pero no deberías tener que hacerlo. Ya tienes bastante.

—En realidad, iba a dejar que me pegara para poder presentar cargos contra él por agresión. —Bree se encogió de hombros—. Pero me alegro de que hayas intervenido. No sé cómo habría influido eso en una batalla por la custodia. Habría sido su palabra contra la mía, y la suya puede ser muy convincente.

Dana enfundó su arma y puso un brazo sobre los hombros de Bree.

—En cualquier caso, me alegro de haberlo visto desde la ventana de la cocina y de haberte ahorrado un ojo morado.

—No, me habría pegado en algún lugar que no dejara marca. ¿De verdad lo escuchaste amenazarme?

—Le oí decir que lo lamentarías y que alguien tenía que enseñarte a tener más respeto —dijo Dana.

—Pero no la parte en la que dice que si me presento en la iglesia no volveré a ver a los niños.

—No, lo siento.

Cerraron el establo. Mientras caminaban por el jardín trasero, Bree le resumió su conversación con Craig.

—¿La motivación de Craig para llevarse a los niños podría estar relacionada con el aumento que obtendría en la ayuda para vivienda? Si añades a eso las ayudas de orfandad de los niños, tener a Luke y Kayla podría hacer crecer sus ingresos considerablemente.

—No creo que los pastores de la Iglesia ganen mucho dinero, a menos que sean los dueños de una megaiglesia —dijo Dana—. Se supone que no están en ese negocio por dinero. Pero, sí, creo que eso podría ser una motivación más que verosímil.

En la cocina, Bree se deshizo de las botas y el abrigo.

—Una teoría no es una prueba, y es todo lo que tengo.

Dana se quitó los zapatos.

Como las ganas de dormir se le habían pasado de golpe, Bree empezó a pasearse arriba y abajo por la sala.

Dana cogió su copa de vino y la puso en el fregadero.

—Haré un poco de té.

—Voy a por mis notas. —Bree fue al estudio, abrió el cajón y cogió sus apuntes. De vuelta a la mesa de la cocina, empezó a ordenarlos—. Necesito revisarlo todo. Estoy pasando algo por alto.

—Lo haremos juntas. Dame unos cuantos papeles. —Dana trajo dos tazas de té a la mesa, se sentó en una silla e hizo un gesto para que le pasara las notas—. Cuatro ojos ven más que dos.

Bree había escrito unas notas muy meticulosas sobre cada entrevista y encuentro, excepto sobre los directamente ilegales. Dana revisó todas las páginas e hizo preguntas.

—Alguien estaba chantajeando a Erin —dijo Bree.

—Estoy de acuerdo. —Dana se frotó los ojos—. Veamos estas fechas en un calendario. Tal vez detectemos un patrón si reorganizamos los datos de otra forma.

—Tengo una idea.

Bree fue al estudio y cogió el calendario de mesa. Dana había transcrito las llamadas y las transacciones en listas independientes. Bree transfirió los datos al calendario físico y entonces lo vio: el dato que la señora Peterson les había revelado y que Bree no había sido capaz de identificar hasta entonces.

—Eso es. Erin fue asesinada el martes pasado. —Bree pasó las páginas del calendario hasta octubre—. Recibió una llamada desde el teléfono de prepago este martes por la mañana. —Dio unos golpecitos en el calendario—. Esa misma tarde, retiró cuatro mil dólares de su cuenta bancaria.

Bree revisó las siguientes dos retiradas de efectivo, las más recientes.

—Las dos grandes siguientes retiradas de efectivo también tuvieron lugar los martes. Aún no he transferido mis notas de la entrevista con la secretaria de la iglesia, pero adivina quién tiene el día libre los martes.

Dana se recostó hacia atrás.

—¿Craig?

—Bingo.

Se habían centrado en la relación de las retiradas de efectivo con las llamadas del móvil de prepago y habían pasado por alto un patrón más simple.

Dana suspiró.

—Todo lo que tienes es circunstancial.

—Hay casos que se han ganado con pruebas circunstanciales.

Dana arqueó las cejas.

—Solo con cantidades abrumadoras de pruebas.

—Es mejor que nada, que es lo que tenía antes. —Bree vio un mensaje en su teléfono—. Matt me ha dejado un mensaje mientras estaba en el establo.

Pulsó el botón de PLAY.

Su voz salió del altavoz del teléfono.

—Craig está en tu casa. Voy de camino.

Bree lo llamó.

—No hace falta que vengas, ya se ha ido.

—¿Va todo bien? —Matt casi parecía decepcionado.

Bree oyó el ruido de fondo de un motor.

—Sí. Dana y yo ya nos hemos ocupado de él.

—¿Qué ha pasado?

—Estaba furioso —dijo Bree—. Sabía que tú y yo hemos ido a la iglesia esta mañana, y no le ha gustado ni un pelo. —Le contó la relación entre las retiradas de efectivo y los martes—. Todd debería llamar a Craig para interrogarlo.

—Desde luego. —Matt lanzó un silbido—. Eso lo hará montar en cólera.

—Ese es el plan.

Capítulo 27

A la mañana siguiente, Bree salió de la caballeriza de Cowboy y dejó la rasqueta en el cubo de las herramientas de limpieza.

—Calabaza está aburrida.

Subida a un taburete, Kayla cepillaba el lomo de su poni. Calabaza estaba sujeta con dos cuerdas en mitad del pasillo de la cuadra. El poni tenía la cabeza hacia abajo, y apoyaba un casco trasero sobre la punta mientras dormitaba.

—¿Estás segura de que es Calabaza quien se aburre?

Bree se sentó en una bala de heno y cogió la taza de acero inoxidable que había dejado en la repisa.

Kayla pasó el cepillo por el costado del poni y le arrancó una nube de polvo.

—Llevo toda la semana sin poder montarlo. —Se bajó del taburete de un salto y lo desplazó para poder trabajar en las patas del poni. Pero Calabaza llevaba el pelaje grueso y abundante de invierno. Parecía un oso. Nada que no fuera un baño completo lo iba a dejar realmente limpio, y no iba a darse ningún baño en un futuro próximo, aunque no es que al poni pareciera importarle.

—Espero que puedan salir a pastar hoy. —Bree caminó hacia la puerta—. Iré a comprobar cómo está el hielo.

La mayor parte de la nieve se había derretido. El área que rodeaba la puerta estaba enfangada, pero el pasto solo estaba anegado de agua. Bree volvió a entrar en el establo. Apuró su café y dejó la taza en la repisa.

—Voy a arreglar una parte rota de la valla. Luego podemos dejar que salgan unas horas.

—¿Y podré montar?

—Claro.

—¡Bien! —Kayla dio una palmadita a su poni y se fue al cuarto de herramientas.

Bree había dejado un mensaje a Todd sobre la visita de Craig la noche anterior, pero el jefe adjunto aún no le había devuelto la llamada. También había llamado a la comisaría. El ayudante que había contestado al teléfono había dicho que Todd no estaba. Steph tampoco había devuelto la llamada de Bree. Hasta que alguien la llamara, Bree no tenía más pistas que seguir.

Era domingo. Pasaría el día en casa, con los niños y escribiendo la elegía de su hermana. Mañana empezaría de nuevo.

Mañana su hermana llevaría seis días muerta.

Se dejó envolver por la oleada de dolor. Luego salió del establo y se dirigió al garaje. Encontró un pequeño rollo de alambre, una caja de herramientas y unos guantes de cuero. Fue aplastando la hierba bajo sus botas mientras caminaba hacia la sección rota de la valla. Quitó el alambre roto, examinó la cerca adyacente y sujetó un nuevo trozo de alambre lo mejor que pudo. No era ninguna experta, pero la valla resistió cuando tiró de ella.

Devolvió las herramientas al garaje y, asomando la cabeza por la puerta de la cocina, llamó a Luke. Apareció un segundo después.

—Kayla va a montar a Calabaza. ¿Necesita que alguien la ayude con la silla y la brida? —Bree no había montado un poni desde que era una niña, y no sabía cuál era el protocolo a seguir por parte de los padres. Calabaza era un poni muy resistente, pero el instinto le decía que era mejor prevenir.

—Mamá suele ayudarla. Te enseñaré cómo se hace.

Luke cogió una chaqueta y unas botas y atravesaron juntos el jardín de atrás. Kayla sacó a Calabaza del establo. El poni llevaba una silla de montar inglesa sobre su rechoncho cuerpo, y una brida. Kayla se había puesto un casco.

Luke revisó las hebillas de la brida y apretó la cincha. Kayla montó. Se paseó con el poni por el corral una vez, y luego lo condujo hacia una parcela vacía de prado que discurría junto al pasto. El barro ya lamía los cascos del poni cuando empezó a trotar un poco más deprisa. Kayla seguía sujetando las riendas. Un saludable color rojo le tiñó las mejillas mientras trotaba con el poni por la pradera.

Bree se apoyó en un árbol. Se le rompió el corazón ante la idea de que tuvieran que vender el poni. Si Craig se llevaba a los niños, Bree tendría que encontrar la forma de quedarse con los caballos. No dejaría que los niños sufrieran ninguna pérdida más.

Luke la miró.

—Anoche vi a Craig salir del establo.

«Ay».

Bree asintió.

—Estaba decidiendo cómo deciros que había venido. —Señaló a Kayla con la cabeza—. ¿Sabe ella siquiera quién es?

—No. —Luke se metió las manos en los bolsillos de la chaqueta—. Yo apenas lo reconocí. ¿Por qué estaba aquí?

Bree inspiró hondo.

—Quiere la custodia de ti y de Kayla.

—¡¿Qué?! —Luke abrió los ojos con estupor—. ¿Por qué?

Bree buscó las palabras adecuadas y decidió que la sinceridad sería lo mejor.

—No sé por qué. Siento no habértelo dicho enseguida. No sé qué pensar de él.

La ira iluminó los ojos de Luke.

—¿Vas a dejar que se nos lleve?

290

—¿Qué quieres que haga?

Luke se cruzó de brazos.

—No pienso ir con él.

—¿Quieres que me enfrente con él por la custodia? —le propuso Bree—. Estoy más que dispuesta: estoy preparada para mudarme aquí, pero no quiero empeorar la situación para ti o para Kayla.

—Oí a Dana decirte que mamá quería que fueras nuestra tutora legal.

—Así es, pero Craig es vuestro padre biológico. Sinceramente, no estoy segura de cuál sería el dictamen de un juez.

—No pueden obligarme a vivir con él. —A Luke se le humedecieron los ojos.

—Voy a ser completamente sincera contigo. Tienes casi dieciséis años, el tribunal probablemente tendrá en cuenta tus deseos.

—¿Y qué hay de Kayla? —Los ojos de Luke se dirigieron a su hermana, que trotaba en un amplio círculo a lomos de su poni.

—Es pequeña. Habría que tomar la decisión por ella.

Luke se mordió el labio.

—¿Qué recuerdas del tiempo que vivió aquí contigo y con tu madre? —Bree formuló su pregunta con cuidado. Quería oír cuáles eran las impresiones de Luke, no meterle sus propias ideas en la cabeza.

—Recuerdo los gritos. Era malo con mamá y me daba miedo. —Luke apretó la mandíbula—. Ahora no me daría miedo. Si hubiera sido mayor y más fuerte en aquel entonces, no le habría dejado tratar a mamá de esa manera.

—Tenías ocho años. —Bree señaló con la cabeza hacia Kayla y Calabaza—. No eras mucho mayor de lo que es tu hermana ahora. No tienes la culpa de nada de lo que pasó.

Craig era un imbécil, pero Erin también tenía parte de responsabilidad. Había soportado el abuso emocional de Craig y sus malos modos hasta que él la maltrató físicamente. Bree no podía recordar cuántas veces Erin lo había aceptado de nuevo en su casa despúes de que él la dejara.

—No dejaría a Kayla irse con él sola —dijo Luke.

—Eres un buen hermano.

—¿Adónde nos llevaría? —preguntó Luke, sin apartar la mirada de su hermana.

—Vive en Albany. Ahora es pastor de la Iglesia.

Luke le echó un vistazo.

—¿En serio?

—Dice que ha cambiado —afirmó Bree con voz neutra. Ella nunca les diría nada malo de él a los niños. Craig podía ganar la custodia. Podría ser que tuvieran que irse a vivir con él. Bree no quería empeorar su situación.

Luke negó con la cabeza con fuerza.

—No. No le creo. Nos mentía a mamá y a mí todo el tiempo.

—Si quieres, conseguiré el mejor abogado y lucharé con él hasta las últimas consecuencias.

—Eso es lo que quiero.

—Muy bien, entonces —dijo Bree—. Tengo que decírselo a Kayla. No quiero que se entere por otra persona.

Luke asintió con la cabeza.

—Deberías esperar hasta después del funeral de mamá. Kayla está un poco nerviosa ahora mismo.

—Tal vez tengas razón. Y cuando se lo diga, me gustaría que estuvieras allí. Aunque no quiero que tenga miedo de él, ¿de acuerdo?

—De acuerdo —convino el chico—. Pero no le mentiré.

—Me parece justo —dijo Bree.

Luke había oído su conversación con Dana. ¿Habría oído otras conversaciones también?

—¿Puedo hacerte unas preguntas sobre la amiga de tu madre, Steph?

—Claro.

—Se quedó con vosotros unos días hace poco.

—Sí. Fue justo después de que Justin se marchara de casa. Mamá y Steph se pasaban casi todo el tiempo sentadas en la cocina y hablando.

—¿Y de qué hablaban?

—Del matrimonio de Steph. Lloraba mucho.

—¿Discutieron alguna vez?

—Sí. Tuvieron una pelea increíble cuando Steph se fue de nuevo a vivir con Zack. Mamá no quería que volviera con él. No le gustaba nada.

—¿Qué dijo Steph? —preguntó Bree.

—Dijo que mamá odiaba a los hombres desde que se separó de Justin.

Erin estaba enfadada y resentida cuando detuvieron a Justin por segunda vez.

—Aunque luego hicieron las paces —dijo Luke—. Mamá se disculpó y siguieron siendo amigas. —Ladeó la cabeza—. Pero luego ya no parecían tan íntimas. No hablaban ni se enviaban mensajes de texto. Antes de que Steph volviera con su marido, ella y mamá salían casi cada viernes por la noche. Nada del otro mundo, solo iban al cine o a cenar.

—Noche de chicas.

—Sí. —Luke asintió con la cabeza—. Pero dejaron de hacerlo.

—Se reconciliaron, pero su relación se resintió.

—Sí. Después de eso, la relación entre ellas siempre parecía un poco tensa.

Sin embargo, Steph había dicho que Erin era su mejor amiga. ¿Había mentido sobre eso también? ¿Había pasado algo más entre Erin y Steph?

—¿Sabes por qué rompieron Steph y Zack? —preguntó Bree.

—Zack vino aquí un día, y hablaron en el porche. Todas las ventanas estaban abiertas, así que lo escuché todo. Zack dijo que Steph lo había engañado. —Encogió un hombro—. Ella lo negó, pero él parecía bastante seguro, al menos al principio.

—¿Qué pasó?

—Ella lo convenció de que estaba equivocado. Le dijo que lo quería... Esas cosas. — La vergüenza lo hizo sonrojarse.

Kayla retrocedió al trote y detuvo el poni frente a Bree y Luke.

—¿Has terminado? —preguntó Bree.

—Sí.

Kayla se bajó del poni y lo llevó al establo.

Durante la siguiente media hora, Luke refrescó los conocimientos de Bree sobre el cuidado de los caballos.

—Tendré que practicar —dijo.

Luke señaló el caballo tordo.

—Puedes montar el caballo de mamá, Cowboy. Es un caballo de paseo fantástico. Nunca se asusta ni nada, y necesitará hacer ejercicio.

—Lo haré. —La idea animó a Bree. Algunos de sus únicos buenos recuerdos de su infancia tenían que ver con su viejo poni, que habían puesto en venta después de la muerte de sus padres. A Bree se le había vuelto a romper el corazón.

Definitivamente, encontraría una manera de conservar esos caballos sin importar lo que pasara, aunque tuviera que rogarle a Adam que le diera el dinero.

Sacaron a los caballos al prado. Rebelde corcoveó y salió corriendo, arrancando terrones de barro con los cascos. Calabaza y Cowboy estaban más interesados en pastar.

—Rebelde está eufórico. —Bree se protegió los ojos del sol y vio al caballo de Luke saltar la valla.

—Oh, sí —dijo Luke—. Lo montaré después de que queme algo de esa energía.

Entraron y se quitaron la ropa exterior. Los niños se lavaron las manos, y Kayla le contó a Dana hasta el último detalle de su paseo en poni mientras esta preparaba unos sándwiches.

—Me voy a duchar. —Bree había olvidado cuánto ensuciaban las tareas del establo. Tenía los vaqueros llenos de barro e incluso el pelo le olía a caballo.

Subió las escaleras y cerró la puerta del dormitorio. En el baño, empezó a desnudarse y a apilar su ropa en el suelo de baldosas. Las prendas apestaban en el cesto y necesitaban ir directas a la lavadora.

Bree se quitó los calcetines y las tiritas del tobillo. Los cortes de la alambrada le habían formado costras. Trazó el tatuaje de enredadera alrededor de su tobillo y el relieve de la cicatriz de debajo. Levantando la vista, se volvió para ver el tatuaje en la parte posterior de su hombro en el espejo. La cicatriz del tobillo eran dos líneas finas donde los caninos del perro la habían agarrado y le habían desgarrado la piel, pero el hombro estaba cubierto con una red de líneas irregulares. Allí la había agarrado con más contundencia, y sus dientes se habían hincado más profundamente en la carne.

Las enredaderas imitaban el diseño de su tobillo, verde oscuro con unas pequeñas flores azules. Comenzaban en la clavícula y le serpenteaban por encima del hombro. En su espalda, las intrincadas enredaderas se enroscaban desde la base del cuello hasta la parte inferior del omóplato. En el centro, sobre la parte más profunda de la cicatriz, el tatuador había grabado una libélula del tamaño de un puño. Los tonos de azul brillante y verde claro eran casi iridiscentes.

El especialista había tardado seis meses en terminar el tatuaje. Recordaba el día en que lo terminó, cuando el recordatorio de su tragedia infantil había quedado completamente cubierto, como un mural pintado sobre un grafiti.

Había cogido un horrible recuerdo de su pasado y lo había transformado en algo hermoso. Se había reapropiado al fin de lo ocurrido.

Y, sin embargo, ahora la muerte de su hermana le evocaba hasta el más terrible de los detalles: la relación tormentosa de sus padres, la traición final y definitiva de su padre. Él había tenido la última palabra. Aunque el matrimonio de Erin no había sido así: Justin nunca había sido un hombre violento.

Pero alguien había matado a su hermana.

¿Estaría Bree cometiendo un error respecto a Steph? ¿Habría engañado a Bree con una interpretación digna de una buenísima actriz? El padre de Bree había sido un camaleón, capaz de cambiar su personalidad para adaptarse a su entorno social. ¿Podía Steph tener también esa capacidad? ¿Era una mujer manipuladora?

Bree se frotó las sienes con el índice y el pulgar. La idea que se estaba formando en su cabeza le provocaba un intenso dolor detrás de los ojos. No quería pensar en que Steph les hubiera mentido a Erin, a su propio marido y a Bree.

El intruso que Bree había perseguido en casa de Erin era un hombre. Tal vez no era la misma persona que había matado a Erin.

El hecho era que Steph le había dicho a Bree que la última vez que había visto a Erin había sido al salir del trabajo, a las cuatro en punto del martes. Sin embargo, había llamado a Erin por teléfono a las seis. ¿Lo había olvidado o había mentido a Bree?

Abrió el grifo de la ducha y ajustó la temperatura a caliente. Se metió bajo el chorro y dejó que el agua a presión cayera sobre ella, arrancándole la suciedad.

Erin y Steph habían sido muy buenas amigas en algún momento. Habían confiado plenamente la una en la otra. Tal vez Erin había sabido algo sobre Steph, un profundo y oscuro secreto que Steph quería guardar. Si Steph había engañado a su marido, tal vez Erin fuese la única persona que sabía la verdad. Tal vez el matrimonio de Steph dependía del silencio de Erin.

Cuando Bree se hubo duchado, cerró el grifo y se secó. Se envolvió la toalla alrededor del cuerpo, atando el extremo sobre sus pechos, y salió de la ducha. Cogió el teléfono.

Bree necesitaba interrogar a Steph sin que su marido estuviera presente. Era imposible que admitiera que había tenido una aventura con Zack a su lado. ¿Pero cómo podía conseguir hablar con ella a solas?

Entonces tuvo una idea. Los domingos, el salón de peluquería estaba abierto desde el mediodía hasta las cinco de la tarde. Llamó a Halo.

—Salón de peluquería y spa Halo. ¿En qué puedo ayudarle? —dijo la recepcionista.

—Me gustaría pedir cita para un corte de pelo con Stephanie Wallace.

—¿Cuándo le va bien?

—Lo más pronto posible —dijo Bree.

—Hoy Steph tiene el día libre. Déjeme ver mañana. Está de suerte, ha tenido una cancelación a las cuatro en punto. ¿Le va bien a esa hora?

—Es perfecto —dijo Bree.

Acababa de garantizarse una hora con Steph. Un salón de peluquería lleno de clientela no era el mejor lugar para un interrogatorio, pero al menos Zack no estaría allí, y Steph no podría evitar las preguntas de Bree.

Bree usó una toalla de mano para limpiar el vapor del espejo. Su reflejo era borroso, pero veía de forma nítida las bolsas debajo de sus ojos, que estaban ligeramente inyectados en sangre y con los bordes enrojecidos. El dolor dejaba marcas.

Craig podría haber matado a Erin, o podría estar solo aprovechando la oportunidad que se le había presentado con su muerte. Por mucho que Bree no quisiera admitirlo, Steph figuraba ahora en su lista de sospechosos.

Después de todo, matar a alguien era la única forma de asegurarse de que ese alguien se llevara un secreto a la tumba para siempre.

Capítulo 28

El lunes por la mañana, el sol asomaba por las persianas de la cocina de Matt. Se tomó un café mientras buscaba, en un sitio web religioso, testimonios cristianos. El día anterior había almorzado en casa de sus padres, trabajado con los perros de rescate de su hermana y luego había pasado el resto de la jornada revisando las detalladas notas de Bree.

Había estado investigando en internet a Craig y a su iglesia. Había consultado el apartado ACERCA DE NOSOTROS y la biografía de Craig, que incluía tanto su formación educativa como un resumen de su testimonio. Matt se preguntó cómo de difícil era ordenarse pastor de la Iglesia.

Bebió más café y comenzó a investigar la universidad en línea donde Craig había obtenido su certificado. El programa parecía muy sencillo, pero no vio nada que sugiriera que la institución no era legítima. Aun así, Craig no parecía tener la experiencia que Matt hubiera esperado. La secretaria de la iglesia había insistido en que el testimonio de Craig había sido la clave.

Matt buscó en Google «testimonios cristianos» y obtuvo páginas y más páginas de sitios web dedicados a ellos. Había demasiados para leerlos todos. Volvió al motor de búsqueda y añadió las palabras clave de la historia de Craig.

Ahí estaba.

El primer resultado de la búsqueda era un testimonio de diez años antes.

«Salí al lago con mi velero. Era un hermoso día de otoño; había salido el sol y las hojas empezaban a cambiar de color. Entonces, una repentina ráfaga de viento golpeó las velas e hizo volcar el barco. Cuando volcó la embarcación, la botavara giró y me dio un golpe en la cabeza. Me caí al lago. El agua estaba helada, empecé a sentirme muy confuso y se me nubló la vista. No podía nadar. A duras penas era capaz de agarrarme al casco cuando oí una voz que me decía que me diera la vuelta: había un salvavidas flotando a unos pocos metros de distancia. Minutos después, apareció un pequeño bote. El hombre me dijo que se despertó sintiendo la necesidad imperiosa de sacar su bote al lago. Al día siguiente, cuando me desperté, oí la misma voz que me había dirigido al salvavidas diciéndome que fuera a la iglesia. Tan pronto como entré en el santuario, me invadió una sensación de paz. Mi vida no ha vuelto a ser la misma desde entonces».

Se desplazó por las ventanas abiertas del ordenador y volvió a la historia de Craig.

Era casi idéntica, pero la historia de diez años antes había sido escrita por un hombre que se llamaba Brandon Smith. Diez años atrás, cuando publicó su testimonio en internet, Brandon era un alcohólico rehabilitado de cincuenta años que vivía en Idaho.

Craig le había robado su testimonio, casi palabra por palabra.

—Menudo cabrón —le dijo Matt a Brody.

El perro apenas movió una oreja.

Matt cogió su teléfono y llamó a Bree. Cuando contestó, le explicó lo que había descubierto:

—Craig plagió su testimonio. —Le leyó la historia de internet.

—No es ninguna sorpresa. —Bree lanzó un resoplido—. Por la escena que montó aquí el sábado por la noche, está claro que estaba muy nervioso por si hablábamos con alguien de la iglesia. Lo fía todo a su carisma, pero la iglesia no va a pasar por alto las mentiras.

—¿Cómo pasaste el domingo? —le preguntó.

—He añadido a Steph a la lista de sospechosos. —Bree le explicó por qué creía que Erin podría ser la única persona que sabía que Steph había engañado a su marido—. A Steph se le olvidó decirme que llamó a Erin poco antes de morir. Tampoco mencionó que tuvieron una fuerte discusión. Luke dice que Erin y Steph ya no siguieron siendo tan amigas después de eso. Le dejé un mensaje a Steph, pero no me ha devuelto la llamada.

—O te está evitando o está enferma.

—Tiene que ir a trabajar más tarde hoy.

—Tal vez exageró sus náuseas matutinas —sugirió Matt.

—Eso es lo que estaba pensando. También resulta irónico que se haya quedado embarazada casi inmediatamente después de volver con su marido.

—Estuvo muy atento con ella cuando los vimos.

—Tal vez se quedó embarazada para asegurarse de que él no rompiera con ella —dijo Bree—. He pedido una cita para un corte de pelo con ella en la peluquería. Usé el nombre de Dana. Steph no sabrá que soy yo hasta que aparezca.

—Dudo que responda a ninguna pregunta en un lugar muy público.

—Pero seguramente la cogeré con la guardia baja —dijo Bree.

—Estaré en el aparcamiento, por si algo sale mal. El arma que mató a tu hermana sigue desaparecida.

—Soy yo la que va armada —señaló—. Hablando de sospechosos, Dana ha recibido una llamada del abogado de mi hermana esta mañana. Resulta que Erin tenía una pequeña póliza de seguro de vida.

—¿Cómo de pequeña?

—Cincuenta mil. Los niños son los beneficiarios, pero el dinero será administrado por su tutor hasta que cumplan los dieciocho años. Contrató la póliza poco antes de quedarse embarazada de Kayla. Craig vivía con ella en ese momento.

—Así que él podría estar al corriente.

—Sí —convino Bree—. ¿Qué pasa con el GPS de Craig?

—Ayer se pasó todo el día en la iglesia, que es justo lo que esperábamos. Un momento. Déjame ver si se ha movido esta mañana. —Matt transfirió su llamada al altavoz y abrió la aplicación del teléfono—. Está en Saratoga Springs.

Matt hizo un zum sobre su ubicación.

—Está en el Casino Springs. —Estaba sorprendido solo a medias.

Bree empezó a reírse.

—¿Tiene problemas con el juego? No puede ser tan simple.

—Solo hay una forma de averiguarlo.

—¿Vamos a ir al Casino Springs?

—Sí. Te recogeré en quince minutos.

Una hora más tarde, Matt detuvo el coche en el aparcamiento del casino, que estaba medio lleno.

—Ahí está el coche de Craig —señaló Bree a través del parabrisas.

Matt aparcó dos filas atrás y de frente.

—¿Cuál es el plan? —preguntó Bree.

—Mantente fuera de su vista —dijo Matt—. Te vería en un segundo. Entraré a ver si puedo encontrarlo. Avísame si sale del edificio.

—No me gusta el plan, pero de acuerdo. —Se acurrucó en el asiento.

Matt salió del todoterreno y entró en el edificio. Recorrió el casino, pero no vio a Craig en la sala de juego. Bajó por una amplia escalera hasta la parte inferior del casino, donde varias hileras de monitores retransmitían en simultáneo las carreras de caballos. Los apostantes leían y tomaban notas en sus formularios, y luego hacían cola en las ventanillas para formalizar sus apuestas. Incluido Craig, que era el siguiente en la ventanilla.

Matt comprobó la hora. La transmisión simultánea de las carreras de caballos comenzaba al mediodía. Cogió un formulario de apuestas. Apoyado en la pared, sacó su teléfono y simuló estar enviando un mensaje. En lugar de eso, grabó a Craig haciendo apuestas.

Craig se alejó de la ventanilla y encontró sitio frente a un monitor.

La postura de su cuerpo era tensa. Se metió el formulario de apuestas doblado bajo la axila y se cruzó de brazos. En la pantalla, los caballos salieron del cajón. Los animales corrieron la primera vuelta y llegaron a la recta final como si fueran uno solo, hasta que tres animales se adelantaron del grupo al final de la recta. Craig cerró el puño. A mitad de camino de la línea de meta, un caballo se cayó, exhausto. Craig levantó las manos en el aire bruscamente y empezó a darse golpes en la frente, con sus rasgos petrificados en una mueca de asombro.

Había perdido.

Comenzó la siguiente carrera. Segundos después de que sonara la campana y los caballos salieran disparados de nuevo del cajón, los hombros de Craig se desplomaron, y Matt tuvo que concluir que el caballo al que había apostado estaba en la parte de atrás del pelotón. La tercera carrera tampoco le fue bien.

Matt le envió un mensaje a Bree:

Está apostando a las carreras de caballos y se le da de puta pena.

Bree le envió un *emoji* con el pulgar hacia arriba.

303

Craig hizo unas cuantas apuestas más y, al parecer, ganó una. En general, sin embargo, iba a volver a casa con el rabo entre las piernas. Se dirigió a la salida con gesto de derrota.

Matt le envió un mensaje de texto:

Está saliendo.

La respuesta de Bree fue inmediata:

OK.

Craig salió del edificio. Se dirigió al otro lado del aparcamiento, con la cabeza inclinada sobre el teléfono. A dos filas de su coche, levantó la vista, vio a Bree y dio un traspié.

Estaba apoyada en su coche.

—Hola, Craig.

—¿Qué haces aquí? —Craig recobró el equilibrio, pero estaba sudando, a pesar de que la temperatura rondaba los cuatro grados. Su presencia en el casino lo había dejado fuera de juego.

Matt dio una vuelta completa para poder verlos a ambos de perfil y oír su conversación, pero se quedó atrás unos tres metros. Craig no pareció advertir su presencia; estaba demasiado centrado en Bree.

Esta levantó el móvil en el aire y sacó una foto de Craig.

—Gran foto con el letrero del casino en el fondo.

Craig se abalanzó sobre el teléfono.

Ella se apartó, manteniendo el teléfono fuera de su alcance. Lo amenazó con un dedo.

—No me pongas las manos encima. No te gustará lo que pasará entonces.

Craig miró fijamente el teléfono, entornando los ojos. Le palpitaba una vena del cuello.

—¡Eso es una invasión de mi intimidad!

—Legalmente, no hay expectativa de intimidad en un espacio público —dijo Bree—. Hay cámaras a nuestro alrededor, ese casino está lleno de ellas. Cada vez que entras en un espacio público, te están filmando. ¿Qué crees que le va a parecer a tu congregación tu afición al juego, como pastor?

Craig no dijo nada. Apretó la mandíbula, moviéndola de un lado a otro. Su cuerpo no se movía, pero era evidente que le hervía la sangre por dentro.

—¿Quién dice que estaba apostando? Tal vez estaba aquí para ayudar a un alma perdida.

—¿Recuerdas las cámaras que mencioné antes?

—No es tu jurisdicción, aquí no tienes autoridad. La seguridad del casino nunca te daría copias de sus grabaciones de vigilancia.

—Pero sí se las entregarían al departamento del sheriff del condado de Randolph después de mantener una larga charla con ellos...

Matt vio cómo Craig trataba desesperadamente de buscar una salida a su situación. Pasó junto a él y se plantó al lado de Bree.

—Tengo un vídeo muy bueno de ti haciendo apuestas en la ventanilla.

—¿Y quién eres tú? —exclamó Craig.

—Un amigo de la familia —dijo Matt—. Pero eso no es importante.

—¿Qué tal si hablamos? —sugirió Bree.

Craig dirigió su mirada a ella.

—¿Qué es lo que quieres?

—¿Mataste a Erin? —le preguntó Bree.

—¡No! —Echó la cabeza hacia atrás—. ¿Por qué iba a hacer eso?

—Tienes un problema con el juego. —Bree enumeró cada punto, levantando un dedo cada vez—. Los pastores de la Iglesia no ganan mucho dinero, y los dos niños van a recibir ayudas de orfandad. En tu comunidad te darán un subsidio más cuantioso. Así que, en resumidas cuentas, por dinero.

Craig entrecerró los ojos.

—Es la cosa más absurda que he oído en mi vida. —Pero su voz carecía de vehemencia, y su expresión era tensa, como si algo de lo que había dicho Bree se acercara demasiado a la verdad.

—¿Lo es? —preguntó Bree.

Craig dio un paso atrás y se recompuso. Los rasgos de su cara se transformaron y la ira se fue diluyendo, pero, bajo su nueva y sosegada apariencia, Matt vio una mente calculadora. Craig era un jugador. ¿Iba de farol?

—Tengo un vídeo de ti haciendo apuestas en el casino —dijo Matt.

Craig se encogió de hombros.

—¿Y? Soy débil. Los hombres cometen pecados. Forma parte del ser humano. Me arrepentiré. El perdón está ahí para todos los que lo buscan. Convertiré toda esta experiencia en un sermón.

Matt no tenía ninguna duda de que Craig podría darle la vuelta a aquello como si fuera un calcetín. No era un farol; sabía hasta dónde podía llevar su carisma.

Craig levantó un dedo admonitorio hacia Bree.

—No me vengas con acusaciones falsas otra vez. Tendrás noticias de mi abogado sobre la demanda de custodia. —Bajó la mano. Sus ojos grises y azulados eran tan fríos como un glaciar—. Son mis hijos. Se van a venir a vivir conmigo, y no hay nada que puedas hacer al respecto.

Craig se dio media vuelta, se metió en su coche y se fue.

Matt vio al coche desaparecer en la carretera principal.

—Pensé que se derrumbaría cuando lo hemos pillado apostando, pero he subestimado su ego.

—Es un ego enorme —convino Bree.

—Mira el lado bueno —dijo Matt—. Sabemos que Craig tiene un problema con el juego y las apuestas. Probablemente esté endeudado. Podemos llevarle lo que tenemos a Todd. Esto debería bastar para llamar a Craig para interrogarlo.

—Todavía no tenemos pruebas de que Craig y Erin hayan tenido algún contacto reciente. Todd se ha centrado en las personas que hay actualmente en la vida de Erin, no en alguien a quien se supone que no ha visto en años. —Bree se dirigió a la puerta del pasajero del todoterreno—. Por desgracia, ahora le hemos mostrado a Craig nuestras cartas. No volveremos a cogerlo por sorpresa: la próxima vez estará preparado.

Capítulo 29

Sacó la Sig Sauer P226 de su bolsillo y acarició el cañón. Había llevado su propia Ruger nueve milímetros a la casa de Justin esa noche, pero cuando vio la Sig ahí mismo, usó esa arma en su lugar. Era una pistola preciosa, todo un clásico. La había dejado en el suelo junto al cadáver con la esperanza de que culpasen a Justin por la muerte de Erin. Por desgracia, Justin la había cogido y había salido tras él para perseguirlo.

Una decisión de la que Justin no tardó en arrepentirse. Ahora Justin estaba fuera de combate, pero esa zorra era un problema. Esa mujer podía arruinarlo todo.

Abrió su libreta y revisó sus notas. Había estado vigilándolos a todos, y su plan estaba saliendo a pedir de boca. El seguro de vida de Erin sería la clave.

Todo fue por el dinero.

Abrió su portátil y se desplazó por las fotos. Esa mujer no iba a entrar en vereda; pensaba que podía desafiarlo, traicionarlo incluso.

La furia que se apoderó de él le resultaba tan familiar que era reconfortante. Lo acompañaba casi todo el tiempo, como una amiga que sabía que le traería problemas, pero con la que le gustaba estar de todos modos.

Abrió la bolsa de nailon reutilizable de la tienda de deportes y empezó a vaciarla. Colocó las cajas de balas junto al chaleco de caza que había comprado ese mismo día. Se llenó los bolsillos con munición y dejó las armas a la vista: la Sig que había cogido de casa de Justin y su propia Ruger. Cargó ambas armas y el cargador extra de la Ruger. Luego llenó los bolsillos del chaleco con balas.

Un hombre debería conseguir lo que le correspondía, lo que se había ganado con el sudor de su frente. Y si algo o alguien intentaba detenerlo…

Entonces ese alguien debía morir.

Capítulo 30

—No tenías por qué traerme —dijo Bree desde el asiento del pasajero del todoterreno de Matt.

Matt la miró.

—Le prometimos a Dana que ninguno de los dos iría solo, ¿verdad?

—Steph no me va a disparar en medio de una peluquería llena de gente —dijo Bree.

—Jack también estará ahí. Ya sé que tiene una coartada, pero, en mi opinión, es débil.

—Cierto. —Bree estudió la parte delantera del salón—. Pero solo voy a hacerle unas preguntas. Hago esto todos los días, ten un poco de fe en mí.

El hombre asintió con la cabeza.

—Aun así, acordamos cubrirnos mutuamente, así que estaré aquí fuera esperando. Envíame un mensaje si algo sale mal.

—En ese caso… —Bree se sacó su Glock de la funda del tobillo y la puso en la guantera—. Úsala solo en caso de emergencia.

Matt asintió con la cabeza, pero no parecía contento.

Bree echó un vistazo al aparcamiento. Matt había aparcado en la parte trasera, a la sombra de un roble maduro, encarado hacia el frente. Desde allí veía claramente la totalidad del salón, incluidas, en línea recta, las ventanas cristaleras de la parte delantera del edificio.

Cogió su bolso y se bajó del coche. Se cruzó la correa del bolso por encima del hombro mientras cruzaba el parking. Una vez dentro, cuatro recepcionistas estaban muy atareadas atendiendo la breve cola de clientas. Cuando le llegó el turno, Bree dio el nombre de Dana, que es el que había usado para concertar su cita.

Una joven delgada vestida de negro llevó a Bree a la zona del lavado de cabezas y le aplicó la primera pasada de champú. Bree se recostó e intentó disfrutar del champú y del masaje capilar, pero su mente no podía dejar pasar el incidente con Craig. Lo único que había sonado a verdad en toda la conversación en el exterior del casino fue cuando él negó haber disparado a su hermana. Suponiendo por un momento que Craig no fuera el asesino de Erin, ¿cómo iba Bree a proteger a los niños de él?

Luke había dejado muy claro que no quería saber nada de Craig. ¿Qué peso tendrían los lejanos recuerdos del chico frente a un juez?

Si ella no podía probar que Craig no era apto como padre, probablemente se le concedería la custodia. Era un ciudadano honrado, empleado como pastor de la Iglesia, nada menos. Bree estaba segura de que podría hacer desfilar ante el tribunal a un montón de trabajadores de la iglesia y feligreses que testificarían a su favor. Solo un delito grave influiría en un juez bajo esas circunstancias.

La chica que le había lavado el pelo acompañó a Bree a la cabina de Steph. Bree se sentó en la silla y colgó su bolso en un pequeño gancho bajo el mostrador. En la peluquería había mucho trajín y el ambiente era ruidoso. Las voces y el zumbido de los secadores de pelo resonaban en el espacio embaldosado de altos techos.

Steph asomó por la esquina con botas de gamuza negra, medias negras y un ajustado vestido de punto negro. Tenía los ojos hinchados y enrojecidos, y la cara tan pálida que su pintalabios rojo parecía extremadamente chillón. Cuando vio a Bree, Steph se quedó paralizada y el escaso color que tenía en las mejillas se desvaneció por completo.

Bree había llegado con la esperanza de pillar a Steph en una mentira, pero al verla, la preocupación se impuso a su plan inicial. Steph tenía un aspecto terrible. ¿Se la estarían comiendo viva los sentimientos de culpa? ¿O era otra cosa?

Steph sería la peor jugadora de póquer de la historia. Una rápida sucesión de emociones fueron transfigurándole el rostro: sorpresa, un destello de esperanza…

Y miedo.

Bree sintió un nudo de inquietud en el estómago. Se había equivocado en algo. ¿Qué era lo que había pasado por alto?

—¡Bree! —Steph caminó hacia ella con las manos extendidas—. No sabía que ibas a ser mi clienta hoy. Tu nombre no está en mi lista.

—Perdón por la confusión. Mi amiga concertó la cita. —Bree se puso de pie para saludarla.

Steph le dio un rápido abrazo con un solo brazo.

—No pasa nada. —Pero le temblaba la voz.

—Podría pedir que me corte otra persona el pelo si no quieres cortármelo tú —se ofreció Bree.

—¿Y por qué no iba a querer cortarte el pelo? —Steph dio una palmadita en el respaldo de la silla y Bree se sentó.

Cada cabina del salón de peluquería constaba de una silla, un mostrador gris oscuro y un espejo. Debajo de cada mostrador había una columna vertical de cajones. Steph abrió un cajón y sacó un peine.

—Quería verte otra vez, y necesito un buen corte.

—Bueno, me alegro de que hayas venido. Erin se enfadaría mucho si aparecieras en su funeral con un peinado que no fuera fabuloso. —Steph le peinó el pelo mojado, alisándolo—. ¿Solo cortar, entonces?

—Sí, por favor. —Bree mantenía el largo de su pelo en un corte básico a la altura de los hombros que podía recogerse fácilmente en una cola de caballo o un moño. Recibía demasiadas llamadas intempestivas en plena noche para cualquier peinado un poco más sofisticado que precisara más atención.

—Por supuesto.

Steph abrió otro cajón y eligió unas tijeras con manos lo bastante temblorosas como para hacer que Bree tragara saliva.

¿De quién había sido la idea de interrogar a una mujer potencialmente inestable mientras sostenía unas tijeras afiladas tan cerca de la garganta de Bree?

—¿Cómo te encuentras? —preguntó Bree.

La boca de Steph formó una línea recta.

—Bien. Las náuseas matutinas están mejorando.

«¿Entonces por qué tiene ese aspecto cadavérico?».

—Zack parece muy emocionado, pero claro, no es el que vomita cada mañana... —comentó Bree en tono animado.

Al oír el nombre de Zack, Steph se puso tensa. Se cortó el dedo con las tijeras y un hilo de sangre le brotó de la herida.

—¿Estás bien?

—Sí, es solo un rasguño. —Steph sonrió, pero su expresión aún era tensa. Dejó las tijeras, abrió un cajón y sacó una tirita.

—¿Estás nerviosa por lo de mañana? —En el espejo, Bree vio cómo se envolvía la tirita alrededor del dedo.

Steph se sorbió la nariz y se limpió una lágrima de la cara.

—Sí y no. Quiero decir, va a ser muy duro, pero siento que también nos va a ayudar, ¿sabes? Como si compartir nuestro amor por Erin y los buenos recuerdos fuera a ayudarnos a sobrellevarlo un poco mejor. Tal vez todo ese amor nos acercará también su espíritu.

Bree levantó la mano y tocó el brazo de Steph.

—Es un pensamiento muy bonito. Gracias.

—¿Sientes su presencia a tu lado? —Steph tiró el envoltorio de la tirita a la papelera y se puso manos a la obra. Peinó a Bree y empezó a cortarle las puntas, manejando las tijeras con destreza y práctica. Ahora que estaba trabajando, los movimientos de Steph se suavizaron, pero cada vez que se detenía, Bree veía que aún le temblaban las puntas de los dedos.

—A veces, cuando estoy en la casa rodeada de todas sus cosas, sí la noto —dijo Bree—. Todas esas vacas…

Una breve carcajada brotó de la garganta de Steph. Se tapó la boca.

—Le encantaban las vacas. El año pasado quería comprar una de verdad, pero Luke la convenció de que no lo hiciera.

—Menos mal que es un chico sensato. —Bree sonrió. No recibía ninguna señal de que Steph no estuviera siendo sincera con ella, solo percibía una tristeza agridulce y un vago nerviosismo cuyo origen Bree no sabía señalar.

—Yo solo quiero acabar con lo de mañana lo antes posible —dijo Bree, y la franqueza de sus palabras le oprimió el pecho—. Me preocupan los niños. Preparar el funeral ha sido duro para ellos, pero, como has dicho antes, puede que también sea catártico. No hay forma de evitar el duelo. Todos tenemos que pasar por eso, no importa lo difícil que sea.

—Esos pobres niños… —Steph se atragantó unos segundos. Luego volvió a peinar a Bree, comprobando la uniformidad, cortando allí donde la línea no era perfectamente recta.

—¿Estás contenta con lo del bebé? —preguntó Bree.

—¿Quién no lo estaría? —Steph esbozó una sonrisa forzada—. Aunque fue una sorpresa. No lo planeamos, pero supongo que estas cosas pasan. Menuda suerte la mía, ser parte del uno por ciento de mujeres que se quedan embarazada aun tomando anticonceptivos, ¿verdad?

—Alguien tiene que ser esa una de cada cien.

—Sí.

El tono de voz y el comportamiento de Steph activaron más alarmas en la cabeza de Bree. Algo no iba bien, lo que le recordó la llamada por la que había venido a preguntar. El extraño comportamiento de Steph había despistado a Bree.

—Estaba pensando en mi última conversación con Erin —dijo Bree—. No hablamos de nada importante. No recuerdo si le dije que la quería… Si hubiera sabido que iba a ser la última vez que hablaría con ella, le habría dicho muchas cosas.

Los ojos de Steph se llenaron de lágrimas.

—Yo también. Ni siquiera me despedí. Estaba con una clienta, y ella salía corriendo por la puerta.

—¿No hablaste con ella después del trabajo?

Steph negó con la cabeza.

—Me fui a casa y me di una larga ducha de agua caliente. Esa tarde había hecho un tratamiento de alisado y los productos me provocaron unas náuseas tremendas. Quería quitarme el olor de encima.

—¿Estás segura? Vi una llamada desde tu móvil a casa de Erin a las seis de la tarde.

Steph soltó las tijeras.

—Eso no puede ser. Recuerdo el martes con mucha claridad: casi le vomito encima a la clienta.

—Eso no habría estado nada bien.

—Para nada. —Steph miró a su alrededor, y luego buscó su teléfono en el bolsillo—. No nos dejan sacar los móviles mientras estamos trabajando, pero no veo a Jack. Te lo enseñaré. —Se desplazó por el teléfono. Arrugó la frente y sus cejas acentuaron su gesto de la confusión—. No lo entiendo. Aquí hay una llamada. —Bajó el teléfono para que Bree lo viera y señaló el número de Erin—. Estoy segura de yo no hice esta llamada.

Mentir era estresante, y la mayoría de la gente se ponía muy nerviosa, pero la actitud de Steph parecía sincera.

—¿Quién tuvo acceso a tu teléfono mientras te duchabas? —preguntó Bree, pero ya sabía la respuesta. Un sudor frío le recorrió el cuerpo.

—La única persona que estaba en casa era... —Steph aspiró el aire de golpe. Se tapó la boca con una mano—. Oh, Dios mío...

A Steph se le cayó el cepillo del pelo. Puso una mano en el mostrador, se apoyó en él y empezó a hiperventilar.

Bree se puso de pie y le cogió el otro brazo.

—Tranquila, no pasa nada.

—Claro que pasa.... —jadeó Steph.

—Respira hondo y suelta el aire despacio—dijo Bree.

—No lo entiendes. —Steph negaba con la cabeza, pero no estaba llorando, sino que parecía horrorizada.

—Sí que lo entiendo —dijo Bree, sintiendo cómo el frío le calaba los huesos. No era Justin quien tenía una personalidad camaleónica como la de su padre. Era Zack. Bree debería haberlo visto.

El teléfono de Steph sonó en su mano y la joven se sobresaltó, a punto de que se le cayera al suelo.

—Es él.

—No contestes.

—Tengo que hacerlo. Se pone como loco si no lo hago. —Steph se tocó la mejilla.

Mirándola más de cerca, Bree vio el tenue color de un moretón a través del maquillaje de Steph. Sintió una ira cada vez mayor. Bree no había estado allí cuando Craig le dio una paliza a su hermana, pero estaba allí ahora, y no dejaría que Zack volviera a hacerle daño a Steph.

El teléfono sonó dos veces más. Steph dejó el dedo en suspenso sobre el dispositivo, con el miedo en los ojos.

—Se va a enfadar.

—¿Te pega? —preguntó Bree.

Steph bajó la mirada al suelo.

—Sí.

El teléfono sonó de nuevo.

—No vuelvas a casa con él —dijo Bree—. Te mereces algo mejor.

—Eso era lo que decía Erin. —Steph se sorbió la nariz—. No quería que volviera con él, y eso que ni siquiera me pegaba entonces. Dijo que tarde o temprano lo haría. Ella ya lo sabía.

El teléfono dejó de sonar. A Steph le temblaron aún más las manos.

—No sabes cómo ha estado últimamente. El hecho de que yo esté embarazada lo ha sacado de quicio. Se ha vuelto posesivo... No, obsesivo. No le gusta perderme de vista. Me llama cada una o dos horas e insiste en que le conteste. Hace un seguimiento de mi dieta y ejercicio. Revisa mi móvil y mi actividad en internet. —Tragó saliva—. No quiero ir a casa. No puedo vivir con él, con el miedo, más tiempo. Esta mañana he metido algunas de mis cosas en una bolsa. No voy a ir a casa. Lo voy a dejar.

—¿Adónde irás?

—No lo sé. A un hotel, supongo. Tengo dinero en efectivo. —El teléfono de Steph vibró—. Me ha enviado un mensaje de texto. Dice: «Llámame ahora mismo».

—No le hagas caso.

—No puedo. Tengo que hablar con él, o sabrá que pasa algo. Sabrá que lo voy a dejar. Tiene un arma. —Steph palideció por completo.

Bree la cogió por los hombros.

—¿Por qué habría llamado a Erin el martes por la tarde?

—No lo sé.

A Bree no le gustaba la corazonada que le estaba revolviendo las tripas.

—¿Tendría Zack alguna razón para matar a Erin?

El pánico se apoderó de los ojos de Steph.

—No. No podía tener ninguna.

No había dicho que no la tuviera.

El teléfono sonó de nuevo.

Steph respondió, con voz artificialmente aguda.

—Hola, cariño.

—No me cogías el teléfono. —Zack hablaba lo bastante fuerte para que Bree lo oyera—. Ya te dije lo que pasaría si me ignorabas.

—Lo siento. Acabo de ver tu llamada. Estaba en el baño. Ya sabes que tengo que orinar a todas horas últimamente. —Steph hablaba demasiado, con palabras atropelladas.

—Y una mierda. —Su tono era de enfado y glacial—. ¿Con quién estás?

—Con una clienta.

—¿Con quién?

Steph abrió los ojos con impotencia y parecía a punto de derrumbarse.

—No la conoces.

—Estás mintiendo. ¿Con quién coño estás? —dijo a gritos Zack.

A Bree le dieron ganas de arrancarle el teléfono y gritarle a aquel malnacido.

—Se llama Dana. —A Steph se le saltaron las lágrimas—. No la conoces.

—Sé que estás mintiendo. He visto a la hermana de Erin entrar en la peluquería, y sé que esta mañana has hecho una maleta con tus cosas. Ya te dije que nunca dejaría que te fueras.

La llamada se cortó.

Steph se quedó mirando fijamente el teléfono y luego alzó la vista hacia Bree. El temblor le empezó en las manos y luego fue extendiéndose por su cuerpo hasta que apenas pudo mantenerse en pie. Su cara ya pálida se volvió del color de la nieve. Le fallaron las rodillas.

Bree se arrancó la capa de plástico y condujo a Steph a la silla.

—Respira hondo y aguanta el aire. Eso es. Ahora exhala el aire, así, despacio.

La guio durante unas cuantas respiraciones más, en silencio, hasta que estuvo segura de que Steph no iba a hiperventilar ni a desmayarse.

—Todo va a ir bien —le aseguró Bree.

—No, no es verdad. No va a ir bien, tú no lo conoces.

Steph se inclinó hacia adelante, con las manos enroscadas alrededor de su vientre en actitud protectora, sacudiendo la cabeza una y otra vez.

—Eso no importa. —Bree se agachó hasta situarse a su altura—. Mírame.

Steph levantó los ojos.

—Voy a protegerte —dijo.

El teléfono de Steph emitió tres pitidos en rápida sucesión. Ambas miraron la pantalla; aparecieron tres mensajes de Zack:

Te lo advertí.

Todo es culpa tuya.

Estás muerta.

CAPÍTULO 31

Matt se incorporó de golpe. A través del parabrisas vio como un coche se acercaba al bordillo de enfrente del salón de peluquería. Zack Wallace salió del lado del conductor. Vestido con vaqueros, una camisa de franela roja y negra, y un chaleco de caza, permaneció junto a su coche durante unos segundos, mirando fijamente al local. Luego cerró la puerta y rodeó la parte delantera de su vehículo. Caminaba con paso vacilante, y estaba tan concentrado mirando al establecimiento que se tropezó con el bordillo.

Su presencia no tenía por qué provocar ninguna alarma. Al fin y al cabo, la mujer de Zack trabajaba allí. Podría haber pasado a verla allí por cualquier razón; ella podría haberlo llamado. Podría haberse dejado en casa algo que necesitara. Tal vez solo quería verla por otra razón.

Pero el lenguaje corporal de Zack, su rigidez, hizo que Matt tuviera un mal presentimiento. El instinto lo hizo salir de su todoterreno.

Cuando Zack se volvió para abrir la puerta del salón, Matt vio que llevaba dos pistolas en la cintura de sus pantalones.

Matt metió la mano en el interior de su coche y sacó la pistola de Bree de la guantera. Corriendo hacia el edificio, sacó su teléfono y pulsó varios botones. Le envió a Bree un mensaje rápido —«Zack entrando, va armado»—, y luego llamó al número de Emergencias.

—¿Cuál es su emergencia? —preguntó el teleoperador.

—Un hombre armado acaba de entrar en el salón de peluquería y spa Halo. —Matt corrió hacia la puerta mientras le daba la dirección y la descripción de Zack.

—¿Ha habido disparos? —preguntó el teleoperador.

Matt llegó al suelo de cemento que había justo al lado de la puerta. Una andanada de disparos resonó en el interior del edificio, seguida de unos gritos. El miedo le atenazó el estómago.

Respiró hondo.

—Se han hecho tres disparos. El tirador tiene al menos dos armas. Pistolas.

—La policía está en camino. El tiempo estimado de llegada es de tres minutos. ¿Hay algún herido?

—No lo sé. Estoy fuera del edificio.

Matt comprobó el cargador de la pistola de Bree. La subcompacta Glock 26 tenía diez balas en el cargador más una en la recámara. El arma estaba completamente cargada, lo que le proporcionaba once disparos. Bree, dondequiera que estuviera, llevaba una Glock 19. La capacidad estándar del cargador era de quince balas.

Quién sabía cuántas balas tenía Zack… Su chaleco de caza estaba diseñado para llevar munición extra, de modo que cabía la posibilidad de que Matt y Bree se viesen superados en armamento. Cada disparo contaba, lo que significaba que Matt tendría que acercarse.

—Voy a entrar. Avise a los agentes de que un exayudante del sheriff está en el lugar de los hechos y va armado. —Matt dio una descripción de su propia ropa—. Y que una inspectora de policía fuera de servicio está actualmente dentro del edificio, también armada. —Añadió una descripción de Bree—. Haré un informe de situación para actualizar la información cuando sea posible.

Matt colgó antes de que le pidieran que se quedara fuera y esperara a la policía. Miró la pantalla. Bree no había respondido a su mensaje. La mayoría de los incidentes con un tirador activo se resolvían en cuatro minutos. Cada segundo que pasaba podía resultar en otra víctima inocente. Matt no pensaba esperar para entrar, no pensaba dejar que alguien resultase herido o muerto de un disparo cuando él podía intervenir.

Incluso aunque él mismo acabase herido o muerto, ya fuese por un disparo de Zack o por fuego amigo.

Sintió una punzada de dolor en la mano al recordar la bala que la había atravesado. Cerró el puño y luego lo aflojó. Se le aceleró el corazón al acercarse a la puerta.

Matt se hizo visera con las manos sobre los ojos y miró a través del cristal, pero no veía a Zack. Intentó abrir la puerta, pero estaba cerrada con llave. Había gente tendida en el suelo del vestíbulo, encogida y llorando. Matt llamó a la puerta, pero nadie podía oírlo por los gritos.

Dio la vuelta al edificio y avanzó por la pared lateral hacia la entrada del personal. Esperaba que no estuviera cerrada por dentro. La puerta se abrió de golpe y una mujer salió corriendo, con los ojos muy abiertos y expresión de pánico. Matt sujetó la puerta antes de que se cerrara y se coló sigilosamente. Al abrir la puerta interior, hizo una pausa de tres respiraciones para aguzar el oído.

Dos disparos más resonaron en el interior. La gente gritaba.

—¡Al suelo! —gritó un hombre—. ¡Agáchate! ¡Ahora mismo!

Añadió algo más, pero Matt no pudo entender lo que decía.

Entró en el pasillo. Una mujer corría hacia él, entre sollozos. Él la agarró por el brazo y la empujó hacia la salida. Mientras ella corría para ponerse a salvo, Matt se dirigió hacia el origen de los disparos.

«Dos fuera, pero ¿cuántas personas hay dentro?».

El pulso de Matt se aceleró al desplazarse por el pasillo. Pasó por la sala de las sillas grandes y los baños para las pedicuras. Había tres mujeres agachadas detrás de un tabique, y una de ellas gritó cuando vio a Matt con la pistola. Él se llevó un dedo a los labios y señaló hacia la salida lateral, pero no podía detenerse para asegurarse de que salieran. Al darse cuenta de que no era el tirador, las mujeres corrieron por el pasillo hacia la puerta por donde había entrado Matt. Dos de ellas iban descalzas.

Más gritos. Dos disparos más desde la zona central de la peluquería.

—¡Hazlo! —gritó el hombre.

Una mujer sollozaba:

—No, no, no... Por favor...

Sonaron dos disparos más.

—Oh, Dios mío... Oh, Dios mío... Dios mío... —gemía una mujer.

Matt percibió olor a humo. La alarma de incendios se activó en ese momento, chirriando como un millón de cigarras cantando a través de unos altavoces. Al final del pasillo, Matt hizo una pausa, pero ahora era imposible oír al autor de los disparos: la alarma de incendios sofocaba cualquier otro sonido. En el salón principal y en el área de manicura se activaron los aspersores antiincendios y, tras un chisporroteo inicial, llovió agua.

Se asomó a la esquina. El humo envolvía los mostradores de manicura, bajo los que había una pila de escombros en llamas, el fuego que los aspersores habían apagado. Su mirada se centró en un grupo de mujeres agazapadas en el suelo detrás de los lavacabezas. Matt solo veía hasta un ochenta por ciento de la totalidad de la sala, pues los espejos altos enfocados a cada silla le bloqueaban la vista, pero si Zack estuviese detrás de uno de los mostradores, las mujeres estarían concentradas en él. En lugar de eso, se escondían debajo de los mostradores y detrás de los carritos con ruedas..., como si eso fuese a servirles de alguna ayuda. Por encima de ellas, el agua seguía cayendo a raudales, aterrizando en los aparatos eléctricos. Los cables eléctricos serpenteaban por el agua encharcada, y Matt esperó que saltase algún diferencial antes de que alguien muriera electrocutado.

Buscó a Bree. Había pedido cita para un corte de pelo y debería haber estado en la cabina de Steph, en la parte trasera del salón, pero no la veía, como tampoco veía a Steph.

Matt repasó el plano del salón en su cabeza. Solo había estado dentro del edificio una vez, cuando él y Bree habían interrogado a Jack Halo. La mayor parte de la primera planta estaba compuesta por la sección de peluquería. A la izquierda, una veintena de cabinas estaban alineadas frente a una fila de lavacabezas. La zona de manicura estaba a la derecha, junto con la sala semiprivada para hacer pedicuras por la que ya había pasado.

En la parte de atrás del salón había salas privadas para otros tratamientos. Arriba estaba el espacio de oficinas y había más salas privadas. Además de la escalera de caracol, otras dos escaleras subían a la planta superior del edificio, una a cada lado, en las esquinas de la parte de atrás.

Matt dobló la esquina agazapándose y avanzó pegado a la pared hasta que pudo ver el vestíbulo. Las empleadas del salón vestían de negro. Detrás del mostrador de recepción, una empleada estaba tumbada de espaldas, sangrando profusamente por una herida abdominal. Matt la reconoció como la recepcionista que los había saludado a él y a Bree cuando habían entrevistado a Jack. Otra empleada estaba arrodillada a su lado, tratando de taponarle la herida con una toalla doblada.

A escasos metros de distancia, una clienta estaba tendida en el suelo, con los brazos en cruz y las piernas extendidas. A Matt no le hacía falta tomarle el pulso para saber que estaba muerta. Una mancha roja afloraba en su suéter blanco. Tenía la mirada fija en Matt, pero no lo veía. Un joven con una camiseta negra con un logo y unos vaqueros negros le cogía la mano. Tenía las manos cubiertas de sangre, como si hubiera tratado de detener la hemorragia. El agua que iba acumulándose a su alrededor se teñía de rosa al mezclarse con la sangre.

Matt quiso detenerse a ayudar; había recibido formación en primeros auxilios avanzados, pero necesitaba seguir adelante: tenía que encontrar a Zack y detenerlo antes de que más gente resultara herida o muerta.

Y necesitaba encontrar a Bree. ¿Dónde estaba?

Volvió a dirigir la mirada hacia la mujer con la herida en el vientre; ella también moriría desangrada si no conseguía ayuda médica rápidamente.

«Maldita sea…».

La mujer que le taponaba la herida no era lo bastante fuerte para llevársela fuera, pero ella y el hombre que lloraba por la mujer muerta podían hacerlo juntos. Matt miró a la puerta de cristal, al otro lado del vestíbulo. La llave aún estaba en la cerradura.

Si Matt les ayudaba a transportarla hasta la puerta, podrían sacarla fuera. Si el personal de la peluquería no estuviese conmocionado por lo ocurrido, seguramente ya lo habría hecho, pero la gente no siempre reaccionaba de forma lógica en ese tipo de situaciones. Lo que hacía era agazaparse justo al lado de las salidas. Quedarse paralizada del susto.

Entrecerró los ojos para mirar a través del cristal. Dos vehículos del departamento del sheriff estaban aparcados a quince metros de la puerta del salón. No veía si los ayudantes estaban en sus vehículos, pero alguien debía de estar vigilando la puerta principal. En la parte de atrás del aparcamiento, Matt vio el reflejo de las luces giratorias en el cristal. Los equipos de respuesta montarían un centro de operaciones en algún lugar cercano, pero fuera de la línea de visión del pistolero.

Empezó a enviarle la información a Todd vía mensaje de texto:

Estoy dentro del salón de peluquería. El tirador es Zack Wallace.

Todd respondió en apenas segundos:

¿Dónde está?

No lo sé. Hay una mujer herida cerca de la entrada principal.
Vamos a sacarla. Que no nos disparen.

Todd contestó de inmediato:

OK. Organizando los equipos de entrada ahora.

Entonces Matt envió otro mensaje rápidamente, esta vez a Bree,
que no había respondido a su mensaje anterior.

¿Dónde estás?

Matt examinó el vestíbulo. La escalera de caracol abierta era una
pesadilla táctica. Si Zack estaba en el segundo piso, podía disparar
a cualquiera que intentara subir los escalones o cruzar el vestíbulo.
Incluyendo a Matt.
¡Pum!
Matt cayó al suelo y se cubrió la cabeza con los brazos.
El ruido procedía del área principal del salón y había sonado
como una explosión de escopeta, pero Matt no había visto a Zack
con ninguna escopeta, ni tampoco llevaba nada lo bastante largo
para ocultar una.
Sin apartar la mirada del espacio abierto encima de la escalera de caracol, Matt corrió en cuclillas por el vestíbulo. Tocó al
empleado en el hombro y señaló a la mujer herida. El joven lo miró
pestañeando y luego se puso en pie.
Matt se detuvo junto a la mujer herida.

«No hay tiempo para primeros auxilios. Hay que sacarla de aquí».

Pasándole una mano alrededor de uno de los brazos, empezó a arrastrarla por el suelo de baldosas. La mujer que había intentado detener la hemorragia corrió hacia la puerta, quitó el cerrojo y la abrió. El hombre agarró el otro brazo de la víctima y ayudó a Matt.

En la puerta, Matt hizo una seña para que la mujer ocupara su lugar. Esta intervino y ayudó al hombre a arrastrar a la mujer malherida a través de la puerta y a salir a la calle, hacia los vehículos del departamento del sheriff.

Sonaron unos disparos procedentes de las entrañas del edificio.

El miedo se apoderó del pecho de Matt. ¿A cuántas personas había disparado ya?

Dio media vuelta y echó a correr de nuevo por el vestíbulo, alejándose de la escalera de caracol lo más rápido posible. Zack no estaba en las salas principales, sino que o bien estaba en la parte de atrás del primer piso o en el piso de arriba. Matt corrió hacia la escalera lateral.

Hacia los disparos.

Capítulo 32

El agua de los aspersores caía a chorros por la cara de Bree. El ruido de la alarma era ensordecedor, y le retumbaba en la cabeza como si tuviera una terrible congestión. Empujó a Steph y a las otras mujeres, una mezcla de empleadas y clientas, fuera del salón principal y hacia el pasillo. Al final del corredor, un cartel de SALIDA brillaba en la oscuridad. Una docena de puertas flanqueaban el pasillo.

—Me quiere a mí… —gimió Steph, hablándole a Bree al oído por el estruendo de la alarma—. No quiero que nadie muera por mi culpa.

Steph sería el objetivo principal de Zack. Los primeros disparos habían sonado dos minutos después de que él enviara el mensaje. Cuando había llamado, Zack debía de haber estado cerca, tal vez observando el establecimiento, listo para atacar, con la rabia ya descontrolada. Después de la primera ráfaga de disparos, Bree había reunido a las mujeres a su alrededor y las había llevado al pasillo de atrás, lejos de los disparos. Aún no había visto a Zack, solo le había oído disparar, pero una mirada hacia el vestíbulo le bastó para saber que había alcanzado al menos a dos personas con sus disparos iniciales.

Bree estaba concentrada en dos cosas: dónde estaba Zack en ese momento y a qué le había prendido fuego. Examinó la habitación. El humo y las emanaciones tóxicas del plástico quemado y los productos químicos le saturaban la nariz. Pasaron por una sala de tratamientos y Bree miró por la puerta. Desplazó la mirada por los muebles. La camilla de tratamiento era de madera, con patas gruesas y cuadradas y con cajones debajo de una superficie acolchada. Parecía pesada. Las mujeres podían atrincherarse en una habitación si era necesario. Las balas atravesarían el tablero y la puerta hueca, pero al menos no serían blancos visibles.

Bree se inclinó al oído de Steph y gritó:

—¡Dirigíos a la salida! ¡Si os corta el paso y no podéis salir, haced una barricada en una habitación!

Empuñando la pistola, Bree fue en dirección contraria, hacia los últimos disparos que había oído.

—Pero... —protestó Steph.

Bree la señaló con el dedo.

—Haz lo que te digo.

Cuanta menos gente hubiera dentro del edificio, mejor. No podían ayudar, y su presencia daría ventaja a Zack, que podría tomar rehenes. Ya había demostrado que estaba dispuesto a matarlos a todos.

Bree miró hacia atrás. Steph la miraba fijamente, con las manos apretadas en los costados mientras las otras mujeres empezaban a tirar de ella hacia la salida. Bree se dio la vuelta antes de que Steph pudiera decir algo más. Ese día la peluquería estaba a pleno rendimiento, todavía había más mujeres en el edificio, sin duda escondidas. Bree necesitaba encontrar a Zack y detenerlo.

Mientras avanzaba por el pasillo, las bombillas parpadearon y, de pronto, se fue la luz. El pasillo se quedó a oscuras. Era un pasillo interior, sin ventanas. Bree apenas podía ver. Los aspersores no se habían activado en aquella parte del establecimiento, pero el agua corría desde el salón principal hacia el pasillo. Resbaló en el suelo de baldosas y se cayó sobre una rodilla. Soltó el arma sin querer y esta se deslizó a varios metros de distancia.

«No…».

Apoyó una mano en la pared, con el pulso acelerado mientras recobraba el equilibrio y recogía su arma. La insoportable alarma le destrozaba los nervios, ya de por sí a flor de piel, y amplificaba la sensación de caos absoluto.

«¿Dónde está Zack?».

¿Y dónde estaba la policía? Comprobó su teléfono, bajando el brillo al mínimo para reducir la posibilidad de que la luz la hiciera más visible. Había recibido el mensaje de Matt seis minutos antes. Seguramente, él y otros habrían llamado a Emergencias. El departamento del sheriff sería el primero en responder, seguido por los coches patrulla de las comunidades de alrededor y la policía estatal. Los cuerpos policiales estarían fuera del edificio, preparándose para entrar. ¿Esperarían para establecer un centro de mando y llamar a alguna unidad de intervención cercana? Los protocolos actuales en situaciones con tiradores activos recomendaban la entrada inmediata de las unidades de respuesta para confrontar y detener al tirador y minimizar las bajas. Sin embargo, Bree no sabía cuál era la política del departamento del sheriff. Estaban funcionando con la mitad del personal. ¿Habrían recibido entrenamiento recientemente? ¿Seguían protocolos alternativos?

Sacó su teléfono para enviarle un mensaje a Matt. Tenía múltiples mensajes de él diciéndole que Zack entraba al edificio armado y preguntándole dónde estaba. No había oído el teléfono ni había notado su vibración por el caos general.

Bree le respondió entonces:

Estoy en el pasillo del primer piso. ¿Policía?

El hecho de que no hubiese visto u oído a los agentes no significaba que las unidades tácticas no estuvieran ya en el interior del edificio. No habría oído las sirenas por la alarma de incendios. Apenas si podía oír sus propios pensamientos. Necesitaba estar pendiente de la entrada de los refuerzos tanto como Zack; al fin y al cabo, iba armada y no llevaba uniforme. Podían dispararle por accidente. ¿Sabían que estaba dentro del edificio?

«Mierda».

Le envió a Todd un mensaje de texto haciéndole saber que estaba dentro del edificio y que iba armada.

Todd respondió:

Los equipos están ocupando posiciones.

El departamento del sheriff iba a entrar. Aleluya. Pero una vez dentro del edificio, el estruendo de la alarma haría inservibles las radios de la policía. La comunicación sería difícil. Bree no podía contar con la respuesta de la policía. La parte positiva era que Zack no la oiría chapoteando en el agua acumulada en las baldosas del suelo, pero ella tampoco podría oírlo a él. Podían sorprenderse mutuamente en cualquier momento.

Por si las alarmas dejaban de sonar, puso su teléfono en silencio antes de volver a metérselo en el bolsillo. A continuación, avanzó por el pasillo en penumbra hasta el salón principal. Los aspersores seguían funcionando, empapándolo todo, incluyendo a Bree mientras se movía en dirección al salón principal.

¡Pum!

Se sobresaltó. Era la segunda explosión fuerte que oía.

¿Qué había sido eso?

¿Una explosión? ¿Un disparo de escopeta?

Los latidos del corazón de Bree retumbaban en sus oídos. Su cuerpo bombeó una nueva descarga de adrenalina en su torrente sanguíneo. Sus pupilas se dilataron, afinando su sentido de la vista en la oscuridad, pero también estrechando su campo de visión. Luchó contra la visión en túnel respirando profundamente, manteniendo el aire en los pulmones durante tres latidos antes de soltarlo poco a poco.

Resonó otra explosión. Parecía provenir de la zona de manicura. ¿Zack se habría dado la vuelta? Bree se volvió. Empuñando el arma, caminó hacia el sonido.

Aunque fuera estaba oscuro, las ventanas de la sala principal dejaban entrar la luz del aparcamiento. La sala estaba más iluminada que los pasillos.

Limpiándose el agua de los ojos, Bree exploró el espacio. No percibió ningún movimiento. Quienquiera que quedase allí, estaría muerto, herido o escondido. Esperaba que la mayoría hubiera escapado, como Steph. Bree pasó por la sala de pedicura. Vacía. Desplazó la pistola por la zona de la manicura. Una enorme pila de escombros húmedos ardía en el suelo. ¿Quién había provocado un incendio?

La alarma de incendios se apagó abruptamente, dejando los oídos de Bree zumbando, pero de los aspersores seguía saliendo agua. Algo se rompió en la zona superior. Bree levantó la vista, protegiéndose la cara de forma instintiva. Una baldosa del techo, pesada y saturada de agua, cayó al suelo con un estruendo.

El sonido no había sido un disparo de escopeta.

Siguió avanzando hacia la sala principal, consciente del chapoteo que emitían sus zapatillas de deporte en el agua. Agazapada, se deslizó por delante de las cabinas de peluquería. Un grito resonó en el gran espacio abierto.

Bree se movió hacia el origen del grito.

Se detuvo justo al lado del vestíbulo. El grito había venido de la apertura de la escalera de caracol.

Zack estaba arriba.

Algo se movió al otro lado de la habitación. Matt. Su mirada se encontró con la de él. Bree se señaló el pecho y luego las escaleras de caracol. Luego señaló a Matt e hizo lo que esperaba que fuera un movimiento de escalera con los dedos. Luego apuntó hacia la esquina sur del edificio. Si ella podía subir los escalones de caracol y Matt usaba una de las escaleras laterales, podrían encajonar a Zack.

Matt negó con la cabeza y echó a andar hacia ella, golpeándose el pecho. Sabía que las escaleras de caracol no tenían cobertura y quería ser él quien las subiera. Bree apuntó con más fuerza hacia la esquina sur. Agradecía su caballerosidad, pero no tenían tiempo para aquello.

—No... —La voz suplicante de una mujer bajaba flotando por la escalera de caracol—. No, por favor... Tengo hijos...

Un solo disparo. Un grito. Luego un llanto, más quedo, desesperado.

Bree y Matt se miraron de nuevo. Ella señaló con el dedo hacia la escalera lateral. Haciendo una mueca, Matt asintió con la cabeza, se dio media vuelta y corrió hacia el pasillo. Se movía rápido, y el edificio no era grande. Solo tardaría un minuto más o menos en colocarse en posición. Ahora ella tenía que hacer lo mismo.

El corazón de Bree latía desbocado y sintió un nudo en el estómago mientras se dirigía hacia la escalera. Se detuvo al pie de los peldaños, apuntando con su arma al centro de los escalones curvos.

No podía ver a Zack, y sería un blanco vulnerable en las escaleras. Imposible evitarlo. Bree puso el pie en el primer peldaño y comenzó a subir los escalones. Fue siguiendo el trazado curvo de la escalera y se detuvo al llegar al nivel del rellano del segundo piso.

—Ahí estás —dijo Zack.

Bree se quedó paralizada. ¿La había visto?

—Por favor, para... —suplicó una mujer, con la voz quebrada por el miedo.

Bree dejó escapar un suspiro de alivio; Zack estaba hablando con otra persona.

Se asomó por encima del último peldaño. La mujer, con un albornoz negro del spa, estaba en el rellano del segundo piso, de espaldas a Bree. A su lado, una empleada sollozaba en el suelo, agarrándose el muslo con las manos. La sangre se le filtraba entre los dedos.

Zack estaba a unos tres metros de distancia, detrás de las dos mujeres. Las estaba apuntando con un arma. La mujer del albornoz quedaba entre la mujer herida y Zack.

Las mujeres se interponían entre Bree y Zack. No tenía posibilidad de dispararle.

Zack estaba fuera de sí. Sus manos, y el arma, temblaban con fuerza. Tenía los ojos muy abiertos, y se relamía los labios una y otra vez. Iba a disparar de nuevo. Bree lo sabía.

¿Dónde estaba Matt?

Capítulo 33

Matt corrió por el pasillo. Sin el ruido de la alarma de incendios, el edificio estaba inquietantemente tranquilo, salvo por el sonido de los aspersores, que aún funcionaban en el salón principal, a su espalda. Los aspersores y la alarma no dependían del mismo sistema informático, de modo que el agua seguiría cayendo hasta que alguien la desconectase. Por desgracia, los equipos de bomberos no podían acceder al edificio en una situación con tiradores activos.

El último disparo había sonado desde arriba. Zack estaba en la segunda planta. Matt corrió, rezando para que Bree esperara hasta que estuviera en posición. Una vez en la escalera, ella sería un objetivo fácil.

Al doblar la esquina, sus botas mojadas patinaron sobre las baldosas. Puso una mano en la pared para detener su impulso hacia adelante y abrió la puerta que llevaba al hueco de la escalera lateral.

Matt subió los escalones de dos en dos. Deteniéndose al llegar a lo alto, abrió con facilidad la puerta y se deslizó al pasillo de arriba. Vio a Zack a quince metros de distancia, de espaldas a Matt, apuntando con su pistola a una mujer con un albornoz negro hasta la rodilla, con el pelo rubio recogido en una cola de caballo. Junto a la mujer del albornoz, una trabajadora del spa intentaba detener la hemorragia de una herida en la pierna.

Matt redujo el paso. Lo que habría dado por llevar consigo su arma larga...

Se acercó un poco más. Un suelo de moqueta cubría el pasillo de arriba, y sus botas no hacían ruido, pero aun así se movió lenta y suavemente, haciendo todo lo posible por no llamar la atención de Zack.

Hubo un movimiento justo detrás de la mujer rubia. La parte superior de una cabeza asomó sobre el rellano de la escalera de caracol. Era Bree, en posición.

Una nueva inyección de adrenalina recorrió las venas de Matt. Habían logrado acorralar a Zack, pero la mujer del albornoz estaba en medio.

Apuntó a Zack con la Glock de Bree, pero la distancia era aún demasiado grande. No podía disparar a Zack sin poner en peligro a la mujer. La frustración se apoderó de él. Su puntería nunca volvería a ser lo suficientemente buena para un disparo como aquel. Joder, ni siquiera estaba seguro de no darle a Bree, no a aquella distancia. Necesitaba que la mujer se quitase de en medio para que Bree pudiera eliminar a Zack. Pero ¿cómo?

Tal vez podía distraer a Zack.

No. No era buena idea. El tipo estaba muy nervioso. Cualquier ruido inesperado podía hacer que Zack apretara el gatillo. Matt solo tenía una opción: tenía que acercarse más, mucho más.

Él tenía que ser la distracción, tenía que atraer la atención de Zack.

Avanzó por el pasillo. Ahora que estaba al descubierto, sintió el hormigueo de la vulnerabilidad en la piel, como un sarpullido por exceso de calor. Si Zack miraba hacia él, Matt quedaría completamente expuesto. Zack podía dispararle, y Matt ni siquiera podría responder por miedo a alcanzar a una víctima inocente.

Zack se acercó a la mujer con paso inestable. La agarró por la cola de caballo y le hincó la pistola bajo la barbilla. ¿Estaba decidiendo si la mataba o no? ¿O estaba alargando el momento para hacerla sufrir? ¿Estaba perdiendo la cabeza y ya no pensaba en nada? No importaba, Matt no podía dejarla morir.

—¡Tira el arma! —gritó Matt.

Zack apartó la pistola de la mujer y la dirigió hacia Matt. Acto seguido soltó a la clienta y disparó. Matt se tiró al suelo, rodando con el hombro hacia una puerta abierta. La bala dio en el marco de la puerta y la madera se astilló.

Matt se puso de pie y regresó junto a la puerta. Se asomó por el marco. Zack le había dado la espalda a la mujer del albornoz.

—¡Voy a matarte! —gritó Zack, avanzando hacia Matt. Tenía la cara completamente encendida, y las venas del cuello le sobresalían como si le fuera a dar un ataque.

Matt disparó contra la pared de enfrente de Zack, lejos de la mujer del pasillo. Zack se estremeció, pero no aminoró sus pasos. Se acercó a Matt como si fuera invencible, o un robot.

O como si no le importara vivir o morir.

Si ese era el caso, solo habría una manera de detenerlo.

Matt vio a Bree subir al rellano por detrás de Zack. Había desenfundado su arma, pero la mujer del albornoz seguía estando en medio. Pasó junto a la empleada herida y le gritó a la mujer en albornoz:

—¡Agáchese!

Si la mujer del albornoz se arrodillaba, Bree dejaría seco a Zack. Con suerte, esto sucedería antes de que Zack disparara a Matt a través de la pared.

La mujer del albornoz volvió la cabeza y Matt contuvo la respiración.

—¡Zack!

¿Quién había hablado?

Una empleada vestida de negro se interpuso entre la mujer del albornoz y Zack. Era Steph. Debía de haber subido por el pasillo central. Era evidente que su intención había sido salvar a su compañera de trabajo, pero lo había estropeado todo.

—Por favor, no le hagas daño a nadie más —dijo Steph con voz trémula—. Haré lo que quieras.

Levantó las palmas de las manos hacia Zack en señal de rendición. Estaba claramente decidida a calmar a Zack, pero lo más probable era que acabase de firmar su propia sentencia de muerte.

CAPÍTULO 34

«Steph».

Bree sintió que se le encogía el corazón. En lugar de irse o de esconderse con los demás, Steph había vuelto en busca de su marido.

Había que felicitarla por su coraje y su lealtad, pero… joder, joder, joder…

Tres segundos más y Bree lo habría eliminado. Ahora estaban de nuevo en la misma situación, con Steph entre Bree y Zack.

—Por favor, no me dispares —dijo Steph—. Llevo dentro a nuestro hijo. A tu hijo.

—Probablemente ni siquiera sea mío.

Zack se puso de espaldas a la pared. Sacó una segunda pistola de su cintura y apuntó con ella a su mujer. Siguió apuntando a Matt con la primera.

—Nunca te he sido infiel —dijo Steph—. Nunca.

Zack negó con la cabeza.

—Mientes.

—¡No! Es hijo tuyo, Zack —dijo Steph con voz aterrorizada y dolida a la vez—. ¿Cómo puedes pensar otra cosa?

—Porque me mentiste. —El tono de Zack era indiferente.

—No —dijo Steph—. Nunca.

El silencio se prolongó durante unos segundos.

—No te creo. —La voz de Zack y la firmeza de su pistola vacilaron—. Esta mañana metiste tus cosas en una maleta antes de irte a trabajar. Me vas a dejar. Una esposa sincera no hace eso.

—Iba a dejarte porque me dabas miedo, y quiero proteger a nuestro hijo. —La desolación y la desesperación impregnaban las palabras de Steph—. No puedo cambiar el hecho de que no confíes en mí. Yo nunca te he sido infiel. Te he amado desde el día en que nos conocimos. Teníamos algo especial, pero dejaste que tus celos infundados se interpusieran entre nosotros.

—Me engañabas con otro. —Su cara y su voz carecían de toda emoción.

—No, Zack. Nunca te engañé.

Pero su mirada era sombría e incrédula. Despiadada.

—Desde que perdiste tu trabajo, has estado muy inseguro —dijo Steph—. Has visto defectos imaginarios en mí y has querido hacerlos realidad. He hecho todo lo posible para hacerte feliz. No sé qué más hacer. Dímelo. ¿Qué quieres de mí?

—No dejaré que te vayas. Me perteneces. —Zack ni siquiera pestañeó. No procesaba nada de que decía su mujer. Daba pisotones con la bota en el suelo y desplazaba el peso del cuerpo de adelante atrás. Eran los nervios y la adrenalina, luchando por encontrar una vía de escape en un cuerpo inmóvil.

Bree lo había visto muchas veces antes. Zack había decidido que había sufrido una ofensa, y oír lo contrario no encajaba con sus convicciones. Había ido alimentando todos los agravios de los que creía haber sido víctima. No tenía otro lugar al que dirigir su ira y había invertido tanta energía en creer todo aquello que no estaba dispuesto o no era capaz de reconocer su error.

Zack apretó el gatillo. El arma hizo clic, vacía.

—¡Steph, agáchate! —gritó Bree.

Pero Steph parecía haberse quedado paralizada.

Retrocediendo hacia la puerta detrás de él, Zack tiró un arma al suelo y cambió a la mano derecha el arma con la que había estado apuntando a Matt. Apuntó con ella a Steph. Las lágrimas resbalaban por la cara de la mujer y su pecho se agitaba como si acabara de correr un esprint, pero no se movió. Su mirada permaneció fija en su marido.

—Por favor, no. —Steph bajó las manos para abrazarse el vientre, como si pudiera bloquear las balas con los antebrazos.

Bree se precipitó hacia adelante y se movió a un lado del pasillo, tratando de obtener una vía despejada alrededor de Steph.

Un cuerpo salió a toda velocidad de detrás de la puerta. Matt. Sin embargo, estaba a varios pasos de distancia y era un objetivo fácil. Bree abrió fuego con un amplio disparo para distraer a Zack y él le respondió con otro. Bree se agachó en la puerta. Unos trozos de tabique explotaron cuando la bala impactó en la pared a unos metros de distancia. Bree se asomó por el marco.

—¡Steph, corre!

Pero Steph todavía estaba paralizada en el mismo sitio.

Matt se abalanzó hacia el otro lado del pasillo. Zack volvió a retroceder a su propia puerta. Los chasquidos indicaban que estaba recargando el arma. Matt derribó a Steph al suelo y la cubrió con su cuerpo. Zack salió al pasillo y trazó un arco con el brazo que sostenía la pistola hacia Matt y Steph. La punta del arma se dirigió hacia sus objetivos en el suelo.

Bree se apartó de la puerta, apuntó con el arma y le disparó. Tres disparos le alcanzaron en rápida sucesión, y tres manchas de sangre afloraron en su pecho.

—¡Suelta el arma! —gritó Bree.

Sin hacerle caso, Zack levantó su arma y la apuntó con ella.

Bree disparó de nuevo, y el cuarto disparo le acertó en el centro del pecho. Zack se hincó de rodillas en el suelo y el arma se le cayó de la mano.

Bree dio un salto hacia delante y apartó el arma de un puntapié. Se acercó a la primera pistola que había tirado Zach y la envió al fondo del pasillo también de una patada. El chaleco de caza era voluminoso, con grandes bolsillos, de modo que Bree no sabía si llevaba más armas. Se acercó más y le apuntó a la cara.

—¡Enséñame las manos!

Bree no creía que estuviera muerto. Los malos solo morían instantáneamente en las películas, y ella había visto a hombres sobrevivir a múltiples heridas de bala.

—¡Enséñame las manos! —gritó de nuevo.

—¡Policía! —Los ayudantes del sheriff, que llevaban escudos antidisturbios y fusiles AR-15, aparecieron en cada extremo del pasillo. Otro equipo se acercó desde el pasillo central.

—¡Agente de policía fuera de servicio! —Bree bajó su arma y se alejó, pero no la dejó en el suelo para que Zach no pudiera alcanzarla. Había matado al menos a una mujer y disparado a un mínimo de dos más. Había apretado el gatillo contra su propia esposa, embarazada. Bree no tenía ninguna duda de que, si aún respiraba, intentaría disparar a alguien más.

Dejó su arma colgando, con un dedo en el seguro del gatillo. Levantó su otra mano en la clásica postura de rendición. Los ayudantes del sheriff la rodearon. Bree soltó su arma y se dejó esposar. Ya lo esperaba: el procedimiento estándar era reducir a todas las personas involucradas, en especial a las que iban armadas, y preguntar después.

Al final del pasillo, otro equipo de agentes se ocupaba de Matt y de las tres mujeres.

Bree percibió la incredulidad en las palabras de Steph a pesar del ruido de una docena de agentes y desde seis metros de distancia.

—Ha apretado el gatillo... —dijo Steph—. Si el arma no hubiera estado descargada, me habría matado... —Se acunó el vientre con las manos—. Habría matado a su propio hijo...

Bree se sentó en el suelo, siguiendo órdenes. Había matado a un hombre, algo que no había hecho nunca en más de una docena de años en la policía de Filadelfia. Sentiría el impacto de ser la que había apretado el gatillo al día siguiente. No tenía dudas de que haber quitado una vida la cambiaría profundamente.

De momento, hoy lloraría por las personas a las que Zack Wallace había matado. Y daría gracias por que Steph, su bebé, Matt y ella misma hubiesen salido vivos del incidente.

Capítulo 35

Al cabo de una hora, Matt siguió a los vehículos del departamento del sheriff hasta la propiedad de Wallace. Las luces giraban y las sirenas sonaban mientras se dirigían a la casa gris con el tejado a dos aguas. Aparcaron delante del garaje y el taller independientes. Matt y Bree se bajaron del todoterreno y siguieron a los ayudantes.

Todd quería que fueran a la comisaría y esperaran a ser interrogados, pero Matt se negó. Justin probablemente estaba muerto, pero Matt necesitaba saberlo.

—Comprueba el garaje y el taller de carpintería —gritó Matt. Steph aseguraba no haber visto a Justin en la propiedad, pero no había estado en el taller de Zack en meses porque el olor a serrín le daba náuseas. Ni siquiera tenía la llave del edificio.

Todd les hizo un gesto para que esperaran, y Matt y Bree retrocedieron a regañadientes mientras los ayudantes usaban un ariete para abrir la puerta lateral del garaje. Dos minutos después, salieron.

—¡Despejado! —gritó Todd. Él y sus hombres corrieron hacia el taller.

Mirando el edificio, Matt se puso una mano en la cadera y se frotó la cara.

—Si está vivo, tiene que estar ahí.

¿Qué posibilidades había?

Bree le cogió la mano.

—Lo sabrás en un minuto.

—Yo debería estar ahí dentro. Zack está muerto. Ya no es una amenaza.

—Sabes que así es como tiene que ser. —Le apretó la mano—. Podría haber trampas o explosivos.

Matt estaba más preocupado por que hubiese un cadáver.

Los agentes usaron el ariete de nuevo. La puerta del taller se abrió de golpe, y entraron.

—¡Está aquí! —gritó uno de ellos.

Minutos después, Todd se asomó a la puerta.

—¡Matt!

Matt corrió al interior, pasando por armarios, bancos de trabajo, maquinaria y tablones de madera sin tratar. En la parte de atrás del espacio, Justin estaba tendido en un jergón hecho de mantas dobladas. Unas esposas le sujetaban la muñeca a una viga de metal. La sangre le saturaba el hombro de la camisa.

Tenía los ojos abiertos, pero su piel era de color gris pálido, tenía las cuencas de los ojos hundidas y unas manchas febriles coloreaban sus pómulos.

Aliviado, Matt corrió al lado de su amigo.

—No puedo creer que estés vivo.

Era un maldito milagro. A Justin le habían disparado hacía una semana y no había recibido atención médica. Lo más probable es que su herida estuviese infectada.

—Yo tampoco. No quiero estarlo. No sin Erin. —Su cara reflejaba un dolor más profundo que el físico, y no quiso mirar a Matt.

Matt se arrodilló junto a Todd, que estaba abriendo las esposas, y tomó la mano de su amigo.

—Estás bien. Te tenemos.

La mirada de Justin estaba desenfocada.

—La mató. No pude hacer nada. Erin murió en mis brazos. —Su voz sonaba casi distante.

—Lo siento —dijo Matt.

Justin no parecía escucharlo.

—Usó el arma de mi padre. La había dejado en la cómoda. Oí el disparo desde la ducha y, cuando salí corriendo, Erin estaba en el suelo. —Parpadeó un par de veces, como para distinguir con más claridad algo que solo él podía ver—. Oí un motor fuera y cogí las llaves de Erin. El arma estaba a unos metros de distancia. La recogí, me vestí y fui tras él. Había una camioneta alejándose. La seguí. —Se agarró del brazo de Matt—. Iba a matarlo, Matt. Iba a hacerlo.

—Lo sé. —Matt no sabía qué decir.

Justin continuó.

—Salió de la ciudad y se detuvo cerca de la granja grande, la de las excursiones con el heno y todo ese rollo.

—Empire Acres —dijo Matt.

—Sí. Me creí más listo que él. Me quedé atrás, donde pensé que no me vería. Iba a acercarme sigilosamente a él, pero me disparó antes de que yo pudiera hacerlo. Me metió en la parte de atrás de la camioneta de Erin y me trajo aquí. —La respiración de Justin se aceleró—. Quería morirme. Es todo culpa mía. Dejé el arma a la vista. —Justin sollozó. La pena y el arrepentimiento que emanaban de él eran tan palpables como una fría niebla—. Erin está muerta por mi culpa.

—No, eso no es cierto. —Matt se inclinó, rodeó a su amigo con el brazo y lo sujetó como a un niño mientras lloraba—. Tenía otra arma. Le habría disparado aunque no hubieras dejado la Sig fuera.

Pero Justin ya no oía nada más. Otra sirena señaló la llegada de la ambulancia. Un minuto después, los auxiliares médicos entraron y empezaron a examinarlo.

Matt apretó el brazo de su amigo y se quitó de en medio. Los auxiliares y la camilla ocuparon la mayor parte del espacio, y Matt se retiró del taller para dejarles sitio. Fuera, Bree se puso a su lado.

—¿En qué estado se encuentra? —preguntó Bree.

Matt miró al taller.

—Físicamente, mucho mejor de lo que esperaría de alguien que ha pasado una semana secuestrado con una herida de bala. Ha perdido bastante sangre y está débil. Pero está consciente.

—¿Por qué Zack lo mantuvo aquí, vivo?

—Hay muchas preguntas. —Matt le dio las llaves de su camioneta—. ¿Puedes conducir mi coche al hospital? Voy a ir con Justin en la ambulancia.

—Claro. —Bree cogió las llaves—. Te veré allí.

—Gracias. —Matt se dirigió de nuevo hacia el taller.

Justin estaba vivo, pero su estado emocional era descorazonador. Tal vez la supervivencia no lo era todo.

Capítulo 36

El martes por la tarde, Bree estrechó otra mano. La cola de gente que presentaba sus respetos parecía eterna. La ceremonia había sido rápida. La gente se había reunido alrededor del *collage* de fotos y compartido sus recuerdos. Bree había pronunciado la elegía, esperaba que lo suficientemente larga para contentar a los niños. Apenas la recordaba. Las lágrimas le habían nublado la visión y le habían oprimido las cuerdas vocales, pero había sido capaz de llegar hasta el final.

—Una gran elegía —dijo un desconocido.

Bree asintió.

—Gracias por venir.

¿Cuántas veces había dicho esas palabras? Funcionaba en modo piloto automático; su boca y su cuerpo hacían lo que tocaba hacer, pero su mente no respondía. Sentía un dolor abrumador, y no había tenido tiempo de procesar el tiroteo del día anterior.

Buscó a los niños. Luke y Kayla estaban en la parte de atrás de la sala con Adam. Los tres evitaban a la multitud y parecían tan exhaustos como Bree. El dolor se había apoderado de todos ellos, como un virus. Dana daba vueltas a su alrededor, en guardia. No veía a Matt por ninguna parte. Bree le había pedido que cubriera la entrada. Bajo ninguna circunstancia debían permitir la entrada a

Craig. Bree no iba a dejar que les tendiera una emboscada a Luke y Kayla en su momento más vulnerable.

Había dispuesto que la funeraria sirviera café en una sala aparte después del funeral. No quería a desconocidos en casa. Los niños ya habían tenido suficiente. Bree hubiera querido dormir una semana, pero al día siguiente tenía que estar en la comisaría para un interrogatorio. Había prestado una declaración inicial, pero Todd tenía más preguntas. Como Zack estaba muerto, y no había cargos que presentar, Todd le había dado a Bree el día de hoy para llorar a su hermana.

Bree estrechó otra mano. Jack Halo. Se sorprendió de que estuviera allí. Pensaba que estaría ocupado con las consecuencias del tiroteo en su negocio.

—Mi más sentido pésame. —Jack envolvió la mano de Bree entre las suyas.

Bree reprimió el impulso de golpearlo. Apretó los dientes.

—Gracias por venir.

—Por supuesto que he venido. Echaremos de menos a Erin.

¿Porque sin ella él tendría que encontrar un nuevo objetivo para sus indeseadas atenciones?

Bree quiso amenazarlo en ese instante, pero tal vez era mejor no revelar nada en ese momento. Se limitó a apretarle los dedos un poco demasiado fuerte.

—Gracias por todo lo que hiciste ayer. —Jack no había estado en la peluquería durante el tiroteo y había llegado después de que todo terminara. Una mujer inocente había muerto y otras cinco personas habían resultado heridas—. Podría haber sido mucho peor si no hubieras estado allí.

Bree asintió. Se obligó a sí misma a ser civilizada, pero no iba a ser amable. No con el hombre que había acosado a su hermana.

El salón de peluquería iba a permanecer cerrado algún tiempo. El agua diseminada por el sistema de aspersores había causado grandes daños. Hasta que reabriera el salón, Jack no tendría ocasión de abusar de sus empleadas.

Estremeciéndose de dolor, Jack le soltó la mano.

Con una sonrisa firme, Bree pasó a recibir el pésame del siguiente en la cola, pero no pensaba olvidarse de Jack ni de cómo había tratado a su hermana.

Bree también tenía un chantajista con el que lidiar. Consideraba a Craig el sospechoso más probable para ese delito, pero no podía demostrarlo. En casa de Zack no habían encontrado ninguna prueba de que hubiera sido él.

Faltaban dos personas en el funeral. Justin todavía estaba en el hospital, sometiéndose a una intervención quirúrgica. Bree sentía un gran alivio por que estuviera vivo y fuera inocente. Temía haber tenido que dar a los niños más malas noticias. Por su parte, Steph había dicho que su presencia en el funeral haría que el foco de atención se centrara en ella, en vez de donde correspondía, en Erin y su familia. Bree sospechaba que Steph no quería enfrentarse a los niños, no después de que su marido hubiese matado a su madre. Dudaba que culparan a Steph, pero necesitaban tiempo para aceptar todo lo que había pasado. Su presencia habría sido demasiado.

Dos horas más tarde, Bree abrió la puerta de la casa de su hermana. Dana, Luke y Adam entraron. Matt había ido directamente de la funeraria al hospital para ver a Justin.

Adam llevaba a una Kayla dormida sobre su hombro. Abrió los ojos cuando la dejó en el sofá.

—¿Podemos ver una película? —preguntó.

—Claro. —Adam se sentó a su lado y encendió la televisión. Luke se dejó caer junto a ellos.

Dana se dirigió a la cocina.

—Encenderé el horno.

—No hay prisa —dijo Bree—. No tengo hambre.

Dana le hizo una seña para que se callara.

—Ninguno de vosotros ha comido nada esta mañana.

Había dejado medio preparado un guiso antes de salir hacia la funeraria. Tan exhausta como inquieta, Bree fue a la cocina. Quería dormir, pero sabía que no iba a ser capaz de pegar ojo. Mientras Dana terminaba con el guiso, Bree abrió una lata de café.

—Ya me ocupo yo. —Dana la apartó de en medio—. A ti el café te sale muy amargo.

—No puede ser tan complicado echarle agua y café molido a una máquina. —Bree se acercó a la ventana y miró hacia fuera.

No había casas ni personas a la vista. Los caballos pastaban en la pradera. Una nieve ligera caía con aire sosegado, pacífico y tranquilo. Ya se habían acumulado unos centímetros de nieve fresca, pero a los caballos no parecía importarles. Bree se desplomó en una silla de cocina. Contempló la escena unos minutos, con Dana dando vueltas detrás de ella y el olor a comida casera en proceso de elaboración.

Dana le puso una taza de café delante.

—Gracias. —Bree probó el café. Era mejor que el suyo—. ¿Sabes qué?

—¿Qué? —Dana deslizó su cazuela en el horno.

—Podría vivir aquí. —Bree bebió su café—. Cuando volví por primera vez, no creí que pudiera. Siempre pensé que este pueblo estaba contaminado para mí. Demasiados recuerdos de mis padres y sus muertes.

—¿Pero no es así?

—No creo que importe dónde estoy. Esos recuerdos forman parte de mí. —Si Bree era completamente sincera, quizá estar en Grey's Hollow la había obligado a hacer las paces con su pasado—. Además, tengo demasiados problemas en el presente para preocuparme por algo que pasó en 1993.

351

—¿Has visto el temporizador? —Dana cerró un cajón y abrió otro.

—No. ¿Cuánto tiempo necesitas?

—Cuarenta minutos.

Bree puso el temporizador en su teléfono.

—¿Son las cuatro en punto?

Miró el reloj de vaca en la pared. Las manecillas estaban atascadas en la posición de las dos y media. Fue a la pared y sacó el reloj de su gancho. Le dio la vuelta sobre la encimera, buscando la pila.

—Qué raro…

De cerca, no era más que un sencillo marco con las manecillas de reloj montadas sobre el dibujo de una vaca. En el centro de la parte trasera había una caja de plástico de unos dos centímetros cuadrados que contenía el mecanismo real del reloj con un compartimento para una pila AA. Pero también había un sobre pegado con cinta adhesiva.

Dana miró por encima del hombro.

—¿Erin tenía un escondite?

—Eso parece. —Bree retiró el sobre con cuidado. Lo abrió y sacó una pila de billetes de veinte dólares. Pasó el dedo por el borde—. Son unos doscientos dólares.

—Tenía un fondo para emergencias. —Dana señaló el sobre—. Hay algo más dentro.

Bree le dio la vuelta al sobre. Una tarjeta de memoria mini SD cayó sobre la encimera.

—Déjame coger mi ordenador. Creo que vi un adaptador SD en el cajón del escritorio.

Bree fue al estudio a por su portátil. Kayla, Luke y Adam estaban todos dormidos en el sofá cuando pasó.

De vuelta en la cocina, arrancó el ordenador y se terminó el café mientras la pantalla cobraba vida. Luego conectó el adaptador al portátil e insertó la tarjeta SD. Pero, cuando accedió a la tarjeta SD, en lugar de fotos aparecieron dos archivos de grabación de audio en la pantalla. Bree hizo clic en el primero.

—Aquí está —dijo Erin. El sonido de su voz hizo aflorar las lágrimas a los ojos de Bree.

Oyó el crujido de papeles. Bree reconoció la voz de Craig ya en la primera palabra.

—¿Está todo aquí? —preguntó Craig.

—Es todo lo que puedo conseguir hoy —dijo Erin—. Ya te he dado miles de dólares. Todos mis ahorros.

—Es suficiente por ahora.

—No tengo más dinero, Craig.

—Entonces será mejor que tomes mejores decisiones en la vida —se burló Craig—. Quiero otros tres mil la semana que viene, o presentaré una demanda de custodia.

No tengo ese dinero, y no ganarás.

—¿No? —La voz de Craig estaba impregnada de arrogancia—. Ahora soy pastor de la Iglesia. Podría hacer que cien miembros de mi nueva congregación llenaran el tribunal y testificaran a favor de mi carácter excepcional.

—No tengo tres mil dólares extra, Craig.

—Pues será mejor que empieces a hacer horas extras o pídele el dinero a tu hermano rico. Tres mil dólares es calderilla para él. Aunque no consiga la custodia, los honorarios de tu abogado te costarán mucho más dinero que pagarme a mí.

La grabación terminó. La ira incendió el estómago de Bree. Ya sospechaba de Craig, pero oírle amenazar a Erin le dio ganas de ir a por él y hacérselas pagar todas juntas en ese mismo momento.

«Paciencia».

Dana y Bree intercambiaron una mirada. Bree aparcó su ira y se permitió un rayo de esperanza. Con pruebas reales, Craig podría enfrentarse a acusaciones de delitos graves, y era poco probable que le dieran la custodia de los niños. Ni siquiera él podía recurrir a su labia para convencer a alguien de que aquello no era extorsión.

—Casi tengo miedo de escuchar la siguiente grabación.

Bree hizo clic en el botón de PLAY.

—Ya he terminado con esto, Craig. —La voz de Erin sonaba firme. —Este es el último pago. Tómalo y vete.

—No eres tú la que dicta las reglas —dijo Craig.

—Creo que en eso te equivocas.

Sonó un clic y a continuación se reprodujo la primera grabación. Craig montó en cólera.

—Eres una puta...

—Esto prueba que me estabas chantajeando —lo interrumpió Erin—. He oído que los juzgados no aprueban el uso de los propios hijos para obtener ventajas y beneficios económicos.

Se oyó el roce de una tela.

—¡Suéltame! —dijo Erin.

—Dame esa grabación, zorra.

—He hecho copias. Por eso no te puse la grabación la última vez.

Siguieron unos segundos de silencio mientras Craig procesaba las palabras de Erin.

—Si le pones esa grabación a alguien... —dijo.

—¿Qué vas a hacer? —La voz de Erin se hizo más aguda—. Aléjate de mí y de mis hijos. O juro que entraré en tu iglesia y reproduciré esto en mitad de tu sermón del domingo.

—Tú y yo no hemos acabado, ni mucho menos. —El tono de Craig se volvió completamente amenazador.

Entonces la grabación número dos terminó.

—¿Crees que continuó acosándola y amenazándola? —preguntó Dana.

Bree comprobó la fecha de la grabación. El archivo era del martes anterior al asesinato de Erin.

—Sí. Se apartó, pero no la dejó en paz. —Bree se paseaba de un lado a otro de la cocina—. Conociendo a Craig, seguro que pensó en una estrategia. Ella me llamó el martes siguiente, que es cuando Craig volvía a tener el día libre. Sospecho que su llamada tenía que ver con el acoso al que la sometía. Recurría a Adam si tenía problemas de dinero, pero, si sentía que estaba en situación de peligro físico, acudía a mí.

—¿Qué vas a hacer?

—Voy a joderle bien jodido. —Bree se frotó las manos. Casi estaba eufórica. Lo más importante era que los niños estarían a salvo con ella ahora, pero lo siguiente era que Craig recibiera su merecido. Había tratado a Erin como a una mierda desde que era adolescente—. Llamaré a Todd. La extorsión es un delito grave en el estado de Nueva York, pero Todd tendría que convencer al fiscal para que presentara cargos. —Bree sacó su teléfono—. Parece que me voy a venir a vivir aquí después de todo.

La tristeza que había sentido durante todo el día se había disipado un poco.

—Sí. Los juzgados de familia no ven con buenos ojos a los padres que extorsionan a las madres. —Dana miró alrededor—. Ya me dirás si necesitas una niñera permanente o una chef personal o lo que sea.

—¿Querrías mudarte aquí?

—El aire del campo es agradable —dijo Dana—. Esta mañana me he despertado a las cinco. ¿Sabes lo que he hecho?

—No.

—Nada, y ha sido maravilloso. —Dana cogió un libro de cocina de la mesa—. He leído unas recetas. Me he tomado un café. He visto una ardilla en el jardín.

—¿Y te conformarías con eso? Porque voy a necesitar un trabajo. Me vendría bien la ayuda con los niños.

Dana asintió.

—Sí. Sería genial vivir aquí. He trabajado rodeada de muerte y violencia durante casi treinta años. Un poco de paz y tranquilidad es exactamente lo que necesito ahora mismo. —Señaló la grabación de audio—. Y una venganza sería la guinda del pastel.

CAPÍTULO 37

Matt apoyó los antebrazos en la mesa de la sala de reuniones de la oficina del sheriff. Su interrogatorio había terminado. Seguían con el de Bree en la habitación de al lado. Tan pronto como terminaran con ella, Todd había prometido que hablaría con los dos juntos.

La puerta se abrió y Bree entró con una botella de agua. Se desplomó en la silla junto a él.

—¿Cómo está Justin?

—Hoy no lo he visto. Cuando pasé a verlo anoche, todavía estaba fuera de combate por la anestesia. Pero la operación de ayer fue bien.

—Eso es bueno, ¿verdad?

—Sí. Iré al hospital cuando terminemos aquí. —Matt estaba más preocupado por las cicatrices mentales y emocionales de Justin.

Bree extendió la mano a través de la mesa y le dio un rápido apretón de manos.

Habían salvado la vida de Justin, pero iba a necesitar ayuda para reconstruirla. Matt estaría a su lado para lo que necesitara.

Todd entró y cerró la puerta tras él. Llevaba una carpeta bajo el brazo y una taza de café en la otra mano.

—Gracias por vuestro tiempo. —Todd se sentó frente a ellos y abrió su bloc de notas—. Antes de nada, queremos daros las gracias.

Sin vosotros, Zack habría seguido adelante con la masacre. Todavía llevaba más de treinta cartuchos de munición encima cuando murió.

—Me alegro de haber estado allí —dijo Matt.

Bree asintió.

—Cualquier agente fuera de servicio hubiera hecho lo mismo.

—Ahora no sé por dónde empezar. Toda la historia es muy extraña. —Todd tocó una página—. Creemos que Zack había estado siguiendo a Erin durante al menos un par de semanas. Encontramos una cámara de treinta y cinco milímetros con un teleobjetivo en su taller. También tenía notas, hojas de cálculo y fotografías que documentaban su actividad diaria. Llevaba un seguimiento de toda la agenda de Erin. Probablemente fue él quien le rajó los neumáticos en el salón de peluquería. Las cámaras de vigilancia no cubren la sección trasera del aparcamiento, donde aparcan los empleados, pero vimos un vehículo parecido a la camioneta de Zack pasar por delante del edificio esa noche. Stephanie Wallace ha señalado varias llamadas desde su teléfono al teléfono de Erin que dice que ella no hizo. Suponemos que fue Zack. Justin ha confirmado que Erin había recibido numerosas llamadas amenazadoras de Zack, diciéndole que se mantuviera alejada de Steph y acusándola de intentar convencer a Steph de que lo dejara de nuevo.

—Erin no sentía mucha simpatía por Zack —dijo Bree—. Le aconsejó a Steph que no volviera con su marido cuando se separaron. Zack quería a su esposa aislada y bajo su control.

—Sí —continuó Todd—. También había anotaciones sobre ti, Bree. Vigiló tu granja un par de noches. Y pasaba mucho tiempo comprobando el paradero de su esposa. Tomaba notas muy detalladas de todo.

Bree se estremeció.

Matt tragó saliva. No quería ni pensar en la imagen de Zack sentado frente a la granja, posiblemente armado, con Bree y los niños de dentro, dormidos y vulnerables.

Todd se frotó la mandíbula.

—Las grabaciones de seguridad de una tienda de artículos deportivos muestran a Zack comprando municiones y el chaleco de caza el pasado viernes por la tarde. Tenía una Ruger nueve milímetros desde hace muchos años. Creemos que llevó su propia arma a casa de Justin la noche que disparó a Erin, pero, cuando vio la de Justin, decidió usar esa en su lugar.

Bree se bebió su agua a sorbos.

—Tal vez pensó que echarían la culpa a Justin de la muerte de Erin.

—Y eso es exactamente lo que pasó, al principio. —Matt estiró la espalda.

—Así que, después de esconder a Justin en su taller, ¿condujo la camioneta de Erin a la fábrica para deshacerse de ella? —preguntó Bree.

—Correcto —dijo Todd—. Y luego atravesó el campo a pie para volver a su propia camioneta, que aún estaba aparcada en el camino de la granja Empire Acre.

—Eligió la fábrica para deshacerse de la camioneta porque era más cómodo —dijo Matt.

—Parece lógico —convino Todd—. Tenemos imágenes claras de Zack sentado en el aparcamiento del salón el lunes. Ya había llamado a su esposa numerosas veces. Esperaba que ella respondiera a sus llamadas al tercer tono como máximo. Por lo que hemos visto, Zack siempre había sido controlador e inseguro en su relación, pero su estado mental comenzó a deteriorarse seriamente tras perder su trabajo. Se volvía paranoico y desconfiado lejos de Steph. Cuando ella le dijo que estaba embarazada, su obsesión aumentó. El lunes, Steph preparó una bolsa con algunas de sus cosas y papeles importantes y los sacó a escondidas de la casa. Pero Zack se dio cuenta.

—Parece que también estaba obsesionado con el niño y con acusar a Steph de engañarlo con otro hombre —añadió Bree. —Y la idea de que ella lo dejara de nuevo hizo que su paranoia y su rabia traspasaran todos los límites.

—Así es —coincidió Todd—. Le dijo varias veces que la mataría antes de dejar que lo abandonara.

—¿Sabemos por qué mantuvo con vida a Justin? —preguntó Bree.

—La verdad es que no —dijo Todd—. Tal vez no quería hacer desaparecer un cadáver. Tal vez quería poder alardear ante alguien de lo que hacía. Creemos que quería usar a Justin para implicar a alguien más en la muerte de Erin. Al principio, no estaba seguro de cómo lograrlo. Justin no podía haberse infligido él mismo el disparo que recibió, así que no podría incriminarlo tan fácilmente. Sin embargo, como dije antes, Zack guardaba notas detalladas de todas sus vigilancias. Había pasado algún tiempo vigilando a Craig Vance. Erin le había dicho a Steph que Craig se había puesto en contacto con ella hacía poco para exigir la custodia de los niños. Zack tenía fotos del apartamento de Craig en la iglesia, y había empezado a grabar sus movimientos diarios. Llamó a la iglesia para saber sus horas de oficina y su horario.

—¿No tenía trabajo? —preguntó Bree—. Steph dijo que estaba en su taller todo el tiempo.

—Le mintió —dijo Todd—. No tenía trabajo. Pasaba todo el tiempo en su taller maquinando.

—¿Tenía un plan? —preguntó Matt.

—Uno muy detallado. —Asintiendo con la cabeza, Todd respiró hondo—. Sabía lo del seguro de vida de Erin. Steph se lo había contado cuando se enteró de que estaba embarazada. Ella quería contratar una póliza similar cuando naciera el bebé. Zack juntó el seguro de vida y el asunto de la custodia y pensó que Craig tenía un móvil económico para matar a Erin, así que podría hacer que pareciera culpable de su asesinato. Zack decidió matar a Justin, deshacerse del cadáver en Albany y colocar el arma en el apartamento de Craig.

—Una estrategia alternativa —dijo Bree.

—E inteligente —añadió Matt—. Podría haber funcionado si hubiera seguido adelante con el plan.

—Pero cuando se enteró de que Steph iba a abandonarlo, se volvió loco. —Todd aplastó las manos sobre la mesa—. Es todo lo que tengo por hoy. Ya os lo diré si surgen más cuestiones mientras completamos la investigación.

—¿Has hablado con Craig Vance? —preguntó Bree.

—Tengo excelentes noticias respecto a ese asunto —dijo Todd—: ayer fui hasta Albany y enseñé la grabación de audio a los inspectores de la policía de allí. Resulta que Craig Vance no engañó a todo el mundo en su iglesia. La policía de Albany lleva un par de semanas investigándolo discretamente por robar dinero del fondo del grupo de jóvenes. Durante su investigación, encontraron otras discrepancias en las cuentas, que aún están analizando. Obtuvieron una orden de registro para el apartamento de Craig. Mientras un inspector de Albany y yo interrogábamos a Craig en la comisaría, registraron su apartamento y los agentes recuperaron un teléfono de prepago. El número coincide con el que se comunicó con tu hermana en los momentos de las retiradas de efectivo.

Bree parecía aliviada.

—Sabía que no estaba haciendo nada bueno en esa iglesia.

—Y tenías razón —dijo Todd—. Craig se enfrenta a múltiples cargos por robo y extorsión, todos ellos delitos graves. Va a cumplir condena.

Bree suspiró.

—Apuesto a que fue la persona que irrumpió en la casa de Erin la primera noche que estuve allí. Sabía que Erin tenía las grabaciones. Quería encontrarlas.

—Eso tiene sentido —dijo Matt.

—Bree, me gustaría hablar contigo en mi oficina unos minutos. —Todd se puso de pie—. Matt, voy a ir al hospital a interrogar a Justin otra vez. Te agradecería que estuvieras presente cuando hable con él. No está muy estable emocionalmente, le vendría bien el apoyo.

Matt asintió.

—Te veré allí.

Salieron por la puerta y bajaron por el pasillo. Matt tocó el brazo de Bree.

—Hablaré contigo más tarde.

—De acuerdo —contestó—. Espero que Justin esté mejor.

Matt también lo esperaba.

Capítulo 38

Bree siguió a Todd hasta su oficina.

Cerró la puerta.

—Por favor, siéntate. —Todd señaló una silla.

Bree tomó asiento.

—Gracias por tu ayuda con Craig.

—De nada. Ha sido un placer. Ahora tengo algo que preguntarte. —Todd levantó su teléfono y pulsó un botón—. Marge, ¿puedes venir aquí un minuto?

Todd se levantó y rodeó su escritorio. Se detuvo en el borde, de cara a Bree. Marge entró, cerró la puerta y se puso a su lado.

«Presentando un frente unido».

Bree se recostó en la silla con aire suspicaz.

—Tú y Matt habéis sido fundamentales en esta investigación —dijo Todd—. Aunque nunca podré reconocer públicamente lo útiles que habéis sido, todo el mundo lo sabe, sobre todo después del vídeo.

La mujer del albornoz había grabado a Bree disparando a Zack. El vídeo se había hecho viral esa misma noche.

—Sí. El vídeo. —Bree frunció el ceño. Todavía no podía creer que la mujer sacara el móvil del bolsillo del albornoz y filmara lo ocurrido.

—No pareces muy contenta —dijo Todd.

—No lo estoy.

—¿Por qué? —preguntó Todd—. Parecías una heroína.

—Y una tipa dura con un par de ovarios —añadió Marge.

Bree buscó las palabras.

—Es difícil de explicar, pero las imágenes que se han hecho virales me parecen intrusivas. Francamente, no me gusta llamar la atención por haber matado a un hombre, aunque no tuviera elección.

Había reproducido esos últimos momentos una y otra vez en su cabeza, y seguía pensando que no había otra forma de poner fin a lo sucedido. Aun así, no se sentía cómoda con lo que había hecho, ni podía expresar por qué.

—Entiendo. —Todd se aclaró la garganta—. De todas formas, Marge y yo hemos estado hablando. —Intercambiaron una mirada.

—Deberías ser tú la nueva sheriff —dijo Marge.

—¿Qué? —Bree enderezó la espalda. Estaba planteándose solicitar una plaza en el cuerpo de policía local, pero presentarse al puesto de sheriff era algo que no había contemplado.

—Eres una muy buena candidata —dijo Todd—. Creo firmemente que necesitamos a alguien de fuera para reconstruir este departamento. Tienes la experiencia necesaria.

—Eres una mujer franca y honrada y tienes raíces en este condado —añadió Marge—. Por los comentarios positivos en el vídeo, diría que el público está de acuerdo.

—No sé... —dijo Bree, pero la idea de aceptar el reto le resultaba extrañamente atractiva. Necesitaba un trabajo, y estaría cerca de casa. Aunque ¿de verdad necesitaba el estrés que iba ligado a la faceta política del puesto? El sheriff era un cargo electo. Tendría que hacer campaña.

—Quiero enseñarte algo.

Marge llevó a Bree fuera de la sala. Dos ayudantes que redactaban informes en sus escritorios levantaron la vista al verlas pasar. Marge se detuvo al otro lado de la habitación. En la pared del fondo había fotos enmarcadas de los anteriores sheriffs. La mayoría eran fotos formales y profesionales, pero Marge señaló una instantánea más sencilla, ampliada.

—Yo tomé esta foto. Se negaba a someterse a una sesión profesional para su retrato. Decía que era un derroche estúpido de dinero. —Tocó el marco—. Se llamaba Bob O'Reilly. ¿Lo recuerdas?

—Sí. —Bree miró la foto. En ella, un hombre bien afeitado de unos cincuenta años sonreía desde el gran escritorio de la oficina del sheriff. Llevaba una camisa de uniforme marrón y vaqueros. En la foto no se le veían los pies, pero Bree sabía que llevaba botas de vaquero.

Las mismas botas que había visto por primera vez bajando los escalones del porche trasero aquella fría y oscura noche, cuando toda su vida había cambiado para siempre de forma radical. Adam gritaba en sus brazos y Erin se escondía detrás de ella, agarrándose a su pijama.

Bree recordó con claridad lo que pensó al ver y oír las botas que bajaban los escalones traseros.

«No es papá».

Su padre usaba botas de trabajo de suela grande, mientras que aquellas eran de vaquero.

El alivio le había robado el aliento y había comenzado a temblar. El hombre se había agachado debajo de los escalones y aflojado los tablones.

—No pasa nada, tranquilos. Ahora estáis los tres a salvo. —Pasó el haz de luz de una linterna por encima de ellos, y luego se enfocó a sí mismo. Llevaba una chaqueta con placas—. Soy el sheriff Bob. Salid y os llevaré a un lugar donde estaréis muy calentitos.

Su voz era suave y amable. Erin había salido arrastrándose, y un hombre con el mismo tipo de chaqueta la envolvió en una manta y la cogió en brazos.

El sheriff Bob se volvió hacia Bree y le preguntó:

—Te llamas Bree, ¿verdad?

Ella asintió.

—Bree, ese bebé tiene frío. —El sheriff dejó la linterna en el suelo y metió los brazos en el agujero—. ¿Por qué no me lo pasas para que podamos hacer que entre en calor?

El cuerpo de Adam se había puesto rígido. El bebé alejaba los pies de ella. Tenía frío. Ella también tenía frío, tanto que le dolía la piel. Depositó a Adam en los brazos del sheriff, y este lo acunó durante unos segundos antes de que otro hombre de uniforme lo envolviera también en una manta. Bree perdió todas sus fuerzas. Salió a rastras del agujero y se quedó de pie en el oscuro jardín.

El sheriff Bob le puso una manta alrededor de los hombros, luego se quitó su gruesa chaqueta y la envolvió con ella también. Todavía estaba caliente por la temperatura de su cuerpo.

—Veo que vas descalza. —Su voz tembló un poco—. ¿Te parece bien si te cojo en brazos?

Ella asintió, y cuando él la tomó en sus brazos, ella lo abrazó y enterró la cara en su camisa.

—Ahora estás a salvo, te lo prometo —dijo, remetiéndole el abrigo alrededor de los pies descalzos.

Bree parpadeó. La sala del departamento del sheriff volvió a materializarse ante sus ojos con una salvaje sensación de color y luz.

Marge estaba hablando.

—Bob me llamó esa noche. Dijo que necesitaba ayuda con tres niños. Quedé aquí con él. Estaba hecho polvo. Tenía un ojo morado y los nudillos ensangrentados. Quería limpiarse las heridas. Tu hermano estaba dormido cuando llegasteis todos aquí. Tu hermana pequeña se vino conmigo enseguida, pero tú no querías soltar a Bob, así que te llevó a su despacho y te dejó dormir acurrucada en su hombro mientras se ponía hielo en la cara y la mano. Cuando llegó tu familia, tuvieron que despegarte de él.

—No recuerdo haber estado aquí esa noche. —La mirada de Bree recorrió la habitación—. No me resulta ni remotamente familiar.

—Estabas medio dormida. —Marge sonrió.

—¿Por qué tenía el sheriff un ojo morado y los nudillos ensangrentados? Mi padre se suicidó.

—No sé exactamente qué pasó esa noche.

Al parecer, tampoco Bree. Siempre había dado por sentado que su padre se pegó un tiro antes de que llegara la policía. Nadie le había dicho lo contrario, pero también era cierto que la familia no había hablado del incidente en absoluto. Y Bree nunca había cuestionado sus recuerdos.

Hasta ahora.

—¿Todavía conserva el departamento los archivos de 1993? —preguntó Bree.

—Sí —dijo Marge—, están guardados en el sótano. Deduzco que estás pensando en el caso de tus padres.

—Sí, me pregunto si mis recuerdos no serán algo confusos.

—¿Importa eso?

—No lo sé.

—El caso de tus padres está cerrado, así que no hay razón por la que no puedas conseguir una copia del expediente, pero piensa en lo que habrá en esos archivos. ¿Realmente quieres tener esas imágenes en tu cabeza? Parece que, en términos generales, has logrado superar la tragedia. ¿Qué ganarías removiéndolo todo de nuevo?

—Es una buena pregunta.

Y lo cierto era que Bree no lo sabía. Tal vez Marge tenía razón, y debería dejar atrás el pasado.

Marge se volvió para mirarla.

—Bob fue el último sheriff verdaderamente bueno en ocupar ese cargo. Creo que no habría legado mejor para él que verte aceptar el puesto y arreglar este departamento.

Una oleada de emociones le inundó el pecho.

—Vaya, Marge. A eso lo llamo yo hacer presión.

Marge encogió un hombro con despreocupación.

—Nunca dije que jugara limpio.

—Ni siquiera sé lo que implica presentarse a sheriff. No soy un político, y aunque supiera cómo llevar una campaña, no tengo dinero para una.

—¿Y si no necesitaras hacer campaña? —preguntó Marge—. ¿Te lo pensarías entonces?

—Tal vez.

Marge arqueó una ceja.

—El puesto lleva vacante mucho tiempo. Nadie se presentó en noviembre. Cumples con todos los requisitos del condado de Randolph para el cargo. Las elecciones especiales son costosas. Sería más fácil y barato que el gobernador te nombrara sheriff. Entonces cumplirías el resto del mandato actual antes de tener que postularte para el cargo. Pasarían años antes de que fuera necesaria una campaña.

Bree se presionó la frente con el talón de la mano.

—¿Y cómo consigo que el gobernador de Nueva York me nombre sheriff?

—Eso déjamelo a mí. —Marge no pestañeó—. Las imágenes en las que sales disparando a Zack Wallace deberían convencer a cualquiera de que eres la persona adecuada para el puesto.

—No creo que disparar a un sospechoso deba ser el mérito principal. —A Bree se le había encogido el estómago al ver las imágenes. Había visto brevemente la cobertura de las noticias. Los medios de comunicación habían vuelto a repasar toda su historia familiar.

De algún modo, Matt había conseguido evitar las cámaras.

—Detuviste a un pistolero que andaba suelto —dijo Marge—. La mayoría de la gente pensará que tu coraje es suficiente.

Bree no estaba de acuerdo, pero la idea de poner en marcha un proyecto con sentido y proteger a los ciudadanos del condado de Randolph le atraía. Tendría más variedad en cuanto al abanico de delitos que en su actual trabajo en homicidios, más cosas en su día a día que muerte, muerte y más muerte.

Ahora que no le preocupaba que Craig se llevara a los niños, Bree necesitaba un trabajo en Grey's Hollow.

—Si consigues que el gobernador me nombre, aceptaré el trabajo. Y dime, ¿de qué conoces al gobernador?

Fui su secretaria hace muchos, muchos años, cuando era un flamante fiscal. —Le brillaban los ojos—. Antes de que fuera un pez gordo.

Marge realmente conocía a todo el mundo.

Capítulo 39

Matt se bajó del ascensor del hospital. El señor Moore estaba sentado en la sala de espera, al final del pabellón donde Justin estaba ingresado. Bebía café y comía unas galletas.

—¿Cómo está? —preguntó Matt.

El padre de Justin parecía haber envejecido veinte años en la última semana.

—Está exhausto y con dolor. Anoche tuvo un compañero de cuarto que se pasó toda la noche gritando.

Matt puso una mano en el hombro del señor Moore.

—Lo siento.

—Ahora parece estar un poco mejor. Lo han trasladado a una habitación privada y le han dado más analgésicos. Me ha pedido que me fuera para poder dormir.

—Eso es bueno. ¿Por qué no va a la cafetería y compra algo de comida de verdad?

—Sí —asintió el señor Moore—, lo haré. Gracias.

—Voy a ver cómo está. Si está dormido, me quedaré aquí.

—Bien. —El señor Moore se dio media vuelta y se dirigió hacia el ascensor—. Su habitación está al final del pasillo. Es la número trescientos cuarenta y ocho.

Matt dejó atrás el vestíbulo. Pasó por el puesto de enfermeras y siguió hasta el final del pasillo. La habitación de Justin estaba oscura y silenciosa, y la puerta entreabierta. Suponiendo que su amigo estaría durmiendo, Matt empujó la puerta con suavidad y la abrió lo justo para meter la cabeza por el hueco. Esperó a que sus ojos se adaptaran a la luz. Un gotero intravenoso salía de la muñeca de Justin, pero no había otras máquinas conectadas a él. Su herida, más allá de la infección, no era mortal ahora que estaba recibiendo tratamiento médico.

—Estoy despierto —dijo Justin.

Matt entró. El cuarto era deprimente en la oscuridad, así que encendió la luz.

Justin se tapó los ojos con la mano.

Matt se acercó al lado de la cama.

—¿Te dejan comer?

—Sí. —La voz de Justin era inexpresiva, sin emociones.

—Qué bien. Te he traído patatas fritas. —Matt las puso en la mesa y la hizo rodar para colocarla delante de a su amigo.

—Gracias. —Pero Justin hizo caso omiso de la comida.

Alguien llamó a la puerta y Todd se asomó a la habitación.

—Hola, Justin. ¿Estás listo para responder algunas preguntas más?

Justin tosió e hizo una mueca de dolor, llevándose una mano al vendaje del hombro.

—Sí, ningún problema.

Matt llenó su vaso de agua con la jarra de plástico de la bandeja y colocó la pajita en dirección a Justin.

Todd se aproximó al lado opuesto de la cama y sacó un pequeño cuaderno y un bolígrafo de su bolsillo.

—¿Qué recuerdas del tiempo que estuviste con Zack?

Justin negó con la cabeza.

—Fue muy raro. Al principio, me trató como si tuviéramos algo en común. —Dirigió la mirada al techo—. Dijo que Erin nos había tratado mal a los dos.

—¿Crees que eso es verdad? —preguntó Todd.

Justin negó con la cabeza.

—No. Nuestro matrimonio acabó por mi culpa, de eso no tengo duda. Pero Zack culpaba a Erin de todos los problemas de su relación con Steph. Ella le facilitó a Steph un lugar a donde ir y la animó a abandonarlo. Zach la perseguía y amenazaba a sus amigas. La mayoría de ellas dejaron de tener relación con Steph porque Zack era un problema.

—Pero no Erin —dijo Todd, tomando notas.

—No. Erin no dejaba tiradas a sus amigas. —Justin hizo una pausa para respirar—. No iba a dejar de ser amiga de Steph porque su marido fuese un capullo, igual que no iba a dejar de apoyarme porque hubiese cometido errores. —A Justin se le quebró la voz.

Matt le acercó su vaso de agua. Justin lo aceptó y bebió con avidez.

—¿Tú y Erin todavía manteníais una relación? —preguntó Todd.

Justin cerró los ojos un momento. Cuando los abrió, estaban embargados de desolación.

—Sí. Ella no quería drogas en la casa, y yo lo respetaba. —Hizo una pausa y al hablar, lo hizo con voz trémula—. Tenía fe en mí. Ella creía que yo podía vencer mi adicción. Desearía haber sido la mitad del hombre que ella pensaba que yo era.

—¿Zack solo hablaba contigo? —preguntó Todd.

—Era extraño —dijo Justin—. Yo le pedía que me dejara morir. Cuanto más se lo pedía, menos quería hacerlo él. Era casi perverso. —Se detuvo y exhaló con fuerza—. Yo quería morir. No podía ni imaginarme vivir sin ella. —Se le quebró la voz y empezó a sollozar.

Todd guardó su bloc de notas.

—Te dejaré descansar un poco.

Matt no sabía si el descanso iba a cambiar en algo las cosas. Todd se fue y Matt esperó a que Justin dejara de llorar.

—Me siento mal por el poli —dijo Justin—. Apenas me ha hecho unas pocas preguntas antes de que me desmoronara.

—Pronto te sentirás mejor. —O eso esperaba Matt.

—¿De veras? —Justin sonó enfadado de repente—. Erin ha muerto. ¿Qué motivos tengo para seguir viviendo? —Buscó el gotero intravenoso—. ¿Esto?

Matt cogió la vía.

—Oye, necesitas los antibióticos.

—También me dieron analgésicos. —Justin se encogió de hombros—. No pude dejar mi adicción ni siquiera cuando mi matrimonio estaba en juego. No pude dejar de consumir ni con el apoyo de Erin. No lo hice ni por los hijastros que juré amar. ¿Cómo voy a dejarlo ahora, sin ninguna motivación?

—Esos niños aún necesitan tu amor —dijo Matt—. Han perdido a su madre y te echan de menos.

—No es verdad.

—Sí lo es. Kayla se lo dijo a Bree.

Justin no respondió. Se limitó a apartar la cara.

—Date tiempo. Necesitas curarte.

Matt iba a estar a su lado para apoyar a su amigo, pero ¿sería suficiente?

CAPÍTULO 40

Bree no llevaba más de diez minutos en casa cuando sonó el timbre. Miró por la ventana del porche. Era Steph.

Bree hizo una pausa un instante antes de abrir. El cansancio se apoderó de ella. Necesitaba espacio para respirar, pero no lo conseguiría hasta que no hubiese resuelto el asunto con Steph. Otra vez.

Bree abrió la puerta.

—Lo siento. —Steph retrocedió un paso—. No quiero entrar. Solo quería hablar contigo un momento.

—Vale.

Bree salió al porche. El viento frío se le coló por los agujeros de su jersey de punto. Se frotó los brazos para entrar en calor.

—No espero que los niños me perdonen.

Bree la detuvo.

—Tú no hiciste nada. —Sin embargo, Bree no estaba lista para que los niños vieran a Steph todavía. Sabían que Zack había matado a su madre, pero Bree solo les había dado los detalles que le habían pedido específicamente.

Joder, Bree necesitaba tiempo para procesar todo aquello. Quería una semana entera sin ningún acontecimiento traumático del que preocuparse. Está bien: puede que un mes.

—Mi marido mató a Erin, y yo ni siquiera lo sabía. —Todavía hablaba como si no se creyera lo ocurrido—. Han pasado dos días, y aún no lo he asimilado.

—Sé cómo te sientes. —A Bree también le parecía surrealista.

—De todas formas, solo quería darte las gracias.

—¿Tienes algún lugar donde vivir? —preguntó Bree. La casa de Steph todavía era la escena de un crimen.

—Sí. —Steph se sorbió la nariz—. Una de las chicas del salón me ha dejado quedarme en su habitación de invitados. Voy a vender la casa. No puedo volver a vivir allí.

—¿Cómo te encuentras?

Steph se frotó la barriga.

—Bien, supongo. ¿Cómo le digo a mi hijo que su padre intentó matarnos a ambos?

—No lo sé.

—Lo siento. Lo olvidé. —Steph se cubrió la boca con una mano.

—No pasa nada. No podemos cambiar nuestro pasado, pero aprendemos a vivir con él.

Dicho esto, Bree no les había contado a Luke o Kayla que su padre los había utilizado para extorsionar a su madre. Tendría que decírselo en algún momento. Sería mucho peor si se enteraban de lo de Craig por otra persona, pero ya tenían suficientes malas noticias por ahora, y Kayla no era lo bastante mayor. No sabía nada sobre su padre. Bree temía el día en que tuviera que contarle toda la historia.

Steph retrocedió hacia las escaleras del porche.

—Bueno, yo solo quería darte las gracias y decirte que lo siento. Cuídate.

—Tú también.

Steph bajó las escaleras del porche y se subió a su coche. Bree la despidió con la mano y la vio alejarse. Antes de volver a entrar, el Bronco destartalado de Adam apareció en la entrada. Su hermano aparcó delante de la casa, abrió la parte trasera de su todoterreno y sacó un lienzo. Ella le abrió la puerta y él metió el cuadro en la casa. En la sala de estar, los niños se reunieron a su alrededor.

—Ese no es el cuadro en el que estabas trabajando. —Bree lo sabía solo por el tamaño.

—Ese lo terminé el día que te llevaste a los niños a casa. Erin me había pedido mil veces que le pintara un cuadro de la granja. —Descubrió el lienzo—. No es muy bueno, pero he hecho lo que he podido.

Bree se quedó mirando. En el cuadro, Erin sujetaba las riendas de Cowboy, mientras Luke y Kayla lo cepillaban. Erin sonreía, con una mano en el hocico del caballo. El viento le zarandeaba las puntas del pelo oscuro. Detrás de ellos, el establo estaba rodeado por la pradera salpicada de flores. El sol brillaba desde un resplandeciente cielo azul.

—Es el día en que lo trajo a casa de la subasta —explicó Adam.

Luke se situó junto a Bree.

—Cowboy estaba hecho un desastre. Flaco y sucio, cubierto de arañazos… Mamá dijo que lo habrían enviado al matadero al día siguiente si no se lo llevaba.

Bree captó la sonrisa de su hermano y supo sin duda que Adam había pagado por ese caballo. Y probablemente por los otros también. En el cuadro, el caballo estaba descansando, con la cabeza agachada y una pata trasera ladeada, como si supiera que ya estaba a salvo.

Adam lo había pintado desde la perspectiva del porche trasero, desde el punto de vista de alguien completamente ajeno. Una sensación de inquietud se agitó en el estómago de Bree. ¿Era así como se sentía su hermano? ¿Como un extraño ante la cercanía de otras personas?

La mayor parte de su trabajo era oscuro y perturbador, pero esto… Aquella era toda la luz que le faltaba a sus otras obras.

Aquello eran unicornios y arcoíris y luminosidad comparado con los demonios internos que Bree estaba acostumbrada a ver en el arte de su hermano.

—Bueno, pensé que lo querríais. —Se encogió de hombros.

—Gracias. ¿Por qué dices que no es bueno? —Bree pensó que era la cosa más hermosa que había hecho, pero no lo dijo. Se ofendería y, además, ¿qué sabía ella de arte?

Frunció el ceño.

—No ha salido de mi cabeza. Yo no lo he creado. Son solo ellos.

Su perspectiva la dejó perpleja un instante. Adam pensaba que, como el cuadro era más realista que interpretativo, era de menor valor. No podía estar más equivocado. Bree lo cogió por los brazos.

—Tú has creado cada centímetro cuadrado de esto, y creo que es asombroso. Has capturado la esencia de Erin; has retratado una fracción de segundo de su vida y has conseguido plasmar su bondad, generosidad y optimismo. —Todas las cosas que Bree quería recordar de su hermana pequeña—. Es fantástico. ¿Cómo lo has llamado?

Adam volvió a mirar el cuadro un segundo, con los ojos brillantes por las lágrimas.

—*A salvo*.

Bree lo abrazó. No iba a dejar que volviera a encerrarse con su arte de nuevo, al menos no completamente. Lo arrastraría hacia la luz.

—Te quedas a cenar, ¿verdad?

—Mmm... —Se miró los zapatos—. Necesito empezar otro cuadro.

—Acabas de terminar dos.

Dana pasó por delante de ellos y cogió un libro de cocina que estaba en la mesa.

—Por supuesto que se quedará a cenar. He hecho *cacciatore*.

Adam miró a los ojos de Bree con un destello de pánico. ¡Ja! No sabía cómo llevarle la contraria a Dana, y Bree no pensaba ayudarle. Le dio un abrazo.

—Los niños necesitan verte más a menudo, así que espero que vengas a cenar regularmente.

—Una cena familiar a la semana sería estupendo para los niños. —Dana se dirigió a la cocina, con el libro de recetas en la mano—. El día que os vaya mejor a todos. Para mí ahora todos los días son iguales.

Mientras los niños examinaban el cuadro y Adam buscaba la mejor luz para colgarlo, Bree siguió a Dana a la cocina.

—¿Te he dicho que más o menos me han ofrecido el puesto de sheriff? —Bree llenó un vaso de agua y resumió su charla con Todd y Marge.

—Serías una gran sheriff. Eres inteligente, tienes experiencia y se te da bien el trato con la gente. No te precipitas antes de abrir la boca, y al no ser hombre, no piensas con la polla.

Bree se atragantó con el agua. Limpiándose la barbilla con una servilleta, dijo:

—Sí. Si consigo el trabajo, ese no va a ser uno de mis puntos del discurso de aceptación. Este departamento del sheriff nunca ha tenido ni siquiera una agente femenina.

Dana levantó la vista hacia el techo.

—¿En serio?

—Sí.

—Entonces vas a ser un revulsivo. —Dana sonrió.

—Ahora estás haciendo que me arrepienta de haber dicho que sí.

Aunque no es que Bree pensara que era cosa hecha: solo porque Marge hubiera sido secretaria del gobernador no significaba que este fuera a nombrar sheriff a Bree.

Alguien llamó a la puerta de la cocina. Matt estaba en el porche trasero y Bree le abrió la puerta. Llevaba un enorme perro de manchas blancas y negras sujeto con una correa. Tan pronto como el perro vio a Bree, se abalanzó sobre ella, pero Matt estaba listo y lo ató en corto. Aun así, Bree dio un salto hacia atrás con el corazón desbocado.

—Ladybug, siéntate —dijo Matt con voz firme.

El gigantesco perro apoyó el trasero en el suelo. Recorrió la cocina con unos enormes ojos marrones y la lengua fuera.

—¿Qué es eso? —preguntó Bree.

—Tu perra guardiana —dijo Matt.

—¿Qué?

—Ya hablamos de esto. Un perro diseñado para que te gusten los perros.

—¿Por qué está aquí?

—Se llama Ladybug. Viene de la perrera de rescate de mi hermana. No tienes que quedarte con ella, pero la verdad es que necesita un hogar de acogida, un lugar donde estar tranquila y acostumbrarse a vivir en una casa. Así mi hermana podrá conseguir que la adopten y salvar más perros.

Bree bajó la vista. Ladybug era una perra regordeta, blanca en su mayor parte con una mancha negra en la cara y las orejas, y más manchas negras repartidas al azar por todo el cuerpo.

—¿Por qué me la has traído?

—Necesitas un perro que no sea amenazador. Ella es el chucho menos amenazador del mundo.

Era cierto. Aquella perra regordeta era como si uno de los peluches de Kayla hubiese cobrado vida.

Los niños entraron en la cocina.

—¡Te he dicho que había oído a Matt! —gritó Kayla—. ¡Ha traído un perro!

Luke y Kayla fueron directos a Ladybug, que olvidó que debía sentarse y se abalanzó sobre ellos. Los niños chillaron con entusiasmo y la perra los babeó de pies a cabeza. Con apenas un muñón de cola de dos dedos de longitud, Ladybug meneó todo su trasero.

—Viene de la perrera de animales rescatados —explicó Matt—. Estoy intentando buscarle un hogar. ¿Creéis que podríais enseñarle modales? Eso ayudaría mucho.

—¿Por qué no podemos quedarnos con ella? —Kayla dejó de acariciar a la perra, que le hincó el hocico en la mano en señal de protesta.

—Eso depende de tu tía Bree —dijo Matt.

—A mamá le habría encantado. —Kayla abrazó a Ladybug, que le lamió la cara—. Parece una vaca.

Vader se bajó de la encimera de la cocina de un salto y se acercó a la perra. Ladybug no le prestó atención y el gato se alejó, saltó sobre la encimera y tiró algunas cartas al suelo, como si estuviera molesto porque no podía intimidarla.

—Voy a dar de comer a los caballos.

Incapaz de lidiar con el bullicio y con la perspectiva de vivir permanentemente con un perro, Bree se dirigió a la puerta trasera y se puso un abrigo y unas botas.

—¿Me ayudas, Matt?

—Por supuesto.

La siguió hasta el establo.

Los caballos estaban en la valla de la pradera, esperando su cena. Bree abrió la puerta, y entraron solos en sus caballerizas. Matt cerró las puertas mientras Bree echaba el grano en cubos. Comprobó el agua y les dio heno.

Luego apoyó la espalda en la puerta de la caballeriza de Cowboy y cruzó los brazos sobre el pecho.

—Debiste haberme preguntado lo del perro primero.

Matt adoptó la misma postura a su lado.

—Habrías dicho que no.

—Probablemente. Definitivamente.

—No tienes que quedarte con ella.

—Sabes que los niños ya se han ilusionado, y no voy a quitarles la ilusión.

—Esperaba que dijeras eso.

—No me gusta —dijo Bree—. Deberías haberme consultado.

—Ha sido una falta de tacto por mi parte —convino Matt, pero no parecía en absoluto arrepentido.

Bree suspiró. ¿Qué podía hacer? Tendría que enfrentarse a su fobia, y no estaba segura de cómo se sentía al respecto. Enfadada. Asustada. Tal vez incluso un poco aliviada por tener que plantarle cara sin remedio al último terror de su infancia. Mañana. Ya se ocuparía de sus sentimientos mañana. Hoy estaba demasiado cansada.

—Está bien. Haré lo que pueda. Parece una perra muy buena.

—Adora a todo el mundo, pero te advierto que como perra guardiana es terrible. Dejará entrar a cualquiera en la casa, pero su absoluta falta de agresividad es la razón por la que pensé que sería perfecta para ti.

Algo en su tono hizo que Bree lo mirara de reojo y escrutara su cara. Tenía gesto de preocupación. ¿Había venido directamente del hospital?

—¿Cómo estaba Justin hoy?

Matt soltó el aire de golpe.

—Su hombro se está curando, pero su recuperación emocional va a ser difícil.

—Lo siento.

Bree se volvió hacia él. Sin pensarlo, lo rodeó con sus brazos y lo estrechó. Él le devolvió el abrazo y apoyó la cara en la parte superior de su cabeza. Estuvieron así durante unos minutos, hasta que sintió que se relajaba.

—¿Quieres hablar de ello? —le preguntó.

—No. De verdad que no. Apoyaré a Justin en todo lo que pueda, pero no puedo recuperarme por él. Tiene que hacerlo él mismo.

—Claro. Ya me dirás si puedo ayudar.

—Lo haré, gracias.

Sacudió la cabeza, como ahuyentando la tragedia de su amigo de su mente, y luego le sonrió. Ella lo soltó y se miraron a los ojos. Maldita sea, pensó Bree. Qué bien olía…

Como atrapado por el embrujo emocional del momento, Matt acercó su cara hacia la de ella.

Bree le puso una mano en el centro del pecho.

—Quieto ahí, Thor.

—¿Thor? —Matt la miró fijamente.

—Te ha vuelto a crecer la barba. Pareces un vikingo.

Frunció la boca.

—Quiero que me des las gracias por no hacer un chiste sobre martillos mágicos ahora mismo.

Ella lanzó un resoplido. Era un hombre atractivo, pero era a su amabilidad y su sentido del humor a los que era difícil resistirse.

—Apenas nos conocemos —dijo ella.

Matt arqueó una ceja.

—Hemos trabajado juntos día y noche. Te he salvado el culo. Tú me has salvado el mío.

—Y tienes un culo muy bonito —dijo Bree—, pero aun así…

Él sonrió.

—Te gusto.

Bree luchó contra el impulso de levantar la vista al techo.

—Te has comportado como una persona normal todo este tiempo. ¿Por qué de repente actúas como un chiquillo de diecisiete años?

—Tal vez porque me haces sentir como un adolescente. —Matt se inclinó más cerca y le olisqueó el pelo. Frotó su barba contra la cara de ella.

Dentro de sus botas, los dedos de sus pies se enroscaron.

—Sí, me gustas —dijo ella al fin.

Matt frunció el ceño.

—Presiento que ahora viene un «pero».

—Pero tengo mucho que hacer aquí. Tengo que dedicar toda mi atención a esos dos chicos.

—He oído que vas a ser sheriff.

—Eso todavía no es firme —dijo Bree.

—Me lo ha dicho Marge, así que lo vas a ser sí o sí.

Se rio a medias.

—Tienes mucha fe en Marge.

—Consigue que las cosas se hagan.

—Está bien, lo que quiero decir es que me voy a quedar por aquí, y que me gustas.

Matt sonrió.

—Pero no tengo tiempo para una relación —continuó Bree.

—¿Y qué te parece salir de vez en cuando? ¿Algo informal?

—¿Informal cómo?

—Salir a cenar de vez en cuando —dijo Matt.

—Tal vez, siempre y cuando nuestra relación sea informal.

—Está bien. —Se encogió de hombros—. Puedes llamarla como quieras.

A pesar de la facilidad con que Matt había aceptado sus términos, Bree temía no tener el control absoluto de la situación, como a ella le habría gustado, y albergaba la aterradora sospecha de que así es como iba a ser su nueva vida.

Pero tenía a los niños como motivación. Aceptaría lo que la vida le tuviese preparado solo por ellos: un nuevo trabajo, tres caballos, una perra que no quería en casa... Lo que viniera.

«Adelante, vida. Ponme lo que quieras por delante».

AGRADECIMIENTOS

Verdaderamente, se necesita a todo un equipo para publicar un libro. Como siempre, todo mi agradecimiento va para mi agente, Jill Marsal, por nueve años de apoyo inquebrantable y sus grandes consejos. Estoy agradecida a todo el equipo de Montlake, especialmente a mi editora jefe, Anh Schluep, y a mi responsable de *editing*, Charlotte Herscher. Un agradecimiento especial a Rayna Vause y Leanne Sparks por su ayuda con varios detalles técnicos, y a Kendra Elliot, por empujarme a escribir en los días en que me falta motivación.

¿Has disfrutado de esta historia? ¿Te gustaría recibir información cuando Melinda Leigh publique su próximo libro? **¡Sigue a la autora en Amazon!**

1) Busca el libro que acabas de leer en el sitio Amazon.es o en la aplicación de Amazon.

2) Dirígete a la página de la autora haciendo clic en su nombre.

3) Haz clic en el botón «Seguir».

La página de la autora también está disponible al escanear este código QR desde tu teléfono móvil:

Si has disfrutado de este libro en un lector Kindle o en la aplicación de Kindle, cuando llegues a la última página aparecerá automáticamente la opción de seguir a la autora.